Ein Koch und eine Ghostwriterin bringen in dieser sweet and spicy Foodie-Romance die Gefühle zum Überkochen … Mit seinem sexy Charme hat Kieran O'Neill gerade eine große Koch-TV-Show gewonnen, inklusive eines hochbezahlten Buchvertrags. Leider ist Kieran derart verplant, dass der Vertrag zu platzen droht. Zur Rettung des Buches engagiert sein Manager eine Ghostwriterin, an der Kierans Charme jedoch wie an Teflon abperlt. Doch um endlich als seriöser Koch angesehen zu werden, muss er dieses Buch zu Ende schreiben …

Ellie Wasserman ist offiziell am Tiefpunkt angekommen. Mit nur 33 Jahren ist sie Witwe und wohnt bei ihren übergriffigen Schwiegereltern. Statt an ihrem eigenen Kochbuch zu arbeiten, soll sie jetzt auch noch eines für diesen chaotischen und impulsiven TV-Koch schreiben. Doch um endlich die Anzahlung für ihr eigenes Haus zusammenzubekommen, muss sie dieses Buch fertig schreiben …

Je näher der Abgabetermin rückt, desto mehr fliegen die Fetzen, denn in einer kleinen, engen Küche kann es schnell heiß hergehen …

Sarah Chamberlain hat eine deutsche Mutter und einen deutschen Pass, kommt aber aus Kalifornien und arbeitet als Redakteurin und Übersetzerin für Kochbücher. Sie kocht leidenschaftlich gerne für ihre Freunde, sieht sich alte Cary-Grant-Filme an und verausgabt sich beim Amateur-Gewichtheben. Mit ihrem Mann lebt sie seit ein paar Jahren in London.
*The Slowest Burn* ist ihr erster Roman.

www.penguin-verlag.de

# SARAH CHAMBERLAIN

# The Slowest Burn

*Für die Liebe gibt es kein Rezept*

Roman

Aus dem Amerikanischen von
Melike Karamustafa und Bettina Hengesbach

 PENGUIN VERLAG

Die Originalausgabe erschien 2024
unter dem Titel *The Slowest Burn*
bei St. Martin's Press, New York.

Penguin Random House Verlagsgruppe FSC® N001967

1. Auflage
Copyright © 2024 der Originalausgabe by Sarah Chamberlain
Copyright © 2025 der deutschsprachigen Ausgabe
by Penguin Verlag
in der Penguin Random House Verlagsgruppe GmbH,
Neumarkter Straße 28, 81673 München
produktsicherheit@penguinrandomhouse.de
(Vorstehende Angaben sind zugleich Pflichtinformationen
nach GPSR)

Redaktion: Susann Rehlein
Umschlaggestaltung: bürosüd
Umschlagabbildung: Illustration by Guy Shield
Satz: KCFG – Medienagentur, Neuss
Druck und Bindung: GGP Media GmbH, Pößneck
Printed in Germany 2025
ISBN 978-3-328-11187-0
www.penguin-verlag.de

*Für Craig, der mir so viel über das Kochen,
über Wahlfamilien und bedingungslose
Liebe beigebracht hat.*

*Und für Tom,
für den ich am allerliebsten koche.*

*Kochen und die Menschen, die dich lieben:*
*die zwei besten und praktischsten Wunder überhaupt.*

Ella Risbridger, *The Year of Miracles*

# 1

## *Ellie*

»Das ist alles, was man als berühmter Koch braucht, um einen Buch-Deal an Land zu ziehen? Eine zweizeilige E-Mail seines Agenten und einen lächerlichen Spitznamen?« Wütend wedelte ich mit der ausgedruckten Nachricht, die mich so empörte, vor meiner besten Freundin in der Luft herum.

Nicole streckte sich auf dem Stuhl des Konferenzraumes, elegant wie eine Katze, die sich in der schwachen Januarsonne aalte. »Tobias Paul vertritt als Agent alle, die in der Kochbranche Rang und Namen haben, und Happy Pirate Leprechaun ist ein grandioser Name. Immerhin ist der rothaarige Kobold das Wahrzeichen Irlands, und dass der Typ mit dem Bandana aussieht wie ein Pirat, kannst du nicht abstreiten.«

»Für eine Comicfigur auf einer Cornflakes-Packung ist das vielleicht ein grandioser Name«, murrte ich. »Das Jahr beginnt ja ganz wunderbar.«

An den meisten Tagen war es mein Traumjob, Ghostwriterin für Kochbücher zu sein. Die Verlage bezahlten mich fürs Kochen und fürs Schreiben, also für das, was ich liebte. Abgesehen davon, dass ich als

*9*

Ghostwriterin den Tonfall der Person, für die ich schrieb, einzufangen hatte, war ich auch Übersetzerin, denn ich verwandelte die riesigen für Restaurants ausgerichteten Mengen und zahlreichen Kochschritte in simple Anweisungen, denen eine jede und jeder zu Hause in der eigenen Küche folgen konnte.

Um erfolgreich ein Kochbuch für eine andere Person zu schreiben, musste ich unerschütterlich sein: methodisch, präzise, gut im Zeitmanagement und vor allem geduldig im Umgang mit den Marotten anderer. Doch der Mangel an Informationen über dieses Projekt gab mir das Gefühl, auf einem Bürostuhl mit Rollen zu stehen und dabei kompetent rüberkommen zu müssen.

Dass Kieran O'Neill zu spät kam, half nicht gerade, mich zu beruhigen.

Sein Sieg in der Reality-Kochshow *Fire on High* hatte dazu geführt, dass sich sechs Verlage eine dramatische Auktion geliefert hatten, um sein erstes Kochbuch zu veröffentlichen. Der Lektor von Alchemy Press, Tad Winthrop, hatte am Ende gewonnen, indem er ihm eine lächerlich hohe Geldsumme und die Dienste seiner gewissenhaftesten Ghostwriterin zugesagt hatte. Ich sollte die Rezepte und Geschichten so schreiben, dass es nach ihm klang, meine Freundin Nicole würde für die Fotos zuständig sein. Heute würden wir uns alle zum ersten Mal treffen, um unseren Schlachtplan für die nächsten Monate zu entwickeln.

Ich las die E-Mail laut vor in der Hoffnung, dass

wie von Zauberhand weitere Worte erscheinen würden. »*Kieran O'Neill möchte ein Kochbuch darüber schreiben, wie man Spaß in der Küche hat. Rufen Sie mich an.* Spaß? Super, danke, das sagt mir alles, was ich wissen muss.«

Nicole betrachtete die Spitzen ihrer langen schwarzen Haare. »*Fire on High* ist die Kochshow des Jahrzehnts. Ich weiß, du schaust dir nur historische britische Menschen an, die sich hoffnungslos verlieben, aber die Sendung hast selbst du durchgebinged.«

Ich nickte. »Dummerweise hab ich die ganze Staffel gesehen – fünfzehn Stunden meines Lebens, die ich damit hätte verbringen können, Stricken zu lernen oder endlich *Eine gute Partie* zu lesen und noch fünf andere Romane dazu.«

Sie ließ ihre Haarsträhnen fallen. »Wie kann es sein, dass dir das nicht gefallen hat? Dass *er* dir nicht gefallen hat! Er hat eine Wahnsinnsentwicklung gemacht.« Sie wedelte mit den Händen. »Er hat es als Außenseiter bis ganz nach oben geschafft und seine Stimme gefunden!«

Ich verschränkte die Arme und seufzte. »Das Rumgewedel mit deinen Händen ist echt niedlich, aber du weißt, dass ich mir die Show nur angeschaut habe, weil ich musste. Ich möchte nicht über andere urteilen, aber das Zeug ist einfach nicht mein Geschmack.«

Ich ging zum raumhohen Fenster und genoss für einen Moment die Friedlichkeit des Ausblicks. Die Golden Gate Bridge war eine elegante rote Linie in der Ferne, und die Marin Hills lagen im Licht des frühen Nachmittags wie smaragdgrüner Samt ausgebreitet.

Nicole lehnte sich neben mir an die Scheibe, aber betrachtete nicht den Ausblick.

»Ich weiß, du findest, Kochen sollte nicht so sein.« Ihr fröhlicher Ton war Sorge gewichen. »Dass es nicht darum gehen sollte, anzugeben und zynisch zu sein. Es sollte darum gehen, sich um Leute zu kümmern und sie glücklich zu machen. Aber vielen Menschen gefällt nun mal eine gute Performance. Der *Banquet*-YouTube-Kanal hätte sonst garantiert nicht Milliarden von Klicks.«

»Aber es ist so *fake*.«

»Okay, na schön, du wirst dir niemals witzige Kochvideos mit mir anschauen. Hast du dir die Show dann durch deine Finger angesehen? Oder weißt du tatsächlich etwas über den Typen?«

Ich legte mir in gespielter Empörung eine Hand an die Brust. »Wie kannst du es wagen, meine Suchmaschinenfähigkeiten anzuzweifeln? Ich weiß, dass sein Name Kieran Michael O'Neill ist und dass er siebenundzwanzig ist. Er hat am achtzehnten Dezember Geburtstag.«

Nicole lächelte. »War ja klar, er ist durch und durch Schütze.«

Ich verdrehte die Augen. »Natürlich, wenn du glaubst, dass der gesamte Charakter einer Person davon bestimmt wird, wo die Sterne zu einem willkürlichen Zeitpunkt am Himmel stehen.«

»Gesprochen wie eine wahre Jungfrau.« Sie schnalzte mit der Zunge.

»Wie dem auch sei. Er kommt aus Ojai in Ventura County, hat die Nordhoff Highschool besucht und am Santa Barbara City College einen Abschluss in Culinary Arts gemacht. Danach hat er zwei Jahre lang im Pacific Hotel in Montecito gearbeitet, ehe Steve Yuan ihn ins Qui in San Francisco geholt hat. Er hat sich in weniger als vier Jahren vom Praktikanten zum Sous Chef hochgearbeitet.«

»Woher stammt sein Spitzname?«

»Pirat, weil er immer ein schwarzes Bandana trägt. Leprechaun, also Kobold, weil er relativ klein und rothaarig ist.« Nicht dass er daran etwas ändern könnte.

»Lieblingszutat?«

Danach wurde er in jedem Interview gefragt. »Zitrus. Ihm gefällt, wie dieses Aroma *das Essen zum Leben erweckt*.«

Nicole warf ihre Hände in die Luft. »Okay, dann kennst du also ein paar Fakten. Aber weißt du, wie er ist?«

»Ich schätze, das werde ich herausfinden, wenn ich ihn kennenlerne. Falls er jemals hier ankommt.«

Sie ächzte. »Ich kapier's nicht. Dieses Projekt ist so was von nicht dein Ding. Warum hast du dich dazu bereit erklärt? Aber bevor du mir eine lächerlich komplizierte Antwort gibst, brauche ich Nahrung.« Sie drehte sich um und nahm eins der faden Supermarkt-Croissants von dem Plastiktablett auf der Mitte des Tisches. »Willst du eins?«

Ich schüttelte den Kopf. »Traurige Backwaren.«

»Traurige Backwaren sind besser als keine Backwaren.«

Ich betrachtete das zusammengesunkene Croissant in ihrer Hand. »Da bin ich anderer Meinung.«

»Du bist so picky.«

»Ich würde es eher urteilsfähig nennen. Übrigens habe ich Ja gesagt, weil Tad mich ausdrücklich gebeten hat. Er meinte, er brauche die verlässlichste Person.« Ich war stolz darauf, niemals zu spät abzuliefern und immer mit einem Lächeln.

»Die Welt geht nicht unter, wenn du ab und zu mal Nein zu ihm sagst«, erwiderte sie mit der Müdigkeit einer Person, die dieses Gespräch schon viele Male geführt hatte. »Du musst nicht immer verfügbar sein.«

Ich ignorierte ihren nörglerischen Unterton. Verfügbar zu sein, war kein Problem, wenn ich ohnehin nichts anderes zu tun hatte. »Ich bin ihm etwas schuldig, weil er sich in Bezug auf Max so toll verhalten hat.«

Ihre Züge wurden ein wenig weicher. »Du warst ihm vor zweieinhalb Jahren etwas schuldig. Und es war schließlich nicht so, als hättest du das La-Estufa-Kochbuch *grundlos* zu spät fertiggestellt. Dein Mann ist *gestorben*. Und seitdem bist du grandios. Besser als grandios.«

»Vielleicht.« Tad hatte mir versichert, ich könne mir so viel Zeit nehmen, wie ich brauchte. Bis ich wieder bereit war, zu arbeiten, hatte er mir Fertigessen für meine Tiefkühltruhe sowie ein Buch mit seinen Lieblingsgedichten von Auden geschickt und sich jede Woche nach meinem Wohlbefinden erkundigt.

»Nicht *vielleicht*, aber was soll's. Dann weiß ich jetzt also, was Tad will. Doch was willst *du*, Ellie?«

Ich sah zu, wie ein kleines Boot in Richtung Emeryville Marina raste, und folgte mit meinem Blick seiner Route über das Wasser.

Ich wusste, was ich wollte.

Sicherheit.

Nachdem ich ein ganzes Jahrzehnt damit verbracht hatte, für meinen jüngeren Bruder da zu sein, weil unser Dad weg war und unsere Mom nicht wirklich ansprechbar, waren Max und die Wassermans mein sicherer Hafen gewesen. Wenn ich sie besuchte, küsste mich sein Vater schmatzend auf beide Wangen, schenkte mir ein Bier ein und fragte mich nach meiner Meinung zum letzten Basketballspiel der Warriors. Seine Mutter Diane zog mich immer in die Küche, um mich eine Soße probieren zu lassen und mit mir zu fachsimpeln, ob mehr Salz oder Zitrone hineinmüsste. Meistens drückte sie mir noch ein Buch in die Hand, wenn ich wieder ging.

Nachdem Max und ich geheiratet hatten und er an die University of California berufen wurde, konnte ich mich darauf verlassen, dass er mir jeden Abend, wenn er den Studierenden Flaubert und Balzac auf Französisch nähergebracht hatte, sagte, wie sehr er es liebte, mich lächeln zu sehen. Jeden Mittwoch brachte er mir rote Rosen mit. Jeden Freitagnachmittag fuhren wir für das Schabbat-Dinner nach Berkeley.

Als seine Stelle unbefristet wurde, wusste ich, dass wir ein altmodisches Schindelhaus in der Nähe der Uni kaufen und ein Baby bekommen würden. Ein süßes Baby mit Max' dunklen Augen, das in einem Zuhause voller Liebe und Wärme aufwachsen würde. Das stets wissen würde, dass es erwünscht war.

All diese Sicherheiten waren eines späten Abends mit dem Anruf aus Paris vor zweieinhalb Jahren zerfallen. Kein Max mehr, kein Haus und keine süßen Babys mit dunklen Augen.

»Aber mal im Ernst. Warum datest du nicht jemanden, der das Gegenteil von Max ist?«, unterbrach Nicole meine Erinnerungen.

Ich blinzelte. »Warum sollte ich das tun? Er würde mich in den Wahnsinn treiben.«

»Ich weiß, dass Max schon beim ersten Date zu dem Schluss gekommen ist, dass du seine Seelenverwandte warst, aber für die meisten Menschen bedeutet ein erstes Date einfach nur *Spaß*. Warum gehst du nicht nur zum Spaß mit jemandem aus?« Sie deutete auf die ausgedruckte E-Mail. »Hast du was gegen Spaß?«

»Ach, um Gottes willen, ich habe natürlich nichts gegen Spaß!«

Auf dem Flur waren Stimmen zu hören, und Nicole tippte mich am Arm an. »Dann beweise es mir. Hier kommt er.«

Ehe er den Raum betrat, glaubte ich zu wissen, wie Kieran O'Neill aussah. Aber Nicole hatte recht, man musste es selbst erleben.

Im Fernsehen war er auf schrullige Art gut aussehend gewesen mit seiner blassen Haut, dem drahtigen Körper und den hohen Wangenknochen. Doch von Angesicht zu Angesicht mit seinem breiten Grinsen und den feinen Lachfältchen um die Augen wirkte er wie der schelmische Puck aus *Ein Sommernachtstraum*, sein herbstfarbenes Haar reichte ihm bis zum Kinn, und er hatte silbergrüne Augen. Er trug ein löchriges altes Band-T-Shirt. Der Halsausschnitt war ausgefranst, die Jeans war ebenso zerfetzt, und seine Chucks waren so alt, dass der schwarze Stoff zu einem Dunkelbraun ausgebleicht war.

»Ich möchte euch miteinander bekannt machen«, sagte Tad, als wären wir auf einer Cocktailparty und nicht in einem Zimmer, in dem es nach schlechten Backwaren roch. »Kieran, das ist Nicole Salazar, die die Fotos für dein Buch machen wird.«

Kieran grinste. »Schön, dich kennenzulernen, Nicole. Steve hat mir schon viel über dich erzählt.«

Sie lachte. »Das überrascht mich. Dein Boss schuldet mir nämlich immer noch zwanzig Kröten, weil ich ihn beim Tischtennis besiegt habe.«

Er wedelte gespielt schockiert mit den Armen herum. »Aber niemand hat ihn *jemals* besiegt.«

Sie pustete auf ihre Fingernägel. »Da kannst du mal sehen, wie gut ich bin.«

Ich konnte mich gerade noch davon abhalten, die Augen zu verdrehen.

Endlich wandte sich Tad zu mir um. »Und das ist Ellie Wasserman, deine Ghostwriterin.«

Als wir einander die Hand schüttelten, war seine an den Stellen rau, die typisch für jemanden waren, der schon seit Langem mit Messern und Feuer arbeitete. Sein Händedruck war außerdem fest. Obwohl mir schleierhaft war, warum sich Köche Messer auf die Arme tätowieren lassen mussten. Es war schließlich nicht so, als würden sie vergessen, was sie beruflich machten.

»Schön, dich kennenzulernen, Kieran«, begrüßte ich ihn. Seine Haut war warm, und als er mein Lächeln erwiderte, wobei er all seine Zähne entblößte, dehnte sich die winzige Narbe unter seiner Unterlippe. Ich blinzelte ein paarmal, die feine Linie zog meine Aufmerksamkeit auf sich.

»Die geheimnisvolle Ellie Wasserman«, sagten seine Lippen und lächelten breit. »Aber ich schätze, es ist der Job einer Ghostwriterin, gespenstisch zu sein.«

Beim Wort »gespenstisch« wedelte er mit den Fingern, was mich aus meinen Gedanken riss.

Das hatte mir gerade noch gefehlt. Jemand, der meinen Beruf nicht ernst nahm. Ich sah ihn aus verengten Augen an, wodurch sein Lächeln ein wenig schwächer wurde.

»Lasst uns loslegen«, sagte Tad und wandte sich zum Tisch um.

Als wir Platz genommen hatten, legte ich meinen Kalender und mein Notizbuch hin und meinen schwarzen Stift ordentlich daneben.

Nicole holte ihren Ringblock hervor und öffnete eine neue Sprachnotiz auf ihrem Handy.

Kieran, der gegenüber von mir saß, holte nichts heraus, sondern vergrub die Hände in seinen Achselhöhlen. Über meine Schulter hinweg schaute er sich im Raum um, wobei er alles ansah außer Tad, der den Weg bis zur Veröffentlichung erläuterte. Endlich griff Kieran nach einem der billigen Kugelschreiber. Vielleicht wollte er sich etwas auf die Hand schreiben? Nein, er klickte den Stift nur auf und zu. Auf und zu. Auf und zu, auf und …

Plopp!

Der Kugelschreiber sprang auseinander, und eine Feder flog über den Tisch und landete auf meinem Notizbuch.

Tad hörte auf zu reden.

Vorsichtig nahm ich die Feder zwischen Daumen und Zeigefinger und legte sie zur Seite.

»Soll ich fortfahren?«, fragte Tad.

»Natürlich, sorry«, erwiderte Kieran. Dann lächelte er und formte mit den Lippen noch einmal *Sorry* in meine Richtung.

Ich schüttelte den Kopf. Nun war mir klar, warum ich das Doppelte meines üblichen Honorars erhielt. Das hier würde harte Arbeit werden.

## Kieran

*Cookie*, dachte ich, als ich Ellie ansah.

Nicht dass ich sie essen wollte. Ich war schließlich kein Kannibale oder so.

Aber sie erinnerte mich an die Cookies, die meine Mutter gebacken hatte, wenn ihre Bridge-Gruppe bei uns zu Hause war. Der Duft, der aus dem Ofen drang, Vanille und Gewürze und unglaublich süß.

Ellie war ein wenig kleiner als ich und hatte Kurven mit endlosen Vertiefungen und Wölbungen, cremefarbene Haut mit zimtfarbenen Sommersprossen an den Armen und auf ihren runden Wangen. Das schulterlange honigfarbene Haar war sanft gewellt, und ihre großen blauen Augen … Nun, hier hinkte der Vergleich mit den Cookies, denn sie erinnerten mich an meine liebste abgetragene Jeans.

Doch zurück zu den Cookies. Jedes Mal, wenn ich geglaubt hatte, Mom würde nicht hinsehen, hatte ich mich auf Zehenspitzen zum Abkühlgitter geschlichen und nach einem runden, warmen Keks gegriffen. Und jedes Mal hatte sie wie aus dem Nichts meine schmutzige Hand weggeschlagen und gewarnt: »Nicht für dich.«

Ellie mochte rund und warm aussehen, aber ihr stand »Nicht für dich« förmlich ins Gesicht geschrieben. Es war an ihrem extrem professionellen Händeschütteln mit genau dem richtigen Druck zu erkennen, an dem altmodischen schwarzen perfekt gebügelten Kleid mit den Knöpfen und dem Gürtel, an den dazu passenden Ballerinas ohne Schrammen. Der einzige Farbtupfer war eine dünne Goldkette, die unter dem Kragen hervorblitzte und im Sonnenlicht funkelte. Ansonsten war alles an ihr schlicht, langweilig und ordentlich.

Sie würde mich hassen. Schon bei meinem Geister-
witz hat sie das Gesicht verzogen. Warum redete ich
in der Gegenwart von hübschen Frauen nur ständig
dummes Zeug?

»Kieran?«, sprach mich mein Lektor Tad an.

Verdammt, nicht schon *wieder*. »Ich höre zu, sorry.«
Meinen Stressball hatte ich zu Hause vergessen, also
tippte ich stattdessen auf mein Bein und hoffte, dass
es genügen würde, um mich zu konzentrieren.

»Als Erscheinungstermin planen wir den siebzehnten März nächsten Jahres«, fuhr er fort.

»Saint Patrick's Day«, bemerkte Ellie mit einem
ruhigen Nicken, während sie sich etwas in ihrem
Kalender notierte. Ihre Handschrift war elegant ge-
schwungen. »Du möchtest weiterhin den Fokus auf
deinen Trollcharakter legen?«

»Exakt.«

Ich bemühte mich, nicht das Gesicht zu verziehen.
Mir war bewusst, dass ich wie der irischste Mensch
der Welt aussah, aber ich dachte, der Happy-Pirate-
Leprechaun-Witz würde sich irgendwann im Sande
verlaufen. Stattdessen blieb er bestehen. »Klingt super«, log ich.

Der Spitzname war während der großen Fleisch-
und-Kartoffel-Challenge in Folge fünf zustande gekommen. In den beiden vorherigen Challenges war
ich Zweitletzter geworden, weil ich mir zu viel vorgenommen und nicht genügend Zeit gehabt hatte.
Edna, die Jury-Chefin hatte mir gesagt, dass sie
wegen meiner Angeberei bald die Geduld verlieren

würde. Ich war nervös gewesen und hatte es in den Sand gesetzt. Die Kartoffeln hatte ich zu lange vorgekocht und damit meinen Plan durchkreuzt, sie zu rösten und zu den Rippchen zu servieren. Eilig entschied ich mich dazu um, die Kartoffeln zu stampfen und in der Pfanne zu kleinen Törtchen zu braten, die ich mit Sauerrahm und Lachsrogen dekorierte. Anschließend gab ich frischen Dill darüber. Hart, der Spitzenkandidat, hatte sich mit einem knorpeligen Stück Rinderkeule verzettelt, sodass ich zum ersten Mal gewann. Ich war so glücklich, dass ich in die Luft sprang und die Hacken zusammenschlug wie ein kleines Kind.

Nun wurde ich den blöden Namen nicht mehr los, doch Tobias riet mir, ihn mir zu eigen zu machen.

»Der Termin für die Manuskriptabgabe ist der elfte August«, fuhr Tad fort.

In mehr als sieben Monaten? Das war eine lange Zeit. Schließlich ging es nur um ein paar Rezepte und ein paar Geschichten, die ich nicht einmal selbst schreiben musste.

»Was sehr knapp ist, das ist mir bewusst«, fügte er hinzu.

*Moment, wie bitte?*

»Aber Ellie, ich vertraue darauf, dass du das hinbekommst.«

»Verlass dich auf mich«, erwiderte sie. »Gab es weitere Korrespondenz zum Buch, seit du mir Tobias' Nachricht weitergeleitet hast?« Sie hielt eine ausgedruckte Seite mit ein paar Zeilen hoch.

»Ich fürchte nicht.« Tad wich ihrem Blick aus.

Sie sah irgendwie niedlich aus, wenn sie verärgert war. *Nein, Kieran, denk nicht mal dran.*

»Aber ich bin mir sicher, Kieran kann uns seine Vision erläutern«, fügte er eilig an.

»Das wäre hilfreich.« Ellie lehnte sich vor, und ich musste in ihr Gesicht schauen, nicht auf ihre Brüste, denn schließlich war ich kein notgeiler Teenager. Obwohl diese Brüste fantastisch waren. Verdammt.

»Du willst Spaß in der Küche haben? Mich würde interessieren, was du damit meinst.« Sie klang eindeutig nicht beeindruckt.

»Es soll spannend sein, schätze ich? Wenn man zu Hause kocht, gibt es oft jeden Tag das Gleiche. Ich möchte, dass die Leute ein wenig Pep in die Kocherei bringen.«

Meine Mom kochte jede Woche die gleichen sechs Gerichte: London Broil, Rinderhacksteak, Schweinebraten, Schweinehacksteak. Lachs am Freitag und Spaghetti am Samstag. Ich hatte schon früh gelernt, zu essen, weil ich Hunger hatte, nicht weil es sonderlich gut schmeckte.

»Und wie willst du das hinkriegen?«, fragte Ellie kühl.

Wärme kroch an meinem Hals herauf. »Das weiß ich noch nicht.«

»Ich bin mir sicher, Ellie wird dir helfen, das herauszufinden«, mischte sich Tad ein.

»Klar.« Sie verengte die Augen. »Und welche Zielgruppe willst du mit dem Buch erreichen?«

Es war wie ein Albtraum, in dem ich nackt vom Himmel fiel und gleichzeitig eine Prüfung ablegen musste, für die ich nicht gelernt hatte. »Alle?«

Ellie rieb sich die Schläfe, als hätte sie Kopfschmerzen. »Kannst du es etwas genauer eingrenzen?«

Ich spürte, dass ich in den Verteidigungsmodus umschaltete. »Inwiefern?«

»Nun«, sagte sie langsam, »gibt es irgendwelche Autoren oder Autorinnen, die du gut findest? Menschen, mit denen du verglichen werden möchtest? Dann würdest du für eine ähnliche Gruppe von Leserinnen und Lesern schreiben.«

»Nope«, murmelte ich. »Ich lese keine Kochbücher.«

Dass ich gerade durchfiel, stand ihr ins Gesicht geschrieben. »Du willst ein Kochbuch schreiben, obwohl du selbst keine liest und auch nicht weißt, was für Leute das tun würden?«

Scham und Wut keimten in mir auf, und ich öffnete den Mund, doch Tad kam mir mit lauter Stimme zuvor.

»Okay! Es gibt offenbar vieles, was ihr beide besprechen müsst. Kieran, warum gehst du nicht und denkst ein bisschen darüber nach, was du dir vorstellst. Dann kannst du mit Ellie ein Treffen vereinbaren. Ich bin mir sicher, ihr werdet euch einigen.«

Ellie sah aus, als würde sie lieber ein Treffen mit einer Badewanne voller Nacktschnecken planen, aber sie lächelte trotzdem gezwungen. »Ich freue mich, von dir zu hören, Kieran.«

»Gut!«, sagte Tad.

Ich wusste nicht, wie er so fröhlich sein konnte. Wem machte er etwas vor? Ich hatte gute Fortschritte in meinem Vorhaben gemacht, ein funktionierender Mensch zu werden, aber dieses Projekt verlangte mir Dinge ab, mit denen ich zu kämpfen hatte. Ich hatte nicht grundlos eine Karriere, die nichts mit Lesen oder Schreiben zu tun hatte.

Vielleicht war Tad nicht bewusst, was für eine schlechte Idee das war, aber Ellie Wasserman sah mich an, als wäre ich ein Teller mit Hundefutter. Ich war mir nicht sicher, ob meine plötzlichen Magen-schmerzen auf ein Magengeschwür hindeuteten oder auf ein bevorstehendes Unheil. Wahrscheinlich beides.

# 2

## *Ellie*

Es war Donnerstagnachmittag, und ausnahmsweise war mein Posteingang leer. Sanfter Winterregen prasselte auf das Dach meines Cottage, und es war gemütlich und warm und perfekt, um ein wenig Arbeit zu erledigen. Wenn es denn Arbeit zu erledigen gegeben hätte.

Ich lud das Fenster mit den E-Mails neu. Nichts.

Seit dem Meeting mit Kieran O'Neill waren zwei Wochen vergangen, und ich hatte mir extra Zeit genommen, um meinen gesamten Fokus auf das Projekt zu legen. Das Warten war keine komplette Zeitverschwendung gewesen, denn meine Budget-Exceltabellen und meine Küche waren gleichermaßen aufgeräumt, und ich hatte sogar drei Monate vor der Frist meine Steuererklärung eingereicht. Doch *eigentlich* hätte ich an Kierans Buch arbeiten sollen.

Ich lud die Seite noch einmal neu, und für eine Sekunde keimte Hoffnung in mir auf. Aber nein, es war nur eine E-Mail von der Bibliothek, um mich daran zu erinnern, dass ich *The Highlander's Hellion* in drei Tagen zurückbringen musste.

Warum zur Hölle hatte Kieran mir nicht geschrieben? Ihm kam der elfte August vielleicht weit entfernt vor, aber wenn ein Kochbuch mit hundertfünfzig Rezepten geschrieben werden sollte, die alle mehrfach ausprobiert und mit witzigen Anekdoten untermauert werden mussten, zählte jeder Tag. Er konnte es sich leisten, faul zu sein, aber dieser Luxus war mir nicht vergönnt. Ich musste *arbeiten*, verdammt. Sonst würde ich das nie im Leben schaffen.

Ich schloss die Augen, atmete durch und stellte mir vor, wie ich das Feuer in meiner Brust löschte. Ich hatte schon in jungen Jahren gelernt, dass ein Wutanfall meine Mutter nicht daran erinnern würde, mir das Geld für die wöchentlichen Einkäufe zu geben, und mir auch nicht half, ihre Unterschrift auf Hanks Gesundheitsformularen für die Schule zu fälschen.

Ich schlang die Arme um meinen Oberkörper, aber es half nicht. Ich vermisste Max' Bärenumarmungen. Früher, wenn ein Projekt auf der Arbeit scheiterte oder meine Mutter noch egoistischer war als sonst, hatte er geflüstert: »Entspann dich, Kätzchen. Es ist nicht so wichtig.« Dann ließ ich mich an seine breite Brust sinken und rieb meine Wange an seinem Pullover. Er legte das Kinn auf meinen Kopf und drückte mich so fest an sich, dass ich meinen Stress vergaß.

Eine Umarmung von Max konnte ich nicht bekommen, aber zumindest konnte ich Tad schreiben und ihn bitten, bei Kierans Agent nachzuhorchen. Später könnte ich mit Hank reden – falls mein kleiner Bruder überhaupt noch wusste, dass wir heute verabredet waren.

Vor zwei Tagen war sein Geburtstag gewesen, und ich hatte noch keine Reaktion auf meine Geschenke erhalten. So vergesslich war er immer.

Ich öffnete unseren Nachrichtenverlauf. Wann immer der zerstreute zukünftige Professor mich wieder einmal zwei Wochen lang nicht angerufen hatte, schrieb ich einen Nachruf. Er war von einem Fahrrad überrollt worden, als er in Gedanken einen Code schrieb, hatte seinen Wagen zu Schrott gefahren, als er falsch in eine Einbahnstraße eingebogen war …

*Henry David Scott, ruhe in Frieden*, tippte ich nun. *Doktorand der Computerwissenschaften am California Institute of Technology und geliebter nicht mehr ganz so kleiner Bruder von Eleanor Ruth Wasserman, gestorben im Alter von vierundzwanzig, erdrückt von einem Berg schmutziger Wäsche.*

Ich grinste, als dreißig Sekunden später mein Handy klingelte und sein Name auf dem Display angezeigt wurde. »Sorry, Schwesterherz«, sagte er, als ich dranging. »Ich war nur abgelenkt.«

»Ich kenne dich«, erwiderte ich voller Wärme. »Keine Sorge. Mir gehen nur die Todesursachen aus. Haben dir deine Geburtstagsgeschenke gefallen?«

Seine fröhliche Stimme erfüllte den Raum. »Ja, die Pretzel Blondies waren köstlich, und das Warriors-T-Shirt ist echt cool. Danke, Ellie. Tut mir leid, dass ich noch nicht angerufen habe, um mich zu bedanken, aber Sam und Josh haben mich nach Silverlake zu einer Party mitgeschleppt, und dort sind wir die ganze Nacht geblieben.«

»Schon in Ordnung. Hast du auch was Schönes mit Malia unternommen?«

Er schluckte. »Momentan läuft es nicht so gut zwischen uns.«

Verdammt. Ich mochte diese Freundin. Wir hatten uns kennengelernt, als sie und Hank letztes Jahr von Pasadena aus hergeflogen waren. Sie war gelassen und bodenständig und schien es ihm nachzusehen, wenn er sich zu sehr auf seine Forschungsprojekte konzentrierte. »Oh nein, was ist denn los?«

»Nichts Schlimmes. Sie verbringt nur eine Menge Zeit damit, sich auf die Juraprüfung vorzubereiten, deshalb ist sie nicht oft zu Hause.«

»Dann seht ihr euch also nicht oft genug? Das wird vorübergehen, oder nicht?« Ich hoffte es inständig.

»Ich schätze schon. Aber wenn sie hier ist, regt sie sich darüber auf, dass es im Bad ein bisschen unordentlich ist und ich den Abwasch nicht gemacht habe, und fängt an zu putzen, statt Zeit mit mir zu verbringen.«

Die Worte kamen mir über die Lippen, ehe ich sie aufhalten konnte. »Na ja, du könntest den Abwasch auch selbst machen.«

»Ich dachte, du bist auf meiner Seite.« Er klang kleinlaut.

Ich rieb mir die Stirn. »Bin ich auch. Du kannst immer auf mich zählen.«

Er seufzte. »Das weiß ich. Wie dem auch sei, danke jedenfalls für die Geschenke. Ich freu mich, dass wenigstens du an meinen Geburtstag gedacht hast.«

Oh-oh. »Mom hat dir nichts geschickt?«

Sein Schweigen war Antwort genug.

Laut Instagram war meine Mutter vor drei Tagen durch den Zion-Nationalpark gefahren, und wenn sie ausreichend Empfang hatte, um etwas über ihren neuen Freund Rocky zu posten, hätte sie auch meinen Bruder anrufen können.

»Warum ist sie nur so schlecht darin, eine Mom zu sein?«, fragte er.

Ich wusste, dass es eine rhetorische Frage war, aber die beschwichtigenden Worte kamen mir dennoch über die Lippen. »Es könnte schlimmer sein. Immerhin hat sie uns nie geschlagen, und sie war auch nicht drogenabhängig.«

»Ja, aber sie ist eine selbstsüchtige Hippiefrau, die wir nur dann sehen, wenn sie gerade Lust hat, und dann brennt sie wieder mit dem nächstbesten Typen durch. Hashtag Vanlife. Hashtag blessed.«

»Ich weiß, Stretch«, erwiderte ich in einem Versuch, ihn mit seinem alten Spitznamen aufzuheitern. Schon mit neun war er größer als ich, und mit achtzehn war er eins dreiundneunzig gewesen. »Aber sie ist nun mal so, wie sie ist, und du hast schließlich mich. Komme, was wolle.«

Er seufzte. »Das weiß ich. Ich liebe dich, Shrimp.«

Ich lächelte. »Ich liebe dich auch. Aber ich muss jetzt anfangen, das Abendessen zu kochen«, fügte ich mit einem Blick auf die Uhr hinzu.

»Du machst noch immer das Schabbat-Dinner für Ben und Diane?«, fragte er.

»Ja. Das tue ich gern.«

»Ich bin neidisch.« Eine Sekunde lang schweigt er. »Ich rufe dich bald wieder an, Ellie. Versprochen.«

Darauf würde ich zwar nicht zählen, aber ich wusste, dass er es gut meinte. So war er.

Als ich alle Dinner-Zutaten in der Küche meiner Schwiegereltern bereitgelegt hatte, begann ich mit dem wöchentlichen Ritual. Eine Dose geräucherte Sardinen, geöffnet und das Öl abgegossen. Eine große Handvoll Cracker auf einem kleinen Teller. Ein kleiner Spritzer gelber Senf. Eine Flasche Lager, in einen abgenutzten blauen Plastikbierbecher gefüllt.

Mein Schwiegervater erschien eine Minute später in der Küche. Ben beugte sich runter und küsste mich auf beide Wangen. »Gut Schabbes, Liebes.«

»Gut Schabbes, Aba.«

»Was gibt es zum Abendessen?«

»Natürlich dein Hühnerfleisch mit Karotten.« Früher hatte ich mal versucht, das Fleisch in Buttermilch zu marinieren und die Haut mit Butter, Garam Masala und Safran einzupinseln. Doch Ben wollte nur ein einfaches Hähnchen mit Salz und Pfeffer, heiß und schnell, mit Gemüse darunter, das den Schmalz aufsaugte. »Röstkartoffeln mit ganzen Knoblauchzehen und Rosmarin, Fenchel-Orangensalat und Mokka-Cheesecake zum Nachtisch.«

»Wunderbar«, erwiderte er mit seinem Long-Island-Akzent. »Diane wird den Kuchen lieben, so gerne, wie sie Süßes isst.« Wir beide wussten, dass dies die größte Menge an Kalorien sein würde, die sie heute zu sich nahm.

Ich wartete darauf, dass er sich erkundigte, wie mein Tag gewesen war, aber er wirkte abgelenkt.

»Wie war es in der Praxis?«, fragte ich. Ben war eigentlich schon in Rente, aber er kümmerte sich in seiner Arztpraxis immer noch um ein paar Teenager.

»Alles wunderbar.« Er rieb sich die Stirn. »Aber Diane hatte eine harte Woche.«

Ich versuchte, mir meine Bestürzung nicht anmerken zu lassen. An manchen Tagen kam sie aus ihrem Büro an der University of California zurück und war bester Laune, weil sie eine interessante Unterhaltung mit einem ihrer Doktoranden gehabt hatte oder weil eine Studentin während ihrer Dickens-Vorlesung besser aufgepasst hatte als sonst. An anderen Tagen war es eindeutig, dass sie im Internet Bridge gespielt und sich Max' Facebook-Seite angesehen hatte.

Ben machte es sich mit seinem Kreuzworträtsel am Ende der Kücheninsel bequem. Für eine Weile hörte man nur, wie mein Messer durch die Karotten und den Fenchel glitt, sein Kugelschreiber über das Papier kratzte und wie er seine knusprigen Mini-Sardinen-Sandwiches aß.

»Vierzehn hab ich schon«, verkündete er plötzlich. »Kochvorbereitungen *en français*, drei Wörter. Vier, zwei, fünf.«

»*Mise en place*«, antwortete ich.

»*Très bien*«, erwiderte er. »Deine Aussprache ist immer noch ausgezeichnet. Hast du dir mittlerweile endlich einen Konversationspartner gesucht, so wie ich vorgeschlagen habe?«

»Ich hatte zu viel auf der Arbeit zu tun, und außerdem kann ich mein Französisch doch mit dir üben, richtig?«

Er lächelte. »Natürlich. Aber ich bin alt und vergesslich, wie du weißt. Du brauchst jemanden, der jung und scharfsinnig ist.«

Noch während er sprach, wurde die Haustür geöffnet und schwungvoll wieder geschlossen.

Ich legte mein Messer ab, und Ben setzte die Kappe auf seinen Stift.

»Frohen Schabbat!«, sagte meine Schwiegermutter, als sie in die Küche gerauscht kam.

Angesichts ihrer fröhlichen Stimme suchte Ben meinen Blick und riss die Augen auf, als hätten wir gerade zum ersten Mal seit einer verregneten Woche wieder Sonne gesehen. War die alte Diane zurück, die Königin der Küche, der Mittelpunkt jeder Party?

»Frohen Schabbat, Ema«, erwiderte ich und bemühte mich, nicht allzu überrascht zu klingen. »Wie war das Fakultäts-Meeting heute?«

»Es war wundervoll, Schätzchen. Hätte nicht besser laufen können.« Sie hielt vor Ben eine dunkelrote Papiertüte in die Höhe. »Ich hab dir zum Nachtisch die Pistazien-Eclairs geholt, die du so liebst, Benny.«

Mein zögerliches Lächeln wurde nun aufrichtiger. Ich hatte zwar schon den Cheesecake gemacht, aber ich würde ihr an einem ihrer guten Tage auf keinen Fall einen Strich durch die Rechnung machen. »Wie toll.« Ich nahm ihr die Tüte ab. »Möchtest du den Tisch decken?«

Im letzten Monat hatte sie sich häufig in ihr Zimmer zurückgezogen und war nur widerwillig zum Abendessen runtergekommen. »Klar«, flötete sie nun jedoch. »Lasst uns das gute Geschirr rausholen.«

Spätestens jetzt hätten wir hellhörig werden sollen. Ich dachte, es ginge ihr lediglich ein wenig besser, hatte aber nicht damit gerechnet, dass Diane während des Dinners ihr Glas Chardonnay heben und sagen würde: »Ich gehe nach diesem Semester in Rente.« Sie sagte es wie einen ganz normalen Satz.

Sie war siebenundsechzig, also war es keine vollkommen verrückte Idee, aber die Erleichterung, die ich bis soeben noch empfunden hatte, verwandelte sich trotzdem in die vertraute Sorge.

»Ich habe im Meeting verkündet, dass dieses Jahr mein letztes sein wird«, sagte sie nach einem großen Schluck Wein. »Ich bin schon viel zu lange in Berkeley. Ringe mir Publikationen ab, unterrichte undankbare Studierende.«

»Du hast nie erwähnt, dass du unglücklich bist, mein Liebling«, erwiderte Ben langsam. Er wirkte genauso verwirrt wie ich.

Bevor Max starb, waren die zwei Dinge, die Diane am meisten liebte, Kochen und Unterrichten gewesen. Sie hatte immer ihre kleine Herde aus Erstsemestern, die ihr ehrfürchtig auf Schritt und Tritt folgten, und regelmäßig kamen alle, die ihren Abschluss gemacht hatten, zu üppigen Dinnerpartys, die erst um zwei Uhr morgens endeten. Diane bezeichnete ihre Studenten stets als ihre Schützlinge.

Das Kochen hatte ich vor zwei Jahren übernommen, als sie es nicht mehr aus dem Bett schaffte, und sie schien immer noch froh darüber zu sein, dass ich für sie und Ben Essen zubereitete. Wie sollte es weitergehen, wenn sie nicht mehr an der Uni unterrichtete?

»Was willst du stattdessen tun?«, fragte ich vorsichtig.

Sie wich meinem Blick aus. »Ich habe mich noch nicht entschieden, aber ich konnte es einfach nicht länger ertragen, und es hat sich sehr gut angefühlt, ausnahmsweise mal Nein zu etwas zu sagen.«

Die Sorge setzte sich nun wie ein schwerer Klumpen in meinem Magen fest.

»Vielleicht könnten wir reisen, das hatten wir doch immer vor.« Der Optimismus in seiner Stimme wankte ein wenig. »Wir waren schon seit zehn Jahren nicht mehr in London, und ich wollte immer nach Japan, weißt du noch?«

Diane schaute auf ihren Teller hinab, ihre überschäumende Laune war plötzlich wie weggeblasen. »Ich dachte, ihr zwei würdet euch mehr für mich freuen.« Sie schob den Teller von sich. »Ich bin fertig. Die Eclairs könnt ihr allein essen.«

Später am Abend machte ich es mir mit meinem neuesten Liebesroman bequem. Das Cottage in Bens und Dianes Garten war gemütlich und ruhig. Als ich eingezogen war, war es nur spartanisch für Gäste eingerichtet gewesen, die für ein oder zwei Tage bleiben würden. Ich hatte es so schön gestaltet, wie ich konnte. Mit Bens Hilfe hatte ich die Wände in einem sanften Blattgrün gestrichen, Bücherregale aus Pinienholz gebaut, die ich mit Kochbüchern gefüllt hatte, und Decken und Kissen in knalligen Farben gekauft, die sich als Kontrast von den einfachen grauen Möbeln abhoben.

Doch eines Tages würde ich in einem Haus wohnen, in dem ich alles selbst auswählen konnte. Vor achtzehn Monaten hatte ich einen Blog über eine englische Kochbuchautorin gelesen, die in ihrem eigenen Wohnzimmer und ihrer Küche schrieb, Rezepte austestete und Fotos machte. Ich begann noch am selben Tag, Fotos von kombinierten Arbeits- und Wohnräumen zu speichern, und legte eine Tabelle an, um zu planen, wie viel Geld ich jede Woche für ein Eigenheim sparen konnte. Ich bezahlte ohnehin schon keine Miete, aber nun schnitt ich Coupons für Lebensmittel aus, hörte auf, mir neue Klamotten zu kaufen, und lieh mir Bücher und Filme in der Bibliothek aus, statt in die Buchhandlung zu gehen.

Eines Tages würde ich wieder einen Doppelofen und einen Geschirrspüler haben, einen riesigen Holztisch, der sowohl für Dinnerpartys als auch für die Arbeit geeignet war. Ich würde alte Gläser und Teller als Dekoration für Bilder sammeln, damit ich den Raum an Fotografinnen und Food-Stylisten vermieten konnte, die einen wohnlichen Hintergrund brauchten.

Das Beste daran wäre, dass es ganz allein mir gehören würde. Ich würde nicht umziehen müssen, weil meine Mutter der Ansicht war, ihr aktueller Freund wurde zu anhänglich oder weil mein Mann gestorben war und der Vermieter glaubte, die richtige Art, mir sein Beileid zu bekunden, wäre, die Miete zu verdoppeln.

Max hatte kein Haus kaufen wollen, ehe er eine Festanstellung hatte. Wenn ich ihn auf Immobilienanzeigen aufmerksam machte, küsste er mich und versicherte mir, dass wir noch genügend Zeit hätten. »Du bist mein Zuhause, Kätzchen. Wir könnten in einem Baumhaus oder einem U-Boot wohnen, solange wir nur uns haben.«

Und er hatte recht gehabt. Nachdem er gestorben war, war unsere heruntergekommene Wohnung kein Zuhause mehr gewesen, selbst bevor ich offiziell vor die Tür gesetzt worden war. Es war kalt, leer und stickig gewesen. Als Ben angerufen und gefragt hatte, ob ich bei ihnen einziehen wollte, sagte ich Ja, ehe er es sich anders überlegen konnte.

Das winzige Cottage war zwar nicht das, was ich wirklich wollte, aber es hatte mir einen sicheren Unterschlupf geboten, als ich ihn brauchte, und mir eine Aufgabe verschafft. Ben und Diane hatten mir so viel gegeben, und ich hatte eben für sie gekocht.

Ein fragendes Miauen riss mich aus meinen Gedanken. »Na, mein Süßer?«, murmelte ich dem flauschigen Kater zu, der auf meinem Schoß saß, und streichelte ihn.

Floyd gähnte und streckte sich so aus, dass sein riesiger gestreifter Kopf auf meinem Knie ruhte und seine buschigen weißen Pfoten von meinen Oberschenkeln hinabhingen. Die Tierärztin hatte gesagt, in dem Kater müsse ein wenig Maine Coon stecken, was den Überfluss an Fell und die überdimensionale Größe erklären würde.

Die Therapeutin, die ich nach Max' Tod für ein paar Monate aufsuchte, hatte vorgeschlagen, ein Haustier zu adoptieren, um Gesellschaft zu haben und meinen Tagen eine Struktur zu geben. Im Tierheim hatten sich die meisten Katzen in die hinterste Ecke ihres Käfigs verkrochen, doch dieser riesige Kater war herausstolziert und hatte sich auf meine Füße plumpsen lassen. Da mir Liebe auf den ersten Blick nicht fremd war, unterschrieb ich die Adoptionsunterlagen, ohne zu zögern. Floyd war in seinem früheren Leben ein großspuriger Vagabund gewesen, wobei er sich ein Immundefizienz-Virus zugezogen hatte. Wegen seiner Anfälligkeit für Krankheiten konnte er nicht nach draußen, was ihn allerdings nicht davon abhielt, jeden Morgen vor der Haustür zu sitzen und zu maunzen, bis ich ihn mit Frühstück und Streicheleinheiten weglockte.

So spät am Abend war er jedoch zufrieden damit, mein Schoßwärmer zu sein. Als ich über den langen Bogen seiner Wirbelsäule strich, belohnte er mich mit einem lauten Schnurren.

»Na siehst du, wir verstehen uns doch wunderbar, nicht wahr? Nur wir zwei, gemütlich eingekuschelt.«

Ich wandte mich wieder meinem Buch zu. Ein großer stoischer Schotte rettete gerade eine englische Lady in Not. Es würde keinen Pulitzer-Preis kriegen, aber nach dem heutigen Dinner wollte ich nur ein paar Stunden an ein Happy End glauben.

Zwischen dem Helden und der Heldin ging es an einem windigen Berghang zur Sache, und ich dachte, ich könnte vielleicht zum ersten Mal seit Langem sorglos ins Bett gehen, doch in dem Moment hörte ich ein vorsichtiges Klopfen.

Dianes Schatten war durch den Vorhang zu erkennen.

»Ich hab gesehen, dass bei dir noch Licht brennt«, sagte sie mit einer Stimme, die genauso zerbrechlich klang, wie ihr viel zu dünner Körper wirkte, als ich ihr öffnete.

»Komm rein.« Ich achtete darauf, mit warmer, fester Stimme zu sprechen. Waren es Dianes Besuche, die mich vom Schlafen abhielten, oder kam sie zu mir, *weil* ich so wenig schlief?

Sie streckte ihre Hand aus. »Ich wollte dir auch deine Jahrzeit-Kerze bringen.«

Max' Todestag war im Juli, und es war gerade erst Januar, doch ich entschloss mich, nichts zu sagen, weil ich sah, wie ihre Augen glänzten und ihre Lippen bebten. »Danke. Möchtest du was trinken? Pfefferminztee vielleicht?«

»Das klingt gut.« Sie trat ein.

Ich stellte die Kerze ab und setzte den Teekessel auf, wobei ich ignorierte, wie schwer meine Schultern auf einmal vor lauter Erschöpfung waren. Diane besuchte mich schon seit mehr als einem Jahr – manchmal einmal pro Woche, manchmal mehrere Abende hintereinander.

Nun schlenderte sie zu meinem Bücherregal und nahm einen Silberrahmen mit einem Bild von Max und mir heraus. »So ein schönes Paar – wie aus den Anfängen von Hollywood. Ihr zwei hattet eine Beziehung, die ewig gehalten hätte.«

Diane hatte das Foto von uns gemacht, als Max seinen Doktortitel erhalten hatte. Damals war ich vierundzwanzig gewesen und hatte ein hellblaues Kleid getragen, ein Kontrast zu seiner schwarzen, marineblau abgesetzten Robe. Ich lächelte mit geschlossenen Augen, eine Hand auf das Herz gelegt, von dem mein Mann mir versprochen hatte, es würde nur für mich schlagen, während er sich runtergebeugt und mich auf den Scheitel geküsst hatte.

Ich lächelte matt. »Er hat mir immer das Gefühl gegeben, etwas Besonderes zu sein.«

»Das wart ihr beide. Wir waren so glücklich«, flüsterte Diane, während ihr eine Träne über die Wange lief.

Drei Jahre später war Max zu einer akademischen Konferenz nach Paris geflogen. Er hatte mich angebettelt, ihn zu begleiten, aber Tad hatte mir gerade meinen ersten Job als Ghostwriterin gegeben, den wollte ich nicht vermasseln, selbst nicht für eine heiße Nacht in einem Fünfsternehotel. Am Tag bevor er zu mir hätte zurückkehren sollen, legte er sich schlafen und wachte nie wieder auf. Er hatte nicht leiden müssen, wie mir der Polizeibeamte versicherte, doch das ist genau die Art von Notlüge, die ich auch einer siebenundzwanzigjährigen Frau erzählen würde, die gerade zur Witwe geworden war und vor Schluchzen kaum sprechen konnte.

In dem ersten Jahr danach verwandelte ich mich beinahe in eine vertrocknete Hülse, so viel weinte ich. In meinem kalten Bett sehnte ich mich nach einer letzten Nacht in seinen starken Armen, einer letzten Nacht, in der ich mich wertgeschätzt und beschützt fühlte.

Doch mittlerweile war ich dreißig, einunddreißig im August. Nächstes Jahr würde ich älter sein, als es Max jemals war. Ich war zur Therapie gegangen, hatte Yoga gemacht, mich um Floyd gekümmert und gekocht. Es war nicht perfekt, aber es genügte, damit ich morgens aufstehen konnte.

Ich wünschte mir immer noch jemanden, der mich liebte, wenn ich keine Energie und kein Licht mehr in mir hatte. Aber diese Hoffnung war vage und formlos, während Dianes Schmerz konkret und scharfkantig war.

Mein Mann war ihr größtes Geschenk gewesen, geboren nach Jahren fruchtloser Versuche. Ben hatte sie auf der Beerdigung aufrecht halten müssen, und ihr fast unmenschliches Heulen, als die Erde auf das Kiefernholz fiel, hallte in schlechten Nächten immer noch in meinem Kopf nach. Seitdem hielten wir sie beide aufrecht.

Diane schniefte laut. »Die Studierenden haben in ihren Feedback-Bogen für das letzte Semester angemerkt, ich hätte abwesend gewirkt. Natürlich war ich abwesend. Dazu haben wir auch das Recht, wenn der beste Mensch aller Zeiten plötzlich stirbt, oder? Ist es uns nicht erlaubt, ihn zu vermissen?«

»Natürlich ist es uns erlaubt, ihn zu vermissen.« *Aber so sehr und so lange?*, fragte eine verräterische kleine Stimme in meinem Kopf.

Sie strich mit der Hand über meinen Kopf und schenkte mir ein tränenreiches Lächeln. »Er hat dich so sehr geliebt, weißt du? Du warst sein süßes kleines Kätzchen. Der Tag, an dem er in mein Büro gestürmt kam«, erinnerte sich Diane. »Ich war so überrascht. Er war auch in Harvard mit Mädchen zusammen gewesen, aber hatte nie eine davon mit nach Hause gebracht, und jetzt wollte er nach einem Date heiraten? Und du warst erst neunzehn. Aber er hatte recht. Du warst sein Bashert, und er war deins. Es war vorherbestimmt.«

»Ja, ich erinnere mich noch.« Ich hatte gerade meine erste Vorlesung in französischer Literatur in Berkeley besucht, und er war der Überflieger, der seinen ersten akademischen Grad bereits erworben hatte – ein junger intellektueller Gregory Peck. Ich war zu einer französischen Konversationsgruppe mitgeschleppt worden, die sich wöchentlich in einer Bar auf der Telegraph Avenue traf, und Max hatte an dem zerkratzten Tisch förmlich Hof gehalten. Sein Blick hatte meinen gefunden, und ohne ein Wort hatte er sich erhoben und einen Stuhl neben sich gezogen. Als ich Platz genommen hatte, flüsterte er: »Weißt du, was ein *coup de foudre* ist?« Und das waren wir für die nächsten acht Jahre gewesen.

Nun hörte ich, dass Diane jeden Moment von ihrer Trauer überwältigt werden würde. Hin und wieder tätschelte ich ihr in solchen Situationen die Hand und gab beruhigende Laute von mir, aber sie hörte mich erst wieder, wenn sie den Zenit ihres Schmerzes überwunden hatte.

»Ich vermisse die alten Zeiten. Wie er dich bewundert hat, wie du ihn vergöttert hast. Jetzt ist alles anders, und ich hasse es. *Ich hasse es.*«

»Ich weiß.« Ich war zwar keine Therapeutin, aber irgendetwas sagte mir, dass es nicht gesund war, über Jahre hinweg mehrmals pro Woche immer wieder die gleichen Worte zu wiederholen.

Ich hatte versucht, Ben von den nächtlichen Besuchen zu erzählen, gleich nachdem sie begonnen hatten. Doch als ich gesagt hatte »Diane geht es nicht gut«, hatte er erwidert: »Du sollst wissen, dass ich zu schätzen weiß, was du alles tust. Sie braucht jemanden zum Reden, mit dem sie nicht verheiratet ist. Es ist eine Mitzwa.« Was hätte ich darauf noch erwidern können?

»Vielen Dank, Schätzchen«, sagte sie nun endlich. »Es tut gut, mir alles von der Seele zu reden.« Wieder streckte sie die Hand aus und tätschelte meinen Kopf. »Du siehst übrigens wunderschön aus mit kürzeren Haaren. Ich bin froh, dass du sie nicht mehr selbst schneidest und nicht mehr diese schrecklichen weiten Jeans trägst.«

»Danke, Ema.« Dianes Friseursalon war ein parfümiertes, luxuriöses Universum und eine vollkommen neue Erfahrung für mich gewesen, da ich mir zuvor die Spitzen immer selbst vor dem Badezimmerspiegel geschnitten hatte. Und Dianes übertriebene Komplimente, als ich zum ersten Mal ein Kleid angezogen hatte, hatten den Tagesmarsch durch die Kaufhäuser am Union Square lohnend gemacht.

Sie hatte sich um mich gekümmert, und ich versuchte, mich zu revanchieren.

Aber auf einmal kam mir in den Sinn, wie wölfisch Kieran vor zwei Wochen gegrinst hatte und wie grün seine Augen waren. Die Leichtigkeit, mit der er in den Raum geschlendert und wieder hinausspaziert war, als wüsste er, dass irgendjemand schon sein Chaos beseitigen würde, ich dagegen wusste, dass ich für immer die Person sein würde, die das Aufräumen übernahm.

Aber das war in Ordnung, oder? Ich war schon immer gut darin gewesen, anderen Leuten das Leben zu erleichtern.

Blinzelnd vertrieb ich einen Anflug von Neid.

Sie drückte meine Hand. »Du bist eine tolle Frau, Ellie. Max wäre so stolz, wenn er dich jetzt sehen könnte.«

Da war ich mir nicht so sicher. Ich wusste nicht, ob Max mich so wiedererkennen würde: mit dem bitteren Groll, den ich angesichts von Kierans Gleichgültigkeit empfand. »Danke, Ema«, sagte ich eilig. »Das bedeutet mir viel.«

»Und du machst auch dieses Jahr wieder das Dinner für ihn? Es wird schön sein, all seine Freunde am Tisch zu versammeln.«

»Natürlich.« Jedes Jahr im Juli kochte ich im Gedenken an Max all seine Leibgerichte. Doch wie gesagt waren es noch sechs Monate bis dahin.

Dianes Zeitgefühl war allerdings anders als meines, denn sie wachte jeden Morgen auf und fühlte sich, als wäre Max erst gestern gestorben.

Nachdem sie gegangen war, war an Schlaf nicht zu denken, und als ich mein Buch wieder aufschlug, war ich mit einem Mal auch noch neidisch auf meinen fröhlich vögelnden Highlander. Er musste sich lediglich mit verfeindeten Clans und eiskalten Burgen ohne fließendes Wasser auseinandersetzen.

# 3

## Kieran

Was zur Hölle dachte ich mir eigentlich dabei, im Umkleideraum meine E-Mails anzustarren? Ich konnte durch die grauen Schwingtüren hören, wie die Küche des Qui langsam zum Leben erwachte. Auch ich hätte dort sein sollen, um meine Messer bereitzulegen und meine *mise en place* für den Tag zusammenzusuchen. Aber anstatt mein Handy in den Rucksack zu schieben, wandte ich mich ab, setzte mich vor meinem Schließfach auf die Bank und tippte das Display erneut an.

Diese zwei bestimmten Nachrichten anzusehen, war so, als würde ich mit der Zunge an einem schmerzenden Zahn herumspielen. Es fühlte sich nicht gut an, aber ich konnte nicht widerstehen, es wieder und wieder zu tun.

Die neuere E-Mail war die Einladung meiner Eltern zu ihrem fünfunddreißigsten Hochzeitstag. Meine Text-to-voice-Software funktionierte bei dem grünpinken Bild nicht, also las ich mir den Text noch einmal durch, wobei ich stumm die Lippen bewegte. Dritter Juni um siebzehn Uhr dreißig in ihrem Haus in Ojai. Cocktail-Kleidung, was auch immer das bedeuten sollte. Keine Geschenke mitbringen, nur mich selbst.

Seit wann war meine Anwesenheit ein Geschenk für sie?

Ich schüttelte den Kopf. Auch andere Leute wurden von ihren Eltern zu deren Hochzeitstag eingeladen, es war keine große Sache. Andere Eltern kommunizierten allerdings auch mit ihren Kindern.

Nun scrollte ich zu Ellie Wassermans als wichtig markierte E-Mail runter.

Der Roboter, der die E-Mail laut vorlas, hätte Shakespeare eintönig wirken lassen, aber Ellies Worte, mit denen sie nach meinen Plänen bezüglich des Buches fragte, waren fader als ungezuckerte Haferflocken. Eintönig, aber bitchy. Ich grunzte, als ich an bitchige Haferflocken dachte.

»Bitte antworte so schnell wie möglich, damit wir einen Zeitpunkt für ein Treffen vereinbaren können.« Die Worte gingen mir in ihrer leisen, knochentrockenen Stimme durch den Kopf. So smart und so cool, dass mir erneut heiße Scham am Hals heraufkroch.

Es war nicht so, dass ich zu beschäftigt war. Ich könnte Zeit finden, wenn ich wollte. Das Problem war, dass ich nur wenige Ideen für ein Kochbuch hatte. Und mit *wenige* meinte ich gar keine. Null.

»Das ist nicht gut genug, Kieran«, hörte ich meinen Dad mit vor Enttäuschung triefender Stimme sagen. »Wir haben mehr erwartet«, fügte Mom hinzu.

Ich lehnte den Kopf nach hinten an mein Schließfach, atmete tief durch, um die Unsicherheit zu unterdrücken, damit ich nicht die Kontrolle verlor. Mir war bewusst, dass ich schon seit Jahren nicht mehr diese Person war. Ich war trocken, nahm ausreichend Nahrung zu mir und kleidete mich anständig. Außerdem hatte ich gute Freundinnen und Freunde und war wirklich verdammt gut in meinem Job. Ich musste mich einfach nur trauen und es *tun*.

Handy in den Rucksack, Rucksack ins Schließfach. Chucks und Jeans aus, karierte Kochhose und Stiefel mit Stahlkappen an. Weiße Jacke zugeknöpft über dem Joy-Division-T-Shirt, blaue Schürze über der Jacke zusammengeknotet. Schwarzes Bandanatuch gefaltet und um den Kopf gewickelt, um die Haare aus meinen Augen fernzuhalten.

Und jetzt tiefe Atemzüge. Cool und gelassen, wie der Boss, der ich sein musste. Geschmeidig öffnete ich die Türen und betrat die Küche.

»Morgen, Chef!«, riefen alle.

»Morgen.« Meine Schultern entspannten sich, und meine zu Fäusten geballten Hände öffneten sich.

In meinem Kellerstudio im Mission District mit den senfgelben Wänden und der Matratze auf dem Boden schlief ich lediglich. Dieser Ort hier war mein Zuhause.

Es war eine Mischung aus Motorraum und dem Krankenhaus eines Raumschiffes aus dem vierundzwanzigsten Jahrhundert. Die Worte *glänzend* und *sauber* beschrieben es nicht einmal annähernd. Herde und Öfen waren an den Wänden entlang aufgereiht, Töpfe und Pfannen standen bereits brutzelnd auf einem Dutzend Gasflammen. Meine Kolleginnen und Kollegen hatten sich an der mittigen Stahlinsel platziert, die Köpfe über Schneidebretter gebeugt. Ein Assistenzkoch namens Jesus hackte einen Berg Pilze klein, während sein bester Freund Manny Blätter von Thymianzweigen abzupfte. Am anderen Ende des Raumes rollte Sasha, die Konditorin, buttrigen Teig auf einem Marmortisch aus, während ihr Assistent Valentin Streifen kandierter Grapefruitschale in geschmolzene Schokolade tauchte.

Später, wenn serviert wurde, würde alles schneller gehen, dann zählte jede Sekunde. Doch selbst in dieser Stille lag eine Energie, die auf ein klares Ziel hindeutete.

»Chef, warum bist du noch hier?«, rief Jesus, so wie er es jeden Mittwoch tat, seit ich *Fire on High* gewonnen hatte.

»Ja, Mann, warum hast du dir nicht längst was Eigenes gekauft?«, warf Manny ein. »Du hast doch das Preisgeld bekommen.«

*Zweihundertfünfzigtausend Dollar.* Das Geld könnte ich für Miete, Gehälter oder Zutaten ausgeben. Für ein sanft beleuchtetes Esszimmer, handgefertigte Teller, glänzende Bewertungen und eine Handvoll Sterne. Es öffnete mir Türen, von denen die meisten Köche nur träumen konnten. Aber ich hätte nicht gewusst, wohin ich mich wenden sollte, wenn ich einmal durch diese Türen hindurchgegangen war. Ich *mochte* mein Leben, so wie es jetzt war, und so viele Restaurants gingen innerhalb des ersten Jahres pleite.

Ich schüttele den Kopf und errötete. »Ja, ja. Ich kann erst ein Restaurant eröffnen, wenn ich ein Team gefunden habe, das genauso witzig ist wie ihr Klugscheißer.«

Sie waren Klugscheißer, aber sie waren auch die Besten. Am Tag, nachdem die letzte Folge ausgestrahlt worden war, hingen überall an den Wänden ausgedruckte Fotos von meinem albernen Gesicht, als mir die Jury verkündete, dass ich gewonnen hatte. Und überall waren Cider-Flaschen mit einem Ploppgeräusch geöffnet worden. Sasha hatte mir eine glänzende Erdbeertarte gemacht und mit kleinen essbaren Kronen dekoriert. Das ganze Team hatte für ein wunderschönes handgefertigtes Santoku-Messer zusammengelegt, in dessen Klinge aus Damaszener-Stahl sich wellenartige Vertiefungen abzeichneten. Aber Mrs Hutton hatte mir das beste Geschenk überhaupt geschickt: den Namen ihres Investmentberaters, zusammen mit einer Adresse und einem Termin. Anstatt alles gleich auszugeben, legte ich mein Geld an, bis ich bereit war, mir ein eigenes Restaurant zu kaufen.

Eines Tages würde ich so weit sein.

»Wie läuft's mit den Topinamburknollen?«, fragte ich Amitai, während ich mir einen Weg zu meinem Platz bahnte.

Der neuseeländische Praktikant warf einen Blick auf den riesigen Haufen, den er noch schälen musste. »Gut, Chef.«

»Perfekt. Weiter so.« Ich musste dem Neunzehnjährigen lassen, dass er nie die Augen verdrehte oder seufzte. Er hatte schnell gelernt, dass er auch mit Jammern nicht verhindern konnte, die langweiligen Aufgaben zu erledigen, genauso wie ich vor fünf Jahren.

An meinem Platz angekommen, legte ich meine Messer und mein Skizzenbuch zurecht. Vielleicht war Steve oben und unterhielt sich mit Austin und den anderen Kellnerinnen und Kellnern. Möglicherweise war niemandem aufgefallen, dass ich zu spät gekommen war, sodass ich mich einfach in die Arbeit eingliedern konnte.

»*O'Neill*«, sagte er in diesem Moment hinter mir.

Wow, er hatte mich in den letzten vier Jahren kein einziges Mal mit meinem Nachnamen angesprochen. So wurde ich nur genannt, wenn ich vollkommen weggetreten war.

Ich versuchte, mich mit einem Lächeln aus der Affäre zu ziehen. »Morgen, Boss.«

Doch er entfernte sich bereits. »In mein Büro, sofort.«

Ich lehnte mich an die Wand, während Steve mit ernster Miene hinter seinem Schreibtisch Platz nahm. Das Hochzeitsfoto im Metallregal hinter ihm zeigte ihn lächelnd, so wie ich ihn eigentlich kannte.

»Wie geht es Katrine?«, fragte ich.

»Meine Frau arbeitet weiterhin fröhlich an neuen Wegen, die Welt mithilfe von Robotern zu einem besseren Ort zu machen, danke der Nachfrage.« Er legte einen Stapel Unterlagen auf der grünlichen Metalltischplatte zusammen.

»Kann sie einen Roboter dazu bringen, meine Wäsche zu waschen?«

»Ich bin mir sicher, das könnte sie.«

Das Papier, an dem er sich immer noch zu schaffen machte, raschelte.

»Besucht ihr dieses Jahr an Weihnachten ihre Familie in Kopenhagen?« Meine Stimme klang ein wenig höher als beabsichtigt.

Seine Augenbrauen hoben sich. »Das haben wir noch nicht entschieden, denn wir haben erst Januar, falls dir das noch nicht aufgefallen ist, O'Neill.«

»Gutes Argument.«

»Bist du jetzt fertig mit deinem Versuch, mich abzulenken? Denn ich habe heute keine Zeit für eine lange Motivationsrede. Der Buchhalter unserer Chefin kommt, und ich werde mal wieder auf schmerzliche Weise daran erinnert, wie schlecht ich in solchen Dingen bin.« Er hielt einen Papierstapel in die Höhe. »Denn darum geht es tatsächlich, wenn man ein Restaurant führt. Rechnungen von Lieferanten, Gehaltsauszahlungen und verfluchte Tabellen.«

Ich versuchte, mich nicht zu schütteln. »Aber du meintest doch, Mrs Hutton hat Leute eingestellt, die sich darum kümmern.«

»Ja, aber diese Leute können ihren Job nicht machen, wenn ich ihnen einfach nur einen Stapel Quittungen überreiche. Ich muss auch organisiert sein.«

Das O-Wort. Es war mir so oft von meinen Eltern und Lehrern entgegengeschrien worden. Die Frage »Warum kannst du nicht einfach …« endete stets mit

»konzentriert sein«, »still sitzen« und – der Favorit meines Dads – »*leise* sein, verdammt noch mal?«.

Mittlerweile konnte ich all das. Die Medikamente halfen, ebenso wie Erinnerungen auf meinem Handy, tiefe Atemzüge und langes Joggen. Mein *mise en place* war immer einwandfrei, und meine Messer waren stets geschärft. Doch das vertrieb nicht die Worte meiner Familie aus meinem Kopf. Dafür brauchte ich jeden Tag eine große Portion Willenskraft.

»Kieran?«

Ich verdrängte die Stimme meines Vaters. »Was?«

»Ich spüre, dass dich etwas bedrückt. Normalerweise hüpfst du durch die Gegend, als hättest du Federn unter den Füßen, aber nun schwebt schon seit einer Weile eine graue Wolke über deinem Kopf.«

Ich verlagerte mein Gewicht auf den anderen Fuß. Wie sollte ich ihm erzählen, dass es so viele Dinge gab, die ich tun sollte, so viele E-Mails, die ich nicht beantwortet hatte, und Benachrichtigungen auf Social Media, die sich häuften, jetzt, wo alle wussten, wer ich war? All das lähmte mich, und ich war wütend auf mich selbst, weil ich nicht vorankam, was mich noch mehr lähmte. »Es hat sich doch noch niemand beschwert, oder?«, fragte ich. »Ich hab noch niemanden zum Ersticken gebracht oder vergiftet.«

»Nein, die Gäste sind zufrieden. Aber du schaust kaum von deinem Arbeitsplatz auf und erkundigst dich fast nie, wie es dem Rest des Teams geht.« Er hielt inne. »Musst du zu einem Meeting?«, fragte er leise.

Vehement schüttelte ich den Kopf. »Auf keinen Fall. Ich weiß, dass Alkohol keine Lösung ist.«

Als ich zweiundzwanzig gewesen war und gerade mein zweiwöchiges Praktikum absolviert hatte, bat mich Steve um ein Gespräch und verkündete, dass er mich zum Assistenzkoch machen wollte, weil er glaubte, dass ich es weit bringen könnte. Doch er würde mir nur eine Vollzeitstelle anbieten, wenn ich mich bereit erklärte, einen Termin bei seinem Psychiater Dr. Meyer wahrzunehmen.

»Ich muss für diesen Job zum Seelenklempner?«, fragte ich.

»Ich glaube, du hast ADHS, genau wie ich. Und ich glaube, du hast dir selbst einen Medikamentenersatz gesucht, so wie ich früher.«

»Macht das nicht jeder?« Jeder Koch suchte nach Wegen, sich nach den langen Schichten zu entspannen, und zu Alkohol hatte man leicht Zugang.

Er lehnte sich zurück. »Dr. Meyer hat mir mal erzählt, dass neurotypische Menschen zu Alkohol und Drogen greifen, weil sie der Realität entfliehen möchten. Neurodivergente Menschen tun es, um die Realität zu ertragen.«

»Neurotypisch? Neurodivergent? Welches Schulbuch hast du denn verschluckt?«, fragte ich mit lauter Stimme, um zu überspielen, dass er einen wunden Punkt getroffen hatte.

»Trinkst du, um eine Ausflucht zu finden? Oder trinkst du, damit du funktionieren kannst?«

»Ist das eine Fangfrage?«

Er seufzte. »Gib ihm nur eine Stunde.«

Drei Tage später, nachdem ich mit den Tellerwäschern zu viele Tequila-Shots getrunken und ein weiteres verurteilendes Telefonat mit Mom ertragen hatte, erkannte ich, dass er recht haben könnte.

Trocken zu werden, hatte sich angefühlt, wie an einem ausgefransten Seil hochzuklettern, aber von Dr. Meyer hatte ich gelernt, dass es schon schwer genug war, mit ADHS zu leben, ohne meinem dopaminarmen Gehirn noch mehr Chemikalien zuzumuten. Seitdem hatte ich keinen einzigen Tropfen mehr getrunken.

»Und du nimmst deine Medizin?«, fragte mich Steve jetzt.

»Wer immer sich den Lieferservice für verschreibungspflichtige Medikamente ausgedacht hat, ist ein Genie«, erwiderte ich.

Er brummte. »Und du hast keine Beziehungsprobleme, soweit ich weiß.«

Ich zuckte gelassen mit den Schultern. »Nope.« Ich war zu sehr auf das Kochen fokussiert, um mit jemandem zusammen zu sein. »Du hast mir doch geraten, mein Leben so simpel wie möglich zu gestalten. Und würdest du wirklich wollen, dass ich von jemandem träume, wenn ich am Herd stehe?«

Er schüttelte den Kopf. »Nein, aber soweit ich mich erinnere, führe ich ein Restaurant und kein Kloster.«

Ich schnaubte. »Du hältst mich für einen Mönch?«

Er grinste. »Wir beide wissen, dass du ein lausiger Mönch wärst.«

Er hatte nicht unrecht. Wenn man Spaß und Orgasmen haben wollte, war ich genau der Richtige. Alle kamen, alle gingen nach Hause, um in ihren eigenen Betten zu schlafen.

Nun wirkte er aufrichtig besorgt. »Im Ernst. Was ist los?«

Ich seufzte. »Du weißt doch noch, dass ich das Meeting mit dem Verlag hatte?«

Er schnippte mit den Fingern. »Ach ja. Du solltest meine gute Freundin Nicole Salazar und Ellie Wasserman kennenlernen.«

»Du hattest recht, was Nicole angeht – sie scheint cool zu sein.«

»Ja, sie hat echt was drauf. Aber spiel niemals Tischtennis mit ihr. Was ist mit Ellie? Sie ist die meiste Zeit in Berkeley und kommt nicht oft raus, aber ich weiß, dass Khaled und Laila die Zusammenarbeit mit ihr geliebt haben, als sie ihr Herat-Buch herausgebracht haben. Sie haben erzählt, sie sei wirklich nett und könne sehr gut zuhören.«

»Nett? Ernsthaft? Sie ist lächerlich verkrampft. Man könnte meinen, ihre Hobbys sind Bilderrahmen-Geraderücken und Bügeln.« Sie musste das schwarze Kleid gebügelt haben, denn es hatte unfassbar glatt ausgesehen.

Ein hämisches Grinsen legte sich auf Steves Gesicht. »Ich glaube, du hast ganz einfach eine Frau getroffen, die dir nicht alles durchgehen lässt. Es wird *großartig* werden.«

Ich schüttelte den Kopf. »Alles ist in Ordnung. Ich

mache mir überhaupt keine Sorgen wegen ihr. Hör auf, dir die Hände zu reiben, als wärst du Mr Burns und würdest dir Springfield unter den Nagel reißen.«

Steve stand auf und kam um den Schreibtisch herum. »Das war total überzeugend. Ich hoffe, du hast mehr Überzeugungskraft, wenn Anh später hier ist.«

Noch eine Frau mit schicker Kleidung und wachsamem Blick, neben der ich mir klein vorkam. »Schaut sie nur kurz vorbei?« Das wünschte ich mir zumindest.

Er klopfte mir auf die Schulter. »Sie hat ausdrücklich gesagt, dass sie dich sehen möchte.«

»Während schon Gäste im Restaurant sind? Ernsthaft?«

Er zuckte hilflos mit den Schultern. »Ich weiß, ich weiß. Aber wenn sie etwas will …«

Ich seufzte. »… bekommt sie es auch.«

Als ich wieder an meinem Platz war, wurde die Welt um mich herum still. Ich konnte mich im Arbeitsfluss der Küche verlieren und mich voll und ganz darauf konzentrieren, schöne, köstliche Dinge zu kreieren. Über die Jahre hatte ich so viele freie Tage angesammelt, dass ich an einem Strand oder auf einem Berggipfel hätte sitzen können, aber warum sollte ich irgendwo anders sein wollen?

Amitai kam mit einer Kiste Chicorée vorbei. Alles klar, ich musste mich wieder auf das konzentrieren, was um mich herum geschah. »Was ist das Familiengericht?«, fragte ich.

»José hat einen Nudelauflauf mit dem Gemüse

und dem Käse von gestern gemacht. Dazu gibt es Salat und Brot.«

»Kohlehydrate für alle!«, erwiderte ich und freute mich, ihn lachen zu sehen.

Dreißig Sekunden nachdem ich nach meinem Teller gegriffen hatte, kamen ein paar Kellnerinnen und Kellner aus dem Restaurant nach unten. Meine beste Freundin Jay führte die Gruppe an. Als sie ihr Essen hatte, zog sie die Augenbrauen hoch.

Ich grinste und rutschte zur Seite, damit sie ihren Stuhl neben mir abstellen konnte. Dann stieß ich sie mit der Schulter an, häufte den Blumenkohl, den ich aus der Pasta gefischt hatte, auf ihren Teller.

Sie gab mir ihre Kalamata-Oliven.

»Ihr zwei zieht schon wieder diese gruselige Zwillingsnummer ab«, sagte ihr Boss Austin, als er Platz nahm. »Kieran, vielleicht solltest du auch oben bei Jay arbeiten. Ihr würdet eine Menge Trinkgeld bekommen.«

Jay schüttelte grinsend den Kopf.

»Nee, Alter«, erwiderte ich. »Ich würde mit meinem perfekten Körper nur alle ablenken.«

Austin lachte. »Wir kennen uns schon seit fünf Jahren, und ich verstehe immer noch nicht, wie ihr beide so unterschiedlich sein und euch trotzdem so nahestehen könnt.«

Er hatte recht. Ich war ein heterosexueller kleiner rothaariger Mann, der zwei Anläufe gebraucht hatte, um seinen Abschluss am staatlichen College zu schaffen, während Jay eine queere schwarze Frau war, hochgewachsen wie ein Model, und studierte, während sie gleichzeitig bei Qui jobbte. Allerdings hatten wir am gleichen Tag angefangen, ich als Praktikant und sie als Kellnerin. Dieser Zufall hatte zu unbeholfenem Small Talk über unsere Lieblingsrestaurants geführt, und der unbeholfene Small Talk hatte dazu geführt, dass wir uns merkten, wie wir unseren Kaffee tranken, und der Kaffee hatte zu gemeinsamem Joggen im Golden Gate Park geführt, wenn wir am gleichen Tag freihatten, und das Joggen hatte dazu geführt, dass wir einander den Rücken freihielten, komme, was wolle.

»Alle mal zuhören«, forderte Steve uns auf. »Wir haben einen großen Tag vor uns. Zunächst eine kurze Anmerkung über die VIP-Gäste, Austin?«

»Jepp.« Der Manager grinste uns an. »Eine Szene für den neuesten James-Bond-Streifen wird praktisch direkt um die Ecke gedreht, also haben wir ein paar berühmte Gäste …«

Als wir damit fertig waren, über den neuesten James Bond zu spekulieren, erklärte uns Steve, was auf der Speisekarte neu war. »Kieran, du übernimmst die Qualitätskontrolle«, verkündete er.

In den nächsten anderthalb Stunden überprüfte ich jeden Teller, ehe er nach oben gebracht wurde, und stellte sicher, dass das Essen den Skizzen entsprach, die ich nach Steves Beschreibungen angefertigt hatte. Außerdem nahm ich die Bestellungen entgegen und rief sie in die Küche, damit das Personal wusste, wie schnell es im Restaurant voranging. Dementsprechend beschleunigte oder verlangsamte ich das Arbeitstempo.

In einem Podcast hatte ich mal gehört, wie ein Pokerspieler berichtete, dass er gleichzeitig mehrere Blätter Texas Hold 'Em spielen und stundenlang eine schnelle Entscheidung nach der anderen treffen konnte. Die Qualitätskontrolle verschaffte einem ungefähr den gleichen Rausch.

»Zwei Jakobsmuscheln, eine Wachtel«, sagte ich, so laut ich konnte, ohne zu schreien.

»Ja, Chef!«, erwiderten die anderen.

»Herdplatte zwei: Rehbraten.«

»Ja, Chef!«

»Zweimal Seezunge, beide ohne Pilze.« Die Leute, die offenbar schon einmal matschige, gummiartige Pilze gegessen hatten, taten mir leid. Bei den wilden, die wir verwendeten, hatte man den Eindruck, einen Wald zu kosten – und zwar auf die bestmögliche Art, und das verpassten sie nun.

»Kieran?« Steve tauchte rechts neben mir auf. »Es wird Zeit.«

Ich winkte Manny zu, damit er übernahm, und zog das Bandanaband von meinem Kopf, um meine Haare zu richten.

»Lass es auf«, wandte Steve ein. »Sie wollen, dass du genauso aussiehst wie im Fernsehen.«

Oh, okay.

In der Küche war es nicht laut, aber im Vergleich zum Restaurant wirkte sie wie ein Rave. Mrs Huttons Designer hatten einen Ort geschaffen, an dem man geborgen war. Kellnerinnen und Kellner glitten durch den austergrauen Raum wie Schwäne, während sie jedem Wunsch unserer Gäste nachkamen.

»Da sind sie ja«, sagte Mrs Hutton, als wir uns ihrem Tisch näherten. »Brooke, Dorie, das sind Steve Yuan, der Chefkoch des Qui, und unser junger Champion Kieran O'Neill.«

Selbst an guten Tagen war ich nur eins einundsiebzig groß, aber überragte Anh Hutton dennoch um ein gutes Stück. Als sie aufstand, küsste ich sie auf beide gepuderten Wangen.

Sie hatte ihr schwarzes Haar zu einem Dutt zurückgebunden und trug einen hellgrauen Hosenanzug, dazu Perlenschmuck. Zwar mochte sie wirken wie eine zierliche harmlose Großmutter, aber sie besaß sechs Edelrestaurants, drei davon mit Michelin-Sternen, und wusste über alles, was in den Läden vor sich ging, Bescheid.

»Gibt es eine Mrs O'Neill?«, fragte mich Dorie und klimperte mit ihren Wimpern, die aussahen wie Spinnenbeine.

»Das wäre meine Mom. Sie wird sich freuen, dass Sie sich nach ihr erkundigt haben«, log ich.

»Ach, Sie sind einfach zuckersüß«, schwärmte Brooke. »Ich würde Sie am liebsten in meine Tasche stecken und mit nach Hause nehmen.«

Das war der Grund, warum ich mir als Kind ein ganzes Jahr lang gewünscht hatte, noch fünfzehn Zentimeter zu wachsen. Wenigstens hatte sie mir nicht in die Wange gezwickt.

»Vielen Dank«, sagte ich, was die beiden wieder begeisterte Laute ausstoßen ließ.

Sie fragten mich, wie es war, während *Fire on High* vor der Kamera zu stehen, wie der Showmaster Mark Delacroix als Mensch war und ob wirklich jemand das Ferkel gegessen hatte, das ich für die Mittelalter-Challenge in Folge sieben geröstet hatte.

Während ich ihnen antwortete, hätte ich am liebsten mit dem Fuß auf den Boden getippt und auf die Uhr geschaut.

Steve stieß mich an und formte »*Locker bleiben*« mit den Lippen.

Mit den Fingern rieb ich über das Tattoo an meinem Unterarm, ein klares Anzeichen für meine Angst. Als es mir auffiel, legte ich eilig die Hände hinter meinem Rücken zusammen.

»Kieran«, sagte Mrs Hutton schließlich.

»Ja?«, erwiderte ich mit bemüht gemessener Stimme.

Ihre Augen hätten ebenso gut Laser sein können. »Sie werden ein Buch schreiben.«

»Ja.« Auf einmal schien ich nur noch dieses Wort zu kennen.

Sie verschränkte ihre Finger, als wären wir in einem geschäftlichen Meeting. »Das ist ein großes Projekt, bei dem man viele Faktoren bedenken muss. Werden Sie in der Lage sein, sich zu konzentrieren? Es ernst zu nehmen?«

Schon wieder der Unterarm, Scheiße. Sie hatte bereits ein paarmal diese Wirkung auf mich gehabt, wenn wir uns begegnet waren, aber aus diesem Grund war sie vermutlich auch die Geschäftsführerin. »Ja?«

Ihre Stimme war ruhig, während sie mich taxierte. »Ich möchte, dass Sie hier zum Valentinstag ein Dinner veranstalten. Nach Ihrem Sieg wird es wahrscheinlich großen Zulauf geben, und das wäre mal etwas anderes als die üblichen Dinner zum Valentinstag in der Stadt.«

Mit einem Mal war ich so hibbelig, als hätte ich eine ganze Tüte Skittles inhaliert. »Das ist toll. Ich bin begeistert.«

»Ich bin gespannt, was für ein Menü Sie ohne Hilfe zusammenstellen werden.«

Als sie die Augenbrauen hochzog, schluckte ich. Das war nicht nur ein Dinner, sondern eine Audition. »Wow, klar. Danke, Mrs Hutton.«

Endlich lächelte sie. »Wenn Sie Ihre Sache gut machen und ihrem Buch die Aufmerksamkeit widmen, die es verdient, sehen wir einander vielleicht bald öfter.«

Ich war mir sicher, dass ich in dem Moment genauso aussah wie der Kabeljau, der auf der Speisekarte stand, denn Steve stieß mich erneut an.

»Super«, japste ich. Ich war so aufgeregt, dass ich kaum hörte, dass Steve sagte, wir müssten wieder zurück in die Küche.

An diesem Abend konnte ich nur schwer einschlafen, obwohl ich erst nach Mitternacht nach Hause gekommen war.

Als ich am nächsten Morgen erwachte, verspürte ich bereits ein wenig Aufregung, die sich jedoch schnell zu Angst steigerte. Nachdem ich geduscht hatte und zum Frühstück zu Mr Gonzalez' Bodega gegangen war, versuchte ich, mich an meine Pflichten zu erinnern.

Einkaufen könnte ich auch noch später, denn ich hatte genügend Brot, Erdnussbutter und Proteinriegel für eine Woche bestellt.

Aber die Wäsche – Scheiße. Darum musste ich mich kümmern. Ganz gleich, wie langweilig es sein würde, stundenlang bei Señor Burbujas rumzusitzen.

Ich könnte ins Fitnessstudio gehen und so schwere Gewichte heben, dass sich mein Gehirn beruhigen und ich vollkommen erledigt sein würde. Dann könnte ich die Wäsche machen und mir den *Banquet*-Podcast über das Fermentieren von Gemüse anhören.

Ich griff nach meinem Handy und scrollte durch meine üblichen Apps. Als ich die Benachrichtigungen auf Instagram betrachtete, biss ich mir auf die Lippe. Tobias hatte behauptet, es sei gut, ein paar Fans zu antworten, aber konnte ich in diesem Moment der Happy Pirate Leprechaun sein? Es war nicht so, als wäre er eine andere Person, aber er war meine impulsivste, hibbeligste, redseligste Version. Heute wollte ich einfach nur leise sein.

Doch wie sollte ich in dem Zustand die als wichtig markierten E-Mails von Ellie beantworten? Was sollte ich ihr überhaupt schreiben? Dass Kochen mich beruhigte? Dass das Geräusch von Knoblauch, der zerdrückt und geschält wurde, in Kombination mit dem saftigen, kräftigen Geruch von Rosmarin und dem sauren Geschmack von Orangen für mich mehr Sinn ergab als willkürliche Regeln und Erwartungen?

Ein Bild, wie ich sie mit einem aromatischen, saftigen Orangenschnitz fütterte, trat vor mein inneres Auge. Wie ich den Daumen an ihre sinnliche Unterlippe presste, bis sie den Mund öffnete. Wie sich ihre meerblauen Augen langsam schlossen und ihre strenge Miene für eine Sekunde weicher wurde.

Als ich die Vorstellung mit einem Blinzeln vertrieb, blieben nur noch Ellies scharfe Worte auf meinem Handydisplay zurück. Ich konnte ihr definitiv nicht schreiben, dass ich sie füttern und ein Bild von ihrer verklärten Miene machen wollte.

Mitten in meinem Gedankengang erschien der Name meines Agenten auf meinem Telefon.

»Hi Tobias«, meldete ich mich schnell.

»Kieran! Hast du geschlafen oder so?« Seine tiefe Stimme schallte durch das Zimmer.

Ich rieb mir das Gesicht, um jegliche Gedanken an Ellie zu vertreiben. »Nein, ich hab nur darüber nachgedacht, was ich zum Dinner im Qui koche.« Dann erzählte ich ihm von Mrs Huttons Angebot.

»Das ist fantastisch. Hast du schon jemanden, der sich an dem Tag um deine Social Media kümmert? Regelmäßige Updates während des Dinners würden bei deinen Fans sicherlich gut ankommen.«

»Absolut.« Oder zumindest würde ich bald jemanden fragen. Wenn ich es nicht vergaß.

»Wunderbar, wunderbar«, sagte er gedehnt. »Hör zu, ich hab von deinem Lektor gehört. Tad ist nicht zufrieden mit dir.«

»Warum?« Natürlich konnte ich mir die Antwort denken.

»Junge, du musst mit deiner Ghostwriterin sprechen. Sie hat ihm gesagt, du kooperierst nicht.«

Zuerst die frechen E-Mails und dann verpetzte sie mich? Na klasse. »Wir hatten im Restaurant total viel zu tun. Hat sie nicht genug Material aus *Fire on High*, um etwas zu schreiben, das nach mir klingt?«

»Du willst doch nicht, dass sie willkürlichen Mist schreibt. Es wird deiner Karriere nicht gerade guttun, wenn ein schlechtes Buch unter deinem Namen erscheint.«

»Vermutlich nicht.«

Ein schweres Seufzen erklang. »Willst du wirklich ein Buch?«

»Ja.« Es war nur halb gelogen. Ich wollte das fertige Buch hochhalten und zeigen, dass ich etwas erreichen konnte – etwas, das sich vielleicht eines Tages sogar meine Eltern anschauen würden. Aber all das, was zuvor getan werden musste? Ich hatte keine längeren Texte mehr geschrieben, seitdem ich das College abgeschlossen hatte.

»Du wirst nicht ewig im Rampenlicht stehen, Alter. Durch ein Buch wirst du den Leuten auch noch dann in Erinnerung bleiben, wenn sie die anderen aus der Show längst vergessen haben.«

»Okay. Ich werde ihr sofort antworten.«

»Und sprich mit mir, wenn es weitere Probleme geben sollte. Wir sind doch Business-Partner, Mann. Kieran O'Neill Incorporated, weißt du noch? Also ciao.«

Ich beendete den Anruf und öffnete eine neue Voice-to-text-Nachricht. »Liebe Mrs Wasserman«, setzte ich an, nicht in der Lage, einen hämischen Unterton aus meiner Stimme fernzuhalten. »Was Ihre E-Mail vom letzten Dienstag betrifft, ich war so beschäftigt mit meiner *richtigen* Karriere, dass ich leider kleine brillanten Ideen hatte …«

*Nein, Kieran, so arschig darfst du nicht sein. Selbst wenn sie dich verpfiffen hat.* Löschen.

Moment. Vielleicht war es doch keine so schlechte Idee, sie zu füttern, anstatt ihr zu schreiben. Neuer Entwurf.

»Liebe Ellie, ich würde dich gern zu meinem Dinner im Qui am vierzehnten Februar einladen«, sagte ich höflicher. »So bekommst du einen besseren Eindruck davon, wie ich über Essen denke. Der PR-Manager der Phoenix Group wird dir alle nötigen Infos zukommen lassen. Bis dann.«

Kurz und schmerzlos und absenden. Fertig.

Mit einem erleichterten Seufzen öffnete ich eine Sprachnachricht. Ich musste das erwachsenste, edelste Menü zusammenstellen, das mir einfiel.

Als ich bei *Fire on High* war, war mein Modus Operandi gehobenes südkalifornisches Comfort Food gewesen, denn wer mochte keine Meeresfrüchte und Avocado? Aber jetzt musste ich angeben.

»Ideen für ein großes, schickes Dinner«, sprach ich in mein Handy. »Ich frage mich, wie viel Kaviar Steve bereit wäre zu kaufen. Und kann ich Trüffel bekommen?« Ich grinste in mich hinein. »Ellie Wasserman, ich werde dich umhauen.«

# 4

## *Ellie*

Das Qui erinnerte mich an das Innere eines Waldes an einem Wintertag. Ich fuhr mit der Hand über das makellose Tischtuch, das so weiß war wie der erste Schnee. Ein winziges Arrangement aus Moos und Holz befand sich in der Mitte des Tisches, an dem Nicole und ich saßen. Darin fanden sich die gleichen Grün-, Braun- und Grautöne wie in der Wand und im Mahagoni-Fußboden.

Jeder Stuhl war besetzt; die meisten Gäste hielten ihr Handy entweder für Selfies oder das Restaurant in die Höhe. Ein paar von ihnen hatten sogar professionelle Kameras dabei.

Ich passte nicht in diesen Laden, war nicht mal annähernd elegant genug, aber Kieran hatte mich ausdrücklich um meine Anwesenheit gebeten, und so hatte ich mein Unbehagen verdrängt. Vielleicht wusste er ja endlich, was er mit seinem Buch wollte.

»Ich wette um einen Donut, mindestens einer von denen steht für Instagram auf dem Stuhl, bevor der Abend zu Ende ist«, sagte ich zu Nicole.

Sie überprüfte die Einstellungen ihrer Kamera. »Nö.«

»Spielverderberin.«

»Nein, Baby, das ist zu einfach. Ich wette stattdessen, jemand hat einen eigenen Hocker mitgebracht.«

»Die Wette gilt.«

Sie schaute sich im Raum um und zeigte dann diskret auf ein Paar in den Dreißigern in der anderen Ecke des Restaurants, beide standen auf Hockern und lichteten die Tischdeko ab.

»Das war unfair.« Ich machte eine Notiz in meinem Handy, um die neue Donut-Wettschuld einzutragen, während Nicole cool auf ihre Fingernägel pustete.

Das Restaurant war von aufgeregtem Flüstern erfüllt, das ich eher mit Opernbesuchen mit Ben und Diane in Verbindung brachte als mit einem Dinner. »Der Laden ist echt eine Luxusblase«, stellte ich verwundert fest.

»Der Rest der Welt verschwindet für eine Weile, wenn man an einem Ort wie diesem ist«, pflichtete Nicole mir bei.

»Aber das kann jedes Restaurant schaffen. Wenn ich mit Max zu Locatelli gegangen bin, gab es nur uns, ein paar Kerzen, große Teller mit Pasta und guten Wein. Wir brauchten keine winzigen übertrieben dekorierten Portionen.«

Er hatte sich über das weiße Tischtuch hinweg gebeugt und mir Geschichten von der Uni erzählt, die mich dazu gebracht hatten, in meinen Chianti zu kichern.

Nicole ließ die Kamera sinken. »Wenn du mal für eine Stunde aufhören würdest zu mäkeln, könnte das richtig nett werden. Versuch doch einfach, zu genießen, dass du in einem sexy Kleid unterwegs bist.«

»Sexy auszusehen, war nicht meine Absicht«, murmelte ich. Ich trug ein langweiliges schwarzes Wickelkleid, das ich ganz hinten in meinem Schrank gefunden hatte. Wenigstens hatte ich ein Paar dunkelrote Ballerinas im Sale bei Target gefunden, ebenso wie herzförmige Creolen und einen Lippenstift.

Meine Freundin studierte mich, als wäre ich ein Ausstellungsstück im Museum. »Das Kleid mag schlicht sein, aber deine Brüste sind alles andere als schlicht.«

Eilig zupfte ich an meinem Ausschnitt, was jedoch nichts brachte. »Vielen Dank.«

Sie kicherte. »Hey, wenn ich solche Möpse hätte, würde ich sie auch zur Schau stellen.«

Ein Kellner im schwarzen Jackett hielt mich davon ab, eine spitze Bemerkung zu machen, indem er uns eine Speisekarte auf rauem braunem Papier brachte.

»Moment, das sind wie viele Gänge?«, fragte ich, während ich las und las.

Nicole tippte mit dem Finger auf die Seite. »Sechzehn, und das sind nur die, die aufgelistet sind. Normalerweise serviert das Qui auch noch kleine Zwischengänge, also wäre ich nicht überrascht, wenn er das auch tun würde.«

»Oh Gott.« Ich griff nach meinem Handy, um ein letztes Mal darauf zu schauen.

»Diane wird dich doch nicht stören, oder?«

Ich schnitt eine Grimasse. »Sie weiß, dass ich hier bin.«

Nicole tätschelte mir die Schulter. »Wenn du die Nicht-stören-Funktion einstellst, teile ich mir die Weinbegleitung mit dir.«

»Das wollte ich sowieso tun, aber klar. Warum besteht die Speisekarte eigentlich nur aus Zutaten und merkwürdigen Beschreibungen? Als würde ich wissen, was *Ente + Blutorangenfrühstückstexturen* heißt.«

Sie lachte auf. »Komm schon, Süße, du sollst dich von ihm auf eine Sinnesreise entführen lassen.«

»Du willst mich verarschen.« Ich ächzte.

»So stand es in der Pressemitteilung. Pssst, es fängt an.«

Kellnerinnen und Kellner schwebten durch den Raum, als würden sie Musik hören, die uns verborgen blieb, während von allen Tischen *Oohs* und *Aahs* zu hören waren. Unser Kellner stellte jeweils einen kleinen weißen Teller mit zwei winzigen goldenen Stücken Blätterteiggebäcks vor uns ab.

»Foie-Gras-Kugeln mit Sauternes-Gelee«, verkündete er.

Während ich die süß-herzhafte Wolke auf meinem Teller genoss, entfuhr mir ein Laut der Wonne. »Heilige Scheiße, kann ich bitte fünfzig von den Dingern haben und dann nach Hause gehen? Das war fantastisch.«

Nicole grinste. »Ich hab's dir ja gesagt.«

Der zweite Gang bestand aus quadratisch geschnittenen Sandwiches mit geräuchertem Aal und scharfem Meerrettich. Sie waren köstlich und ebenso winzig. Gleiches galt für die nächsten beiden Gänge.

Ich fuhr mit dem Finger über die Karte und fragte mich, wann wir unseren Hauptgang bekommen würden. »Hier steht nirgendwo, dass es um Miniaturessen geht. Hab ich was verpasst?«

Nicole runzelte die Stirn. »Stimmt, das ist ziemlich anders als das, was er in der Show gekocht hat.«

Ich schaute zu den anderen Tischen. Viele Leute stießen Laute der Begeisterung aus, aber einige wirkten genauso verwirrt wie Nicole und ich. Als wäre man zu einem Taylor-Swift-Konzert gekommen und Yo Yo Ma sei stattdessen aufgetreten. Das gleiche Kaliber, aber ein vollkommen anderer Stil.

Als der siebte Gang serviert wurde, wurden meine Sorge und mein Hunger größer. Bei Gang neun wurde ich wütend. »Serviert er uns irgendwann auch mal ein richtiges Gericht? Oder nimmt er sich die künstlerische Freiheit heraus, eine gesamte Mahlzeit aus Kanapees zusammenzustellen?«

Nicole griff nach ihrem Shotglas mit Hummerfleisch und Safrangelee. Die einzelnen Schichten in Weiß, Rosa und Gelb sahen aus wie kleine Sonnenuntergänge.

Sie legte den Kopf schief. »Es schmeckt aber unglaublich gut. Vielleicht will er von nun an eher eine edlere Richtung einschlagen?«, sinnierte sie laut.

»Ja, es schmeckt super, aber so was kann ich nicht auf die Alltagsküche übertragen. So kochen die Leute doch normalerweise nicht zu Hause.«

»Es ist Haute Cuisine. Wie Haute Couture. Es ist Kunst, und die ist niemals praktisch.«

»Aber Prada und Versace erwarten nicht von Durchschnittsmenschen, dass sie ihre Nähmaschine ausgraben und ihre Designs kopieren.«

»Das ... Verdammt. Das ist ein gutes Argument.«

Im Raum wurde es ein wenig lauter, denn mittlerweile waren schon einige Gläser der Weinbegleitung serviert worden. Hin und wieder hörte ich begeisterte Ausrufe wie »genial« oder »meisterhaft« von den umstehenden Tischen, aber es klang eher so, als wollten sie sich selbst davon überzeugen.

Verstand ich einfach nur nicht, was Kieran zu sagen versuchte, oder gab es nichts zu verstehen?

Nach dem zehnten Gang, ein einzelner Wachtelschenkel, stützte ich das Kinn auf meine Faust. »Ich glaube, wir haben ein Problem. Hinter nichts von alldem steckt eine Geschichte. Der Typ hat keine Vision.«

Nicole scrollte durch die Fotos auf ihrer Kamera. »Aber schicke Zutaten.«

»Entschuldigung?« Eine große athletische Frau in einem dunkelblauen Hosenanzug stand plötzlich neben uns. »Ellie Wasserman und Nicole Salazar? Es tut mir leid, dass es so lange gedauert hat, bis ich zu Ihnen gekommen bin. Ich bin Jay Poole, die Managerin für heute Abend. Sind Sie zufrieden mit dem Essen?« Ihre Box-Braids waren zu einem hohen Knoten gebunden. Ich war keine Künstlerin, aber ihre edle Knochenstruktur weckte in mir den Wunsch, ihr

Gesicht in mein Notizbuch zu zeichnen. Doch während Jays Gesicht mich an Kunst an einer Wand denken ließ, dachte meine Freundin eindeutig an Körper in einem Bett.

»Ja, das sind wir, vielen Dank«, schnurrte Nicole, die sie ungeniert anstarrte. »Sie alle machen einen fantastischen Job.« Sie lehnte sich ein wenig vor. »Ehrlich gesagt bist du mir schon vorhin aufgefallen, und ich würde dich supergerne fotografieren.«

Ich vergrub meinen Kopf in den Händen. »Bitte missbrauche deine Macht nicht an nichts ahnenden Sterblichen, die versuchen zu arbeiten.«

Doch Jays professionelles Lächeln wurde mit einem Mal schüchtern. »Wirklich?«

Nicole grinste zu ihr hoch. »Aber klar doch. Deine hohen Wangenknochen, deine dunkelbraunen Augen ... Die Kamera würde dich lieben.«

Die soeben noch vollkommen selbstsichere, elegante Frau kicherte.

»Komm schon, bitte sag mir, dass ich dich fotografieren darf. Bitte?«

»Ja«, sagte Jay kieksig.

»Super.« Nicole holte ihr Handy hervor. »Gib mir deine Nummer.«

Sie schickten einander eine Nachricht, danach sagte Jay mit einem verträumten Blick: »Wow. Cool. Dann sehen wir uns also bald.«

»Moment! Kann ich mit Kieran sprechen?«, fragte ich, ehe sie weggehen konnte. »Es ist wichtig.«

»Im Moment ist er ziemlich beschäftigt«, erwiderte

sie unsicher. »Wir müssen noch mehrere Gänge servieren. Ist alles okay?«

Ich stieß die Luft aus. Eigentlich wollte ich nicht lügen, aber ich durfte auch nicht unhöflich sein. »Das hängt von ihm ab.«

Nicole griff nach Jays Hand und streichelte mit dem Daumen ihren Handrücken. »Ich bin mir sicher, er hat einen Moment für seine Ghostwriterin, oder?« Meine Freundin grinste breit.

»Ich schaue, was sich machen lässt«, versprach Jay.

»Alter, echt jetzt?«, fragte ich, als sie sich entfernte.

»Nur weil du seit mehr als zwei Jahren nicht mehr flachgelegt wurdest, musst du mir nicht meinen Spaß ruinieren.« Sie sah Jay hinterher, die durch das Restaurant ging und über die Treppe nach unten verschwand, die in die Küche führen musste.

»Sprich leiser. Und übrigens ist das nicht so einfach für mich.« Das war eine Untertreibung. Ich hatte seit *elf* Jahren mit niemand anderem als Max geschlafen.

Sie zog ihre Augenbrauen hoch. »Schritt eins: Geh in diesem Kleid in eine Bar. Schritt zwei: Sag Ja. Was daran ist schwer?«

»Nicht schwer, sondern angsteinflößend.« Ich hatte immer tollen Sex gehabt, aber was, wenn ich es verlernt hatte? Oder wenn es nur mit meinem Mann gut gewesen war? »Nun, jetzt, wo du fertig damit bist, Jay zu bezirzen, können wir uns wieder dem Essen widmen?«

# Kieran

»Chef?«

Steve und ich schauten beide von unserem Arbeitsplatz auf. »Welcher?«, fragte er.

Jay sah aus, als wäre sie gerade eine Meile gesprintet. »Äh, Kieran.«

»Wie läuft's?« Ich hatte meine Skizze neben mir liegen und zwanzig Teller vor mir aufgereiht, jeder einzelne davon mit dünnen Streifen Entenbrust und zerkleinertem Entenconfit. Gerade war ich dabei, das Essen mit Blutorangen-Hollandaise zu beträufeln und hausgemachte Marmelade drum herum zu verteilen.

»Ähm, ganz okay.«

Meine Hand zuckte, sodass ein Tropfen Soße auf den Tellerrand gelangte. »Nur okay?«, fragte ich, während ich ihn wegwischte. Ich hatte gesehen, dass alle Teller und Schalen leer zurückgekommen waren. Ich wusste, dass es besser als okay lief.

»Es geht um Ellie Wasserman. Sie will mit dir sprechen, und sie sah besorgt aus.«

Scheiße, das war nicht mein Ziel gewesen.

Steve legte sein Messer ab. »Worum sollte sie sich Sorgen machen?«, fragte er mich. »Du stehst doch mit ihr in Kontakt, oder?«

Ein Tropfen Hollandaise auf neun Uhr, einer auf drei Uhr. Ein Halbmond aus Marmelade auf zehn und auf zwei.

»*Kieran.*«

Um Himmels willen. »Ich bin wirklich schwer damit beschäftigt, das Essen anzurichten.« Und verriet ihr mein Essen nicht genug über mich? Dass ich Klasse hatte?

Steve murrte irgendetwas vor sich hin, ehe er sich an Jay wandte. »Gefällt es ihr wenigstens bei uns?«

»Ehrlich gesagt weiß ich das nicht«, antwortete Jay. »Als ich vorhin zu ihr rübergeschaut habe, hat sie sich viele Notizen gemacht.«

Steve drehte sich zu mir um. »Du musst da rausgehen und freundlich zu ihr sein. Du hast zwar viel zu tun, aber sie hat auch einen Job zu erledigen.«

»Ich bin gerade *wirklich* schwer beschäftigt.« Wenn ich nun meinen Arbeitsfluss unterbrach, bestand das Risiko, dass ich nicht wieder hineinfinden würde.

Doch davon wollte er nichts hören. »Ich übernehme. Sei nicht unhöflich.«

»Na schön. Immerhin hat sie sich die Mühe gemacht, herzukommen, dann soll es sich auch für sie lohnen.« Ich griff nach einem der fertigen Teller und rannte die Küchentreppe hinauf.

Als ich ein paar Schritte ins Restaurant gesetzt hatte, wurde mir zum millionsten Mal in meinem Leben bewusst, dass ich die Sache nicht durchdacht hatte.

Überall im Raum blitzte es auf.

»Da ist er ja!«

»Kieran!«

»Pirate!«

»Leprechaun!«

Um Himmels willen, alle klatschten, und ich sah vermutlich schrecklich aus. Ich hatte kaum geschlafen, weil ich wegen heute Abend so nervös gewesen war, und nun hatte ich schon den ganzen Tag in einer heißen Küche gearbeitet. Ich vollführte ein paar scherzhafte Verbeugungen, woraufhin mein Publikum jubelte. Doch ich glaubte nicht, dass die Person, mit der ich reden musste, ein Foto von mir machen würde. Dennoch würde ich nicht zu ihr rennen wie ein verängstigtes Kind. Selfie um Selfie, breites Grinsen um breites Grinsen. Sogar ein oder zwei Telefonnummern wurden mir in die Tasche geschoben. Sollte sie ruhig sehen, wie mich die Leute feierten.

Ich konnte die beiden aus dem Augenwinkel sehen – eine Insel der gelassenen Konzentration inmitten des Lärms um sie herum. Als Nicole sprach und auf etwas auf dem Tisch deutete, notierte sich Ellie etwas mit der linken Hand und nickte, wobei ihre Augen hinter den blonden Locken verschwanden.

Nachdem ich ein letztes Autogramm auf einer Speisekarte gegeben hatte, konnte ich die Sache nicht länger hinauszögern. Ich bemühte mich, all meinen Charme spielen zu lassen, als ich in ihre Richtung schlenderte. »Guten Abend, ihr zwei. Danke, dass ihr gekommen seid, um mein Essen zu kosten. Ich dachte, ich bringe euch den nächsten Gang persönlich, da er mein Favorit ist.« Ich stellte die Ente dort ab, wo sie am besten beleuchtet wurde und die Marmelade wie ein Juwel funkelte.

Ellie schrieb ungerührt weiter.

Nicole zog eine Augenbraue hoch. »Wie läuft's, Kieran?«

»Alles läuft fantastisch, danke, Nicole. Du wolltest mich sprechen, Ellie?«

Keine Antwort.

»Mir wurde beigebracht, dass es höflich sei, einer Person in die Augen zu schauen, wenn man angesprochen wird«, sagte ich schließlich.

Sie unterstrich etwas und blickte auf.

Und ich vergaß zu atmen, denn das Licht über ihrem Kopf ließ ihr lockiges Haar golden erstrahlen, ihre Augen waren klar wie blaue Bergseen. Sie standen im Kontrast zu ihrem knallroten Mund und dem cremefarbenen Ton ihrer Haut.

»Es ist ebenfalls höflich, ohne Verzögerung auf E-Mails zu antworten, die mit der Arbeit zu tun haben«, entgegnete sie, was meine Traumblase zerplatzen ließ.

Beschämt rieb ich mir den Nacken. »Ich war sehr beschäftigt.« Langsam ging ich mir mit dem Spruch selbst auf die Nerven.

»Womit? Ich wäre nämlich auch gerne beschäftigt.« Nun klang ihre Stimme verärgert. »Du bekommst dein Gehalt hier und hast außerdem dein Preisgeld. Aber wenn ich das Buch nicht fertigstelle, kann ich mir keine Lebensmittel leisten und meine Katze nicht füttern.«

Natürlich hatte sie eine Katze.

»Wenn du also so freundlich wärst, könntest du

mir ein wenig über deine Entscheidungen für den heutigen Abend erzählen«, forderte sie.

Diesen erschöpften, enttäuschten Tonfall hatte ich schon seit zehn Jahren bei niemandem mehr gehört. Ich zuckte so unbeholfen mit den Schultern wie ein Teenager. »Klar, du kannst mich alles fragen.«

Sie summte tonlos, als sie sich eine Seite nach der anderen in ihrem Notizbuch durchsah. »Ist interessant, was du bei dem Hummergericht mit dem Safran gemacht hast. Du hast sowohl Schaum als auch Gelee daraus gemacht.«

»Auf gute oder auf schlechte Art interessant?«

Sie rümpfte die Nase. »Einfach nur interessant. Was hat dich dazu inspiriert?«

Ich tippte auf mein Tattoo. »Es gibt keinen anderen Gelbton wie diesen. Er ist wunderschön.«

»Warum findest du ihn schön?«

Was sollten diese Warum-Fragen? Ich presste die Spitze meines Arbeitsstiefels auf den Holzboden. »Kann ich sie nicht einfach mögen?«

»Wenn man einen Hobbykoch dazu bringen will, das teuerste Gewürz der Welt zu kaufen, braucht man einen guten Grund. Das gilt übrigens auch für den Kaviar, der zur Makrele serviert wurde, und für die Trüffel zum Reh.«

»Ich habe mir eben Großes vorgenommen.«

»Und was wäre das?«, höhnte sie. »Abgesehen davon, das Bankkonto der Leserinnen und Leser deines Kochbuchs zu leeren?«

Verdammt. Ich spürte die Blicke im Raum auf mei-

nem Rücken. Sie ließ mich dastehen wie ein Arschloch, und zwar nur, weil ich ihre Fragen nicht beantworten konnte. »Wenn du streiten willst, gehe ich
zurück in die Küche«, entgegnete ich bissig.

Ihr Stift ruhte abrupt. »Das ist kein Streit, Kieran.
Ich stelle dir Fragen, und du machst aus unerfindlichen Gründen dicht.«

Nun saß ich in dem Graben fest, den ich mir selbst
geschaufelt hatte, aber Ellies verurteilender Blick und
ihr Hochmut weckten in mir den Wunsch, einfach
immer tiefer zu graben.

## *Ellie*

Auf einer Skala von eins bis zehn der schlechten
Ideen lag diese Eskapade bei dreiundzwanzig. Ich
hatte mich in Shapewear gequetscht, die Bay über-
quert, unzählige Gänge übertriebener Pseudo-Kunst
ertragen und wusste immer noch nicht, wie ich als
Kieran schreiben sollte. Er war wie ein hibbeliges
kleines Kind, das sich im Süßwarenladen alles ge-
schnappt hatte, worauf es Lust hatte.

Ich hätte einfach zu Hause bleiben, mir etwas ausdenken und halbherzig niederschreiben sollen.

Aber wem machte ich hier etwas vor? Ich war
nicht in der Lage, halbe Sachen zu machen. Ich gab
immerzu alles. Mir war es wichtig, dass Hank saubere Kleidung hatte und warme Mahlzeiten bekam,
mir war es wichtig, dass Diane Trost in unseren nächt-

lichen Gesprächen fand. Leuten Aufmerksamkeit zu schenken und Verantwortung zu übernehmen, war meine Sprache der Liebe.

Nun war ich mit diesem Typen verwoben, der nichts von Verantwortung verstand.

»Ich dachte, ich könnte Material für das Buch sammeln, wenn ich dich in Aktion sehe, mir ein Bild davon machen, wie du als Koch tatsächlich bist. Aber da habe ich mich wohl getäuscht.« Ich versuchte, meine zitternde Stimme unter Kontrolle zu bringen.

Er blinzelte. »Du hasst das Essen.«

»Nein, ich hasse es nicht. Siehst du?« Ich nahm einen Bissen von den sogenannten Frühstückstexturen. Süße, saure und fettige Aromen schossen über meine Zunge. Es war wirklich gut, aber trotz des vollen Geschmacks trat keine Zufriedenheit ein.

»Objektiv betrachtet ist alles perfekt«, fuhr ich fort, nachdem ich geschluckt hatte. »Aber es ist oberflächlich. Wenig tiefgründig. Es verrät mir nichts über *dich*.«

Er errötete. »Du nennst mich oberflächlich? Dann weißt du also so viel über all das, ja? In welchen Restaurants hast du gearbeitet?« Er streckte seine Hände aus. »Wo sind deine Narben?«

Ich versteifte mich, denn ich sollte ihm nicht all meinen Schmerz offenbaren müssen, damit er mich ernst nahm. »Ich muss nicht in Restaurants gearbeitet haben, um zu wissen, was Essen richtig gut macht.«

Er verschränkte die Arme wie ein beleidigter Vierzehnjähriger. »Dann erklär es mir.«

Das war eindeutig keine Einladung, aber das war

mir egal. Ich erhob mich und stützte meine Hände auf den Tisch. »*Liebe*. Ich meine nicht zu den Details, sondern Liebe für die Person, die es essen soll. Man gibt ihr einen kleinen Teil von dem, was man selbst am meisten liebt.« Ich zeigte energisch auf meinen Teller. »All diese Gerichte sind nur Angeberei.«

Er rieb sich mit versteinerter Miene den Unterarm. »Aber ich habe *Fire on High* gewonnen. Ich bin ziemlich gefragt, falls du das nicht wusstest. Ich glaube, es ist okay, wenn ich angebe.«

Ich hob einen Finger. »Du hast *einen* Wettbewerb gewonnen«, erwiderte ich verächtlich. »Dieses Jahr. Aber kannst du dich noch an den Namen von der Person erinnern, die vor zwei Jahren gewonnen hat? Oder vor drei? Wenn du das hier nicht ernst nimmst, erinnert sich bald kaum noch jemand an den Kobold mit dem blöden Bandana, der fünf Minuten lang berühmt war.«

Mit einem Mal war seine Miene nicht mehr ungerührt. Seine hellgrünen Augen funkelten, seine Hände waren zu Fäusten geballt. Er machte den Mund auf und wieder zu. »Was zur Hölle bildest du dir ein? Du bist ein Niemand. Dein Name steht nicht mal auf einem Buch. Wen kümmert es, was du denkst?«

»Ich bin die Frau, die dein Chaos beseitigen muss, du verwöhnter, arroganter Idiot.«

Es war vollkommen still im Raum. Und damit meinte ich nicht die Stille von Menschen, die köstliches Essen genossen. Es war so still, als wäre gerade eine Atombombe explodiert.

»Verdammter Mist«, flüsterte Nicole.

Leute hielten Handys hoch. Und es waren viele. Verdammt, wie lange filmten sie schon? Eine zierliche, asiatisch aussehende Frau in einem Chanelkostüm kam an Kierans Seite.

Nicole trat mir gegen die Wade und formte mit den Lippen: *Anh Hutton.* Verdammte Scheiße.

»Wer ist das, Kieran?«, fragte sie.

Ich errötete so stark, dass mein Gesicht schmerzte. »Ich bin Ellie Wasserman, Mrs Hutton. Ich freue mich, Sie kennenzulernen.«

»Mhm«, machte sie. »Ich wünschte, wir hätten uns unter weniger lauten Umständen kennenlernen können. Da es Ihnen hier offenbar nicht gefällt, möchten Sie und Miss Salazar vielleicht lieber gehen?«

»Das ist wahrscheinlich klug.« Kieran funkelte mich an.

»Lust auf In-N-Out?«, fragte ich Nicole. »Ich komme um vor Hunger.«

Kieran machte den Mund auf, aber Mrs Hutton umfasste seinen Unterarm.

Nicole griff nach ihrer Kamera und drückte mir meine Tasche in die Hand. »Klingt super. Ich bestelle ein Taxi.«

Erhobenen Hauptes verließen wir das Restaurant. Das Adrenalin brachte mich dazu, schnell zu gehen. Ich fühlte mich beschwingt von der Tatsache, dass ich genau das gesagt hatte, was ich in dem Moment gefühlt hatte. Doch trotz des Hochgefühls wusste ich, dass dieser Moment schnell vorüber sein würde – so war es immer bei mir. Wer wusste schon, ob ich noch einen Job hätte, wenn ich wieder auf dem Boden der Tatsachen ankäme?

## Kieran

Irgendwie überlebte ich den Rest des Abends, lächelte und nahm die Glückwünsche entgegen, obwohl ich mich eigentlich nur zusammenrollen wollte.

Doch nun waren alle Teller abgewaschen, alle Tischdecken auf dem Weg in die Reinigung, meine Kochkleidung abgelegt, und ich saß hinter dem Haus, ließ die Kälte der Betonstufen durch meine Jeans kriechen. Die Arme hatte ich um meine Knie gelegt, und mein Kopf ruhte darauf. Ich wollte mich selbst so klein machen, wie ich mich fühlte.

Mir war bewusst, dass meine Gefühle hauptsächlich meinem ADHS zuzuschreiben waren, denn mein Gehirn machte peinliche Momente und Scham eine Million Mal schlimmer. Dieses Wissen machte es jedoch nicht besser.

Die Tür nach draußen wurde geöffnet und geschlossen. »Hey«, sprach mich Jay leise an.

Ich klemmte meine Hände in die Achselhöhlen. »Hey.«

Sie stupste mein Knie mit dem Fuß an, damit ich rüberrutschte und sie sich neben mich setzen konnte.

Als ich mich an sie lehnte, legte sie mir einen Arm um die Schulter. »Du warst super.«

Ich schnaubte. »Nein, war ich nicht.«

»So viele Leute haben das Essen geliebt. Sie haben darüber geredet, wie vielseitig es war. Es wird ein paar gute Blogartikel über dich geben.«

Mit verbitterter Miene schüttelte ich den Kopf. »Vielseitig? Das ist eine höfliche Art, auszudrücken, dass ich keinen Plan hatte.«

Sie drückte meine Schulter. »Ist das wieder dieses Ding, das manchmal passiert? Wenn ich mit dir rede, aber du so aufgebracht bist, dass du die guten Teile überhörst?«

»Ich glaube schon.« Ich stieß ein erschöpftes Seufzen aus.

Nun saßen wir schweigend da, aber Jays Freundlichkeit bewirkte, dass ich mich zumindest nicht mehr ganz so schlecht fühlte.

»Es geht hier um diese Ellie«, stellte sie schließlich fest.

»Sie hat es gehasst.«

»Das stimmt nicht.«

Ich zupfte an einem losen Faden im Inneren meines Ärmels. »Aber zumindest hasst sie nun *mich*.«

Stille. Jay spielte an einem ihrer Braids herum, und ich ließ sie nachdenken.

»Vielleicht solltest du das Buch nicht rausbringen«, schlug sie vor. »Du bist unglücklich, und auf die Weise machst du zwangsläufig auch andere Leute unglücklich.«

Vehement schüttelte ich den Kopf. »Nein, ich muss. Ich bin kein Teenager mehr, der hinschmeißt, wenn's schwierig wird, sondern ein erwachsener Mann, der es schafft, was durchzuziehen.«

»Du musst niemandem beweisen, dass du erwachsen bist – sei es einfach.«

»Okay«, sagte Jay langsam, als ich schwieg. »Vielleicht könntest du Ellie einfach sagen, wie besorgt du bist, und sie könnte dir helfen?«

»Sie würde es nicht verstehen, denn sie kommt immer klar, die kennt so was nicht.«

Jay schnaubte. »Das kann nicht sein. Jeder hat seine Schwächen, und außerdem versucht sie einfach nur, ihren Job zu machen, mein Lieber.«

»Na, dann ist es wohl ihr Job, mich dastehen zu lassen wie einen Idioten.«

Kopfschüttelnd erhob sie sich. »Weißt du was? Du hast dieses riesige Dinner zusammengestellt, das viele Leute begeistert hat, und ich habe die Nummer von einer heißen Frau bekommen – also gehen wir jetzt zur El Molino und essen zur Feier des Tages Burritos.«

Ich schaute auf. »Von welcher Frau?«

Sie grinste. »Das erzähle ich dir erst, wenn du nicht mehr in Selbstmitleid zerfließt.«

»Na schön, du hast gewonnen.« Ich wusste, dass Carnitas, Guacamole und ein riesiges Glas Agua Fresca mit Melone mein Problem nicht lösen würden, aber zumindest könnte ich es für eine Weile verdrängen. Ebenso wie die Tatsache, dass Ellies Augen so hell aufgeleuchtet hatten wie Gasflammen, als sie wütend war.

# 5

## *Kieran*

»Bitte zerbrich nicht noch einen Stift«, sagte Ellie, als wir in einem Konferenzraum bei Alchemy Press auf Tad warteten. Ihr Gesicht und ihre Stimme waren neutral, das Gegenteil von der wütenden Frau mit den roten Lippen vor ein paar Tagen im Restaurant. Vermutlich war sie genauso wenig begeistert darüber, dass sie zu einem Notfallmeeting herbeordert worden war, wie ich.

Ich wirbelte den Kugelschreiber mit dem Alchemy-Logo herum, warf ihn in die Luft und fing ihn auf. »Sie werden ihn nicht vermissen. Wahrscheinlich haben sie Tausende von den billigen Dingern in irgendeinem Schrank.«

Sie glättete eine Falte in ihrem dunkelgrauen Kleid. »Darum geht es doch gar nicht.«

Ich warf den Stift noch einmal in die Luft. »Worum geht es dann?«

Sie hielt inne, schaute zu mir und bedachte mich mit einem wütenden Blick. »Vergiss es«, sagte sie leise und faltete die Hände in ihrem Schoß. »Es spielt keine Rolle.«

Das stimmte. Was allerdings eine Rolle spielte, war

die Tatsache, dass wir ins Verlagshaus zitiert worden waren.

»Sorry, dass ich zu spät komme.« Tad kam hereingerauscht. »Ein wichtiges Telefonat. Sy freut sich sehr auf dein Buch, Kieran.«

»Danke.«

»Gott, ist das dunkel hier drin.« Ellie schützte ihre Augen mit einer Hand, als er ein Rollo hochzog und der Raum in Sonnenlicht getaucht wurde.

Nun schaute Tad auf seinen Bildschirm. »Ellie Wasserman: feministische Ikone.« Er klickte. »Ellie Wasserman: Inbegriff jeder klugen Frau, die sich schon mal mit einem mittelmäßigen Mann herumschlagen musste.« Klick. »Ellie Wasserman: wütende, männerhassende *reimt sich auf Kitsch*.«

»Aber das ist komplett falsch dargestellt«, empörte sich Ellie. »Ich bin keine Männerhasserin, sondern ich habe nur versucht, meinen Job zu machen. Ist es nicht das, wofür du mich bezahlst?«

Tad legte sich eine Hand an die Stirn. »Ich verstehe dein Argument, Ellie, aber soweit ich weiß, zählen öffentliche Wutausbrüche nicht zu deinem Aufgabenfeld. Ich bin überrascht und enttäuscht.«

Beim Wort »enttäuscht« sank Ellie förmlich in sich zusammen. »Es tut mir so leid, Tad.« Sie senkte den Blick. »Ich hätte keine Aufmerksamkeit erregen sollen.«

Zu sehen, wie klein sie sich auf ihrem Stuhl machte, ließ etwas in mir zerbrechen. Die ersten zwei Drittel meines Lebens war ich ständig für alles verantwortlich gemacht worden, was in einem Radius von einer Meile schieflief.

Tad beugte sich vor. »Nun, ich hatte nicht damit gerechnet, schon jetzt Aufmerksamkeit auf das Buch zu ziehen, aber es ist nicht grundsätzlich negativ. Alisha, eine unserer Publicity-Managerinnen, hat erwähnt, dass das meiste, was ihr auf Social Media begegnet, positiv ist. Die Leute freuen sich nun noch mehr auf Kierans Buch.«

Ellie schaute misstrauisch auf. »Dann feuerst du mich also nicht?«

»Auf keinen Fall, aber ich erwarte eine Erklärung für dein Verhalten. Was genau ist passiert?«

Ellie atmete tief durch. »Er hat mich und Nicole zu dem Dinner eingeladen«, antwortete sie langsam und tonlos, wobei sie mich beäugte. »Ich habe ihn nach seiner Vision hinter dem Menü gefragt und fand seine Antworten vage und wenig hilfreich. Ich hätte mich damit abfinden und es zu einem anderen Zeitpunkt noch mal versuchen sollen. Aber ich bin ziemlich emotional geworden und ausgerastet. Dann hat er etwas gesagt, das meine Gefühle verletzt hat, also habe ich ihn auch beleidigt.«

»Kieran?«, fragte Tad. »Kannst du das so bezeugen?«

»Ja.« Alles, was sie gesagt hatte, stimmte. Keiner von uns beiden stand gut da, aber Ellie stand im Gegensatz zu mir nicht in der Öffentlichkeit. Sie hoffte nicht darauf, eines Tages ein eigenes Restaurant zu eröffnen. Wieder stieg Wut in meiner Brust auf. »Aber musstest du mich wirklich vor allen anschreien, auch vor Anh Hutton? Warum konntest du nicht einfach ruhig bleiben?«

Ellie warf ihre Hände in die Luft. »Wenn du nichts schreibst, meine Fragen nicht beantwortest und sich dein Kochstil jede Woche verändert, was soll ich da tun?« Die letzten Worte klangen fast flehend, als wüsste sie nicht mehr weiter.

»Ich wollte ja anfangen, daran zu arbeiten.« Mir missfiel, dass ich klang wie ein weinerliches Kind, aber die Verzweiflung in ihrer Stimme erinnerte mich zu sehr an meine Eltern. »Ich hab neben dem Buch noch eine Menge zu tun. Warum begreifst du das nicht?«

Mit einem Mal blickte sie bestürzt drein. »Liegt es an mir? Magst du mich nicht?«

Ich starrte sie mit offenem Mund an, beeindruckt davon, wie mutig sie war. Auf ihre direkte Frage hatte ich jedoch keine direkte Antwort. Es war nicht ihre Schuld, dass ständig alle wütend auf mich waren, weil ich ich selbst war, doch das schmälerte meine Wut auf sie nicht. Dass ich sie am liebsten in meinem Bett gehabt hätte, half auch nicht unbedingt.

Als ich schwieg, schaute Ellie Tad an. »Vielleicht braucht ihr eine andere Ghostwriterin.«

»Lasst uns keine überstürzten Entscheidungen treffen«, erwiderte er. Als das Telefon klingelte, hob er den Hörer ab und stellte auf laut. »Hallo, Tobias. Danke, dass du dich zu uns gesellst.«

»Tad, lass uns die Sache schnell hinter uns bringen«, erklang die tiefe Stimme meines Agenten. »Kieran, Buddy, du musst auf Tad hören. Die Ghostwriterin wird dafür bezahlt, dass sie dein Buch schreibt. Du musst sie also ihren Job machen lassen.«

»Ich hab auch einen Namen«, murrte Ellie leise.

»Das Buch wird einen großen Teil deiner Marke ausmachen«, fuhr Tobias fort, ohne auf ihre Bemerkung einzugehen. »Es ist entscheidend für zukünftige Projekte, verstanden? Also sei ein guter Kobold und bring uns einen Topf Gold nach Hause, ja?«

Ich bemühte mich, angesichts des Spitznamens nicht das Gesicht zu verziehen. Es ging nicht nur um Geld, obwohl das natürlich half. Ich musste beweisen, dass ich etwas erreichen konnte, etwas Eigenes erschaffen. »Na gut«, erwiderte ich knapp.

»Super. Dann hören wir uns. Bis bald, Tad.« Und damit war er weg.

»Aber Tad«, platzte Ellie mit geröteten Wangen heraus.

»Was?«, fragte Tad ungeduldig.

Ellie schnitt eine Grimasse. »Wir sind nicht kompatibel.«

Ich meine, wir waren kompatibel in dem Sinne, dass ein kleiner Teil von mir wissen wollte, wie sie schmeckte, aber der Rest von mir wollte eine ganze Kiste billiger Stifte zerbrechen.

Tad schüttelte den Kopf. »Du irrst dich, Ellie. Du bist die Richtige.« Er fuhr sich mit den Fingern durch das hellgraue Haar. »Bisher war ich noch nie dazu gezwungen, aber ich glaube, es ist an der Zeit für extreme Maßnahmen.«

»Extrem?«, fragte Ellie.

»Ich schicke euch beide in mein Cottage in Sonoma. Ihr werdet eine Woche dortbleiben, und wenn wir uns Anfang März wiedersehen, solltet ihr eine Liste von Rezepten haben und eine grobe Struktur für das Buch.«

Spinnst du? Er konnte uns nicht einfach Hausarrest erteilen, als wären wir zwölf. »Aber ich muss *arbeiten*«, gab ich zu bedenken.

»Ich auch«, versetzte Ellie.

Wir funkelten einander an, bis Tad meinen Namen sagte.

Nun wandte ich mich wieder ihm zu.

»Ich habe mit Anh Hutton und Steve Yuan gesprochen, und sie sind bereit, dir eine Woche freizugeben.« Er schaute Ellie an. »Und Ellie, ich weiß, dass du die Stadt seit mehr als zwei Jahren nicht mehr verlassen hast.«

»Woher …«

»Instagram lügt nicht. Und es war viel zu einfach, dich für Jobs zu buchen.«

Ellie schloss die Augen und stieß die Luft aus, als wäre ihr ein unsichtbares Gewicht von den Schultern gefallen. »Wenn es sein muss, mache ich es«, erwiderte sie leise. »Bitte sag mir, es gibt mehr als ein Bett dort.«

Eine Sekunde lang starrte er sie an. »Ich bin kein Unmensch. Es gibt ein Kingsize-Bett im Schlafzimmer und eine Schlafcouch im Büro. Ihr müsst eine Münze werfen.«

Ich schaute ihn verwirrt an. Wir waren erwachsene Menschen – niemand musste sich unfreiwillig mit einer anderen Person ein Bett teilen, und ich wollte auf keinen Fall mit ihr ins Bett.

Im Bett *sein*. Ich wollte nicht mit ihr im Bett *sein*.

## Ellie

»Kannst du einen Moment warten?«, fragte Tad.

Nachdem wir die Details unserer Haftstrafe besprochen hatten, war Kieran ach so gelassen zur Tür hinausspaziert, während ich sitzen geblieben war, um meine abgetragene alte Handtasche zu ordnen.

Vor zwei Jahren war das eine schicke Jobtasche gewesen, aber nun brach der billige Kunststoff an den Trägern, weil ich so viel Zeug darin herumschleppte. Wenn ich nach der ersten Anzahlung für meine eigene Wohnung noch Geld übrig hatte, würde ich mir eine neue kaufen.

»Alles in Ordnung? Du siehst krank aus«, merkte er an.

»Ich hab letzte Nacht nicht geschlafen.« Diane hatte um zehn an meine Tür geklopft und auf mich eingeredet, wie schrecklich alles ohne Max war. Nachdem ich sie getröstet hatte, war ich zu deprimiert gewesen, um zu schlafen.

Er stieß die Luft aus und nahm wieder auf seinem

Schreibtischstuhl Platz. »Okay. Ich wollte über dich und Kieran reden.«

»Was soll mit uns sein?« Nicht dass es ein Uns gegeben hätte. Die Welt hätte um uns herum einstürzen können, und er hätte mich zwischen den Trümmern immer noch genervt.

Tad legte die Fingerspitzen zusammen und studierte mich. »Kieran braucht jemanden, der ihn dazu bringt, sich auf seine Aufgabe zu konzentrieren.«

»Soweit ich informiert bin, umfasst meine Jobbeschreibung kein Babysitting.«

»Betrachte es nicht als Babysitten, sondern als Supervising. Er hat nicht die gleiche Disziplin wie du.«

*Jede kluge Frau, die sich schon mal mit einem mittelmäßigen Mann herumschlagen musste,* ging mir durch den Kopf. Obwohl Kieran nicht mittelmäßig war. Er war talentiert. Gut aussehend. Und eben nervig.

Ich versuchte, meine Ungeduld zu verbergen. »Er ist ein erwachsener Mann. Rede mit ihm, nicht mit mir.«

»Von diesem Buch hängt eine Menge ab.« Tad nahm seine Brille ab und rieb sich die Stirn. Sein hellblondes Haar war ergraut in den letzten Jahren. Wann war das passiert?

»Was verschweigst du mir?«, fragte ich.

Der Vorstand ist nicht glücklich über die Resultate meiner letzten Projekte.

»Aber das jamaikanische Kochbuch, das Roland Campbell geschrieben hat, ist ein Meisterwerk. Die Leute aus der Branche werden noch jahrzehntelang davon sprechen. Und das Patisserie-Buch von diesem Laden in L. A. war ein Traum. Es hat sogar Auszeichnungen bekommen.«

»Sy meint, dass sich Meisterwerke und auszeichnungswürdige Bücher nicht gut verkaufen.« Er atmete aus. »Alchemy Press braucht Kieran und seine Fans. Und ich bin darauf angewiesen, dass du alles so reibungslos wie möglich auf den Weg bringst. Du hast noch nie eine Deadline verpasst, und du hast noch nie das Budget überzogen.«

Er hatte mir beigestanden, als ich ihn gebraucht hatte, also durfte ich ihn jetzt nicht enttäuschen. »Ich werde das schaffen.«

Tad streckte den Arm aus und tätschelte mir die Hand. »Danke.« Er schenkte mir ein müdes Lächeln. »Du bist so zuverlässig.«

Matt erwiderte ich sein Lächeln. Das Böse schläft nie? Eigentlich sollte es heißen: Die Guten schlafen nie, weil sie nämlich arbeiten.

Mein Handy vibrierte.

**Ben:** Wie wär's heute Abend mit *Der dünne Mann*. Wir hätten dich gerne dabei.

Ich sehnte mich nach einem Abend mit Floyd auf meinem Schoß und einem Liebesroman in meiner Hand, aber das war schon okay. Diane war diejenige gewesen, die meine Liebe zu Schwarz-Weiß-Filmen geweckt hatte. Ein Abend vor dem Fernseher mit ihnen würde sich fast so anfühlen wie alte Zeiten.

Als ich das Büro verließ, erhob sich Kieran von einem der Stühle in der Lobby. Wenigstens hatte er sich für das Notfallmeeting ein wenig Mühe gegeben. Sein blau-grünes Holzfällerhemd hatte nur ein paar Falten. Ich versuchte, nicht darauf zu achten, wie hübsch die Farben mit seinem Haar in Kontrast standen und wie sie seine Augen zur Geltung brachten.

»Was machst du denn noch hier?«, fragte ich ungläubig.

Er schob die Hände in die ausgefransten Taschen seiner Jeans und hüpfte leicht auf und ab. »Ich dachte mir, es ist besser, wenn wir von Angesicht zu Angesicht über diesen Trip reden.«

Das hatte er nicht im Büro zur Sprache bringen können? »Ich schicke dir einfach eine E-Mail, das geht schneller.«

Er schnaubte. »Na gut, ich wollte einfach vermeiden, dass du noch mal ins Restaurant kommst und mich anschreist.«

Ich hatte den Eindruck, ich hatte in dem Monat, seitdem ich ihn kennengelernt hatte, öfter die Augen verdreht als in den letzten zehn Jahren. Hätte mich jemand dazu gebracht, jedes Mal etwas in ein Sparschwein einzuzahlen, wäre ich dank Kieran innerhalb von einer Woche pleite. »Nun, wir sehen uns ja logischerweise dort.«

Er zuckte mit den Schultern. »Nicht logischerweise, denn ich hab kein Auto.«

Ich blinzelte. Wie konnte er überleben? Die öffentlichen Verkehrsmittel in der Bay Area waren eine

Katastrophe. »Du bist ein erwachsener Mensch in Kalifornien und hast kein Auto?«

Er zog eine Augenbraue hoch. »Nein, ich bin ein Kobold in einem Trenchcoat. Ich weiß nicht, warum du so lange gebraucht hast, das zu erkennen.«

So witzig war das nicht. Dennoch schmunzelte ich widerwillig.

»Hast du mal versucht, jeden Tag im Mission District einen Parkplatz zu finden?«, fragte er. »Null von zehn Sternen. Kann ich nicht empfehlen. Ich fahre überall mit dem Fahrrad hin. Oder jogge.«

»Dann bist du wohl gut genug in Form, um mit dem Fahrrad nach Sonoma zu gelangen«, sinnierte ich laut.

Er lachte. »Nein. Ich bin keiner von diesen Lycra-Typen. Ich nehme mir ein Taxi.«

Sofort sah ich vor meinem inneren Auge die Zahlen auf der Ausgabentabelle. »Nein, du kannst bei mir mitfahren.«

»Wenn du willst. Ich wohne auf der Twenty-Third und Bryant im Mission District.«

Ich schnaubte. »Wenn du glaubst, dass ich während der Rushhour erst in die Stadt und wieder rausfahre, bist du schief gewickelt.«

Nachdenklich neigte er den Kopf schräg. »Ich dachte immer, es heißt *falsch* gewickelt.«

Ich hatte keine Zeit für seine tiefgründigen Überlegungen zu meiner Wortwahl. »Heißt es nicht.« Mein Handy vibrierte erneut, wahrscheinlich Diane, die Bens Einladung untermauern wollte. »Ich muss los.

Wir treffen uns am Donnerstag um vier bei mir zu Hause. Die Adresse maile ich dir – bitte check dein Postfach. Und bring dein Messerset mit.«

Er hob seine Hände. »Hat dir schon mal jemand gesagt, wie herrisch du bist?«

Ich hielt inne. Eine Reihe von Adjektiven, mit denen Max mich beschrieben hatte, kam mir in den Sinn. *Schüchtern. Still. Sanft.* »Nein«, antwortete ich, nicht in der Lage, die Überraschung aus meiner Stimme fernzuhalten. »Noch nie.«

Er sah mich fest aus seinen grünen Augen an.

»Was?«, fragte ich überaus einfallsreich.

»Nun, das bist du aber«, erwiderte er und wedelte mit der Hand in der Luft herum. »Bis Donnerstag.«

Endlich war ich aus meiner Trance erwacht. »Bis Donnerstag.«

# 6

## *Kieran*

Wohnte Ellie Wasserman in einem Elfenhaus? Die Holzfassade war schokoladenbraun und in einem fröhlichen Mohnblumenrot abgesetzt; am Dachgesims liefen verwobene grüne Ranken entlang und rahmten die Haustür ein. Auf meiner Straße hatte jegliches Grün einen ekligen Braunton angenommen und diente als Toilette für Hunde oder manchmal sogar für Menschen.

Ellie hatte mir allerdings erklärt, dass ihre Wohnung hinter dem Haus lag. Kies knirschte unter meinen Füßen, als ich die Einfahrt hinaufging, vorbei an einem kleinen roten Auto und einer Feuerstelle, um die herum ein paar alte Plastikstühle aufgestellt waren. Der gesamte Garten hinter dem Haus war voller kalifornischer Winterfarben. Knallpinke und cremefarbene Kamelien, ein dunkelgrüner Zitronenbaum mit safrangelben Früchten. Ich pflückte eine und kratzte über die Schale, die nach Sonnenschein roch.

Das Gästehaus in der Ecke des Gartens war eine winzige, instabil wirkende Version des Hauptgebäudes. Aber so war das Leben in der Bay Area. Man fand ein wenig Platz, wo man konnte, und zahlte eine

Miete, die andere Leute überall sonst auf der Welt dazu brachte, hysterisch zu lachen. Wenigstens bekam sie mehr Tageslicht und frische Luft als ich.

Ich klopfte an die grüne Tür, hörte jedoch nichts. Vielleicht war sie gerade beschäftigt?

Zehn Sekunden später klopfte ich noch einmal und drehte schließlich den Türknauf. Es war nicht abgeschlossen, also steckte ich meinen Kopf hinein. »Ellie?«

»Halt!«, brüllte sie aus vollem Hals, als etwas an meinen Füßen vorbeischoss.

Die Zitrone flog durch die Luft. »Was war das?«, rief ich.

Doch Ellie schaute mich nicht an, als sie zur Tür gerannt kam. »Floyd, nein!« Sie schob mich mit der Schulter zur Seite und warf sich zu Boden. Als sie wieder hochkam, trug sie eine sich windende Katze, die wütend miaute. »Es tut mir so leid, mein Süßer«, gurrte sie, als sie das riesige getigerte Tier wieder ins Haus trug. So hatte ich ihre Stimme noch nie gehört – warm und tröstlich wie der erste Schluck heiße Schokolade an einem kalten Tag. »Ich weiß, du wolltest ein bisschen Unfug treiben, aber du darfst die Nachbarschaft nicht mehr tyrannisieren.« Mit der Nase rieb sie über seine fluffige Wange, als er wieder einen Laut ausstieß. »Ich muss mich doch um dich kümmern.«

Ich griff mir an den Halsausschnitt meines Sweatshirts, denn Hitze breitete sich auf meiner Haut aus. Vielleicht wäre ich als Kind nicht so oft in Schwierigkeiten geraten, wenn mich jemand so umarmt und so mit mir gesprochen hätte, wenn ich etwas zerbrochen oder einen weiteren Test in den Sand gesetzt hatte, statt mir immer wieder vorzuhalten, dass ich alle enttäuschte.

»Kannst du bitte die Tür schließen?«, fragte Ellie.

Ich atmete ein und pustete die Erinnerung aus. Nun sprach wieder die Business-Ellie mit mir. »Hallo, Kieran. Schön, dich zu sehen, Kieran«, sagte ich, während ich die Tür hinter mir schloss.

Eine Sekunde lang schloss sie die Augen und setzte dann den Kater ab. »Es tut mir leid. Kieran, Hallo. Wie du gesehen hast, war ich ein wenig abgelenkt.«

Ob ich sie dazu bringen konnte, diese sanfte Stimme wieder einzusetzen? Die gefiel mir besser. »Warum kann der Kater mit dem grandiosen Namen nicht nach draußen? Ist das nicht gut für Katzen?«

»Er hat FIV.«

»FIV?«

»So wie HIV, nur für Katzen. Er hat kein Immunsystem – wenn er sich also mit einer anderen Katze anlegt, können beide sehr krank werden und andere anstecken.« Sie schüttelte den Kopf, wobei sich ihre vollen Lippen zu einem kleinen Lächeln bogen. »Und er würde sich definitiv mit einer anderen Katze anlegen, weil er ein kleiner Racker ist.«

Was wollte eine Frau, die so vorsichtig war wie sie, mit einem so draufgängerischen Haustier?

»Ich werde noch zehn Minuten brauchen, weil du zu früh gekommen bist«, verkündete sie.

Ein überraschtes Lachen entfuhr mir. »Ich bin zu

früh gekommen? Das wäre das erste Mal. Kannst du diesen Rekord irgendwo notieren?«

Sie lachte nicht. »Ich muss noch mit jemandem sprechen, bevor wir losfahren. Setz dich.« Sie deutete zu einer kleinen grauen Couch. »Und bitte bring nichts durcheinander.«

»Yes, Ma'am.« Ob wir den Kater mitnehmen konnten? Er machte sie definitiv menschlicher.

Sie ging zur Tür hinaus und durchquerte den Garten, um zu der Terrasse des großen Hauses zu gelangen, auf die eine ältere Frau hinausgetreten war.

Sie war das Gegenteil von Ellie: groß und viel zu dünn mit grauen kurzen Haaren. Sie konnte nicht ihre Mom sein. Oder vielleicht kam Ellie eher nach ihrem Dad? War sie adoptiert? Ich wusste nichts über sie.

Eine Minute verging. Und schließlich wurden zwei Minuten daraus. Ich holte meinen Schlüsselbund hervor, wirbelte ihn herum, ließ ihn fallen. Hob ihn auf, wirbelte ihn wieder herum, ließ ihn wieder fallen.

Ich durfte mich doch wenigstens umschauen, oder?

Nachdem ich den Schlüsselbund wieder in meine Tasche geschoben hatte, stand ich auf und ging zu der kleinen Küche. Bratpfannen hingen an Haken von der Decke herunter, und ein Magnetstreifen an der grünen Wand hielt ein paar Messer. Auf der hinteren Herdplatte stand ein großer orangefarbener gusseiserner Topf, dessen schwarze Streifen ahnen ließen, dass er nicht nur zur Dekoration diente. Am Kühlschrank hing ihre *Packliste für Sonoma*.

Als ich um die grün-goldene Schiebetrennwand

am anderen Ende des Raumes herumspähte, entdeckte ich ein ordentlich gemachtes Doppelbett und einen Stapel Bücher auf dem Nachttisch daneben. Floyd hatte sich mitten auf der Matratze ausgestreckt und leckte sich die Stelle, an der einst seine Hoden gewesen waren. Als er sah, dass ich ihn anstarrte, funkelte er mich an.

»Netter Anblick, Kater. Du hast echt Klasse.«

Ich ließ ihn allein und ging zu Ellies Bücherwand. Einige der Werke hatte ich auch in Steves Büro entdeckt – dicke technische Anleitungen voller Diagramme. Aber ich sah auch viele Bücher, die ich noch nicht kannte – auf Französisch und Spanisch und Englisch. Oben zwischen den Seiten ragten pinke und gelbe Klebezettel heraus, und als ich nach einem Buch griff, öffnete es sich von selbst auf einer Seite mit dem Titel *Cassoulet*, die mit braunen Fettflecken und blauen Notizen übersät war.

Vielleicht hatte sie noch nie in einem Restaurant gearbeitet, aber jemand, dessen Kochbücher so aussahen, musste etwas vom Kochen verstehen.

Ich blätterte noch ein paar andere Bücher durch. Thai-Salate, Kuchen mit Baiser-Glasur, Carolina-Barbecue. Ganz unten im Regal fand ich eine Reihe von billigen schwarz-weiß gefleckten Notizbüchern, die nicht zum Rest der erwachsenen Atmosphäre des Raumes passten. Jeder hatte eine Schwäche, wie Jay behauptet hatte. Ich griff nach einem der Bücher.

*Kochnotizen*, stand in grüner Glitzerschrift, die rund und kindlich wirkte, darauf.

»*Fünfundzwanzigster Oktober*«, las ich langsam und fuhr mit dem Finger über die Seite.

*Fischstäbchen: Bei 200 Grad zwei Minuten länger im Ofen backen als auf der Packung angegeben. Hank mag einen Esslöffel Ketchup und einen Esslöffel Senf zusammengemischt. Mom mag einen Esslöffel Mayonnaise mit dem Saft einer Viertel Zitrone und einem Teelöffel Tabasco.*

*Hanks Waffeln: Eggos bei mittlerer Hitze toasten, Butter und Ahornsirup darauf, dann zehn Sekunden zum Schmelzen in die Mikrowelle.*

Ich blätterte durch ein Jahr des Kochens in Ellies Leben. Bei vielen Rezepten hatte sie versucht, schnelle Gerichte, wie Pfannkuchen oder Ramen, etwas aufzupeppen. Weiter hinten hatte sie begonnen, eigene Rezepte auszuprobieren. Um die Tacos mit Truthahnhack herum waren viele Sterne und Feuerwerke gezeichnet, während neben dem Zucchini-Omelette nur *Igitt* stand.

»Ellie!«, rief jemand draußen. Ein Bär von einem Mann mit buschigem weißem Haar und schwarzen Augenbrauen trat aus dem Haus und legte der älteren Frau den Arm um die Schulter.

Er kam mir bekannt vor.

Als ich Ellies Notizbuch wieder zurückstellte, sah ich, dass mich eine jüngere Version von ihm aus einem Bilderrahmen heraus anlächelte. Er trug eine Unirobe und küsste die jüngere blondere Ellie auf den Kopf, die die Augen geschlossen hatte und zufrieden lächelte.

»Ich schreibe euch, sobald ich angekommen bin«, verkündete Ellie laut.

Der Mann nickte, alle umarmten sich, und er beugte sich runter, um Ellie auf beide Wangen zu küssen, als wollte er ihr seinen Segen geben.

Ich hatte mich daran gewöhnt, dass meine Eltern mir keine körperliche Zuneigung zeigten, aber ich kam mir immer noch wie ein Alien vor, der merkwürdige menschliche Rituale beobachtete, wenn ich Familien sah, die sich umarmten.

Ellie wandte sich ab, um wieder zurückzukommen, woraufhin mir bewusst wurde, dass ich immer noch das Bild in der Hand hielt.

»Was hast du gemacht?«, fragte sie, als sie hereinkam – eine Sekunde, nachdem ich das Bild abgestellt hatte, als hätte ich mich daran verbrannt.

»Ich hab nichts durcheinandergebracht.«

Sie machte den Mund auf, und kurz trat die gleiche Genervtheit auf ihre Miene, an die ich mich noch aus dem Qui erinnerte. Doch dann schloss sie den Mund und schüttelte den Kopf. »Klar. Lass uns losfahren.«

»Du lebst bei den Eltern deines Freundes?«, fragte ich, als sie mich zu dem roten Auto führte.

Aber Moment, das ergab keinen Sinn, denn ich hatte keine Männerschuhe oder -jacken oder irgendetwas gesehen, das darauf hindeutete, dass ein Mann mit ihr zusammenwohnte.

»Ben und Diane sind meine Schwiegereltern.« Sie öffnete den Kofferraum.

»Du bist *verheiratet*?«

»Nope. Gepäck kommt da rein.«

Ich dachte angestrengt nach, während ich meine Reisetasche zwischen einen Koffer und volle Einkaufstüten stellte. »Du bist geschieden und wohnst bei deinen Schwiegereltern? Das ist hart. Aber warum hast du dann ein Bild von deinem Ex?«

»Auch falsch«, erwiderte sie abwesend.

»Was dann?«, fragte ich verwirrt.

Sie seufzte, als hätte ich ihr einen Sack Zement auf die Schultern gelegt. »Ich bin Witwe.«

Aber Witwen waren alt, trugen Schwarz und saßen weinend im Dunkeln zu Hause. Sie waren keine hübschen blonden Frauen mit Sommersprossen. Aber was wusste ich schon darüber, was in Ellies Kopf vor sich ging? Oder in ihrem Herzen?

»Wie?«, fragte ich, immer noch unsicher.

Sie griff an die Goldkette an ihrem Hals. »Auf die übliche Art. Wir waren verheiratet, und dann ist er gestorben. Bitte steig in den Wagen.«

Während Ellie das Auto durch die Straßen der Stadt lenkte, war ich damit beschäftigt, die Puzzleteile zusammenzusetzen. Vielleicht war sie früher fröhlich gewesen, sodass jemand sie heiraten wollte. Der Typ auf dem Foto sah aus, als sei er glücklich gewesen. Bis er *gestorben* war. Verdammt.

»Ich hab noch nie jemanden getroffen, der so laut denkt wie du«, merkte sie an.

Ich setze mich auf. »Hä?«

»Aber das liegt wahrscheinlich daran, dass du so rumzappelst.«

Daraufhin saß ich ganze drei Sekunden lang still. »Ich habe nur darüber nachgedacht, dass ich noch nie eine junge Witwe getroffen habe.«

»Laut Statistik gibt es auch nicht viele von uns.« Ihre Stimme war trockener als eine Wüste im August.

Sie hatte recht – ich musste meine merkwürdigen Gedanken für mich behalten. War ihr Mann alt gewesen? Nein, du Idiot, seine Eltern sahen aus, als wären sie Ende sechzig. Aber man konnte an vielen unterschiedlichen Dingen sterben. Oh mein Gott, hatte sie ihn umgebracht? Nein, das war ein dummer Gedanke. Würde sie bei seinen Eltern wohnen, wenn sie ihn umgebracht hatte? Es sei denn, sie hatte irgendwelche gruseligen Serienkillerpläne, um das Haus in ihren Besitz zu bringen?

»Wie alt bist du überhaupt?«, fragte ich. Sie war so vorsichtig und ernst, dass ich gewettet hätte, dass sie mindestens Ende dreißig war. Oder vierzig?

»Ich bin dreißig.«

»Dann bist du ungefähr so alt wie ich.«

»Drei Jahre älter. Du hast heute offenbar eine Menge erstaunlicher Erkenntnisse.« Sie umfasste das Lenkrad immer fester.

Mir war bewusst, dass ich zu neugierig war, aber ich konnte nicht anders. »Wie alt warst du, als dein Mann starb?« Ich versuchte, mit sanfter Stimme zu sprechen.

»Siebenundzwanzig. Bist du jetzt fertig damit, mich über meine Vergangenheit auszuquetschen? Ich muss mich nämlich konzentrieren.« Sie drehte die Musik lauter und ordnete sich in den chaotischen Verkehr des Freeway ein, ihr Körper gerade, fast steif, während sie die anderen Fahrzeuge aufmerksam beobachtete.

Als sie in meinem Alter gewesen war, hatte sie jemanden so sehr geliebt, dass sie für immer mit ihm hatte zusammenbleiben wollen. Und dann hatte sie ihn verloren. Kein Wunder, dass ich sie älter geschätzt hatte – es war, als hätte sie ihr Leben im Zeitraffer gelebt, während ich in Zeitlupe unterwegs gewesen war. Ich konnte mir nicht vorstellen, wie ich damit klargekommen wäre, wenn jemand, der mir so wichtig war, gestorben wäre.

»Ist das eine Oper?«, fragte ich, um mich abzulenken, und deutete auf den Lautsprecher.

»Ja«, antwortete sie, zu Recht ein wenig verwirrt über den plötzlichen Themenwechsel. »*Die Hochzeit des Figaro.*«

»Es ist schrecklich.«

Sie stieß ein überraschtes Lachen aus. »Es ist Mozart.«

Mir gefiel der Klang, denn er bedeutete, dass sie nicht traurig war. »Dann ist es also alt *und* schrecklich«, neckte ich sie.

Sie schlug meine Hand vom Lautstärkeregler weg. »Die Fahrerin darf die Musik wählen.«

Ich tat beleidigt. »Und das gefällt dir tatsächlich? Es sind ja nur quietschende Vokale.«

»Streng genommen besteht Gesang immer nur aus Vokalen. Konsonanten kann man nicht singen«, erklärte sie mit ihrer Lehrerinnenstimme. Da war wieder die alte herrische Ellie.

»Okay, na schön, aber es ist die reinste Folter. Sich paarende Katzen hören sich besser an als das hier.«

Ein kleines Schmunzeln. »Natürlich hast du ein Recht auf deine eigene Meinung.«

Ich schnaubte. »Eine höfliche Art, jemandem zu sagen, dass es dir egal ist, was der andere denkt.«

»Wie du meinst.« Sie deutete zum Rücksitz. »Übrigens hab ich ein paar Bücher mitgebracht, die du dir ansehen kannst. Ein paar Dinge, die du bei unserem ersten Meeting gesagt hast, haben mich an Jamie Oliver erinnert, und ich dachte Emeril Lagasse und Heston Blumenthal könnten dich auch ansprechen. Sie sind in dem Jutebeutel hinter dir.«

Mit einem Mal war meine gute Stimmung dahin. Ellie wollte jetzt schon mit der Arbeit beginnen? Mir gefiel es besser, wenn wir uns gegenseitig ärgerten, denn dann konnte ich mich von meiner besten Seite zeigen. Der Gedanke daran, vor ihren Augen lesen zu müssen, erinnerte mich daran, wie sehr meine Eltern stets an mir verzweifelt waren.

»Du willst nicht, dass ich sie mir jetzt ansehe.«

»Warum nicht?«

»Weil ich dann auf dein Armaturenbrett kotze. Ich werde superschnell reisekrank.« Das war zwar keine Lüge, aber ich wusste, dass ich die Sache damit nur ein wenig hinauszögern konnte.

»Okay. Dann also, wenn wir ankommen.«

Ich seufzte und schaute aus dem Fenster. Gegen meinen Willen lauschte ich der Musik, die aus den Lautsprechern drang. Die Stimme der Frau klang wie das Zwitschern eines Vogels, und die Hintergrundmusik klang wie Frühlingsregen. Ich hörte das Kratzen der alten Aufnahme und spürte, dass ich meinen Körper entspannte, während die Musik mein Gehirn erfüllte. »Worüber singt sie?«

Ellie lächelte. »Sie spielt einen Jugendlichen, der sich in eine ältere Frau verguckt hat. Er fragt sie, woran er erkennen kann, dass er verliebt ist.«

»Dann ist er wohl nicht der Hellste«, erwiderte ich trocken.

»Na ja, seine Hormone und seine Selbsterkenntnis stehen in Widerstreit«, erklärte sie belustigt.

Die Musik war schön, aber die große Frage, die in meinem Hals aufstieg, musste raus. »Ellie?«

»Kieran?«, fragte sie im gleichen gehetzten Tonfall.

»Wie ist dein Mann gestorben?«, platzte ich heraus.

Sie schaute in den Rückspiegel, mit einem Mal misstrauisch. »Warum musst du das wissen?«

*Toll gemacht, Kieran, du trittst wirklich in jedes Fettnäpfchen.* »Es tut mir leid.«

»Du musst dich nicht entschuldigen«, erwiderte sie gelassen, obwohl sich ihr Rücken wieder versteift hatte. »Es ist nur irrelevant für unsere Arbeit.«

»Was meinst du mit irrelevant?«

»Die nächsten paar Monate muss ich du sein. Wer ich bin, ist nicht wichtig.«

*Doch, ist es*, hätte ich fast gesagt. Ein Teil von mir wollte sie schütteln und ihr versichern, dass sie wichtig war. Seit wann hatte ich das Bedürfnis, andere aufzubauen?

»Aber sollten wir uns nicht besser kennenlernen?«, gab ich zu bedenken.

»Nun, ich muss dich definitiv besser kennenlernen. Die Tatsache, dass ich dich nicht kenne, hat uns überhaupt erst in diese Schwierigkeiten gebracht«, erklärte sie sachlich.

»Dann soll ich also einen Seelenstriptease hinlegen, und du kannst einfach ordentlich und perfekt dasitzen und schweigen?«

Als wir auf eine Mautspur gelangten, drosselte sie das Tempo. »Ich bin nicht perfekt.« Ihre Stimme klang tief und leise und einsam.

Der gleiche Teil von mir, der ihr sagen wollte, dass sie wichtig war, forderte sie heraus. »Ich werde eine deiner Fragen beantworten, wenn du mir auch eine beantwortest.«

Sie schüttelte den Kopf, aber lächelte wieder ein wenig. »Nein, danke.«

»Komm schon, Ellie, bitte. Das ist nicht fair.« Mit einem Mal wünschte ich mir nichts mehr, als dass sie sich mir öffnete.

»Komm damit klar, dass das Leben unfair ist, so wie wir anderen Erwachsenen das auch machen.«

Nun schwiegen wir für einen Moment, und ich zerbrach mir den Kopf, wie ich zu ihr durchdringen könnte. Moment, ich wusste etwas über sie.

»Wer ist Hank?«, fragte ich.

Sie schlug ihren Hinterkopf gegen die Kopflehne. »Es ist, als hätten die letzten fünf Minuten unseres Gesprächs nicht stattgefunden.«

»Du verrätst mir, wer er ist, und ich verrate dir etwas über mich«, wagte ich mich wieder vor.

»Das solltest du sowieso demnächst machen, wenn wir vorankommen wollen.«

Ich hielt den Mund.

»Hank ist mein jüngerer Bruder«, gestand sie schließlich mit einem Seufzen. »Und wie ist deine Familie so?«

»Sie ist …« Oh nein, warum hatte ich ihr nur diese Vorlage geliefert? Über meine Eltern zu reden, fühlte sich an, als würde ich mir selbst einen Fingernagel ziehen. »Sie sind ganz schön anstrengend.«

»Inwiefern?«, fragte sie nach.

Ich zog meine Augenbrauen hoch. »Du zuerst.«

Sie studierte mich, als würde sie eine wichtige Entscheidung treffen. »Okay«, sagte sie schließlich, sodass ich ein erleichtertes Seufzen ausstieß. »Hank wohnt in Pasadena und promoviert in Computerwissenschaft. Er sieht genau aus wie ich, nur dass er dreißig Zentimeter größer und fünfzig Pfund leichter ist.«

Das Bild einer Vogelscheuche mit wildem blondem Haar und jeansblauen Augen kam mir in den Sinn. »Und er mag Ketchup und Senf zusammengemischt zu seinen Fischstäbchen.«

Sie nahm eine Hand vom Steuer und schlug sich

an die Stirn. »Ernsthaft? Ich dachte, ich hätte dich gebeten, meine Sachen nicht anzurühren. Du bist unverbesserlich.«

Ich war mir nicht ganz sicher, was das bedeutete, aber es konnte nicht allzu schlimm sein, denn sie hatte beim Sprechen gelacht.

»Ich hab dein altes Notizbuch aber nicht kaputt gemacht, das schwöre ich. Sie sind ziemlich cool, diese Rezepte. Die kleine Ellie, die sich überlegt hat, wie sie das Essen aufpeppen kann.«

»Freut mich zu hören, dass jemand findet, ich war als Neunjährige cool«, erwiderte sie, als würde sie mir nicht glauben.

Mit einem Mal wollte ich unbedingt, dass sie mich hörte. »Ich meine das ernst. Also Ketchup und Senf?«

»Hank isst Ketchup und Senf zu fast allem. Selbst zu Pommes, dieser Spinner. Aber wie hast *du* Kochen gelernt? Von deinen Eltern?«

»Ha! Nein. Meine Mutter hätte mich innerhalb von dreißig Sekunden aus der Küche gescheucht.« Außerdem hätte ich alles zerbrochen, was ich angefasst hätte.

»Wie dann?«

»Ich habe bei Coconut Pete angefangen zu kochen.«

Sie lächelte. »Dabei denke ich sofort an Eimer voller Rum und viel frittiertes Essen, um den Alkohol aufzusaugen.«

»So ungefähr war das auch. Jedenfalls war ich achtzehn und habe dort Geschirr gespült, als einer der Köche nicht zu seiner Schicht erschien. Der Boss hat mich aus der Spülküche gezerrt und mich vor die Fritteuse gestellt, und dort bin ich geblieben. Jeden Abend, wenn ich nach Hause ging, roch ich nach Fett, aber immerhin bin ich jetzt ziemlich gut im Frittieren. An Abenden, an denen es nicht so voll war, habe ich viel mit Schokoriegeln herumexperimentiert.«

»Was ist das Merkwürdigste, das du jemals frittiert hast?«

Nun musste ich lachen. »Super Frage. Reese' Peanut Butter Cups. Und nur zur Info, es war kein Erfolg.«

»Dann hat es dir also Spaß gemacht? Obwohl du nur frittiert hast?«

Die grünen und goldenen Hügel von Marin zogen an uns vorbei. Ich stützte den Kopf auf meine Hand und sah durch das Fenster nach draußen. »Ich mochte den Arbeitsfluss und dass ich lange schlafen konnte.« Ich erwähnte nicht, dass der Job so einfach war, dass ich ihn auch verkatert machen konnte und trotzdem bezahlt wurde, doch nun war ich wieder dran. »Woher kommst du?«

Sie tippte mit den Fingern ans Lenkrad, ehe sie antwortete. »Von überall. Ich wurde in San Jose geboren, hab dann in L.A., San Diego, Palm Desert, Mendocino, Arcata, Truckee, Chico und schließlich in Stockton gelebt.«

Irgendetwas an der Art, wie sie all die Orte in Kalifornien auflistete, störte mich – als wollte sie es darstellen, als hätte es Spaß gemacht, obwohl das nicht der Fall war. »Kommst du aus einer Militärfamilie?«

»Nope. Wir sind nur viel umgezogen.«

Vielleicht war es aufregend für sie, als Kind so oft umzuziehen. Es hätte sich aber auch anfühlen können, als wäre sie ein Ballon, dessen Schnur niemand festhielt.

»Warum seid ihr so oft umgezogen?«

»Meiner Mutter hat es Spaß gemacht.« Einen Moment lang zogen sich ihre Mundwinkel nach unten, dann schien sie das negative Gefühl abzuschütteln. »Was kam nach Coconut Pete?«

»Ich habe einen Job als Beikoch in einem Hotelrestaurant in Montecito bekommen – im Pacific. Die Chefköchin dort, Ximena, hat immer an mich geglaubt. Ich war ein dürrer, kleiner Spinner, aber sie hat etwas in mir gesehen und mir das Gefühl gegeben, dass es keine Zeitverschwendung sein würde, wieder zur Schule zu gehen. Dort konnte ich mir bessere Techniken aneignen, und sie hat mich alles, was ich gelernt habe, im Restaurant umsetzen lassen. Die Dinge ergaben viel mehr Sinn für mich, wenn sie konkret und greifbar waren, und außerdem bekam ich viele neue glänzende Spielzeuge. Dann stellte sie den Kontakt zu Steve her, damit ich ein Praktikum in einem edleren Laden machen konnte.«

Ellie nickte. »Toll, dass du jemanden wie sie hattest.«

Ein warmes Gefühl schlängelte sich durch meine Brust. Ich fühlte mich gesehen. »Ja. Ich hatte Glück.«

# Ellie

Als wir vor Tads Haus anhielten, blickte Kieran mit verengten Augen durch die Windschutzscheibe. »Ich dachte, ein Cottage sei ein winziges Haus mit Strohdach.«

»Ja, einsturzgefährdet ist das Ding jedenfalls nicht.«

Natürlich war Tad zwanzig Jahre älter als ich und hatte karrieretechnisch schon mehr erreicht. Hinzu kam, dass sein Mann Bobby sein Software-Start-up verkauft hatte und mit achtunddreißig in Rente gegangen war. Es war nicht so, als würde ich in Armut leben – Ben und Diane würden dafür sorgen, dass es mir gut ging, und mein Notfallsparkonto war fett und glücklich. In mir würde aber immer ein armes Kind leben, das sich durch die Kleiderständer im Secondhandshop wühlte und Cornflakes auf Vorrat kaufte. Und dieses Kind starrte das sogenannte Cottage nun mit großen Augen an.

Es war nur ein wenig kleiner als das Haus meiner Schwiegereltern. Hauptsächlich bestand es aus einem großen offenen Raum mit weißen Wänden und hohen Decken mit Holzbalken. Gewebte Teppiche hingen an den Wänden, dazwischen rostrote und lasurblaue Souvenirs aus dem jährlichen Urlaub nach New Mexico. Große, weiche Sofas und Sessel aus braunem Leder standen um eine dunkle Holztruhe herum, die als Couchtisch diente.

Ich nahm eine der Listen aus meiner Handtasche und befestigte sie mit einem Regenbogenflaggen-Magneten am Kühlschrank. »Du hast doch deine Messer mitgebracht, oder?«, rief ich Kieran zu.

Er hielt das Stoffbündel in die Höhe und zog die Augenbrauen hoch. »Manchmal höre ich dir schon zu.«

Ich ignorierte seinen ungeduldigen Tonfall und packte weiter die Küchenutensilien aus.

Derweil schlenderte Kieran durch das Wohnzimmer, griff nach Dingen, setzte sie wieder ab und blickte dann in den kurzen Flur gegenüber von mir. »Wer von uns nimmt die Schlafcouch?«, rief er.

»Willst du nicht den reputablen Gentleman spielen?«, rief ich zurück.

Er rieb sich das Kinn und lehnte sich in einen runden Durchgang. »Du magst Fremdwörter, oder? Was soll das heißen?«

Er gab sich entspannt, aber es wirkte ein wenig einstudiert, sodass ich mich fragte, wie viel von seinem restlichen Verhalten auch Fassade war. Erschöpft von der Autofahrt, war ich jedoch nicht in Stimmung, ihn heute Abend zu hinterfragen. »Wie wär's, wenn wir Stein-Schere-Papier um das Bett spielen?«

Er schlenderte auf mich zu. »Klar, ich bin grandios in dem Spiel. Bereit?«

Ungläubig sah ich ihn an und streckte die Hand aus. »Niemand ist grandios in Stein-Schere-Papier. Eins, zwei, drei ... Ich hab noch nicht ›Los‹ gesagt!«

Er wedelte mit seiner Schere durch die Luft. »Du

hast ›drei‹ gesagt. Heißt das für normale Menschen nicht ›Los‹?«

»Ich *bin* normal. Okay. Eins, zwei, *drei* … Argh!«

Er vollführte einen Siegestanz.

»Sagen wir, man muss zwei von drei Malen gewinnen?«, fragte ich halb lachend.

»Na schön.« Er schenkte mir ein breites Lächeln, sodass mein Blick einen Moment an seinen Lippen hängen blieb, ehe ich mich wieder auf das Spiel konzentrierte.

»Eins, zwei, drei … Nein!«

»Ich hab gewonnen, ich hab gewonnen! Das große Bett gehört mir.« Er lief einmal im Kreis, als hätte er gerade im Finale der Weltmeisterschaft ein Tor geschossen, und ich spürte, dass sich ein Grinsen auf mein Gesicht legte.

Er war so albern, dass ich mich seiner Fröhlichkeit nicht ganz entziehen konnte.

Aber Moment – es war genau das, wovor Tad mich gewarnt hatte. »Ja«, sagte ich, wobei ich mich zu einer ernsten Miene und einem professionellen Tonfall zwang. »Es gehört dir.«

Kieran hob die Arme und dehnte sich, wobei mir absolut nicht auffiel, dass sich sein Sweatshirt hob, doch der Streifen aus Haaren, der von seinem Bauchnabel nach unten führte, war rötlich braun.

*Halt die Klappe, Libido.*

»Also, was ist der Plan für den Rest des Abends?«, fragte er.

»Wir schauen uns an, was Tad im Haus hat, und

fahren dann schnell zum Supermarkt. Ich hab eine Standardliste mit Zutaten, die wir zum Austesten brauchen.«

Er legte den Kopf schief. »Dann bist du für Spontaneinkäufe nicht zu haben?«

Ich schenkte seiner rhetorischen Frage die exakte Menge an Aufmerksamkeit, die sie verdiente. »Und dann sollten wir uns an die Planung setzen, darüber nachdenken, was du ausprobieren möchtest, und uns eine grobe Struktur überlegen. Übermorgen ist Markttag. Da sollten wir einkaufen.«

»Klingt, als hättest du alles schon durchgeplant«, erwiderte er mit einer Leichtigkeit, die ich ihm nicht abkaufte, und rieb sich den Unterarm.

»Das ist der Grund, warum mich Tad ziemlich gut bezahlt.« Nun legte ich den Kopf schief. »Ist das okay für dich?«

Er zuckte mit den Schultern. »Absolut okay. Du übernimmst die Führung. Falls du mich brauchst, ich wälze mich in meinem riesigen Bett herum.« Mit diesen Worten entfernte er sich.

Dann war für ihn also alles in Ordnung, solange er Spaß hatte, aber sobald wir über die Arbeit sprachen, schaltete er ab? Das war kein gutes Zeichen.

Ein kleiner Teil von mir erinnerte sich daran, dass ich einst auch gern Spaß hatte, aber ich ignorierte es. Einer von uns beiden musste sich auf die Aufgabe konzentrieren, und das würde nicht er sein, so viel stand fest.

# 7

## *Kieran*

»*I stay out too late!*«

Ich setzte mich im Bett auf, und eine halbe Sekunde später schoss mir *What the fuck* durch den Kopf.

*Shake It Off* von Taylor Swift lief so laut, dass es beinahe ein Kraftfeld war, und als ich mich mühselig in die Küche schleppte, musste ich mir die Ohren zuhalten. »Ellie!«

»*Shake it off, shake it off*«, sang sie schief. Der Duft von Zitrusölen lag in der Luft, und sie war gerade dabei, die Schale einer Orange zu reiben.

Ich beugte mich über die Kücheninsel. »*Ellie!*«

Sie tippte auf ihr Handydisplay, woraufhin sich die markerschütternde Musik, die aus den Wohnzimmerlautsprechern drang, auf Starbucks-Lautstärke reduzierte. »Danke, dass du dich zu dieser unmenschlich frühen Stunde zu mir gesellst.« Sie schaute auf ihre Uhr. »Halb zehn.«

»Du hättest auch einfach anklopfen können.« Ich ächzte.

»Leider schläfst du ziemlich tief.« Sie hob ihr Kinn und schenkte mir ein ironisches Schmunzeln. »Niedliche Boxershorts.«

Ich war gerade dabei, mir die Augen zu reiben, doch hielt mitten in der Bewegung inne, um zu meinen Boxershorts mit Wile E. Coyote und Road Runner hinabzuschauen. »Danke«, sagte mein Mund, ehe mein Kopf begriff. »Moment, nein. Nicht danke. Ich bedanke mich nicht bei gemeinen Leuten, die mir Taylor-Swift-Songs entgegenschreien.«

Sie massierte ihre Schläfen, als wäre sie diejenige, die frühzeitig aus dem Schlaf gerissen worden war. »Weißt du was? Du kannst ruhig glauben, dass ich gemein bin, aber wir haben einen Job zu erledigen.« Sie griff nach ihrem Notizbuch und schlug eine leere Seite auf.

»Da du mir noch nicht viel vorgeschlagen hast, habe ich begonnen, mit den Zutaten zu kochen, die ich gestern Abend im Supermarkt gekauft habe. Ich wollte versuchen, dein Gericht mit dem lächerlichen Namen nachzukochen. Das mit den Blutorangen und der Ente.«

»Frühstückstexturen.«

»Genau das. Ich war in drei unterschiedlichen Lebensmittelläden, aber nur einer davon führte Ente, und die war schon ausverkauft. Also hab ich mir gedacht, ich probiere es mit Hühnerfleisch. Auch dazu passt Orangensoße.« Sie schaute auf. »Aber du musst dir erst eine Hose anziehen.«

Ich war so überrascht und beleidigt, dass ich mit einem Mal hellwach war. Um dieses Gericht richtig hinzubekommen, hatte ich stundenlang gezeichnet und experimentiert, und sie machte es einfach so nach? »Aber Orange passt zu Ente, nicht zu Hühnerfleisch. Und es war nicht nur einfach eine Soße, sondern Marmelade und Hollandaise.«

»Wir können aber nicht von den Leuten erwarten, ihre eigene Marmelade zu machen«, erwiderte sie, als wäre das ja wohl vollkommen klar. »Regelmäßig zu Hause wurde Marmelade gekocht, als Frauen noch als Besitztum galten.«

Ihr kühler, trockener Tonfall war zu viel für mein müdes Gehirn. »Na schön«, sagte ich tonlos.

»Hühnerfleisch kriegen die Leute problemlos in jedem Laden«, stellte sie sachlich fest. »Und warst du noch nie bei Panda Express?«

Ich schaute auf. »Hühnerfleisch ist langweilig, und Panda Express ist schrecklich.«

»Natürlich hast du das Recht …«

»Auf meine eigene Meinung«, vollendete ich den Satz, woraufhin sie rot wurde. Was kein bisschen anziehend war.

»Wie dem auch sei. Lass es uns mit Hühnerfleisch probieren. Aber erst …« Sie deutete auf meine untere Körperhälfte.

Ich ächzte. »Hose. Richtig.«

»Bitte sag mir, dass du kein knochenloses Hühnerfleisch ohne Haut gekauft hast!«, rief ich in den geöffneten Kühlschrank. »In den Knochen und der Haut steckt der ganze Geschmack.«

Sie trat neben mich. »Hühnerfleisch mit Knochen gab es aber nur aus Legebatterien. Wäre es dir lieber gewesen, ich hätte die Version gekauft?« Sie fragte auf eine Art, die verriet, dass sie meine Antwort schon kannte.

»Nein«, murmelte ich widerwillig, denn ich wollte nur ungern zugeben, dass sie recht hatte. »Ich kann akzeptieren, dass ein Tier stirbt, damit ich es essen kann, aber was man diesen Hühnern antut, ist Misshandlung.«

Als sie seufzte, fielen mir auf einmal die Ringe unter ihren Augen auf und wie gestresst sie wirkte. »Es tut mir leid, Kieran. Kannst du mit dem arbeiten, was wir haben?«

Ihre Entschuldigung ließ meinen Ärger abebben. »Wenigstens sind es Schenkel«, sagte ich mit Blick auf die Packung. »Ich werde mein Bestes geben.«

Wie sich herausstellte, war mein Bestes heute nicht sonderlich gut. Ellie unterbrach mich alle drei Sekunden, um etwas abzumessen oder eine Frage zu stellen. Mein Arbeitsfluss war ruiniert, es fühlte sich an, als würde ich durch Zement schwimmen.

»Oh Gott.« Sie ächzte, als wir gemeinsam die Soße probierten. Und es war definitiv kein genießerischer Laut.

Eilig spuckte ich in die Spüle, gurgelte mit Wasser nach und spuckte wieder. »Abartig. Total abartig.« Ich hatte zu viel Zucker verwendet, sodass die Orangenschale die anderen Aromen überlagerte. Es schmeckte wie Parkettreiniger.

Als sie endlich aufhörte, aus ihrer Wasserflasche zu trinken, schaute sie mich an. »Richtig widerlich.«

Hatte sie etwa für den Bruchteil einer Sekunde geschmunzelt? Nein, da hatte ich mich wohl geirrt. Nun stellte sie die Flasche ab und straffte ihre Schultern. »Versuch Nummer zwei.«

Drei Stunden später waren wir bei Versuch Nummer fünf.

»Ich werde heute Nacht im Schlaf Orangen riechen«, verkündete sie.

»Können wir was anderes machen?«, fragte ich hoffnungsvoll.

Sie schnaubte. »Nein. Und wenn ich dabei draufgehe, ich kriege das hin.«

»Und ich entsorge deine Leiche.«

Es fühlte sich an, als wären wir ein abgedeckter Kochtopf auf hoher Hitze. Unsere Sätze wurden immer kürzer und unsere Körper immer verspannter.

»Zeig mir deine Hand«, befahl sie plötzlich.

»Warum?«, gab ich zurück.

Sie deutete auf meine Handfläche. »Weil ich das abmessen muss.«

»Du musst eine Prise Salz abmessen?«

»Das ist keine Prise.«

Wie herrisch konnte eine Frau sein? »Du willst dich ernsthaft mit mir darüber streiten, was eine Prise Salz ist?«

Sie glättete ihre Schürze und atmete tief durch. »Nein, hör zu. Wenn du das Salz nicht hinzugeben würdest oder nur ein bisschen davon, was würde dann passieren?«

»Es wäre nicht stark genug gewürzt.«

»Aber wie soll die Person, die das Rezept liest, wissen, was zu viel und was zu wenig Gewürz ist?«

»Indem sie probiert, vermute ich.«

»Wir können sie nicht einfach raten lassen.«

Wie spießig konnte man sein? »Warum nicht, verdammt?«, platzte es aus mir heraus. »Es ist keine Wissenschaft. Man kann sich nicht darauf verlassen, dass es immer gleich schmeckt.«

Nun verlor Ellie die Selbstbeherrschung. »Das sollte man aber können!«, erwiderte sie laut. »Darin liegt ja der Sinn von Rezepten!« Nun schloss sie die Augen und sah eine Sekunde lang aus, als hätte sie Schmerzen. Als sie wieder sprach, schrie sie nicht mehr, sondern klang erschöpft. »Wir dürfen keine Zeit auf solche Dinge verschwenden. Bitte gib mir das Salz.«

Ich ließ das Salz in ihre offene Handfläche rieseln, woraufhin sie bestätigte, dass es tatsächlich ein Viertel Teelöffel war. »Ich muss ins Bad«, fügte sie eilig hinzu. »Fass nichts an.«

Fünf Sekunden später waren meine Hände in Aktion, ehe mein Gehirn nachziehen konnte, und fanden ein Gewürzglas. Eine Prise in den Topf, einmal schnell probiert und fertig – schon besser.

Als Ellie zurückkam, probierte sie mit einem Löffel und sah mich mit weit aufgerissenen Augen an. »Was hast du getan?«

»Ich hab ein bisschen gemahlenen Fenchel hinzugefügt. Oder war es das Fünf-Gewürze-Pulver?« Eilig probierte ich noch einmal. »Nein, diesmal war es Fenchel. Und Pfeffer.«

Sie schloss die Augen erneut. »Und wie viel ist ein wenig?«

»Äh, mehr als eine winzige Menge, aber weniger als eine große?«

Sie ballte ihre Hände zu Fäusten. »Du … du …«

Mit einem Mal war ich nicht mehr in dem Cottage in Sonoma, sondern saß als Fünfzehnjähriger meinen Eltern am Küchentisch gegenüber, nachdem sie mich von der Polizeiwache abgeholt hatten. Die Miene meiner Mutter war versteinert, das Gesicht meines Vaters war rot, als er mir kalte, wütende Worte entgegenwarf, weil ich dabei erwischt worden war, wie ich einen Schokoriegel gestohlen hatte. »Na los, Ellie – was bin ich?«

»Ein Wichser!«, schrie sie.

Mir entfuhr ein lautes Lachen. »Ernsthaft? Mehr hast du nicht zu bieten?«

»Aaah!« Sie stürmte aus der Küche und schlug die Tür hinter sich zu.

## Ellie

Ich lief in der Einfahrt auf und ab und zählte. Und zählte. Und zählte weiter. Als ich es fünfzehnmal bis zehn geschafft hatte, kochte ich immer noch vor Wut, war aber nicht mehr kurz davor, zu explodieren. Eigentlich sollte ich überhaupt nicht die Beherrschung verlieren, aber er provozierte mich einfach so sehr. Warum hörte er nicht zu?

Der Kies knirschte unter meinen Füßen, als ich zurück zum Haus stapfte. Ich musste dafür sorgen, dass es funktionierte. Mein Ziel, mir eine eigene Wohnung anzuschaffen, war zu wichtig, als dass ich es wegen eines lächerlichen Rezepts aus den Augen verlieren durfte.

»Du bist zurück«, merkte Kieran an und schaute von seinem Handy auf. »Willst du das Handtuch werfen?«

Übertrieben ließ ich meine Fingerknöchel knacken. »Nein. Ich werde den Abwasch machen, Orangen und Hühnerfleisch kaufen gehen, und dann beginnen wir mit unserem sechsten Versuch.«

Er knallte sein Handy auf die Kücheninsel. »Was stimmt nicht mit dir?«

»Mit mir ist alles in Ordnung.«

»Willst du wissen, was ich denke?« Er lehnte sich neben mich an die Arbeitsplatte, während ich nach einer schmutzigen Pfanne griff.

»Nicht wirklich«, antwortete ich, während ich sie schrubbte.

»Du könntest das, was ich erreicht habe, nicht schaffen«, verkündete er sachlich.

Ich ließ den Schwamm fallen. »Was könnte ich nicht schaffen?«

»Die Challenges bei *Fire on High*. Unter Zeitdruck und mit vielen Einschränkungen gegen andere antreten, während dir Leute zuschauen. Dazu bist du viel zu stark an Regeln gebunden.«

Ich hatte nicht gewusst, dass es menschenmöglich

war, derart herablassend zu klingen. »Ich bin mir sicher, dass ich das könnte.«

Reumütig schüttelte er den Kopf. »Nope. Dazu hast du nicht das Zeug. Aber du musst dich deswegen nicht schlecht fühlen«, höhnte er.

Wut loderte in mir auf. »Ich habe sehr wohl das Zeug dazu. Ich *kann* mir Dinge ausdenken.«

Auf einmal war er meinem Gesicht ganz nahe. »Beweise es.«

»Na schön.«

Er wandte sich ab, wühlte im Kühlschrank herum und dann in der Obstschale. Auf der Kücheninsel landeten zwei rot-grüne Äpfel, Brokkoli und ein Stück Parmesan.

»Okay. Mach daraus ein Gericht. Du hast dreißig Minuten. Deine Zeit beginnt«, er griff nach seinem Handy, »jetzt.«

Ich schnappte mir einen Topf, füllte ihn mit Wasser und stellte ihn bei hoher Hitze auf den Herd. Ich wusste, es würde eine Weile dauern, bis es kochte. Kieran nickte, und ich spürte definitiv kein Kribbeln angesichts seiner Anerkennung.

Ich schnitt ein kleines Stück aus einem der Äpfel heraus. Er war hauptsächlich süß, aber auch ein wenig sauer. Der Brokkoli war das Gegenteil – grün und bitter vom Chlorophyll. Wie konnte ich die Geschmacksrichtungen ausbalancieren? Das salzige Aroma des Parmesans würde die Unterschiede zwischen dem Brokkoli und den Äpfeln nur noch mehr hervorheben. Ich musste dafür sorgen, dass die Äpfel mehr wie ein Gemüse schmeckten oder der Brokkoli mehr wie eine Frucht.

Kieran schlug mit der Handfläche auf die Arbeitsplatte. »Komm schon, Ellie.«

»Ich denke nach.«

»Hör auf zu denken und fang an zu handeln.«

»*Hör auf zu denken und fang an zu handeln*«, machte ich ihn mit nasaler Stimme nach. Dieser herablassende Wichser. Na schön. Pickles. Ich konnte den Brokkoli schnell in Essiglake einlegen, wenn ich ihn blanchiert hatte, und dem Essig eine Menge Zucker hinzufügen, um ihn süß und sauer schmecken zu lassen. Aber wie viel Zucker und wie viel Essig?

Als ich die Brokkoliröschen im kochenden Wasser blanchiert hatte, schätzte, maß und probierte ich. Igitt, ekelhaft. Es war so süß wie Bonbons. Mehr Essig, und könnte ich vielleicht ein paar Gewürze rösten?

Nein, es war sogar noch schlimmer, nachdem ich sie dazugegeben hatte. Vielleicht hatte ich mich in Bezug auf den Essig getäuscht. Ich würde noch einmal von vorn anfangen und stattdessen Zitrone verwenden. Ich nahm eine aus der Obstschale, wobei ich sie versehentlich auf den Fußboden fallen ließ, sodass ich sie abwaschen musste.

»Wie kannst du so langsam sein?«, fragte Kieran ungeduldig. »Das Messer ist geschärft, du kannst ihm vertrauen.«

Ich hatte schon tausendmal eine Zitrone geschnitten, aber nicht mit so einem hohen Adrenalinspiegel.

Als ich sie zerteilte, spritzte der Saft in alle Richtungen. Einen Moment später erkannte ich, dass meine Hand zu nahe an der Klinge war; das Messer stieß auf Widerstand, und ein scharfer Schmerz schoss mir in den rechten Daumen.

Er beugte sich vor. »Was hast du jetzt gemacht?«

Die zweieinhalb Zentimeter lange weiße Linie auf meiner Haut verwandelte sich in eine Reihe aus tiefroten Punkten, die immer größer und größer wurden. Ich schluckte. Mein Mund war voller Metall.

»Ellie?«

Kierans Stimme schallte durch meinen Kopf, während sich um mich herum ein schwarzer Vorhang schloss.

## Kieran

Ich hatte nicht gewusst, dass ich mich so schnell bewegen konnte, aber Ellies weißes Gesicht und ihr schlaffer Körper brachten mich dazu, innerhalb von einer halben Sekunde aufzuspringen. Ihre Hüften, Schultern und ihr Kopf schlugen mit einem fürchterlichen Aufprall auf dem Holzboden auf. Scheiße, Scheiße, Scheiße. Ich kniete mich hin und tätschelte ihr die Wange. »Ellie! Wach auf. Bitte wach auf.«

Nach einem Moment, der sich anfühlte wie eine Ewigkeit, blinzelte sie. »Au.«

»Ach was«, rief ich. Mein Herz flatterte in meiner Brust wie ein gefangener Vogel. Es würde nicht hel-

fen, wenn ich jetzt in Panik geriet. Ich sollte sie beruhigen. »Du hast dich geschnitten und bist ohnmächtig geworden«, sagte ich leiser.

Sie setzte sich auf, doch ich übte Druck auf ihre
Schultern aus, damit sie sitzen blieb. »Warte, sag mir
erst, welcher Wochentag heute ist.«

Ihre Augen verengten sich. »Freitag. Du willst mir
ernsthaft sagen, ich soll warten, ›Mister denk nicht,
sondern handele‹?«

Gut zu wissen, dass sie nicht immer eine coole,
vernünftige Erwachsene war. »Ja, will ich. Ich hab im
Qui nämlich einen Erste-Hilfe-Kurs gemacht. Wie
heißt der amtierende Präsident?«

»Ich hab keine Gehirnerschütterung.«

»Ich habe aber gesehen, dass du dir den Kopf an-
geschlagen hast. Ich will nur sichergehen.«

Sie rieb sich die Augen. »War ich lange ohnmächtig?«

»Vielleicht zehn Sekunden. Warum bist du so gelassen? Du hast mir einen ganz schönen Schreck ein-
gejagt.«

»Vasovagale Synkope.« Sie betonte jede Silbe.

»Vaso-was?«

Sie atmete tief durch, und ihre Wangen wurden
schon wieder ein wenig rosiger. »Wenn ich Blut sehe,
kippe ich um.«

Ich blinzelte. »Wie brätst du dann Fleisch?«

Sie schnitt eine Grimasse und schüttelte den Kopf.
»Nicht diese Art von Blut. Menschliches Blut, von
einer Verletzung.«

Erleichterung machte sich in mir breit, aber meine Hände waren immer noch ein wenig zappelig. Ich musste sie für etwas Sinnvolleres einsetzen. »Schau nicht auf deine rechte Hand und halte still.«

Sie lehnte sich mit ihrer Schläfe gegen den Schrank und schloss die Augen.

Ich wickelte ihr ein Trockentuch um die Hand, wobei mir eine weiße glänzende Stelle an ihrem rechten Handgelenk auffiel. »Hast du dich da mal verbrannt?«

»Ja. Hab in den Ofen gefasst, als ich fünfzehn war.« Sie öffnete ein Auge. »Ich weiß aber, dass du mehr Narben hast als ich.«

»Ich bin froh, dass du nicht so viele hast wie ich.« Jede Narbe würde für ein weiteres Mal stehen, das sie am Boden gelegen hatte wie eine zerbrochene Puppe. »Ich untersuche jetzt deinen Kopf. Halt still.«

Ein winziges Lächeln hob ihren Mundwinkel. »Sehe ich etwa aus, als könnte ich mich bewegen?«

»Klugscheißerin«, erwiderte ich und fuhr mit den Fingern durch ihre Locken. Ich spürte nichts Nasses, aber sie zuckte, als ich über eine Stelle glitt, die langsam anschwoll. Ihr Haar war so seidig, und aus der Nähe konnte ich die champagner-, weizen- und karamellfarbenen Strähnen sehen, die sich zu ihrem Blondton zusammensetzten. Es roch nach frischer Wäsche und Zitrus. Nicht Zitrone, sondern etwas Grüneres.

Ich räusperte mich. »Du wirst eine ganz schöne Beule bekommen. Tut dir sonst noch was weh? Deine Schultern oder deine Hüften?«

»Nee, an den Stellen bin ich gut gepolstert.«

Nein, ich würde nicht an ihre Rundungen denken.

»Dann musst du dich jetzt auf die Couch legen.«

Sie schüttelte den Kopf und zuckte sofort vor Schmerz zusammen. »Warum? Ich kann noch weitermachen. Wie viel Zeit bleibt mir noch? Fünfzehn Minuten?«

»Nein.« Seit wann knurrte ich? »Ohnmächtig zu werden, bedeutet, dass du dich ausruhen, Wasser trinken und Ibuprofen nehmen musst.«

»Aber ich muss dir doch beweisen, dass ich es draufhabe.«

Ich legte ihr eine Hand auf den Oberarm, ehe ich darüber nachdenken konnte. »Nein«, wiederholte ich. Die Entschlossenheit in meiner Stimme überraschte mich selbst. »Du musst mir gar nichts beweisen.«

Neugierig senkte sie den Blick zu der Stelle, an der meine Finger sie berührten, sodass ich sie schnell wegzog. »Ja«, erwiderte sie. »Alles klar. Weil du mich auch die ganze Zeit total ernst genommen hast.« Sie streckte die Hand nach der Arbeitsplatte aus und zog sich hoch.

»Vorsichtig«, platzte ich voller Sorge heraus.

»Wie du siehst, ist alles in Ordnung mit mir.« Sie legte den Kopf schief, und auf einmal wurde ihr Blick weicher. »Geht es *dir* gut?«

»Du bist diejenige, die ohnmächtig geworden ist, und du fragst *mich*, ob es mir gut geht?«

»Du siehst vollkommen verängstigt aus.«

Ich hatte gesehen, wie sie umgefallen war wie eine

Marionette, deren Fäden durchtrennt worden waren – natürlich war ich verängstigt. Das würde mir bei jedem so gehen.

Oder nicht?

Ich deutete zum Wohnzimmer. »Du. Couch. Jetzt.«

Sie hielt sich immer noch an der Arbeitsplatte fest, und ihre Fingerknöchel waren genauso weiß wie ihr Gesicht. »Gib mir eine Sekunde.«

»Verdammt noch mal, leg deinen Arm um meine Schultern.«

Sie runzelte die Stirn und öffnete leicht ihren Mund, doch nichts kam heraus. Und dann streckte sie langsam, langsam die Arme nach mir aus.

Ich trat ihr entgegen und legte ihr einen Arm um die Taille, sodass sie sich an mich lehnen konnte.

»Bist du jetzt der *Bossy* Pirate Leprechaun?«, fragte sie, als ich sie zum Sofa führte.

»Nenn mich nicht so.« Vorsichtig half ich ihr, sich hinzusetzen.

»Pirate Leprechaun? Warum nicht?«

Weil ich mich für eine Sekunde groß und mutig gefühlt hatte, nachdem ich mich um sie gekümmert hatte – nicht klein und albern. »Lass es einfach.«

Es war, als würde Ellie erst jetzt im Liegen erkennen, was passiert war. Sie war still, während ich nach dem Erste-Hilfe-Kit suchte, ihren Daumen verband und ihr eine Decke über die Beine legte. Zwar verdrehte sie die Augen, als ich ihr die Schmerztabletten mit einem Glas Wasser reichte und ihr befahl, dass sie es ganz austrinken sollte, aber es folgte keine bissige

Bemerkung. »Kann ich dir später beim Aufräumen helfen?«, fragte sie.

»Nope. Deine Aufgabe ist es, dich auszuruhen. Du solltest heute Nacht im Bett schlafen.« Ich ging zurück in die Küche, aber als ich nach dem Schneidbrett griff, auf dem die Brokkoliröschen lagen, hörte ich ihre Stimme.

»Wirf nichts weg. Leg einfach alles auf Teller, decke es mit Plastikfolie ab, und ich beende die Challenge später.«

»Das willst du immer noch?« Eine Entschuldigung lag mir auf der Zunge.

»Ich bin nicht traumatisiert«, erwiderte sie mit erschöpfter Stimme. »Beim nächsten Mal werde ich einfach vorsichtiger sein. Und das Bett hast du in einem fairen Spiel gewonnen.«

Sie drehte ihr Gesicht in die Ecke der Couch und schloss die Augen.

Ich griff nach dem schmutzigsten, klebrigsten Topf. Als die Essensrückstände unter heftigem Schrubben langsam verschwanden, fokussierte ich mich auf den Schmerz in meinen Armen und das Brennen des zu heißen Wassers auf meinen Händen.

Ich war ein echtes Arschloch gewesen, hatte sie geärgert wie ein arroganter Sechzehnjähriger. Ich biss mir auf die Unterlippe. Darin steckte kein Piercing mehr, und ich hatte auch keine schwarz gefärbten Haare mehr, aber der egoistische, ignorante Idiot, der ich damals gewesen war, kam immer noch zum Vorschein, wenn ich erschöpft oder gestresst war.

Als Ellie hingefallen war, hatte ich sie jedoch in meine Arme schließen und gleichzeitig die Welt warnend anknurren wollen. Ich schüttelte den Kopf und schrubbte weiter. Beschützerinstinkt – was für ein Haufen Bullshit. Ich war nur gut darin, auf mich selbst achtzugeben. Mich um eine andere Person zu kümmern, entsprach nicht meiner Natur.

# 8

## Kieran

Ein Ächzen auf der anderen Seite der Wand weckte mich. Nach der Taylor-Swift-Explosion und Ellies Unfall, an dem ich die Schuld trug, hatte ich allerdings ohnehin nicht sonderlich tief geschlafen.

»Komm schon, komm schon«, hörte ich ihre Stimme schwach.

Ich kroch aus dem Bett. Probierte sie jetzt schon Rezepte aus? Ich ging ins Wohnzimmer und wartete darauf, dass sie mich tadelte, weil ich so spät aufgestanden war.

Stattdessen sah ich ihren wackelnden, in die Luft ragenden Po, der in einer kurzen schwarzen Shorts steckte. Sie streckte das Bein hinter sich aus und ließ ihren Körper geschmeidig nach unten in die Plank sinken. Ihre Arme zitterten, und sie stieß zischend die Luft aus.

*Yoga*, verkündete mein Gehirn endlich, nachdem es alle sexy Optionen durchgegangen war. Die Frau auf Ellies Laptop machte die gleichen Posen.

Ich hätte auf mich aufmerksam machen können, doch alles, was mir durch den Kopf ging, war *Ja … das. Das will ich.* Oh nein. Auf keinen Fall. Sie war mürrisch und starrsinnig und so fröhlich wie ein Gottesdienst am Karfreitag. Die Tatsache, dass ein Teil von mir ihr die Shorts runterziehen und sie anknabbern wollte, war irrelevant. *Jetzt denkst du schon wie sie.*

Ich musste dringend hier weg, aber der Fußboden schien sich in nassen Zement verwandelt zu haben.

Bebend drehte sie sich in eine seitliche Plank und begegnete meinem Blick. »Argh!« Ihr Arm knickte unter ihr weg, und ich machte einen Satz nach vorn, doch sie drehte sich schnell um und setzte sich mühelos auf. Ihr blaues Tanktop war eng und hatte einen tiefen Ausschnitt. »Guten Morgen.«

»Guten Morgen«, sagte ich, definitiv nicht zu ihren Brüsten. »Sorry, ich geh wieder.«

Ihre Augenbrauen schossen in die Höhe. »Hast du noch nie eine kurvige Frau gesehen, die schlechtes Yoga macht?«

»Nein.« Vehement schüttelte ich den Kopf. »Ich meine, solltest du das nach gestern tun?«

»Mir geht's gut.« Sie winkelte seitlich von ihrem Körper die Beine an und legte den Kopf schief. »Dann hast du mich also angestarrt, weil du dir Sorgen gemacht hast?«

Auf diese Frage gab es keine gute Antwort – ich musste einfach von hier weg. Ich würde lange joggen gehen, das würde helfen. Danach würde ich mir eine noch längere Dusche gönnen. Eine kalte.

# *Ellie*

Als ich aus der Dusche kam, war Kieran verschwunden, war ja klar, dass er einfach ging, ohne mir Bescheid zu sagen.

Mein Rührei hatte ich schon lange aufgegessen und war gerade dabei, die Budgettabellen auf den neuesten Stand zu bringen, als ich einen Schlüssel im Türschloss hörte.

»Wo warst du?«, fragte ich ungeduldig, als Kieran eintrat.

Er zog einen Fuß an seinen Hintern, um seinen Oberschenkel zu dehnen. So elegant. Er wäre eindeutig besser im Yoga als ich, ohne sich auch nur irgendwie anstrengen zu müssen.

»Ich war joggen. Du bist nicht die Einzige, die morgens gerne Sport macht. Es ist schön draußen. Die Hügel sind total grün.«

An seinem Knie war ein Fleck aus rosa-bräunlicher Haut. Eine Brandnarbe? Das muss schmerzhaft gewesen sein. Ich schüttelte den Kopf. »Wenn du stundenlang joggen willst, steh bitte früher auf. Wir …«

Dann setzte mein Gehirn aus, weil er sein T-Shirt hochzog, um sich Schweiß aus dem Gesicht zu wischen.

»Stimmt irgendwas nicht?«, fragte er, als er das Shirt wieder fallen ließ und mir ein breites Grinsen schenkte.

*Nicht hilfreich.* Ich hielt meinen Blick starr auf seine

rote vernarbte Augenbraue gerichtet. Augenbrauen waren nicht erotisch. Er war nicht mal mein Typ, um Himmels willen.

Max war eins siebenundachtzig gewesen und hatte Rugby gespielt. Neben ihm hatte ich mich klein und zerbrechlich gefühlt, auf eine Art, die meine feministische Seite untergrub, mich aber wahnsinnig antörnte, besonders wenn er mich näher zu sich heranzog und mir zuflüsterte, welche schmutzigen Dinge er mit mir anstellen würde.

Kieran war eher ein Jockey als ein Rugbyspieler. Jockeys hatten aber auch Bauchmuskeln. Und zwar sehr definierte.

»Bitte geh duschen«, wies ich ihn an, um meine Gedanken zu stoppen. »Ich kann dich bis hier riechen. Und wir müssen zum Markt, bevor alle guten Waren weg sind.«

»Ich bin mir ziemlich sicher, dass auch in einer Stunde noch genug übrig sein wird. Kann ich wenigstens frühstücken, bevor wir losfahren?«

»Ich hab Müsliriegel gekauft«, erwiderte ich geschäftsmäßig. »Du kannst im Auto essen.«

Er verdrehte so stark die Augen, dass man es aus dem Weltall hätte sehen können, widersprach mir aber ausnahmsweise nicht.

Eine halbe Stunde später konnten wir den Bauernmarkt riechen und hören, ehe wir ihn sehen konnten. Eine Jazzband spielte, und in der Luft lag der Duft von Grillhähnchen, gerösteten Maiskolben und frischem Gemüse. Grün-weiße Zelte umgaben den Platz, und Hunde und Kleinkinder tollten im Gras. Die Leute saßen beim Picknick in Gruppen in der Wintersonne.

»Die Ware wird jetzt im Februar nicht grandios sein, aber wir werden bestimmt gute Zitrusfrüchte und Bitterspinat finden«, sinnierte ich laut. »Vielleicht haben sie schon Spargel.«

Keine Reaktion.

Als ich mich umdrehte, sah ich, dass er stehen geblieben war, um mit einem jungen Typen zu sprechen, der sein Handy in die Höhe hielt. »Äh, Kieran?«

»Kieran!«, rief nun auch eine andere Person.

»Kieran O'Neill!«

»Hey Leprechaun!«

Als sich immer mehr Leute näherten und ihr Handy hochhielten, trat ich zurück.

»Kann ich ein Selfie mit Ihnen machen?«, fragte eine ältere Frau.

»Du bist der Beste«, verkündete ein Mann.

»Vielen Dank«, sagte Kieran wieder und wieder. Die Worte mussten nach einer Weile ihre Bedeutung verlieren, aber seine Wärme und Gelassenheit schwanden nie, ebenso wenig wie sein breites Grinsen.

»Wo ist denn dein Bandana?«, fragte jemand.

Kieran gab jemandem ein Autogramm auf den Arm, während er fröhlich antwortete. »Das hab ich zu Hause gelassen.«

»Kann ich ein Selfie mit dir haben?«, unterbrach jemand.

Ich hatte den Überblick verloren, wie viele Bilder er schon mit Menschen gemacht hatte.

»Wer ist sie?«, fragte eine Frau, die mich plötzlich direkt ansah. »Sie kommt mir bekannt vor.«

Ich hatte keine Lust, dass Tad wieder sauer auf mich sein würde. Als Kieran meinem Blick begegnete, schüttelte ich kaum merklich den Kopf, woraufhin er ebenso unauffällig nickte.

»Keine Ahnung«, antwortete er und kehrte mir den Rücken zu.

Ich entfernte mich noch ein wenig weiter und ignorierte das kleine dankbare Kribbeln in meiner Brust.

### Kieran

Wow, berühmt zu sein, war manchmal toll. Alle führten sich auf, als hätte ich ihren Tag besser gemacht, nur indem ich aufgetaucht war. Und alles, was ich tun musste, war lächeln und für ein paar Selfies posieren. Und mit dem bescheuerten Spitznamen leben. Ich hoffte, dass ich eines Tages einfach nur Kieran O'Neill sein könnte, der geniale, ernsthafte Koch, der zufällig klein und rothaarig war.

Doch nach einer Weile vermisste ich die Stille. Ich vermisste den Fokus. Ich vermisste die Ruhe. Ich konnte die Person, die für mich all diese Dinge repräsentierte, nicht sehen.

»Vielen Dank, Leute, aber ich muss los. All das wunderbare Gemüse wird sich nicht von allein kochen.« Ich musste mich ein paarmal wiederholen, ehe die Fans den Wink verstanden, aber schließlich hatte ich endlich Zeit, um mich nach Ellie umzuschauen.

Sie hatte sich ein Stück entfernt auf eine Bank gesetzt, ihre Arme auf der Rückenlehne abgelegt und das Gesicht der Sonne zugewandt. Alles an ihr war ruhig und entspannt.

Während ich auf sie zuging, stieß ich die Luft aus, die ich offenbar angehalten hatte. »Alles in Ordnung?«, fragte ich, als ich sie erreichte.

»Ich sonne mich.« Ihre Augen waren immer noch geschlossen. »Wie war es mit den Leuten?«

Ihre sanfte Stimme ließ in mir den Wunsch aufkeimen, mich neben sie zu setzen und mich an ihre Schulter zu lehnen, was vollkommen unprofessionell gewesen wäre. »Wirklich toll«, antwortete ich hastig, um den Gedanken zu vertreiben. »Alle freuen sich riesig auf das Buch.«

Sie öffnete die Augen und lächelte, sodass ich mich fragte, wie ihr breitestes Grinsen wohl aussehen würde. »So soll es sein. Ich freue mich, dass du so viele Fans hast, die dich unterstützen.«

Da war wieder das größte Mysterium, das Ellie Wasserman umgab. Was wollte *sie*? Was machte sie glücklich? Unser erstes Meeting hatte einen Keim gesetzt, und nun war meine Neugier eine winzige Pflanze, die mit jedem Tag größer wurde.

Gerade als ich sie fragen wollte, hörte ich eine helle, säuselnde Stimme.

»Kieran?« Als ich mich umdrehte, sah ich eine junge Frau im Collegealter mit langem schwarzem Haar und schlanken Beinen, die in einer Röhrenjeans steckten. »Möchtest du Honig aus der Gegend probieren?«, fragte sie und schaute mich durch ihre Wimpern an, wobei sie sich leicht auf die glänzende Unterlippe biss.

*Nicht wirklich.*

»Aber klar doch«, erwiderte Ellie trocken.

»Ich liebe Honig«, log ich fröhlich, um mich an ihr zu rächen. »Bitte zeig mir alles, was du hast.«

Zehn Minuten später war ich von Zucker und Reue erfüllt.

Ellie tippte neben mir Notizen in ihr Handy ein, aber die junge Frau ignorierte sie vollkommen, während sie mir einen Löffel nach dem anderen reichte.

*Weniger Notizen, mehr Fokus auf meine Rettung,* beschwor ich Ellie in Gedanken. Warum funktionierte Telepathie nicht im wahren Leben?

Stattdessen nahm ich den nächsten winzigen Löffel entgegen, den mir die junge Frau hinhielt. »Köstlich«, schwärmte ich, als mir der zehnte Honig auf der Zunge lag. Anschließend würde ich einen Liter Wasser brauchen, um die klebrige Süße loszuwerden.

»Das hast du auch schon über den ersten gesagt.« Sie schob ihre Unterlippe vor.

»Mhm. Aber dieser hier ist auch köstlich.«

Sie huschte um den Stand herum auf der Suche nach weiteren Dingen, mit denen sie mich quälen könnte. Du solltest deiner Konditorin sagen, dass sie mehr Honig in ihren Desserts verwenden soll. »Zucker ist so ungesund.«

»M-hm.« Der Tag, an dem ich Sasha erklärt hatte, wie sie zu backen hatte, war der Tag gewesen, an dem ich begonnen hatte, um meine Eier zu fürchten.

»Oh, und das hier musst du unbedingt probieren«, fuhr die Frau fort. »Das ist total neu und etwas ganz Besonderes. Wir haben ein altes Rezept gefunden und damit begonnen, unseren eigenen Met herzustellen. Noch verkaufen wir ihn nicht, aber ich glaube, du wirst ihn lieben.« Sie nahm eine kleine Kanne aus einem Kühler und schenkte die goldene Flüssigkeit in einen Probierbecher.

Zuerst roch ich daran und zuckte ein wenig zurück. »Wie viel Alkohol ist da drin?«

»Vier Prozent. Zu Hause lässt mein Dad es mich trinken.«

Verdammt. Selbst nach fünf Jahren war es mir immer noch zuwider, Fremden zu offenbaren, dass ich trockener Alkoholiker war. Wie konnte ich den Leuten begreiflich machen, dass ich sie nicht dafür verurteilte, Alkohol zu trinken, sondern dass *ich* nur keinen trinken durfte, weil ich mich sonst in ein Ungeheuer verwandeln würde? Außerdem wollte ich kein Mitleid.

Dr. Meyer und Steve hatten mir beide erklärt, dass ich meinen Stolz über Bord werfen und ehrlich sein sollte, doch die Forderung meiner Mutter, dass wir trotz der engen Beziehung meines Dads zu Jim Beam immer aussehen sollten wie die perfekte Familie, hatte mehr Gewalt über mich.

»Warum probierst du nicht? Stimmt irgendwas nicht?«, fragte sie verwirrt.

»Nein, nein. Ich genieße nur das Aroma.« Ich schnüffelte betont weiter.

Sie zuckte mit den Schultern. »Ich meine, es ist kein Wein. Es riecht wie Honig. Du solltest ihn einfach trinken.«

Keine neuen Leute näherten sich dem Stand, und mein Handy klingelte auch nicht.

»Junge, dann trink ich es eben.« Ellie nahm mir den Becher aus der Hand und leerte ihn in einem Zug.

Ich bemühte mich, wütend zu klingen und nicht erleichtert. »Bitte, Kieran. Danke, Kieran.«

Ohne auf meine Bemerkung einzugehen, schenkte sie dem Mädchen ein breites Grinsen. »Das war ausgezeichnet.«

Die junge Frau blinzelte. »Gut.«

Nun verwandelte sich Ellies Stimme wieder in das leise, beruhigende Schnurren, in dem sie auch mit ihrer Katze sprach. »Tut mir leid, es war total unhöflich von mir, euch zu unterbrechen. Wie heißt du?«

»Hayden.«

»Schön, dich kennenzulernen, Hayden. Wo hast du dein Oberteil her? Dieses Rot ist so eine schöne Farbe.«

Sie zupfte an dem Stoff. »Oh, danke. Ich hab's aus einem Secondhandshop.«

»Du hast einen Supergeschmack. Übrigens hab ich gerade meinen letzten Akazienhonig aufgebraucht und wollte etwas Neues ausprobieren. Kannst du mir einen dunklen mit vollem Geschmack empfehlen?«

Nach fünf Minuten Small Talk reichte Ellie ihr einen Geldschein. »Ich habe so viel von dir gelernt, vielen Dank. Ich nehme ein kleines Glas von dem Buchweizenhonig. Vielen Dank für die gute Beratung.«

Als wir gingen, wartete ich darauf, dass sie fragen würde: *Was sollte das denn? Warum hast du nicht einfach den Met getrunken?* Stattdessen setzte sie einfach ihre Sonnenbrille auf und ging zum nächsten Stand.

»Willst du mich nicht fragen?«, sprach ich sie endlich an, als sie einen Berg aus winterlichen Salatblättern betrachtete.

»Warum du nach Ausreden gesucht hast?«, erwiderte sie abgelenkt.

Ich fühlte mich, als hätte ich mich mit diesem Gespräch auf einen wackeligen Ast begeben, der mein Gewicht vielleicht nicht halten würde. »Ja.«

Sie biss sich auf die Lippe. »Ich habe gesehen, dass sie versucht hat, dich zu etwas zu überreden, das du nicht wolltest. *Warum* du es nicht wolltest, ist irrelevant.«

»Aber möchtest du es nicht wissen?«

Als sie ihre Sonnenbrille hob, erinnerten mich ihre Augen an einen Strand Anfang September. Heißer weißgoldener Sand, der sich weich um meine Füße legte, das silberblaue Meer, das nur darauf wartete, dass ich eintauchte.

»Du kannst es mir erzählen, wenn du bereit dazu bist«, erwiderte sie leise. »Ich kann warten.«

Ehe ich mich bedanken konnte, holte sie einen Zettel hervor, und die freundliche Ellie verwandelte sich wieder in die geschäftstüchtige. »Jetzt komm aber, wir müssen einkaufen.«

»Wir sollten uns trennen«, schlug ich vor.

Skeptisch hob sie die Augenbrauen.

»Nein, hör zu. Wenn ich dir hinterherlaufe, wird mir langweilig, und du wirst wütend. Ich hab Bargeld. Wir treffen uns in einer halben Stunde wieder hier.«

Sie seufzte und wühlte in ihrer riesigen Handtasche herum. »Okay, hier ist eine Tasche für dich. Kannst du dir die Belege geben lassen, selbst wenn es nur ein Zettel mit einer Zahl darauf ist? Ich muss sie in die Kostentabelle eintragen, damit Tad dir alles zurückzahlen kann.«

»Klar.« Ich dachte an die köstlichen Dinge, die ich finden würde. Bauernmärkte waren schon immer mein Happy Place gewesen.

## Ellie

Als Kieran sich entfernte, glaubte ich zu wissen, was er verheimlichte.

Er hatte den Probierbecher angestarrt, als befände sich Gift darin, und mir war bekannt, dass einige Köche mit Alkoholsucht oder Drogenabhängigkeit zu kämpfen hatten. Kieran hatte allerdings klare Augen, reine Haut und war heute Morgen mehrere Meilen gejoggt. Was immer er tat, um trocken zu bleiben, schien zu funktionieren.

Er war losgelaufen, um sich auf dem Bauernmarkt umzusehen wie ein Kind auf dem Spielplatz. Vielleicht war das die Art von positiver Energie, die das Projekt vorantreiben könnte.

Da ich keine Ahnung hatte, was er kaufen würde, beschränkte ich mich auf die grundlegenden Zutaten. Braune Eier, von denen mir der Bauer versicherte, sie seien frisch von heute Morgen, zwei dunkle Laibe Sauerteigbrot, die knisterten, als ich sie leicht drückte. Saftiger Bacon von glücklichen Schweinen, ein Stück korallenroter Lachs, der nach Meer roch. Kleine goldene Kartoffeln, die sich fest in meiner Hand anfühlten, erdfarbene Zwiebeln, Bünde frischer Kräuter. Als ich am Rosmarin schnupperte, dessen Nadeln den Duft des trockenen Sommers eingefangen hatten, spürte ich, dass die Sorgen einen Moment von mir abfielen. Als Diane mir vor Jahren ihre Rezepte beigebracht hatte, hatte sie darauf bestanden, dass ich während der Zubereitung kostete, berührte und meinen Sinnen vertraute.

Schlagartig kehrte die Angst zurück. Ich hoffte, dass sie ohne mich zurechtkam, war mir aber nicht sicher, ob sie das konnte.

Eine halbe Stunde später war ich fertig und wartete auf einer Bank.

Eine Viertelstunde danach kam Kieran auf mich zu. »Sorry, sorry, ich hab die Zeit vergessen.« Als ich den Mund aufmachte, hob er eine Hand. »Und ich weiß, ich hätte auf mein Handy schauen sollen, aber auch das hab ich vergessen. Das vergesse ich immer. Aber jetzt bin ich hier.«

Es war, als spräche er nicht nur mit mir, sondern auch mit den vielen, vielen Leuten, denen er all das schon zuvor hatte erklären und bei denen er sich hatte entschuldigen müssen.

»In Ordnung. Was hast du gekauft?«

Seine Tasche traf mit einem schweren Aufprall auf der Bank auf. »Richtig guten Fenchel mit vielen Blättern.« Er holte das Gemüse beim Reden aus der Tasche. »Außerdem Chicorée und Radicchio von einem Hipster im Holzfällerhemd. Und frischen grünen Knoblauch.«

»Oh, den liebe ich. Die winzigen Zehen sind so weich und süß.«

Er grinste. »Genau. Siehst du? Auch wenn man sich einfach nur umschaut und spontan das kauft, was einem zusagt, können gute Dinge dabei rauskommen.«

Der winzige Anflug einer Idee kam mir in den Sinn, aber sie war noch nicht greifbar genug. Ich blickte hinab in die Tasche und sah einen Berg Obst. »Wie viele Orangen hast du gekauft?«

»Einige. Eine Frau hat Blutorangen verkauft, die einfach wunderschön waren. Hier, ich zeige sie dir.«

Als ich auf meine Uhr schaute, erkannte ich, dass es höchste Zeit wurde, wieder zum Cottage zurückzukehren. »Die kannst du mir später zeigen.«

»Jetzt warte doch kurz«, bat er, grub seinen Daumennagel in die Schale und zog daran, sodass die dunkelrote Frucht zum Vorschein kam und Saft in alle Richtungen spritzte. Als er die Blutorange in mehrere Stücke zerteilt hatte, funkelten diese wie Rubine. Die Blutorangen, die ich im Supermarkt gekauft hatte, um unser missglücktes Experiment durchzuführen, hatten dagegen traurig ausgesehen.

»Warum musst du es mir jetzt zeigen?«

Ich erstarrte, denn er hatte mein Kinn umfasst. Seine Finger waren weich, aber fordernd.

»Weil ich es möchte. Mach den Mund auf.« Er lächelte, doch in seinen Augen lag etwas, das ich zuvor noch nicht gesehen hatte. Entschlossenheit?

Als ich ihn mit offenem Mund anstarrte, schob er mir das Orangenstück zwischen die Lippen.

Ich begann zu kauen, wobei sich meine Augen wie von allein schlossen. Süß-saure Feuerwerke explodierten auf meiner Zunge, sodass ich ein leises Seufzen nicht unterdrücken konnte. Natürlich schmeckte ich Blutorange, aber auch Himbeeren und einen Hauch von Rosenblüten. »Das ist unglaublich«, schwärmte ich, nachdem ich geschluckt hatte. »Als würde man den Sonnenuntergang essen.«

Als ich meine Augen wieder öffnete, starrte er meinen Mund an, wodurch erneut Feuerwerke explodierten, diesmal in meinem Bauch.

Im nächsten Moment grinste er breit. »Ich hätte gesagt wie eine Party in meinem Mund, aber das ist vermutlich der Grund, warum du die Schriftstellerin bist.«

Ich versuchte, den Kopf zu schütteln, aber seine Hand lag noch immer an meinem Kiefer. »Wolltest du mich noch mit anderen Dingen füttern?«

Er blinzelte und zog dann abrupt seine Hand weg. »Sorry. Ich hätte dich fragen sollen, bevor ich dich berührt habe.«

»Nein, schon gut.« Der säuerliche Geschmack der Orange und seine raue, schwielige Haut – es fühlte sich an, als hätte ich auf leeren Magen ein Glas Champagner getrunken. »Danke, dass du sie mit mir geteilt hast.« Meine Stimme klang hoch und zittrig. »Das war wirklich etwas Besonderes.« Ich schluckte. »Sollen wir nach Hause fahren?«

Er nickte, und als wir zum Wagen gingen, erzählte er von den Leuten, die er getroffen hatte.

Ich nickte und lächelte und hielt mich davon ab, meine Finger an die Stelle zu legen, an der er mich berührt hatte.

# 9

## *Ellie*

Damit nicht noch einmal das Gleiche geschah wie gestern, machte ich meine Yogaübungen auf dem kleinen Teppich im Arbeitszimmer, nur um mich dabei zwei- oder dreimal an der Schlafcouch zu stoßen.

Kierans Miene, als er mich gesehen hatte, war unbezahlbar gewesen, obwohl eine winzige, wenig hilfreiche Stimme in meinem Kopf sagte, dass in seinen Augen noch etwas anderes als Überraschung gelegen hatte – etwas, das verdächtig nach Begierde ausgesehen hatte. Genauso wie gestern, als er mich gefüttert hatte.

Als ich aus der Dusche kam, stand seine Zimmertür offen, und der Duft von gebratenem Bacon lag in der Luft.

Ich ging in die Küche und lehnte mich neben ihm an die Arbeitsplatte. »Was machst du?«

»Frühstück«, antwortete er, ohne den Blick von der Pfanne abzuwenden.

Ich stieß ihn sanft an, damit er mich anschaute. »Kannst du das etwas näher ausführen?«, fragte ich ermutigend.

»Es ist nichts Besonderes, nur Bratkartoffeln mit

Bacon und grünem Gemüse.« Er gab gewürfelte Kartoffeln in das Öl, woraufhin ein erdiger Duft aus der Pfanne aufstieg. Es brutzelte und spritzte, als er sie mit Salz und Pfeffer würzte. »Pass auf, das Öl!«

»Verbrennungen sind okay, ich werde nur bei Blut ohnmächtig. Warte, ich hol kurz mein Handy.«

»Es ist wirklich nichts Besonderes.«

»Vielleicht ja doch. Manchmal überraschen Rezepte einen.«

Ich machte mir Notizen und schoss ein paar Fotos, während er arbeitete.

Die Kamera liebte ihn aus allen Perspektiven. Er trug braune Cargoshorts und ein altes dunkelbraunes T-Shirt mit der Aufschrift *Franz Ferdinand* auf dem Rücken. Seit er das T-Shirt gekauft hatte, hatte er eindeutig im Fitnessstudio trainiert, denn die Ärmel spannten sich über seinem Bizeps, als er die Pfanne schüttelte, um die Kartoffeln zu wenden. Und nein, ich fragte mich nicht, wie sich diese Muskeln unter meinen Fingern anfühlen würden. Als er sich vom Herd abwandte, dehnte sich die Narbe an seinem Knie.

»Hast du dir die bei Coconut Pete zugezogen?«, fragte ich und deutete darauf.

Er blickte hinab und seufzte. »Jepp. An einem Tag war ich unvorsichtig und hab keine lange Hose getragen. Das war kochendes Öl.«

Der Schmerz und der Schock, den er empfunden haben musste, schossen durch mich hindurch. »Verdammt!«

Ein Lächeln legte sich auf seine Lippen. »Das Gleiche hab ich auch gesagt, nur wesentlich lauter. Die Schmerzen waren schlimm, aber um ehrlich zu sein, war meine Scham größer. Als meine Mutter ins Krankenhaus kam, hatte sie eine Wahnsinnsangst und fragte immer wieder, wie ich mir das selbst hatte antun können. Obwohl die Krankenschwester ihr versicherte, dass es ein Unfall gewesen war, murmelte sie immer wieder die gleiche Frage vor sich hin.«

Schuldgefühle setzten sich in meinem Magen fest. Es war fürchterlich von seiner Mutter gewesen, aber wie oft hatte ich Kieran selbst schon vorgeworfen, dass er absichtlich versucht hatte, mich zu verärgern? Dass alles in Ordnung wäre, wenn er nur auf mich hören würde? Vielleicht war ich unfair gewesen, vielleicht war ich diejenige, die sich bemühen musste, ihn auf tieferer Ebene zu verstehen.

»Ich liebe gebratene Kartoffeln.«

Er starrte mich an. »Echt?« Kieran war zu Recht verwirrt über den abrupten Themenwechsel.

»Ja, immer schon. Der Grund, weshalb man mich nie dazu auserkoren hat, Amerikas Atomkraftgeheimnisse zu hüten, ist der, dass ich für eine Portion Bratkartoffeln oder Pommes sofort alles ausplaudern würde.«

Er sah skeptisch aus. »Selbst wenn sie von In-N-Out kommen?«

»Auf jeden Fall. Selbst mittelmäßige Pommes sind noch ziemlich gut, aber die Burger mag ich natürlich noch lieber.«

Er verschränkte die Arme, was seine Schultern zur Geltung brachte. »Was waren die besten Pommes, die du je gegessen hast?«

Ich rieb mir den Nacken. »Es wird so klingen, als wollte ich angeben.«

»Mich interessiert es aber trotzdem.«

»Ich hab ein Auslandssemester in Lyon gemacht, und dort gab es ein Bistro in der Nähe der Uni, das lächerlich günstiges Essen verkaufte. Die Pommes frites waren immer frisch, und dazu gab es eine Knoblauch-Kräuter-Mayonnaise, die grandios war.«

»Parlez-vous français?«

Ich blinzelte. »Natürlich«, antwortete ich überrascht auf Französisch. »Ich habe in Berkeley Französisch und Englisch studiert. Wo hast du es gelernt?«

»Ich arbeite in teurem Restaurant in Frankreich. Das war im Jahr …« antwortete er grammatikalisch falsch und mit starkem Akzent auf Französisch, ehe er schnaubte. »Scheiße. Ich kann keine größeren Zahlen und keine Vergangenheitsform«, fuhr er auf Englisch fort. »Aber ich habe in einem Lokal namens Néroli ein Praktikum gemacht, bevor ich Sous Chef im Qui wurde.«

Mir blieb der Mund offen stehen. »Du meinst das Dreisternerestaurant in der Nähe von Cannes? Dort zu arbeiten, muss eine lebensbereichernde Erfahrung gewesen sein.«

Er hielt inne. »Könnte man so ausdrücken. Neben dem Küchenchef hätte ein Ausbilder beim Militär entspannt gewirkt, aber ich hab verdammt viel gelernt, unter anderem auch ein bisschen Französisch, obwohl sich die anderen immer über mich lustig gemacht haben.«

»Aber wenigstens hast du gesprochen«, erwiderte ich ernst. »Dafür verdienst du Anerkennung.«

Er wendete die Bratkartoffeln mit einer geschmeidigen Bewegung seines Handgelenks. »Mag sein. Ich bin definitiv besser im Kochen als in Sprachen, so viel steht fest. Aber wie dem auch sei, das Essen ist fast fertig. Ich brate nur noch ein paar Spiegeleier. Ist es okay für dich, wenn das Eigelb noch ein bisschen flüssig ist?«

Er wurde überraschend unsicher, wenn man ihm Komplimente machte, aber sein rotes Gesicht und seine angespannten Schultern verrieten mir, dass es nichts bringen würde, wenn ich ihn weiter bedrängte.

»Super, ich decke den Tisch«, verkündete ich.

Als der volle Teller vor mir stand, aß ich, als wäre ich vollkommen ausgehungert. Am Ende hatte er noch Knoblauch und Petersilie hinzugegeben, und der Duft in Kombination mit den knusprigen Kartoffeln erfüllte mich mit Glück.

Als ich gerade unsere Teller abräumen wollte, um sie zu spülen, hielt mich Kieran zurück. »Ich könnte dir grandiose Pommes machen, wenn du willst.«

Ich schüttelte den Kopf. »Sie eignen sich nicht für das Kochbuch, denn die meisten Leute finden, dass Frittieren zu Hause ein viel zu großes Chaos anrichtet. Und außerdem macht uns der Low-Fat- und Low-Carb-Trend einen Strich durch die Rechnung.«

Er verschränkte die Hände hinter seinem Kopf. »Das ist schade, aber ich meinte nicht für das Buch.«

Ich starrte ihn an. »Du willst nur für mich Pommes machen?«

Er wurde rot. »Du müsstest zum Restaurant kommen. Wir hatten mal eine Praktikantin, die in einem richtig schicken Pub bei London gearbeitet hatte, und sie hat mir beigebracht, wie man die besten Pommes der Welt macht.«

»Das ist lieb von dir.« Er wurde noch röter, was kein bisschen anziehend war. »Aber würden Steve und Mrs Hutton keinen Anfall bekommen, wenn du ihre edle Küche benutzt, um Pommes frites zu machen?«

»Sie sind weniger verkrampft, als sie rüberkommen.«

»Willst du mir erzählen, dass Mrs Hutton heimlich Hawaiihemden trägt und Greatful Dead hört?«

Er schnaubte. »Okay, na schön. Nicht Mrs Hutton, aber Steve hat mir den Arsch gerettet, als er mich ebenso gut hätte feuern können.«

Dieser talentierte, energiegeladene Koch war einmal kurz davor gewesen, seinen Job zu verlieren? »Was soll das heißen?«

Einen kurzen Moment lang sah er aus verengten Augen auf seinen Teller. »Nicht so wichtig. Ich glaube, beim nächsten Mal versuche ich eine andere Gewürzmischung für die Kartoffeln. Vielleicht ein bisschen Paprika.«

Nun gut – schließlich hatte ich behauptet, ich könnte warten.

Ich rechnete damit, dass er auf seinem Handy herumscrollen würde, so wie er es normalerweise tat, wenn er nichts zu tun hatte. Stattdessen lehnte er sich jedoch an die Arbeitsplatte neben mir, während ich den Abwasch erledigte, wobei er mich ausnahmsweise mal nicht ärgerte und ich keine Spaßbremse war.

»Wie bist du zum Kochen gekommen?«, fragte er. »Wenn man bedenkt, wie du zu Messern stehst, hast du wohl keine Kochschule besucht.«

»Nein, ich hab es mir selbst beigebracht. Mom hat ein paar zusätzliche Schichten im Krankenhaus übernommen, nachdem …«

»Nachdem was?«

»Nachdem wir nach San Diego gezogen waren.« Das war einfacher, als zu sagen: *Nachdem die zerrüttete Ehe meiner Eltern endlich geendet und ich herausgefunden hatte, dass sie mich nie wirklich gewollt hatten.* »Also hat sie mir gezeigt, wie ich einfache Gerichte für Hank zubereite. Mac 'n' Cheese aus der Packung, Fertig-Ramen, Tiefkühlmahlzeiten. Nach ein paar Monaten bin ich nach der Schule in die Bibliothek gegangen und habe nach Lehrbüchern zum Thema Kochen gefragt. Die Bibliothekarin Mrs Ferraro war ein Segen für mich, denn sie hat das nicht als Bitte eines altklugen kleinen Mädchens abgetan, sondern hat mir Kochbücher für Kinder bestellt und die Gerichte mit Klebezetteln versehen, die ich als Erstes austesten sollte. Außerdem hat sie mir auch ein paar von ihren eigenen Rezepten mitgegeben. Leider sind wir dann bald wieder umgezogen. Ich mache immer noch ihre

Bratensoße, und ihre Lasagne ist die beste, die mir je untergekommen ist.«

Er legte den Kopf schief. »Und irgendwann hast du deine eigene Kochbuch-Bibliothek angelegt?«

Ich lächelte. »Genau. Als ich mein erstes Gehalt als Nachhilfelehrerin in der Highschool bekam, bin ich zu Barnes and Noble gegangen und habe mir ein neues Kochbuch gekauft.«

Er nickte. »Dann bist du also doch in gewisser Weise auf der Kochschule gewesen«, merkte er nachdenklich an. »Du hast von all diesen Autorinnen und Autoren gelernt, wie man es richtig macht.«

Ich sah ihn forschend an, doch er wirkte nicht so, als wollte er sich über mich lustig machen.

»Ja.« Freude wegen des neu gewonnenen Respekts strömte zwischen uns hin und her. »Wie du mit dem Kochen angefangen hast, weiß ich ja schon, aber was hat dich dazu motiviert, weiterzumachen? Ein Praktikum in einem Sternerestaurant fällt einem schließlich nicht einfach so in den Schoß.«

Er fuhr sich mit einer Hand durchs Haar. »Das ist schwer zu erklären. Hast du jemals etwas für dich gefunden, das einfach Sinn ergab und sich richtig anfühlte?«

Hanks Gesicht, als ich ihm meine Brownies hinstellte. Der erste Kuss mit Max, der nach Guinness schmeckte. Es war schon viel zu lange her, seit ich dieses Gefühl zuletzt gehabt hatte. »Ja. Wann ist das bei dir passiert?«

»Als ich die ersten zwei Wochen im Pacific hinter

mir hatte, haben wir diese wunderbaren Mandarinen bekommen, und Ximena hat davon geschwärmt, wie viele Möglichkeiten sie in sich bargen. Man konnte mit dem Saft eine Vinaigrette zubereiten oder mit der Schale eine Marmelade, oder man könnte sie in Salzlake einlegen oder Zucker, Eier und Butter hinzufügen, um sie zu einer Creme für eine Tarte zu machen. In dem Moment habe ich erkannt, dass es nicht nur *einen* korrekten Weg gibt, eine Zutat einzusetzen, sondern viele verschiedene. Mein ganzes Leben lang hatte ich nie etwas richtig hinbekommen, und auf einmal konnte ich einfach auf mein Bauchgefühl hören und etwas Köstliches kreieren, das den Leuten schmeckte.«

Er hatte mir schon zuvor Geschichten über seine Jobs erzählt, aber nun klang er anders. Weniger eingeübt und dafür ernster. »Deswegen magst du Zitrusaromen so gerne«, sinnierte ich laut. »Nicht nur weil sie das Essen zum Leben erwecken.«

Er schnitt eine Grimasse. »Ja, das habe ich wohl ein paarmal zu oft gesagt.«

Ich stellte den letzten Teller zum Trocknen ab, drehte den Wasserhahn zu und griff nach einem Tuch, um mir die Hände abzutrocknen. »Aber woher kam das Bauchgefühl? Irgendwo musst du das Kochen ja erlernt haben.«

Er schaute angestrengt zu Boden, und ich wartete, während er seine Gedanken ordnete. »Wiederholung, schätze ich. Besonders wenn es um Fertigkeiten wie den Umgang mit dem Messer ging. Aber immer wieder das gleiche Gericht zu kochen, wäre höllisch langweilig und würde den Zutaten nicht genügend Respekt entgegenbringen. Zwar ist es gut, am Anfang immer wieder das Gleiche zu üben, aber danach sollte man darüber nachdenken, welches Gemüse heute gut aussieht und worauf man gerade Lust hat.«

Die Idee, die mir gestern in den Sinn gekommen, jedoch noch nicht greifbar gewesen war, nahm auf einmal Formen an. »Du redest viel darüber, wie du dich fühlst, wenn du Zutaten auswählst und kochst«, setzte ich an.

Verwirrt runzelte er die Stirn. »Ja?«

»Wie wäre es, wenn es in unserem Buch darum ginge? Kochen nach Gefühl?«

»Aber du meintest doch, wir brauchen Rezepte.«

»Nein, warte einen Moment. Was isst du gerne, wenn es draußen brütend heiß ist?«

Er schaute zur Decke. »Salat.« Als ich mit dem Zeigefinger erwartungsvolle Kreise in der Luft beschrieb, fuhr er fort. »Außerdem esse ich im Sommer gerne Wassermelone. Pfirsiche. Und Tomaten, sobald die Saison beginnt. Viel Minze und Petersilie und Koriander.«

»Und wenn du einen richtig langen Tag hattest?«

Er lacht. »Definitiv Pizza. Mit dem Pizzaboten aus dem Restaurant nebenan bin ich per Du.«

Ich machte mir eine Notiz in meinem Block. »Käse und Kohlehydrate also. Und wenn du eine Aufheiterung brauchst?«

Er tippte sich an die vernarbte Lippe. »Etwas

Scharfes. Zum Beispiel Eier mit viel Tomate und Chili. Schakschuka, Huevos Rancheros, so was eben.«

»Yes!« Ich riss eine Seite heraus und zeichnete ein paar vertikale Linien darauf, ehe ich oben auf dem Papier eine horizontale Linie zog. In jedes Kästchen schrieb ich einzelne Wörter. *Comfort, Refresh, Awaken.* Nachdem ich eine Sekunde nachgedacht hatte, fügte ich hinzu: *Treat, Seduce.*

Er blinzelte verwundert. »Was hast du vor? Du siehst ja noch ernster aus als sonst.«

»Viele Leute haben morgens, wenn sie aufwachen, noch keinen blassen Schimmer, was sie abends kochen werden«, erklärte ich und ordnete die Gerichte, die er erwähnt hatte, in die Spalten ein. »Die meisten Kochbücher verlassen sich darauf, dass man weiß, ob man Mexikanisch, Hähnchen oder Pasta möchte. Aber was, wenn der einzige Ausgangspunkt ist, zu wissen, wie man sich fühlt oder wie man sich gerne fühlen würde?«

Er schaute auf meine Notizen hinab. »Wenn man also eine Erfrischung oder Trost braucht oder jemanden verführen will? Kochen zum Verführen? Echt jetzt?«

Ich zog die Augenbrauen hoch. »Hast du noch nie für jemanden gekocht, den du ins Bett bekommen wolltest?«

»Nein«, erwiderte er knapp und wurde rot.

Das war interessant, denn er wirkte nicht unerfahren – dafür sah er objektiv zu gut aus. »Nun, wenn du das aber tun wolltest, könntest du das entsprechende

Kapitel im Buch aufschlagen und dir ein Rezept aussuchen.«

Einen Augenblick dachte er nach. »Dann wäre es also wie ein Kochbuch, das sich an den Jahreszeiten orientiert, nur stattdessen an persönlichen Jahreszeiten.«

Ich grinste angesichts seiner poetischen Wortwahl. »Treffender kann man es nicht ausdrücken.«

Kurz hellte sich seine Miene auf, wurde dann aber wieder trüb. »Das ist eine coole Idee.«

Warum klang er dann so misstrauisch? »Also«, fuhr ich vorsichtig fort, »müssten wir uns nur noch ein paar weitere Kategorien überlegen und dann fünfzehn Rezepte für jede.«

»Das sind eine Menge Rezepte«, erwiderte er matt, aber ich schrieb einfach weiter.

»Tut mir leid, es muss langweilig sein, mir beim Schreiben zuzusehen.« Ich hielt ihm die Seite hin. »Willst du noch irgendwas hinzufügen?«

Er zog an seinen Fingern. »Können wir einfach weiter darüber sprechen?«

»Aber man vergisst es, wenn man es nicht notiert.«

»Ach, komm schon, du bist schlau genug, um es dir auch so merken zu können.« Er drückte sich mit den Händen vom Tisch ab, als wollte er jeden Moment fluchtartig den Raum verlassen.

Ich dachte an den Nachmittag zurück, an dem ich mich geschnitten hatte und verletzlich gewesen war, woraufhin er mir geholfen hatte und an meiner Seite geblieben war.

»Bitte«, flehte ich leise.

Er erstarrte.

»Ich brauche dich, Kieran. Ich kann das Buch nicht alleine schreiben.« Nun schob ich ihm die Notizen zu. »Wirf einfach einen Blick drauf, vielleicht kommt dir ja eine Idee.«

Er atmete tief durch und setzte sich wieder hin. »Okay.« Er griff nach meinem Stift und begann, ihn unter der ersten Zeile entlangzuziehen, wobei er jedes Wort stumm mit den Lippen formte.

Eine bisher nicht greifbare Vorahnung, die in den letzten Tagen in mir aufgekeimt war, als ich ihn dabei beobachtet hatte, wie er nervös mit Dingen herumgespielt hatte, bestätigte sich nun. Eine der ersten Schülerinnen, der ich in der Highschool Nachhilfe gegeben hatte, hatte Dyslexie gehabt und ebenfalls die Worte, die sie las, mit den Lippen geformt. Sie hatte nicht buchstabieren können und für Aufsätze und Tests stets länger gebraucht. Wann immer ich konnte, hatte ich mit ihr einen Spaziergang um den Sportplatz gemacht, um mich mit ihr zu unterhalten, statt am Schreibtisch zu sitzen, weil sie dort so gestresst gewesen war, dass sie mich kaum hatte hören können.

Dreißig Sekunden später hatte Kieran die Seite zu Ende gelesen, die ich innerhalb von fünf Sekunden hätte überfliegen können, und sah erschöpft aus. »Okay, das sieht gut aus. Sonst noch was?«

»Kieran? Hast du Dyslexie?«, fragte ich, so sanft ich konnte.

Mit den Fingern umklammerte er den Rand der Tischplatte. »Ja«, antwortete er gepresst. »Warum?«

Ich widerstand dem Drang, meinen Kopf auf den Tisch zu schlagen, weil ich so viel Zeit damit verschwendet hatte, wütend auf ihn zu sein, obwohl der Fehler in Wahrheit bei mir gelegen hatte. »Weil wir ein Buch zusammen schreiben sollen, und wenn du Dyslexie hast, bin ich die Sache vollkommen falsch angegangen.«

»Nein, *du* schreibst das Buch. Ich bin nur hier, um schön auszusehen.« Er wirkte exakt wie mein Kater, wenn er wusste, dass er zum Tierarzt musste – zusammengekauert und bereit zur Flucht.

»Hey«, sagte ich sanft.

»Was?«, gab er bissig zurück.

»Was hast du zu verlieren? Ich bin auf deiner Seite, Kieran. Bitte.«

# 10

## *Ellie*

Gerade als ich im Begriff war, aufzugeben und alles hinzuschmeißen, sprach er die magischen Worte. »Ich habe Angst. Ich habe so schreckliche Angst, weil ich weiß, dass ich alles ruinieren werde, und das darf einfach nicht geschehen.«

Die Wucht seiner Gefühle traf mich wie ein Schlag in die Magengrube, sodass ich einen Moment brauchte, ehe ich etwas erwidern konnte. »Wovor hast du Angst? Ich finde, du hast unglaublich großes Talent, dein Gehirn funktioniert einfach nur anders.«

Kieran schüttelte vehement den Kopf. »Nein, ich habe bloß eben einen Weg gefunden, ausschließlich die Dinge zu tun, in denen ich gut bin. Ich hab einen Job, in dem ich viele kleine Aufgaben ausführen muss, die alle miteinander verwoben sind, und in dem ich weder schreiben noch lesen muss.« Er seufzte. »Ich weiß, dass ich kein wandelndes Desaster mehr bin, denn bei mir wurden Dyslexie und ADHS diagnostiziert, und seitdem nehme ich Medikamente und bin trocken. Ich hab den gesamten Werkzeugkasten fürs Erwachsenenleben, aber ein Buch ist etwas Komplexes und Großes. Etwas zu Großes für mich.«

Ich fühlte mich, als hätte ich mich durch eine Schicht von Kierans Gedanken gegraben, doch nun traf meine Schaufel auf Stein. »Warum willst du es nicht wenigstens versuchen?«

»Weil ich schon immer schlecht in solchen Dingen war. Ich hätte fast die Highschool abgebrochen, Ellie. Und das College.« Er rieb sich das Gesicht. »Meine Eltern wussten nicht, wie sie mit einem Kind umgehen sollten, das kein Genie war, sodass sie andauernd wütend auf mich waren.« Er stieß ein bitteres Lachen aus. »Hinzu kam, dass ich auch noch ein kleiner Rebell war.«

»Hast du noch Kontakt zu ihnen?«

Er starrte auf den Tisch. »Es ist nicht so, dass wir offiziell nicht mehr miteinander sprechen, aber ich weiß, dass sie mir nicht guttun, also gehe ich auf Abstand. Mein Bruder Brian erzählt mir manchmal, was sie so treiben.« Er rieb sich die Stirn. »Diese ganze Sache hier ruft mir ständig in Erinnerung, wie es in der Schule für mich war, bevor ich die Diagnose bekommen habe.«

Ich konnte ihm nicht sagen, dass alles gut werden würde und er sich um nichts Sorgen machen musste, denn mich hätte es ja auch geärgert, wenn jemand meine Gefühle auf diese Art abgetan hätte. »Ich verstehe dich. Das muss schwer gewesen sein, und es tut mir leid.«

Er sah mich an und verdrehte die Augen. »Was verstehst *du* schon von schwer? Ich glaube, für dich ist nichts schwer.«

Ich unterdrückte ein Lachen. Wenn das doch nur der Fall gewesen wäre. »Für mich ist es auch eine große Sache, denn ich habe noch nie mit jemandem zusammengearbeitet, der so berühmt ist wie du. Wenn das hier schiefgeht, ist das ein schwerer Schlag für meine Karriere. Zu Anfang meiner Arbeit mit Kochbüchern bin ich ein paarmal übel gescheitert. Unter anderem habe ich in einem Pastarezept als Menge einen Esslöffel statt einen Teelöffel Salz angegeben. Das Buch hat deshalb auf Amazon zehn Ein-Stern-Bewertungen bekommen.«

Er schüttelte den Kopf. »Das ist nicht dasselbe. Verrate mir, wovor du wirklich Angst hast, Ellie.«

Mir entging nicht, dass seine Stimme flehend klang. Verquere Logik, aber offensichtlich sollte ich ihn beruhigen, indem ich ihm von meinen Ängsten erzählte. Wovor fürchtete ich mich? Ich fürchtete mich davor, dass Diane und Ben sich von mir abwenden würden, dass Tad keine weiteren Projekte mehr für mich hatte und dass Hank irgendetwas zustoßen könnte.

Doch ich wollte nichts über die Gegenwart erzählen, denn ich musste mich zusammenreißen, um klarzukommen. »Ich hatte schlimm Angst, als mein Mann gestorben ist. Er war so stark gewesen, so lebendig, und auf einmal war er von jetzt auf gleich fort.«

Kieran hielt inne, ehe er mit leiser Stimme fragte: »Was ist passiert?«

Ich seufzte. »Er hatte einen angeborenen Herzfehler. Eines Abends ist er ins Bett gegangen und einfach nicht mehr aufgewacht.«

Er machte den Mund auf und schloss ihn wieder. »Wo warst du?«, fragte er schließlich. »Hast du ihn gefunden?«

Mein Herz zog sich zusammen. »Nein«, presste ich hervor. »Er war zu einer Konferenz in Paris. Eigentlich sollte er an dem Tag nach Hause kommen, doch stattdessen habe ich um zwei Uhr morgens einen Anruf von der Polizei bekommen.«

»Das ist wirklich schlimm. Es tut mir so leid.«

Wenn die Leute von Max erfuhren, waren ihre Beileidsbekundungen von Ungläubigkeit durchzogen, als könnten sie nicht fassen, wie viel Pech ich gehabt hatte. Kieran dagegen schien es glauben zu können, und offenbar fühlte er meinen Schmerz so, als wäre es sein eigener. Ausnahmsweise fühlte es sich aufrichtig an und nicht nur wie eine Höflichkeitsfloskel. Ich spürte die Tränen in einer harten heißen Kugel in meinem Hals aufsteigen, doch schluckte sie eilig runter. »Ich hab mich gefühlt, als wäre ich auf einer einsamen Insel gestrandet – auf der einen Seite war das Meer, auf der anderen Seite ein dunkler Wald. Keine Landkarte, an der ich mich orientieren konnte, kein Funkgerät, um Hilfe herbeizurufen. Es gab nur mich ganz allein, und ich musste mich entscheiden, ob ich ertrinken oder mich in unbekannte Gefilde wagen wollte.«

Er schüttelte den Kopf. »Du wärst nicht ertrunken.«

Ich zog die Augenbrauen hoch. »Nicht?«

»Du hättest es irgendwie geschafft, dir eine Machete

zu bauen und dich durch den Wald zu hacken, komme, was wolle. Du bist taff.« Er grinste. »Das macht dich ja zu so einer Nervensäge.«

Ich kicherte und spürte plötzlich, dass sich zu meinem neu gewonnenen Respekt für seine Motivation und sein Talent unbemerkt noch ein anderes Gefühl gesellt hatte. Ich *mochte* diesen Mann.

Doch wir hatten Arbeit zu erledigen. »Können wir jetzt bitte weitermachen? Es ist wichtig, dass du daran glaubst, dass wir beide es schaffen können.«

Er grinste schon wieder. »Du und ich gegen den Rest der Welt?«

Ich begegnete seinem silbergrünen Blick und spürte, dass wir uns miteinander verschworen und endlich ein Team wurden. »Du und ich gegen die Deadline«, erwiderte ich und bemühte mich um einen geschäftsmäßigen Tonfall.

Mir war nicht bewusst gewesen, wie ermüdend es gewesen war, mich mit Kieran zu streiten, ehe wir damit aufhörten. Der Rest des Tages war über Brainstorming vergangen, und in den nächsten vier Tagen dachte ich beim Aufwachen nicht *Oh Gott, was soll nur werden?*, sondern *Irre, lass uns loslegen.*

Wir bekamen uns immer noch in die Haare – ich musste ihm damit drohen, ihm Messlöffel an die Hand zu löten, ehe er meine Anweisungen, alle Mengen zu überprüfen, endlich ernst nahm. Als Gegenleistung unterbrach ich ihn nicht mehr alle zehn Sekunden. Es war besser, die Sprachaufnahme einzuschalten, dazusitzen und zuzuhören, während er kochte, und ihn nur dann anzusprechen, wenn kein Weg daran vorbeiführte.

Ich hatte das Wort *Flow* schon häufig im Zusammenhang mit kreativer Arbeit gehört, aber wenn Kieran beim Kochen in diesem Zustand steckte, war es, als würde man einem Musiker dabei zusehen, wie er am Klavier ein Stück komponierte – zuerst nur ein einzelnes Riff, das sich irgendwann zu einem vollständigen Lied zusammensetzte. Für Menschen, die behaupteten, Kochen sei eine Kunst, hatte ich bisher nur ein müdes Lächeln übrig gehabt. Kunst war etwas Hehres, das man aus der Ferne bewunderte, nichts Heimeliges, aus dem man Trost und Wärme zog.

Aber seine Kunst war überschäumend und farbenfroh und sogar ein bisschen albern. An einem Tag hatten wir schwarze Oliven und kleine Mozzarellakugeln von einem Auberginen-Pasta-Gericht übrig, das wir für das Kapitel *Comfort* ausprobiert hatten. Daraus machte er witzige kleine Pinguine auf Zahnstochern, mit Karotten als Nasen und Füße.

Ich bemühte mich um eine ernste Miene. »Kindergeburtstags-Vibes für Erwachsene.«

»Jepp«, erwiderte er fröhlich. »Sind das nicht die süßesten Pinguine, die du je gesehen hast?«

Eines Abends blieb ich wach und lauschte seinen Sprachaufnahmen über Kopfhörer und begann, weitere Rezeptideen niederzukritzeln und sie mit Anmerkungen zu versehen, ehe ich sie zerknüllte und noch einmal von vorn begann. Es war eine Gratwanderung, seinen Humor und seine Begeisterung einzufangen und dabei trotzdem sicherzustellen, dass die Lesenden wussten, was sie zu tun hatten.

Auf einmal klopfte es.

Als ich öffnete, stand Kieran vor mir und kratzte sich am Kopf. In dem sanften Licht wirkte sein Haar wie glänzendes Rotgold. »Wow.« Er gähnte. »Du schläfst wirklich nie.«

Blinzelnd betrachtete ich die Anzeige auf meinem Laptopbildschirm, die mir verriet, dass es sechs Uhr morgens war. Seit Jahren war ich schon nicht mehr die ganze Nacht wach geblieben, um zu arbeiten. »Ich schätze, ich war einfach übermotiviert.«

Er grinste. »Werd bloß nicht so wie ich. Du bist doch eigentlich die Vernünftige von uns beiden.«

Ich schnaubte und dehnte meine Schultern. »Geht es nicht gerade darum, dass ich wie du werde?«

Sein Grinsen wurde noch breiter. »Geh endlich schlafen, Ellie. Um halb zehn lasse ich *Take Me Out* auf voller Dröhnung laufen, falls du einen Weckalarm brauchst.«

An unserem letzten Tag hatten wir einen Meeresfrüchteeintopf mit Sahne und ein wenig Safran für das Kapitel *Treat* ausprobiert, und ich schrubbte gerade die gelben Verfärbungen in Tads schönstem Topf weg, als Kieran verkündete: »Ich gehe joggen, bevor es dunkel wird.«

Das war die Gelegenheit, auf die ich gewartet hatte. »Super. Ich muss dir was zeigen, wenn du zurückkommst.«

Mit seinen Laufschuhen in der Hand hielt er inne. »Kannst du es mir nicht jetzt zeigen?«

»Nope, es ist eine Überraschung. Ein verfrühtes Weihnachtsgeschenk.«

Er wiegte sich auf seinen Fußballen vor und zurück. »Hab ich dir eigentlich schon erzählt, dass ich mich mit sechs Jahren einmal um drei Uhr morgens ins Wohnzimmer geschlichen und alle Weihnachtsgeschenke ausgepackt habe? Auch die, die nicht für mich waren?«

Ich lachte laut auf. »Warum nur finde ich das extrem glaubwürdig?« Und verdammt niedlich, aber das musste er nicht wissen. »Nun geh endlich joggen.«

Er murrte gutmütig etwas vor sich hin und machte die Tür hinter sich zu. Eine Stunde später breitete ich die zerfledderten gelben Seiten auf dem Küchentisch aus. Jeder Kochbuch-Lektor hätte angesichts meiner wirren Bemühungen einen Herzinfarkt bekommen, aber ich hatte das Gröbste zu Papier gebracht. Ich hatte Kästen mit schiefen Kreisen darin gezeichnet, in die später Fotos und Überschriften für die Rezepte kommen sollten, die wir uns in den letzten paar Tagen ausgedacht hatten. Daneben standen verkürzte Zutatenlisten und einzeilige Anweisungen, die meiner Meinung nach seinen Tonfall perfekt wiedergaben. Leichtherzig und entspannt, aber basierend auf seinen kulinarischen Fertigkeiten.

Die Haustür wurde geöffnet und geschlossen, woraufhin mich der Geruch von sauberem Männerschweiß aus meinen Gedanken riss. »Was ist das?«, fragte er über meine Schulter hinweg.

»Dein Buch.« Ich tippte mit meinem Stift auf die Seiten und ignorierte sein angestrengtes Atmen. »Ich wollte mir einen Überblick darüber verschaffen, wie weit wir schon gekommen sind.«

Eine ganze Minute lang schwieg er, griff nach jeder einzelnen Seite und studierte sie, während ich mittlerweile nervös mit meinem Stift herumspielte. »Wir schreiben ein Kochbuch?«, fragte er.

»Wir schreiben ein Kochbuch.«

Er zupfte an seinen Haaren und lachte ungläubig. »Ich kann es nicht fassen. In meinem Seniorjahr habe ich eine Drei minus in Englisch bekommen, und das auch nur, weil meine Mutter mich durch jeden Aufsatz gedrillt hat. Die Tatsache, dass es ein Kochbuch geben wird, auf dem mein Name steht, ist total abgefahren.«

Ich lächelte. »Du warst großartig, Kieran. Ich glaube, es wird etwas Grandioses dabei herauskommen.«

Er tippte auf eine der Einleitungsseiten. »Aber können wir *eine* Sache verändern? Können wir bitte nichts von Piraten und irischen Nationalkobolden erwähnen?«

Ich legte den Kopf schief und sah ihn an. »Warum? So kennen und lieben dich die Leute doch.«

Er ächzte. »Ich weiß, aber ich fühle mich lächerlich dabei. Klar, ich habe gerne Spaß in der Küche, das ist mir wichtig, aber ich albere nicht herum. Ich fühle mich fast schlecht, das zu sagen, aber ich bin ein ernst zu nehmender Koch.«

Ich nickte. »Natürlich bist du das.«

Er sah mich blinzelnd an. »Natürlich?«

»Niemand gelangt dorthin, wo du bist, indem er alles immer nur auf die leichte Schulter nimmt. Ich werde den Spitznamen streichen.«

Er schloss die Augen – war da etwa Erleichterung in seinem Gesicht? »Danke.«

## Kieran

Sie schaute mich aus ihren blauen Augen an, die warm und klug zugleich wirkten und ein gutes Gefühl in mir auslösten, das ich am liebsten für die Ewigkeit in einer Flasche eingefangen hätte. Ich wollte sie in Luftpolsterfolie einwickeln, in einen Safe in der sichersten Bank der Welt einschließen und sie besuchen, wann immer mir danach war, sie herausholen und ins Licht halten und das Gefühl betrachten.

Ellie sammelte die gelben Zettel ein. »Kieran? Geht es dir gut?«

»Ja.« Meine Stimme war angesichts all der Emotionen, die meine Kehle verengten, viel höher als sonst. In einem Versuch, meine Anspannung zu vertreiben, hustete ich, ehe ich weitersprach. »Und was passiert jetzt?« Beinahe wollte ich nicht in mein schäbiges Apartment, zu den Proteinriegeln und dem Alleinsein zurückkehren.

»Nun, wir könnten uns eine Mietküche suchen, damit wir an unseren freien Tagen weiterhin zusammen herumprobieren können. Ich kenne eine in West Berkeley und eine in Dogpatch, nicht weit von dir entfernt.« Sie biss sich auf die Lippe. »Oder du könntest zum Arbeiten zu mir kommen. Das haben vor dir auch schon zwei andere Leute getan, für die ich geschrieben habe. Es ist ein wenig beengt, aber machbar. Du musst nur dein Messerset mitbringen. Es könnte gut für dich sein, in einer Küche zu kochen, wie sie die meisten deiner Leser bei sich zu Hause haben.«

»Das klingt gut«, erwiderte ich und nahm dabei Ellies höflichen, gemessenen Tonfall an. Ich hatte einen kleinen Einblick bekommen, wie sie war, wenn sie sich öffnete, und ich wollte mehr von dieser Wärme und dieser gelassenen Ruhe. Und ich wollte sehen, wie Ellie mit ihrem riesigen Kater spielte, wie Ellie etwas in ihrem großen gusseisernen Topf kochte, wie Ellie auf ihrer Lippe herumkaute, während sie eins der unzähligen Kochbücher aus ihrem Regal studierte. Ellie zu Hause, entspannt und in einer Umgebung, in der sie sich wohlfühlte.

»Cool. Dann haben wir also alles geklärt?«, fragte sie.

Ich blinzelte meinen Tagtraum weg. »Jepp.« Als sie mich anlächelte, war es, als hätte sie das Durcheinander in mir zu einem klaren Bild zusammengefügt. Alles war nun neu geordnet.

# 11

## Kieran

Nach drei Monaten, in denen wir zusammen Rezepte ausgetestet und aufgeschrieben hatten, waren Ellie und ich miteinander warm geworden, und das Wetter folgte unserem Beispiel. Mittlerweile hatten wir Ende Mai, sodass die meisten Tage heiß und wolkenlos waren und die Zitrusfrüchte und das Grüngemüse auf den Bauernmärkten Platz für Erdbeeren, Kirschen und Himbeeren machten.

Mittlerweile kannte ich meine Ghostwriterin viel besser. Beim Arbeiten sang sie alberne kleine Lieder, mit denen sie dem Spargel mitteilte, dass er köstlich war, oder dem Hühnerfleisch befahl, schneller gar zu werden. Allerdings hätte eine Schildkröte Gemüse immer noch schneller würfeln können als sie, und das, obwohl Schildkröten nicht mal Daumen hatten.

Sie hatte so ziemlich jedes Buch über Essen und Kochen gelesen und erinnerte sich an alles. Wenn es akademische Grade für Lebensmittelexpertise gäbe, hätte Ellie einen Doktortitel gehabt.

Außerdem hatte sie eine Routine, an die sie sich hielt, als würde ihr Leben davon abhängen. Wenn ich morgens zur Tür hereinkam, lag noch der Duft von frisch gemahlenem Kaffee und Sauerteigbrot mit Butter von ihrem Frühstück in der Luft, ihr Haar war noch nass, weil sie nach dem Yoga geduscht hatte, und aus ihrem Lautsprecher kamen alte Jazzsongs. Zu dem Zeitpunkt hatte sie sich bereits ihre To-do-Liste angeschaut, den Abwasch erledigt und alle ihre Messer geschärft.

Auf dem Weg zu ihr entspannten sich unweigerlich meine Schultern, denn ich wusste, dass sie mich mit einem Lächeln und einer heißen Tasse Kaffee mit extra viel Zucker begrüßen würde. Es half, dass ihre Wohnung tausendmal sauberer und hübscher war als mein Apartment, und es war schön, sich mit einer Person über Essen zu unterhalten, die aufmerksam jedem Wort lauschte, das ich sagte, und die selbst interessante Dinge zu erwidern hatte. Die ein Lächeln hatte, das mich von innen wärmte.

Vielleicht könnten wir genauso eng befreundet sein, wie ich mit Jay befreundet war, auch wenn ich niemals davon träumte, dass Jays nackte Schulter unter meiner Bettdecke hervorragte und um einen Kuss bettelte. Verdammt, in öffentlichen Verkehrsmitteln derartigen Fantasien nachzuhängen, war ein neuer Tiefpunkt.

Mein Zug war gerade in den hellen Sonnenschein von Oakland gefahren, als es in meiner Tasche vibrierte. Brian. Ich wollte mir von ihm nicht meine gute Stimmung vermiesen lassen, aber mir rutschte der Daumen aus, und ich drückte versehentlich den grünen anstatt des roten Buttons. Shit.

»Kieran? Hörst du mich? Hallo?«, fragte mein Bruder.

Nun war es zu spät. Ich lehnte meinen Kopf gegen das Fenster und hielt mir das Telefon ans Ohr. »Hey Brian.«

»Endlich geht der Happy Pirate Leprechaun mal an sein Handy.«

Ich presste meine Fingerknöchel fest gegen das Glas, denn ich hasste seinen aufgesetzten irischen Akzent abgrundtief. »Das ist nicht witzig.«

»Apropos nicht witzig«, fuhr er mit seiner normalen Stimme fort, »du hast Mom noch nicht zurückgerufen. Bist du jetzt zu berühmt?«

Die Sonne schien zwar immer noch, aber über mich hatte sich ein trauriger grauer Nebel gelegt. »Wenn du willst, dass ich nicht auflege, solltest du aufhören, mir Schuldgefühle einzureden.«

»Okay, okay, tut mir leid«, lenkte er eilig ein. Im Gegensatz zum Rest unserer Familie gab er fast immer nach, wenn ich ihn anfuhr.

»Wie ist es in Houston?« Ich bemühte mich um einen ungezwungenen Tonfall.

»Schön, soweit ich weiß«, antwortete er ohne jeglichen Enthusiasmus. »Ich hab zu viel zu tun, um rauszukommen, und letzten Monat war ich für ein Projekt in Omaha.«

»Hm, ich schätze, in Nebraska haben sie auch Software, die man auf Probleme prüfen und überarbeiten muss.«

»Ja. Fensterlose Büros sind so ziemlich überall

gleich. Hast du Moms E-Mails wegen der Feier zu ihrem Hochzeitstag bekommen?«

Verdammt, ich hatte schon geahnt, dass dies der Grund für seinen Anruf sein könnte. Ich hatte sie geöffnet, damit sie in meiner Inbox nicht ständig rot angezeigt wurden, aber hatte sie nicht gelesen. »M-hm.«

»Dann kommst du also?«

»Nope.«

»Kieran!«

Sag meinen Namen nicht so, als wäre ich wieder acht und hätte deine Nintendo-Konsole kaputt gemacht.

»Aber es ist unsere Familie«, erwiderte er mit Nachdruck. »Wir sollten hingehen.«

Brian konnte da unbelastet hinfahren. Er war nicht derjenige, der jeden verdammten Tag angeschrien worden war. »Wann hab ich jemals das getan, was ich tun sollte, wenn es um unsere Eltern ging?«

»Stimmt, aber wenn du kämst, würdest du sozusagen das tun, was sie nicht von dir erwarten. Du würdest sie also so oder so überraschen.«

Ich konnte mir ein Lachen nicht verkneifen. »Ich habe deine Taktik durchschaut.«

Auf einmal klang Brian ernst. »Kieran, hör mir zu. Du *musst* kommen.«

Mein Rücken versteifte sich. »Ich bin siebenundzwanzig Jahre alt und *muss* gar nichts.«

»Nein, pass auf. Es sollte eigentlich eine Überraschung werden, aber die Party ist für dich.«

Ich starrte mein Handy an. »Was?« Ich war vollkommen verwirrt.

»Ich meine, nicht nur für dich, denn sie haben auch Hochzeitstag, aber sie wollen zusätzlich feiern, dass du *Fire on High* gewonnen hast.«

Noch immer starrte ich mein Telefon an. Hatte ich mich derart getäuscht? Hatten sie die ganze Zeit versucht, sich mit mir auszusöhnen, und ich hatte es nicht erkannt? »Wo ist der Haken?«, fragte ich langsam.

»Es gibt keinen. Sie finden, das ist eine große Sache. Sie finden, du bist ein toller Typ.«

Ich schloss die Augen und versuchte, mich zu erden. Um den Verstand nicht zu verlieren, hatte ich jeden dummen, kindischen Wunsch in Bezug auf meine Eltern in einer Box verstaut, sie zugeklebt und in die hinterste Ecke meines Gehirndachbodens geschoben. Aber plötzlich gelangte etwas aus dieser Box in die Freiheit – etwas, das aussah wie Hoffnung, blass und zittrig, weil es so lange kein Licht und keine Luft abbekommen hatte.

»Sie sind stolz auf mich?« Ich konnte die Überraschung in meiner Stimme nicht verbergen.

»Warum sollten sie sonst eine Party für dich schmeißen?«

So war Brian – stets optimistisch, wenn es um unsere Familie ging.

Es war ein zu großer Schock, um es innerhalb von zehn Sekunden zu verarbeiten. »Ich denk darüber nach. Ehrlich gesagt wusste ich nicht, dass sie wieder mit mir sprechen wollen.«

Er seufzte. »Du bist doch derjenige, der nicht mit ihnen spricht. Wie dem auch sei, sie veranstalten eine schicke Party in ihrem Haus. Du brauchst einen Anzug, und Mom hat schon angekündigt, dass wir am nächsten Morgen zum Frühstück kommen sollen.«

Ich rieb mir den Nacken, um die Anspannung zu vertreiben. »Wenn es schiefläuft, wird mir zumindest mein nächster Zahnarzttermin im Vergleich dazu vorkommen wie ein riesiger Spaß.«

»Ich nehme an, du kommst alleine?«

Gott, er konnte so herablassend sein. »Ich schätze schon«, versetzte ich ungehalten.

Doch dann dachte ich darüber nach, wie es sich anfühlen würde, allein dort zu sein. Ich wäre umgeben von Menschen, die mich schon als rebellischen Teenager gekannt hatten. Moms Bibliothekarinnen-Freundinnen und Dads Golf-Buddys. Meine alten Lehrerinnen und Lehrer. Brian war versessen darauf, unsere Eltern um jeden Preis glücklich zu machen, wenn die Sache schiefging, würde ich allein dastehen.

»Setzt Mom dich auch unter Druck, dass du jemanden mitbringen sollst?«, fragte ich schnell, um mich abzulenken.

»Natürlich. Sie hat mir gesagt, dass es inakzeptabel sei, dass immer noch keine kleinen O'Neills herumrennen. Seit ich dreißig geworden bin, ist es noch schlimmer.«

»Bri?«

»Ja?«

»Meinst du, du wirst jemals jemanden mit nach

Hause bringen?« Er hatte noch nie eine Freundin oder einen Freund gehabt. Als er am College gewesen war, hatte er zu Hause gewohnt und seine gesamte Freizeit am Computer verbracht, und seitdem er für die Arbeit nach Texas gezogen war, war er ständig irgendwo unterwegs, um Software zu überholen.

Eine Pause entstand, ehe er weitersprach. »Ich glaube nicht, aber ich weiß nicht, wie ich ihnen das beibringen soll. Sie hatten schon genug Schwierigkeiten mit dir. Aber zwei merkwürdige Söhne?«

Ich zuckte auf meinem Sitz zurück. Brian war manchmal unsensibel, aber das ging echt unter die Gürtellinie. »Vielen Dank, du Arsch.«

»Verdammt, Kieran, tut mir leid. So meinte ich das nicht.«

»North Berkeley«, erklang die Durchsage.

»Ich muss auflegen.« Ich wollte dringend nach draußen und weit, weit weg.

»Okay.« Brian seufzte. »Lies bitte einfach deine verdammten E-Mails. Mom will eine Antwort.«

Ich war dankbar für den Fußweg von der Haltestelle bis zu Ellie, denn ich brauchte frische Luft, um runterzukommen.

Als ich anklopfte, erklang ihre warme Stimme. »Es ist offen.«

Angesichts der Erleichterung, wieder hier zu sein, konnte ich ein Seufzen nicht unterdrücken. Es war hell und aufgeräumt und roch nach Orangen.

Ellie stand an der Spüle und trug ein altmodisches dunkelblaues Sommerkleid mit roten Rosen und tie-

fem V-Ausschnitt am Rücken. Braune Sommersprossen übersäten ihre cremefarbene Haut.

Wie würde sie schmecken?

Die mürrische Stimme, die in meinem Kopf tönte,
seit Brian angerufen hatte, begann nahtlos, Gründe
aufzulisten, warum es grandios wäre, Ellies Hals zu
küssen. Die Vertiefungen ihrer Taille eigneten sich
perfekt, um meine Hände darin ruhen zu lassen. Sie
würde nach Earl Grey und frischer Bettwäsche
riechen und nach Salz und Zitrus schmecken. Sie
würde sich zu mir umdrehen, die Arme auf meine
Schultern legen und die Augen genussvoll schließen,
so wie auf dem Bauernmarkt, als sie die Blutorangen
probiert hatte. Mit einem Mal kehrte die Realität zurück und verdrängte meine Fantasie, denn selbst
wenn sie sich auch zu mir hingezogen fühlte, würde
sie mich niemals küssen. Wir arbeiteten zusammen,
und Ellie war professionell.

»Bist du gut hergekommen?«, fragte sie über die
Schulter, während sie eine Schüssel einseifte.

»Ja.« Ich versuchte, mich daran zu erinnern, wie
Atmen funktionierte. Atmen war definitiv der erste
Schritt, um professionell zu sein. »Im Zug war es
ruhig, aber nicht auf gruselige Art.«

Sie spülte und trocknete sich die Hände an einem
Küchentuch mit Kirschmuster ab. »Perfektes Timing.
Ich hab gerade das Entenrezept mit Orange noch ein-
mal ausprobiert. Ich gebe dir eine Portion.«

»Was hast du diesmal anders gemacht?« Vor ein
paar Wochen hatte Ellie vorgeschlagen, dass wir aus

den »Frühstückstexturen« einen Salat mit rohen Orangen machen sollten, und dies war die zweite Version, die sie ausprobierte.

»Ich hab gedacht, etwas Bitteres würde gut dazu passen, also habe ich Rucola verwendet. Durch die heiße Ente wird der Salat natürlich ein bisschen schlaff, aber der Rest ist frisch als Kontrast. Sowie Salade Lyonnaise. Sieht doch hübsch aus, findest du nicht?«

Sie hatte recht – das dunkle Grün der Salatblätter machte sich gut neben dem Braun und dem Orange des Fleisches und der Frucht. Als ich einen Bissen probierte, brannte allerdings Salz auf meiner Zunge. »Woher hast du das Confit?«, fragte ich heiser.

Sie zog die Augenbrauen hoch. »Ich habe es fertig von einem Typen auf dem Markt in Grand Lake gekauft. Wenn du dir den Samstagmorgen freinehmen kannst, können wir zusammen hin.«

»Ah«, murmelte ich, nachdem ich ein halbes Glas Wasser heruntergestürzt hatte.

»Ist es nicht gut?« Auf einmal klang sie kleinlaut.

Ich schluckte. »Er hat es so stark gewürzt, dass es fast wie Corned Beef schmeckt. Hast du schon mal selbst Entenconfit gemacht?«

»Nope«, erwiderte sie gepresst.

»Wir müssen von dieser ganzen Idee wegkommen, Dinge in einer riesigen Menge Öl zu pochieren. Und wenn wir es selbst machen, können es die Leute auch zu Hause nachkochen, anstatt zu hoffen, dass die gekaufte Ente gut schmeckt.« Ich nahm einen weiteren

Bissen. »Und noch eine Sache: Du hast die weiße Haut nicht von den Orangen entfernt.«

Ihre Schultern sackten herab. »Wie dir vielleicht schon aufgefallen ist, bin ich im Umgang mit Messern nicht so geschickt wie du.«

»Das ist nicht schwer.«

»Wahrscheinlich nicht. Isst du den Rest noch?«

Ich lehnte mich zurück. »Das sollte ich besser nicht tun, denn schließlich probieren wir heute noch eine Menge anderer Dinge, richtig?«

»Jepp.« Ihr Rücken war gerade und verspannt, während sie den Salat in den Biomüll kippte.

Eine weitere Sache, die ich über Ellie gelernt hatte? Ihr war es zuwider, Fehler zu machen – es war fast so, als würde sie glauben, die zu stark gewürzte Ente und die bitteren Orangen würden sie zu einer schlechten Person machen.

»Ellie, das ist schon in Ordnung«, sprach ich sie sanft an. »Wir bekommen das hin. Mach dir keinen Stress.«

Sie wich meinem Blick aus. »Ich hätte mich nicht an einer schnellen Version versuchen sollen. Dumm von mir.«

Während der nächsten zehn Minuten knallten Töpfe und Schranktüren, und Ellie gab mir nur knappe Antworten.

Ich wusste nicht, wie ich sie besänftigen sollte, aber als sie ins Bad ging und mein Blick auf einen Bund grünen Spargel auf der Arbeitsplatte fiel, hatte ich eine Idee.

# Ellie

Als ich aus dem Bad kam und vergeblich versuchte, meinen Ärger über das vermasselte Rezept zu verdrängen, erledigte Kieran vor sich hin summend den Abwasch. Es klang merkwürdig. Ein wenig gedämpft.

»Kieran?«

Als er sich umdrehte, schlug ich mir eine Hand vor den Mund. Spargel ragte ihm aus beiden Ohren, und ein paar Stangen hatte er sich in sein Bandana geschoben. In seinem Mund steckte ein Stück Orange.

»Was soll das?«, fragte ich durch meine Finger.

Er wackelte mit den Augenbrauen. Manchmal konnte er so albern sein. Als er schielte, konnte ich nicht mehr länger an mich halten und brach in Gelächter aus.

»Was?«, nuschelte er durch die Orange.

»Du siehst … du siehst …«, presste ich lachend hervor und zeigte auf ihn, wobei ich mich an einem Küchenstuhl abstützen musste, um nicht umzufallen.

Er spuckte die Orange in die Spüle. »Äh, das ist der neueste Trend? Obwohl einige Leute behaupten, hinter die Ohren sollte man sich weißen Spargel anstatt grünen Spargel klemmen.«

Meine Bauchmuskeln schmerzen schon jetzt vor Lachen. »Hör auf, du bist so was von albern.«

»Ich bin ziemlich cool. Alles in Ordnung da drüben?«

»Alles super. Ich wusste nicht, dass ich das gebraucht hatte.« Ich wischte mir die Tränen aus den Augen. »Woher wusstest du, dass ich darüber lachen würde?«

Er zog den Spargel unter seinem Bandana hervor. »Mir ist aufgefallen, wie du geschmunzelt hast, als Hayden mich gezwungen hat, den Honig zu probieren. Dir entgeht nicht, wenn eine Situation total lachhaft ist. Fühlst du dich jetzt besser?«

Meine Wut war weg. »Ja, viel besser.« Und warum errötete ich nun unter seinem forschenden Blick? Er hatte nur versucht, mich aufzuheitern.

»Und jetzt zeige ich dir, wie man die weiße Haut von einer Orange entfernt«, verkündete er. »Komm her.«

Ich ging auf seine Seite der Kücheninsel und griff auf dem Weg nach einer Orange aus der Obstschale.

»Du beginnst genauso, wie du es vorhin getan hast. Schneide oben und unten ein Stück ab und folge dann der Form der Orange, um die Schale zu entfernen.«

Es fühlte sich an, als hätte jemand das Level der Angst, die ständig in meinem Kopf summte, an einem Lautstärkeregler runtergedreht. Er war vollkommen ruhig und kompetent. Kieran wusste, was er zu tun hatte, und das erklärte er mir mit dieser Stimme, die wie dunkelbrauner Zucker klang, sodass ich mich vollkommen entspannen konnte.

Langsam folgte ich seinen Anweisungen, und als er sich zu mir hinüberlehnte, stieg mir der Duft von weißer Seife und Pinienwald in die Nase.

»Noch mehr«, sagte er sanft. »Du musst noch näher

an der Frucht entlang schneiden.« Er war mir tatsächlich so nahe, dass er mir ins Ohr flüstern konnte – seine vernarbte Unterlippe so dicht an meiner Haut. *Konzentrier dich, Ellie.* »Ich will nicht die Hälfte der Orange verschwenden«, murmelte ich.

»Vertrau mir«, murmelte er zurück.

Ich konnte mir ein Schmunzeln nicht verkneifen, da er so von sich überzeugt war. »Das ist mein Spruch«, erwiderte ich, gehorchte aber.

»Und jetzt folge den Vertiefungen, um die einzelnen Stücke herauszuschneiden.«

Die Spitze meiner Zunge ragte zwischen meinen Lippen hervor, als ich die Klinge nur wenige Millimeter von meinen Fingern entfernt in die Frucht gleiten ließ.

»Vorsichtig«, warnte er.

Jegliche Fingerfertigkeiten, die man für den Umgang mit Messern benötigte, waren wie weggeblasen, da mein gesamtes Blut entweder in meine Wangen oder zwischen meine Beine strömte. Ich konnte nicht mehr denken, sondern nur noch wollen. Ich *wollte*, dass er weiter so sanft mit mir sprach, dass er vorsichtig mit mir umging.

Doch wir waren nicht im Bett, sondern standen an einer Arbeitsplatte in der Küche, und ich hielt immer noch ein scharfes Messer in meiner verschwitzten Hand. »Dann soll ich direkt bis in die Mitte schneiden?«, presste ich hervor.

Er räusperte sich. »Einen Augenblick. Darf ich?« Er streckte seine Hand aus.

Ich bewegte meinen Arm, um ihm zu begegnen. Der Saft hatte meine Finger so klebrig gemacht, dass sie an seinen haften blieben. »Sorry«, sagte ich und spürte, dass mich seine Nähe kurzatmig gemacht hatte. Ich schluckte. »Ich hab Fruchtsaft an der Hand.«

»Kein Problem«, erwiderte er eilig, wobei seine weiße Haut rosig wurde. »Du brauchst nur einen besseren Winkel. So.« Er griff nach seinem Schälmesser und entfernte mit zwei präzisen Schnitten ein perfektes Stück Frucht, das er auf das Brett fallen ließ. »Siehst du?«

Ich versuchte, mich auf alles, nur nicht auf seine sanfte Stimme zu konzentrieren. »Dein Tattoo.« Ich betrachtete die feinen schwarzen Umrisse auf seinem Unterarm.

Verwirrt schaute er hinab. »Das war schon die ganze Zeit da. Ist es dir gerade erst aufgefallen?«

»Nein. *Das* ist dein Tattoo.« Ich deutete auf das Messer, das er hielt. »Die meisten Köche lassen sich ein riesiges Messer auf den Arm tätowieren. Oder sogar ein Hackmesser. Kein Schälmesser.«

Er drehte es langsam in seiner Hand. »Das war mein erstes gutes Messer. Ximena und die anderen Köchinnen und Köche im Pacific hatten ganze Sets mit diesen wunderschönen Klingen, und ich hatte nur billige Messer mit Plastikgriffen. Ich hab zwar versucht, sie immer scharf zu halten, aber trotzdem bin ich oft gescheitert und hab Zutaten verschwendet. Also hab ich eine Weile nur Nudelsuppe und Dosenbohnen gegessen und bin dann an meinem freien Tag zu diesem Küchenladen gefahren. Als ich dieses winzige Messer zum ersten Mal in der Hand hielt, wusste ich sofort, dass ich damit auch zarte Dinge perfekt schneiden könnte.«

Die Art, wie er »zart« sagte, ließ mich an viele Dinge denken, die nichts mit Kochen zu tun hatten – zum Beispiel, wie er mich küsste. Wie er die Fingerspitzen über meine Haut gleiten ließ und mir zärtliche Worte ins Ohr flüsterte, während er meinen Körper erkundete.

Aber Tad verließ sich auf mich, und Küsse und Berührungen würden uns von unserer Aufgabe ablenken. »Du musst aufhören, solche Anekdoten zu erzählen, wenn ich dich nicht mit dem Handy aufnehme«, sagte ich so unbekümmert, wie ich konnte. »So was ist wertvoll.«

Er schmunzelte. »Du wirst dich auch so daran erinnern. Und jetzt versuch es selbst.«

»Okay, also …« Mein erstes Stück war ein wenig zerfledderter als seins.

»Gut. Noch mal.«

Ich zitterte.

»Ist dir kalt?«

Ganz im Gegenteil. Ich stellte mir vor, wie ich ein Eisbad in einem Schneesturm nahm, ehe ich antwortete. »Alles wunderbar.« Langsam drehte ich die Frucht und schnitt ein Stück nach dem anderen heraus, wobei mir erst das letzte perfekt gelang.

»Gute Arbeit«, lobte er. »Jetzt hast du den Dreh raus.«

»Mit Sicherheit könnten das die Leute auch zu Hause nachmachen, aber verschwendet man nicht eine Menge von der Orange, wenn man eine so dicke Schicht Schale entfernt?«

»Nicht unbedingt – pass auf.« Er streckte seine Hand aus, und als ich die Schalen, an deren Innenseiten noch Fruchtfleisch vorhanden waren, hineinlegte, bemühte ich mich, mich nicht darauf zu konzentrieren, dass unsere Haut wieder zusammenklebte.

Aber nun verharrte er so, und wir hielten zu lange Blickkontakt für Arbeitskollegen. »Kieran?«

Er schüttelte hastig den Kopf, und der Zauber war durchbrochen. »Sorry. Reichst du mir bitte die kleine Schüssel?« Ein wenig von dem roten Saft tropfte hinein, als er die Überreste der Orange so fest drückte, wie er konnte. »Siehst du? Wir verschwenden nichts.«

»Das könnte unsere Vinaigrette werden.«

»Genau. Obwohl Blutorange ziemlich süß ist. Man bräuchte etwas Geschmacksintensives zu all dem Olivenöl. Zum Beispiel …«

Ich tippte mir an die Lippe. »Cherry-Essig? Oder Senf?«

»Definitiv Ersteres. Aber wir wollen keine süße Senf-Vinaigrette.«

»Wir müssen ja nicht viel verwenden – einen halben Teelöffel vielleicht. Nur damit das Dressing emulgiert.«

Er schüttelte den Kopf. »Es sollte sich auch so verbinden lassen.«

»Klar, wenn man viel Übung hat, aber es ist gut,

den Leuten ein Sicherheitsnetz zu bieten, damit sie es garantiert richtig hinbekommen.«

»Dann sollten wir das Rezept also so gestalten, dass es jedes Mal etwas wird?«, fragte er.

Ich nickte. »Exakt.«

Kieran dachte eine Sekunde nach und lächelte dann. »Wir machen es auf deine Art.«

»Danke.« Sein Vertrauen legte sich über mich wie eine weiche Decke. Eine Sekunde lang gestattete ich mir, diesen Durchbruch zu genießen, dann rief ich meine Tabelle auf, in der ich die Mengen für unsere Rezeptexperimente eintrug. »Okay, du kaufst für das nächste Mal Ente und viel Öl. Und ich denke über die Mengenangaben für die Vinaigrette nach. Aber jetzt sollten wir noch einmal den Spargelsalat für *Refresh* und die Pavlova für *Treat* ausprobieren.«

Ich nannte alle Zutaten, woraufhin Kieran mehr Spargel, Eier und Obst aus dem Kühlschrank holte. Während ich einen Topf mit Wasser auf den Herd stellte, ließ er die Klingen unserer Messer über einen Porzellanstab gleiten, um sie zu schärfen.

»Hast du jemals darüber nachgedacht, dein eigenes Kochbuch zu schreiben?«, fragte er beim Arbeiten.

Vorsichtig zerschlug ich ein Ei und gab das Eiweiß in eine Schale und das Eigelb in eine andere. Das knallige Orange würde zu einer Mayonnaise werden, und das Weiß würden wir zu Baiser verarbeiten, um es mit Schlagsahne, Himbeeren und geröstetem Rhabarber zu dekorieren. »Ich hab einen Entwurf, aber daraus ist nie etwas geworden.«

Er schüttelte den Kopf. »Ich kann nicht glauben, dass sich ein Verlag so was entgehen lässt. Ich bin mir sicher, du hast etwas Grandioses geschrieben.«

Ich verzog das Gesicht und schaute auf die Schalen hinab, anstatt ihn anzusehen. »Nein, ich hab es nie eingereicht. Ich hab ja nicht mal einen Agenten oder so.«

»Warum nicht?«

Ich biss mir auf die Lippe. »An dem Buch hab ich gearbeitet, bevor Max gestorben ist. Ich bin mir sicher, dass es mittlerweile veraltet ist. Drei Jahre sind eine lange Zeit in der kulinarischen Welt.«

Kieran drehte sich zur Spüle um und wusch sich schnell die Hände. »Ich will es sehen.«

»Ich weiß nicht recht – es ist chaotisch. Du würdest dich wahrscheinlich fremdschämen.«

Seine Augenbrauen schossen in die Höhe, während er nach einem Handtuch griff. »Komm schon, Ellie. Wieso denkst du, das interessiert mich nicht?«

Max hatte sich die Rezepte, an denen ich arbeitete, immer nur kurz angesehen, aber viel größeres Interesse daran gehabt, die Gerichte zu essen. Er hatte gefragt, wie mein Tag gewesen war, aber hatte zu meinen Antworten nur genickt. Mit der Zeit hatte ich nur noch »super« gesagt, anstatt ihm Einzelheiten zu erzählen, und dann ihn nach seinem Tag gefragt. Ich konnte ohnehin nicht so gut erzählen wie er.

»Ich weiß nicht«, log ich und schob die weniger positive Erinnerung beiseite.

»Bitte, bitte?« Er bedachte mich mit einem Hunde-

blick und schob seine übertrieben bebende Unterlippe vor.

Kieran war nicht Max. Er kochte selbst, und Essen
spielte eine große Rolle in unserem Leben. Vielleicht
interessierte es ihn wirklich. »Okay.«

Er klatschte begeistert in die Hände. »Yeah, ich
darf mir coole Sachen von Ellie ansehen.«

Er konnte so niedlich und albern sein. Grinsend
wusch ich mir die Hände, öffnete den Entwurf und
schob ihm meinen Laptop hin. »Hier.«

Ich wusste, dass er eine Weile brauchen würde, um
es zu lesen, aber zum Glück gab es immer Teller, die
abgewaschen werden mussten, wenn wir Rezepte
ausprobierten. Ich stand an der Spüle und ließ heißes
Wasser und Schaum über meine Hände laufen, doch
lauschte aufmerksam, als er auf meiner Tastatur he-
rumtippte, um durch die Seiten zu scrollen und Hanks
Fettuccine Alfredo mit grünen Erbsen und Frühlingszwiebeln, Max' teuflischen Geburtstagskuchenturm
und die geröstete Lammhachse mit Kräutern der Provence anzuschauen, die Diane zur Begeisterung ihrer
Gäste häufig auf den Tisch brachte. Er sah Bilder von
Nicole, die so tat, als wäre sie das Spaghettimonster,
von Ben, der mit einem breiten Grinsen ein Hähnchen tranchierte, und vom kleinen Hank mit einem
dicken Streifen türkiser Glasur in seinem hellblonden
Haar.

»Warum hast du es *Nourish* genannt?«, fragte Kieran.

»Ich glaube, dass gutes Essen nicht nur die Mägen

der Leute füllt. Ich glaube, wir fühlen uns dadurch genährt, verbunden und sicher. Hunger ist nicht nur körperlich.«

Er musterte mich aufmerksam. »Essen ist für dich Liebe.«

Ich errötete unter seinem Blick. »Ja«, erwiderte ich schlicht. »So war es schon immer.«

Er schaute auf den Bildschirm. »Kein Wunder, dass du das so ernst nimmst. Max konnte sich glücklich schätzen.«

Ich schüttelte den Kopf. »Ich war diejenige, die Glück mit ihm hatte. Max hätte jede haben können, aber hat sich für mich entschieden.«

»Du hättest auch jeden haben können.« Er sagte es mit einer so ruhigen Überzeugung, dass ich noch röter anlief.

»Das stimmt nicht. Ich hatte gerade erst die Highschool beendet und war noch nicht viel rumgekommen. Ich war nicht sonderlich kultiviert. Diane hat mir beigebracht, wie ich mich richtig kleide und verhalte.« An mein neues Spiegelbild hatte ich mich erst gewöhnen müssen, aber mir gefiel, dass meine Wangenknochen durch das kurze Haar besser zur Geltung kamen und dass meine Haut in einem wärmeren Ton erstrahlte, wenn ich Farben und Muster trug, anstatt nur Grau und Dunkelblau. Dass Max begeisterte Pfiffe ausgestoßen hatte, hatte mir zusätzlich geschmeichelt.

Eine Minute später klappte Kieran den Laptop zu. »Mir gefällt es sehr gut, aber irgendetwas fehlt.«

»Was? Ein Rezept?«

»Nein, ich sehe nicht sonderlich viel von dir darin. Keine Bilder, keine Rezepte, die du für dich selbst kochst.«

Ich widerstand dem Drang, mich abzuwenden. »Es gibt nicht sonderlich viele Bilder aus meiner Kindheit. Und mir gefällt das Buch so, wie es ist. Ich hätte nichts hinzugefügt.« Das stimmte nicht ganz. Ich mochte das Gefühl, das in mir erwachte, wenn ich diese Rezepte kochte. Ich mochte es, jemandem dabei zuzusehen, wie er mein Essen genoss. Ich persönlich hätte nicht jedes Rezept als meine erste Wahl bezeichnet, aber darum ging es nicht.

»Ernsthaft?«, fragte Kieran. »Meine Eltern haben Tausende Bilder von uns gemacht.« Er zog seine Mundwinkel nach unten. »Zumindest als wir noch klein waren.«

Ich versuchte, gelassen mit den Schultern zu zucken. »Meine Eltern hatten nicht viel mit uns am Hut. Mein Vater hat uns verlassen, als ich neun war, und meine Mutter hat viel gearbeitet. Wenn sie mal freihatte, brauchte sie Zeit für sich.«

Er presste die Lippen zusammen. »Sie haben dich in die Welt gesetzt, aber wollten dich nicht großziehen? Das gibt es doch nicht.«

Ich hörte Verachtung in seiner Stimme, sodass ich eilig versuchte, ihn zu besänftigen. »Meine Mutter hat ihr Bestes gegeben.« Was bei Weitem nicht gereicht hat. »Ich gebe ihr keine Schuld, denn sie hat mich mit zwanzig bekommen.« Und seitdem war sie nie reifer geworden. »Als ich so jung war, hätte ich auch nicht gewusst, wie man ein Kind großzieht.« Aber ich war schlau genug gewesen, einen guten, liebenden Mann mit einer verlässlichen Karriere zu heiraten, der eines Tages Kinder wollen würde.

»Danke, dass du mir das anvertraut hast.« Kierans Blick wirkte so sanft, dass ich mich für eine Sekunde danach sehnte, mein Gesicht an seinem Hals zu vergraben.

»Zumindest haben sich unsere Eltern um uns gekümmert, auch wenn das nicht für mich eher schlimm war.« Er stieß einen Seufzer aus.

»Was ist los?«

Er ließ den Kopf hängen. »Brian hat angerufen, als ich auf dem Weg hierher war. Meine Mutter nervt mich schon eine ganze Weile damit, dass ich im Juni zu dieser Party kommen soll, aber bisher habe ich immer Nein gesagt. Nun behauptet mein Bruder aber, dass sie nicht nur ihren Hochzeitstag feiern wollen, sondern auch meinen Sieg bei *Fire on High*.«

»Aber das ist doch toll.« Kieran wirkte allerdings nicht sonderlich erfreut. »Oder nicht?«

Er setzte sich auf und rieb sich mit saurer Miene den Nacken. »Ich weiß nicht recht.« Er stieß ein gequältes Lachen aus. »Insgeheim hoffe ich, dass sie sich verändert haben, aber wenn das nicht der Fall ist, bin ich auf mich allein gestellt und ihrem Urteil ausgesetzt. Und das wäre echt nervig.«

»Wofür würden sie dich denn verurteilen?«

»Ich habe nicht die gleichen Werte wie sie.« Er

zuckte mit einer Gelassenheit die Schultern, die ich ihm nicht abkaufte. »Sie sind gut darin, eine Fassade aufrechtzuerhalten und fröhlich zu lächeln, obwohl es in Wahrheit scheiße läuft. Meine Eltern wollen, dass ich im Anzug zu der Party komme, aber ich hasse es, schicke Klamotten zu tragen.«

Was natürlich die Überraschung des Jahrhunderts war, wenn man bedachte, dass ich ihn bisher nur in alten Jeans und abgetragenen Band-T-Shirts gesehen hatte. »Was stört dich an eleganter Kleidung?«

Er machte eine Geste in meine Richtung. »Damit meine ich nicht dich. Deine Kleider sehen immer bequem und hübsch aus ...« Er schluckte. »Ich meine, nett. Sehr nett. Aber Anzüge kratzen und sind zu warm, und ich weiß nicht, welches Arschloch Krawatten erfunden hat, denn sie sind eher Folterinstrumente als Accessoires.« Während er sprach, kratzte er sich am Hals, als würde er sich eingeengt fühlen.

Ich wollte nicht, dass er sich eingeengt fühlte. Wie konnte ich ihn befreien? »Wie wäre es, wenn ich dich in einen Laden mitnehme, in dem du einen Anzug finden könntest, der dir gefällt, einen, in dem du dich wohlfühlst und nicht das Gefühl hast zu ersticken?«

Er zuckte wieder mit den Schultern. »Danke, aber so ein Anzug existiert nicht. Ich werde einfach zu T.K.Maxx gehen und schauen, was die haben. Geld werde ich auf keinen Fall dafür verschwenden.«

Irgendetwas Unterschwelliges schwang in der Art mit, wie er die Sache abtat. Ich erinnerte mich daran, dass ich jahrelang schlichte, weite Kleidung getragen hatte, um mich unsichtbar zu machen, und erst Diane hatte mir gezeigt, dass Baumwolle und Jersey und Seide mir stattdessen Selbstvertrauen geben konnten.

»Kauf den Anzug nicht für sie, Kieran. Du musst ihn für dich selbst kaufen, weil du darin super aussehen wirst.«

Er blinzelte. »Super, echt jetzt?«

Ich nickte. »Mein Schwiegervater geht zu einem Schneider in North Beach, wenn was Besonderes ansteht. Ich könnte an deinem nächsten freien Tag mit dir hinfahren, um dich ausmessen zu lassen.«

»Du willst mir ein Make-over verpassen?«

Ich lächelte. »Kein Make-over.« Ich wedelte mit der Hand in seine Richtung. »Ich finde nur, du solltest dir ein Outfit kaufen, das dich auch von außen so wirken lässt, wie du von innen bist.«

Er lehnte sich auf der Arbeitsplatte vor und grinste breit. »Und wie bin ich, Ellie?«

Schlau. Talentiert. Witzig. Gut aussehend. Aber das konnte ich ihm nicht sagen. »Nicht ganz so nervig, wie ich am Anfang dachte.«

Nun verwandelte sich das Grinsen in ein zartes Lächeln, und ich redete mir ein, dass es nicht attraktiver war als das Lächeln, das er als Pirate Leprechaun für seine Fans aufsetzte. »Na schön. Fahr mich zu dem magischen Schneider.«

# 12

## *Kieran*

Der Nebel über San Francisco lichtete sich zwar langsam, aber schien in der Kleidung aller Menschen festzustecken, die in North Beach unterwegs waren. Wir alle waren in Schwarz und Grau gekleidet. So viel zum Thema, der Mai sei ein Frühlingsmonat.

Nur Ellie trug keine dunklen Töne. Sie lehnte in einem langen Wollmantel in der Farbe des Palisanderholzbaumes, der jedes Jahr vor dem Haus meiner Eltern blühte, an der Backsteinwand: ein helles, kräftiges, elektrisierendes Lila.

»Ich wusste nicht, dass ich mich stylen muss, um einen Anzugladen zu betreten«, merkte ich an, als ich mich ihr näherte. »Bei T.K.Maxx genügen Shirt, Jeans und Schuhe.«

Sie lachte. »Das stimmt, aber dort hättest du dir einen Anzug gekauft, den du gehasst hättest und den du nach der Party in die hinterste Ecke deines Kleiderschranks verbannt hättest. Hier kannst du einen Anzug bekommen, den du so oft wie möglich tragen willst. Mr Murphy ist ein Genie.«

Wir gingen eine Gasse entlang und dann eine kleine Treppe nach unten.

War dies ein Kellergeschäft? Das morgendliche Sonnenlicht strahlte den Staub in der Luft an. Im Laden standen ein paar alte Schaufensterpuppen, die Anzüge wie aus *Mad Men* trugen, und an den Wänden hingen vergilbte schwarz-weiße Poster. Auf dem größten davon war ein dünner sommersprossiger Typ auf einer Vespa zu sehen, hinter dem eine kurvige Frau mit blondem toupiertem Haar saß.

»Ist der Schneider unsichtbar?«, flüsterte ich. »Oder sitzen im Nebenraum ein paar Mäuse, die den Stoff zurechtschneiden?«

»Mr Murphy?«, rief sie. »Hier ist Ellie Wasserman. Wir haben einen Termin.«

»Ja, ich bin gleich bei Ihnen«, erwiderte geistesabwesend eine Stimme mit britischem Akzent. Im nächsten Moment erhob sich ein großer, schlaksiger Mann hinter dem Tresen. Er hatte weißes Haar mit langen Koteletten, in seinen Augenbrauen waren jedoch noch ein paar rote Strähnen zu erkennen. Ein sanftes Lächeln legte sich auf sein Gesicht. »Max' Ellie – ich freue mich ja so sehr, Sie kennenzulernen. Ich war überaus traurig, als ich von seinem Tod erfahren habe. Es war mir ein Vergnügen, ihn für Ihre Hochzeit auszustatten – ich habe noch nie einen Mann gesehen, der sich mehr darauf gefreut hat, den Bund fürs Leben einzugehen.«

Als ich spürte, dass Ellie neben mir tief einatmete, bewegte ich meine Hand auf ihren unteren Rücken zu, doch schob sie schließlich in meine Tasche. Ich durfte sie nicht auf diese Art trösten.

Mr Murphy lehnte sich über den Tresen. »Also, was führt Sie heute hierher? Ihr Schwiegervater ist zwar mein bester und liebster Kunde, aber ich glaube nicht, dass Ihnen einer meiner Damenanzüge gerecht werden würde.«

Ich sah, dass Ellie ihre Traurigkeit verdrängte. »Da haben Sie recht – ich trage am liebsten Kleider.« Sie setzte ein tapferes Lächeln auf und trat dann zur Seite. »Das ist mein guter Freund Kieran O'Neill.«

Der Schneider grinste und brachte damit Zähne zum Vorschein, die von zu viel Tee und zu wenigen Besuchen beim Zahnarzt sprachen. »Gratulation zu Ihrem Sieg, Mr O'Neill. Das, was Sie im Halbfinale mit dem Krebsfleisch gemacht haben, hat mir besonders zugesagt. Meine Frau hat das Rezept gleich am nächsten Tag ausprobiert, und es war köstlich.«

Ich blinzelte überrascht. Die meisten meiner Fans waren Millennials, die Bilder von ihrem Essen machten, aber es gab offenbar Ausnahmen. »Danke, das weiß ich sehr zu schätzen.«

Nun kam er um den Tresen herum. »Ich gehe davon aus, dass eine berühmte Person wie Sie schon einige maßgeschneiderte Anzüge besitzt?«

»Nein, noch keinen einzigen.«

»Dann ist es mir wahrhaft eine Ehre.« Er klang feierlich und ein wenig neckisch. Seine Augen waren allerdings ernst, als er den Blick bis zu meinen Füßen hinab- und wieder hinaufwandern ließ.

Automatisch stellte ich mich aufrechter hin und nahm die Hände aus den Taschen.

»Eins … siebenundsechzig?«, fragte er.

»Eins siebzig.«

»Also eins neunundsechzig Komma fünf. Und sehr schlank. Was für Sport treiben Sie?«

»Joggen. Und ein bisschen Krafttraining.« ·

Er rieb sich die Hände. »Ausgezeichnet. An welche Art von Anzug hatten Sie gedacht, Mr O'Neill?«

»Bitte nennen Sie mich Kieran. Ich glaube immer, dass ich in Schwierigkeiten stecke, wenn mich jemand mit meinem Nachnamen anredet. Und es soll etwas ganz Einfaches sein. Schwarz, denke ich?«

Er schaute über meine Schulter. »Gehen Sie beide zu einer Beerdigung?«

»Er geht auf eine Party«, erklärte Ellie. »Und er will alle umhauen.«

»Ist das so? Dann fällt uns gewiss etwas Besseres ein als Schwarz. Die Farbe steht uns Rothaarigen sowieso nicht, denn sie stellt einen zu großen Kontrast dar.« Wieder schaute er an mir auf und ab. »Ich glaube, Graublau steht Ihnen gut. Und definitiv Slim-Fit.«

»Dann lasse ich Sie mal arbeiten«, verkündete Ellie. »Ich setze mich mit meinem Buch dort drüben in diesen wunderbaren Sessel.«

»Machen Sie es sich aber nicht zu bequem«, warnte er, ohne den Blick von mir abzuwenden. »Ich brauche Sie, um Krawatten auszuwählen. Wissen Sie schon, was Sie zur Party tragen werden?«

»Oh, ich gehe nicht mit« und »Sie kommt nicht mit«, platzten wir gleichzeitig heraus.

Mr Murphys Augenbrauen schossen in die Höhe. »Nicht? In Ordnung. Aber vertrauen Sie ihr?«

»Vollkommen.« Auch wenn ich mir dessen sicher war, hoffte ein kleiner verzweifelter Teil von mir, dass Ellie keine ironische Bemerkung machen würde.

Sie verdrehte weder die Augen, noch zog sie die Brauen hoch, sondern schenkte mir ein sanftes Lächeln, angesichts dessen ich einen Kopf größer wurde.

Als Mr Murphy in die Hände klatschte, wurde ich aus meinen Gedanken gerissen. »Gut«, verkündete er. »Grün, blau, lila bitte, Ellie. Nicht zu viel Muster. Er deutete zum hinteren Teil des Ladens. Hier entlang, Kieran.«

Dann legte er das Maßband an meinen Armen und meinen Schulterblättern an, wobei er summte, sich Notizen machte und schließlich noch einmal um mich herumging.

Als er mir wieder näher kam, um den Innensaum für die Hose auszumessen, fragte ich: »Warum notieren Sie sich so viel?«

Er schaute mit gerunzelter Stirn auf. »Ich nehme an, das erste Mal, als Sie einen Anzug getragen haben, war zu Ihrer Konfirmation? Und dazu eine Polyesterkrawatte, unter der sie fast erstickt wären?« Als ich ihn überrascht ansah, lachte er. »Verraten Sie mir eins: Was glauben Sie, wie Ellie sich fühlt, wenn sie diesen hübschen violetten Mantel trägt?«

»Hübsch? Und königlich?«

»Genau. Und wie möchten *Sie* sich fühlen, wenn Sie zu dieser Party gehen?«

Mir ging es nicht darum, mich irgendwie zu fühlen. Mein einziges Ziel war es, das Haus meiner Eltern am Ende zu verlassen, ohne dass mein Gehirn in Panikkonfetti zerlegt worden war. Aber vielleicht konnte ich mehr haben als das. Vielleicht konnte ich der Held dieser Geschichte sein. »Ich will mich gut fühlen.«

Er beschrieb mit der Hand Kreise in der Luft.

Ich betrachtete mich im Spiegel. »Ich will mich stark fühlen. Selbstbewusst. Als könnte man mir nichts anhaben.«

»Damit kann ich arbeiten.« Er ächzte, als er sich vom Boden erhob und hinter dem Vorhang verschwand.

Fünf Minuten später kam er mit ein paar Hosen und Jacketts auf Bügeln zurück. »Ich glaube, das schlichte Karomuster wird Ihnen gut stehen. Sie haben Glück mit Ihrer Körpergröße.«

Das hatte ich noch kein einziges Mal in meinem Leben gedacht.

»Sie können Anzüge tragen, in denen größere Männer aussehen würden wie Clowns. Sie brauchen nur etwas, das Ihnen ordentlich passt. Keine weite Hose oder Schulterpolster oder eine lange Krawatte. Sind Sie überhaupt in der Lage, auch nur einen Moment still zu stehen?« Seine Stimme klang nicht genervt, sondern aufrichtig interessiert.

Ich ließ meine Finger auf dem Tattoo ruhen. »Sorry, ich bin nur nicht an so was gewöhnt.«

Er lachte. »Das ist verständlich. Der Drang, sich

ständig bewegen zu müssen, ist wahrscheinlich gut in Ihrer Branche. Probieren Sie das hier an und rufen Sie mich, wenn Sie fertig sind.«

Die Ärmel reichten mir bis zu den Fingerknöcheln, und die Hosenbeine fielen über den Spann meiner Füße, aber meine Haare und Augen erstrahlten neben dem silbrigen Blau, und meine Schultern wirken breiter in dem Jackett.

»Äußerst vielversprechend«, bemerkte Mr Murphy, als er wieder hereinkam. »Kariert war die richtige Entscheidung – ein ungemusterter Stoff wäre zu bieder für Sie.«

Ich räusperte mich. »Da wir gerade von *nicht bieder* sprechen – diese Hose ist *eng*.«

»Amerikaner scheinen fälschlicherweise zu glauben, dass ihre Anzüge *sie* tragen müssten und nicht umgekehrt. Paul Smith weiß es besser.« Er trat hinter mich und zupfte am Hosenbund. »Ich könnte sie sogar noch ein wenig enger machen. Sie sind noch schlanker, als ich dachte.«

»Werde ich trotzdem noch Kinder zeugen können?«, scherzte ich.

Er schnaubte. »Ich werde Sie nicht kastrieren, das verspreche ich. Lassen Sie mich meine Stecknadeln holen, und dann müssen Sie noch mal stillhalten.«

Nun verstand ich, warum Ellie mich hierhergebracht hatte, denn der Mann war genauso präzise wie sie. Erst steckte er die Ärmel Millimeter um Millimeter ab. Langsam begriff ich, dass ein Anzug wie eine zweite Haut sitzen konnte. Ich wirkte elegant und als hätte ich mein Leben im Griff. »Es sieht jetzt schon toll aus. Danke.«

»Für die volle Wirkung brauchen Sie auch ein Hemd«, verkündete Mr Murphy, während er die Hosenbeine hochkrempelte.

»Kann ich bei Ihnen eins kaufen?«

»Natürlich. Haben Sie keins zu Hause?«

»Nein, ich bügele nicht gerne.« Es gab eine Menge Kleidung, die glatt genug aus dem Trockner kam, warum sollte ich mir also die Mühe machen?

Er schnalzte mit der Zunge. »Dafür können Sie doch Leute bezahlen. Wenn Sie sich einen Anzug von mir leisten können, können Sie sich auch jemanden leisten, der bügelt.« Wieder setzte er ein paar Stecknadeln. »Woher kennen Sie Ellie? Max war auf dem Weg, Professor für Französisch zu werden, kein Koch.«

Ich sank ein wenig in mich zusammen, denn seine Worte riefen mir erneut in Erinnerung, dass sich Ellie mit Intellektuellen umgeben hatte, die genauso wie sie Unmengen von Büchern gelesen hatten und in Fremdsprachen kommunizierten. »Wir arbeiten zusammen. Sie hilft mir dabei, mein Kochbuch zu schreiben.«

»Einmal bitte gerade hinstellen«, bat er mich mit sanfter Stimme. »Ja natürlich, sie schreibt über Essen, jetzt fällt es mir wieder ein. Wie ist es denn, mit ihr zu arbeiten?«

Ein Lachen entfuhr mir. »Wundervoll und schrecklich zugleich.«

Er schaute vom Boden zu mir auf. »Ihr Lächeln macht mich neugierig.«

Mir war nicht bewusst gewesen, dass ich lächelte. »Sie ist so klug. Und so verdammt starrsinnig. Und sie hat sich der Sache verschrieben. Vollkommen verschrieben.« Seit wann weckten diese Tatsachen nicht mehr den Wunsch in mir, Kugelschreiber zu zerbrechen? Meine Frustration und Wut fühlten sich so weit entfernt an wie die Steinzeit. Statt wegzulaufen, wollte ich mehr von ihrer Intensität und ihrer Sicherheit.

»Das klingt ja fürchterlich«, sagte er in einem Tonfall, der trockener war als James Bonds Martini. »Eine Person, die sich ihrer Aufgabe vollkommen verschrieben hat, lieber Himmel. Was kann man mit so einer Frau tun, außer ihr jeden Tropfen Blut und Schweiß von sich zu geben?«

Ich erstarrte, doch er grinste. »Das war sarkastisch gemeint.« Ich stieß die Luft aus.

»In gewisser Weise.« Er stand auf und strich mir über die Schultern. »Nun gut. Dann wollen wir den Anzug mal Ellie vorführen.«

## Ellie

Wenn Kieran noch besser ausgesehen hätte als in diesem Moment, wäre mir der Sabber aus dem Mund gelaufen. »Wow. Ich meine, wow. Mr Murphy, Sie haben sich selbst übertroffen.« Ich kramte in meiner Tasche herum, um Zeit zu gewinnen und mich zu sammeln. Der alberne zottelige Welpe war verschwunden, und an seine Stelle war ein gefährlicher junger Fuchs getreten.

»Was suchst du?«, fragte Kieran.

»Einen Diamanten, um ihn an deinen Wangenknochen zu schleifen.« Der Witz kam mir kieksig und gepresst über die Lippen, sodass ich beschloss, das Schauspiel aufzugeben. »Im Ernst, du siehst fantastisch aus.«

Er strich mit den Händen über den silberblauen Stoff. »Das liegt nicht an mir, sondern am Anzug.«

»Wenn du dir das einredest, wird dir deine Familie auf der Nase herumtanzen. Aber ja, der Anzug ist super.«

»Wie sieht es mit Schuhen aus?«, fragte Mr Murphy.

»Ich wollte eigentlich meine Converse tragen.«

»Du meinst die, die mehr aus Löchern als aus Stoff bestehen?«, fragte ich.

Er schnaubte. »Ich vermute mal, das soll heißen: *Nein, Kieran, trag nicht die Chucks.*«

»Er könnte Chuck Taylors tragen«, warf Mr Murphy ein. »Wenn er sich darin wohler fühlt, sollte er das tun.«

Ich ächzte, und Kieran boxte mit der Faust in die Luft.

Mr Murphy hob einen Finger. »Ich war noch nicht fertig. Sie müssen nagelneu sein.«

»Hast du gehört?«, fragte ich.

»Na schön«, murrte Kieran. »Ich kaufe mir neue Schuhe. Aber der Rest ist in Ordnung?«

Mit seinem Aussehen hätte er jedes GQ-Model vor Neid zum Weinen bringen können. »Das ist eine Untertreibung.«

Seine Wangen röteten sich. »Danke.«

Und nun errötete ich auch. »Mir musst du nicht danken, er ist das Genie.«

»Es war mir ein Vergnügen.« Mr Murphy schaute mit einem leichten Lächeln auf den Lippen zwischen uns hin und her. »Und was den Preis betrifft …«

Zehn Minuten später war Kieran eine vierstellige Summe ärmer, wobei er Mr Murphy sogar noch eine Zusatzrate für den Eilauftrag zahlen musste, aber es wirkte, als sei nicht nur seine Brieftasche leichter.

Sein gesamter Körper schien vor Energie zu vibrieren, und selbst die Tatsache, dass ich darauf bestand, seine letzte Anprobe sowohl in meinen als auch in seinen Kalender einzutragen, konnte seiner guten Stimmung nichts anhaben.

»Sollen wir noch irgendwohin?«, fragte er, als wir draußen standen.

»Du brauchst noch neue Chucks.«

Er pikte mir leicht in den Arm. »Nein, ich meine, ich will mit dir abhängen. Du hast mir geholfen, einen perfekten Anzug zu finden. Das muss gefeiert werden.«

Er wirkte auf mich wie geschüttelter Champagner, und ich wollte einen Schluck davon. »Was schwebt dir vor?«, fragte ich grinsend.

Er hüpfte in seinen Schuhen auf und ab. »Wie wäre es mit Bungee-Jumping? Oder Fallschirmspringen?«

Mein Magen vollführte einen Satz, und ich begann, unwillkürlich den Kopf zu schütteln.

»Oder wir könnten zum Ocean Beach und ins Wasser rennen? Ich weiß auch nicht, Ellie, ich hab mich eigentlich vor der Party gefürchtet, und jetzt fühle ich mich richtig *gut*.«

Ich musste lachen. »Wie wäre es, wenn wir mit einem Cappuccino beginnen? Dabei können wir über das Bungee-Jumping verhandeln.«

# 13

## Kieran

Ellie wählte ein Café am Washington Square aus, das sie kannte. Als wir eintraten, lag der Duft von Espresso in der Luft, und die Typen hinter der Theke redeten auf Italienisch.

»Was hättest du gerne?«, fragte sie, als sie ihr Portemonnaie hervorholte.

»Oh nein, auf keinen Fall – ich zahle.« Ich lachte. »Wir feiern doch, weißt du noch?«

»Aber das ist nicht nötig.«

Ich legte meine Hand an ihr Handgelenk. »Ich bestehe darauf.«

Hatte sich ihr Mund gerade ein wenig geöffnet? Das passierte immer, wenn ich ein bisschen bossy im Umgang mit ihr war – zum Beispiel als ich ihr in Sonoma die Blutorange in den Mund geschoben hatte. Dann machte sie so süß große Augen. Sofort kamen mir schmutzige Gedanken.

»In Ordnung. Danke«, gab sie sich schließlich geschlagen.

Ich tippte an das Glas, hinter dem die Backwaren lagen. »Willst du ein Croissant?« Sie waren ein wenig schlaff, aber ich hatte schon schlimmere gesehen.

»Nein, danke. Ich hab was gegen traurige Backwaren.«

Ich schnaubte. »Traurige Backwaren. Das gefällt
mir.«

Die Sonne hatte endlich den Kampf gegen den
Nebel gewonnen, und das Licht ließ den Platz erstrahlen. Ältere Menschen und ein Paar mit einem
kleinen schwarzhaarigen Jungen nahmen den Groß-
teil der Bänke ein, doch ich sicherte uns die letzte, die
noch frei war.

Ellie stellte ihren Kaffee neben sich ab, legte die
Arme auf die Rückenlehne der Bank und hielt ihr
Gesicht in die Sonne.

Ein paar Zentimeter ihres Mantels berührten mein
Bein, was den Drang in mir weckte, die Wolle zwischen meinen Fingern zu reiben.

»Schläfst du schon wieder nicht?«, fragte ich, um
mich davon abzuhalten.

Sie schüttelte den Kopf. »Sorry, ich nehme mir nur
gern einen Moment, um die Sonne wirklich auf meiner Haut zu spüren. Ein Ratschlag, den ich von meiner
Therapeutin bekommen habe. Es geht um die kleinen
Dinge, schätze ich.«

Ich lächelte. Das war Ellies gesamte Lebensphilo-
sophie in einem kurzen, prägnanten Satz. Sie glaubte
an die kleinen, schönen Dinge, die das Leben besser
machten: Sahne in ihrem Kaffee, lila Mäntel statt
schwarzer, stets ein Liebesroman auf ihrem Nachttisch.

»Wenn diese Croissants traurige Backwaren sind,

was sind dann glückliche Backwaren, und wo können wir welche bekommen?«, fragte ich.

»Du warst doch in Frankreich, ich bin mir sicher, da sind dir ein paar untergekommen.«

»Ja, aber ich will hören, was *du* denkst.«

»Sie trank einen Schluck Kaffee. Nun, die in der Bäckerei in der Nähe meines Apartments in Lyon waren ausgezeichnet, aber da es mein erstes Mal in Europa war, hat mich fast alles begeistert. Ich hätte ein wenig Angst, sie jetzt noch mal zu probieren, denn vielleicht waren sie in Wahrheit nur mittelmäßig.«

»Das bezweifele ich«, widersprach ich. »Du hast einen guten Geschmack.«

Auf einmal wirkte sie fröhlich. »Oh mein Gott, kannst du das bitte noch mal vor einem Zeugen wiederholen? Nein, warte! Ich sollte es aufnehmen, damit ich es dir vorspielen kann, wenn du mal wieder ein Rezept von mir infrage stellst.«

»Du hältst dich wohl für besonders schlau«, gab ich gespielt mürrisch zurück.

»Wie dem auch sei, die besten Backwaren, die ich in Amerika je gegessen habe, stammten aus der Bedford Street Bakery in Brooklyn.«

Ich hatte die Konditorin im Qui von dem Laden schwärmen hören. »Die Besitzerin ist Neuseeländerin, richtig?«

»Ja, sie backt diese wundervollen saisonalen Leckereien. Ich war vor vier Jahren um diese Jahreszeit dort, und es gab ein Gebäckstück mit Aprikose,

Crème Patissière und gerösteten Mandeln. Einfach traumhaft.« Sie ließ die Schultern hängen und entspannte ihre Gesichtszüge, während sie sich an den Genuss erinnerte.

Ich drückte meinen Rücken gegen die harte Bank, um die Erregung zu unterdrücken, die mich überkam. *Verdammt, Kieran, komm mal klar.*

»Du klingst fast wie Homer Simpson, fehlt nur noch, dass du vor Begeisterung sabberst«, zog ich sie auf. Witze waren sicher. Witze bedeuteten, dass ich nicht angetörnt war.

»Jepp.« Ellie schien meinen inneren Kampf nicht zu bemerken. »Das war ein wirklich guter Tag. Max hat ein Seminar an der New York University gegeben, sodass ich in Williamsburg herumschlendern, eine Buchhandlung durchstöbern, Gebäck essen und unter einem Baum im Park lesen konnte.«

Sie sah so friedlich aus, dass alles, was wild in mir umherschoss, zu etwas Freundlichem, Mildem gedämpft wurde.

Das laute Klavierspiel, das als Klingelton meines Handys diente, durchbrach die Stille.

»Meine Mom. Ich sollte drangehen.«

Ellie nickte, und ich sprang auf und ging ein Stück zur Seite. Als ich den grünen Button betätigt hatte, hörte ich die kühle Stimme meiner Mutter.

»Kieran?«

»Hi Mom. Wie laufen die Partyvorbereitungen? Ich hab auf der elektronischen Einladung letzte Woche definitiv auf Ja geklickt.«

»Das habe ich gesehen, und ich bin zufrieden, dass du kommen kannst. Aber du bringst wirklich niemanden zur Party mit?«

Nun, sie hatte »zufrieden« gesagt, also schraubte ich meine Erwartungen, die grundsätzlich am Tiefpunkt waren, wenn es um meine Eltern ging, minimal hoch. »Korrekt«, erwiderte ich vorsichtig.

Ein schweres Seufzen. »Ich hatte gehofft, du hättest mittlerweile die richtige Person gefunden. Du kannst doch nicht ewig Junggeselle bleiben. Auch wenn Brian das aus irgendeinem unerfindlichen Grund offenbar vorhat.«

Ich verkniff mir ein frustriertes Ächzen.

»Gibt es denn niemanden in deinem Leben, den du uns gern vorstellen würdest?«, fragte sie hoffnungsvoll. »Absolut niemanden?«

Ich rammte mir den Handballen in die Augenhöhle. In mir herrschte schon wieder Aufruhr, da ich nicht in der Lage war, ihr das zu geben, was sie wollte. In dem Moment traf mein Blick auf Ellie, die immer noch auf der Bank saß, die Fußknöchel überschlagen und den Blick auf das Taschenbuch in ihrem Schoß geheftet. Nach außen hin war sie all das, was meine Mutter sich wünschte. Höflich, sanftmütig, ordentlich. Doch ich wusste, dass Ellie für mich da sein würde, wenn es hart auf hart kam. Dass sie mich unterstützen würde. Ich atmete tief durch. »Weißt du was? Ich gebe dir später Bescheid, Mom.«

»Ich habe nicht viel Zeit für unnötige Verzögerungen, Kieran«, entgegnete sie besorgt. »Das Catering-

unternehmen braucht bis heute Abend die finale An-
zahl der Gäste.«

Ich verdrehte die Augen, so wie es Ellie sonst tat.
»Ich werde es noch heute wissen. Wir hören uns spä-
ter.« Als ich aufgelegt hatte, stapfte ich zurück zur
Bank, meine Hände in die Taschen geschoben.

»Sah nach einem netten Telefonat aus«, merkte
Ellie trocken an.

Ich lachte leise. »Jepp, meine Mutter ist gnaden-
los.« Ellies Witz hatte mir ein wenig von der Anspannung genommen, und in dem Moment wusste ich
genau, was ich brauchte, wenn ich meinen Eltern
gegenübertrat. »Ich muss dich um einen weiteren riesigen Gefallen bitten.«

Sie blinzelte. »Ich hab dich gern zu Mr Murphy
mitgenommen, es war mir ein Vergnügen. Keine Ur-
sache.«

Ich beschloss, dass ich sie ohne Umschweife fragen
musste, auch wenn es ein Wagnis war. »Kannst du
mit zu meinen Eltern kommen und so tun, als wärst
du meine Freundin?«

Sie erstarrte. »Bitte wie?« Die Frage war höflich,
aber ihre Stimme klang, als hätte sich der Nebel wieder vor die Sonne geschoben.

Ich erschauderte. »Ich hab gesagt: Kannst du mit
mir zu meinen Eltern kommen und so tun, als wärst
du meine Freundin?«

»Und ich dachte schon, ich halluziniere, weil ich
zu viele Liebesromane gelesen habe. Nein, Kieran.«
Sie zögerte, ehe sie langsam fortfuhr. »Ich meine, viel-

leicht könnte ich dich begleiten. *Vielleicht.* Aber ich werde nicht deine Fake-Freundin spielen.«

Immerhin hatte sie gezögert … Damit konnte ich arbeiten. »Vielleicht wäre es ja amüsant?«

»Es wäre eine Lüge.«

»Es wäre ein Schauspiel.«

»*Du* bist der Fernsehstar. Lass mich aus der Nummer raus.«

Ich ergriff ihre Hand. »Ellie, bitte. Ich kann gerne vor dir auf die Knie fallen und dich vor all diesen Leuten anbetteln.«

»Bitte nicht.« Sie rutschte ein Stück beiseite.

Ich hatte schon ein Knie auf dem Boden aufgesetzt, als sie mich am T-Shirt packte. Auf eine Art, die kein bisschen sexy war.

»Die Leute werden denken, du machst mir einen Heiratsantrag«, zischte sie. »Komm sofort wieder hoch.«

Sie wartete, bis ich wieder auf der Bank saß, ehe sie weitersprach. »Warum um alles in der Welt brauchst du überhaupt eine Fake-Freundin?«

»Für meine Mutter dreht sich alles nur darum, dass mein Bruder und ich Singles sind. Ich glaube, sie will so bald wie möglich Enkelkinder, und nach dem zu urteilen, wie das Telefonat gerade gelaufen ist, wird sie mich das ganze Wochenende damit nerven.«

»Aber du weißt doch, dass du genau so, wie du bist, gut genug bist.«

Ich nickte. Dank jahrelanger Therapie war dies der Fall, und Ellies Worte bestärkten mich darin. »Das stimmt schon. Ich weiß, dass ich über die Vergangenheit und wie sie mich behandelt haben, hinweg bin, aber wenn meine Eltern erst einmal richtig loslegen, weiß ich nicht, ob ich nicht doch in mich zusammenfalle wie ein misslungenes Soufflé.« Das kleine Kind in mir schrie so laut, dass die gesamte traurige Wahrheit unumwunden herauskam. »Ich will einfach nur eine Person dabeihaben, die mich kennt, Ellie. Die mich wirklich kennt.«

Sie stützte die Ellbogen auf ihren Oberschenkeln ab und legte sich Daumen und Zeigefinger an den Nasenrücken.

Vielleicht war es eine blöde Idee gewesen, und ich hätte jemand anderes fragen sollen. Oder vielleicht wäre es tapferer gewesen, niemanden zu fragen. »Ellie?«

»Ich denke nach.« Ihre Stimme klang gedämpft durch ihre Hand.

»Ich hab noch nie jemanden getroffen, der so laut denkt wie du.«

Als sie die Hände von ihrem Gesicht nahm, lachte sie nicht. »Was soll ich nur mit dir machen, Kieran?«

»Rette mich«, sagte ich halb scherzhaft. »Bitte, bitte?«

Mehrere Sekunden vergingen, dann sah sie mich plötzlich an, wobei mich ihr Gesicht an eine Löwin erinnerte, die sich an einen flauschigen kleinen Hasen heranpirschte.

War es merkwürdig, dass ich damit einverstanden war, dieser Hase zu sein?

»Und was wirst du für mich tun?«, fragte sie.

»Was soll das heißen?«

»Wir sind noch nicht superlange befreundet, und dieser Gefallen ist eindeutig viel zu groß, um ihn aus reiner Nettigkeit zu tun. Was springt für mich dabei raus?«

Angesichts dieser direkten Frage richtete ich mich auf. Obwohl ich ihre sanfte Seite mittlerweile kannte, schwang stets ein wenig Härte in ihrem Verhalten mit. Sie ließ nicht alles mit sich machen, und das gefiel mir. Das gefiel mir sehr.

»Ich kaufe dir ein Jahr lang jede Woche glückliches Gebäck?«

»Kein Gebäck ist so glücklich, dass ich dafür vierundzwanzig Stunden lang am Stück lügen würde.«

Ich rieb mir den Kopf. »Geld?«

Ein Lachen entfuhr ihr. »Nein, auf keinen Fall.«

»Aber ich hab das Preisgeld von *Fire on High* und den Buchvertrag, und du willst doch bestimmt nicht für immer bei deinen Schwiegereltern wohnen.«

Ihre Zähne hinterließen tiefe Abdrücke in ihrer Unterlippe. »Das habe ich nicht vor. Mit meinem Gehalt, das ich von Tad bekommen werde, habe ich genug Geld für eine Anzahlung für eine eigene Wohnung. Und selbst wenn ich keine Ersparnisse hätte, würde ich nicht einfach Geld von dir annehmen. Nächster Vorschlag?«

Natürlich war sie bedacht genug, Geld zu sparen, und stolz genug, kein Geld von mir anzunehmen. Welche andere Möglichkeit blieb mir noch? Ich blinzelte, als mir Bilder in den Sinn kamen, wie Ellie mich für Sex benutzte. Nicht, dass sie darauf stehen würde. Oder vielleicht doch? Sie war verschlossen und verbissen und ein Workaholic, das bedeutete aber noch lange nicht, dass sie keine Lust auf Sex hatte. Schließlich hatte ich gehört, welchen Laut des Genusses sie ausgestoßen hatte, und gesehen, wie sie sich die Lippen geleckt hatte, als sie in eine reife Erdbeere gebissen hatte. Und wie sie einmal, als ich vom Joggen zurückgekommen war, auf meinen nackten Bauch gestarrt hatte. Leidenschaft floss unter Ellies mitunter rauer Schale wie ein Bach unter Felsgestein. Man konnte das Wasser nicht sehen, aber wenn man aufmerksam lauschte, wusste man, dass es da war.

Moment, es gab doch noch etwas. Ihre Buchidee. Als ich mir *Nourish* auf ihrem Laptop angeschaut hatte, hätte ich sie am liebsten umarmt, weil ich es so sehr geliebt hatte. Es enthielt all die Dinge, die Ellie zu Ellie machten: Essen, das Liebe, Zuneigung und Großzügigkeit ausdrückte. Köstliche Dinner mit nahestehenden Menschen machten sie glücklich. Es wäre ein Verbrechen, all diese wunderschönen Seiten auf ihrem Desktop zu lassen, wo sie digitalen Staub fingen.

»Ich helfe dir, *Nourish* zu veröffentlichen«, schlug ich vor.

Sie schüttelte vehement den Kopf. »So viel Einfluss hast du nicht.«

»Oh doch. Tad will mein Buch unbedingt herausbringen, richtig?«

»Ja.«

»Nun, ich könnte mich für dich einsetzen und ihm sagen, dass er auch dein Buch veröffentlichen muss.«

»Mein Name ist aber nicht groß genug. Auf Instagram folgen mir nur tausend Leute, und ich glaube, die meisten davon sind Bots.«

Ich schnaubte. »Du erinnerst dich doch noch an das Video von uns beiden, in dem wir uns anschreien und das Milliarden Menschen gesehen haben. Tad meinte, es sei gute Publicity für das Buch gewesen.«

Sie vergrub das Gesicht in ihren Händen. »Wie könnte ich das vergessen? Und es waren Hunderttausende, nicht Milliarden.«

»Aber diese Hunderttausenden wissen, wer du bist. Ich stupste sie an. Komm schon, Ellie. Warum gibst du der Sache nicht eine Chance?«

Ihr Gesicht nahm diesen abwesenden Ausdruck an, der verriet, dass sie über ein komplexes Problem nachdachte.

Es war unglaublich, dass ich mittlerweile stets wusste, was ihre Miene bedeutete.

»Du könntest mich auch zur Co-Autorin machen«, schlug sie vor. »So etwas wie *Kieran O'Neill mit Ellie Wasserman*.«

»Okay. Und du hilfst mir auf der Familienparty. Deal?«

Ellie atmete aus. »Deal.« Sie holte ihr Notizbuch und einen Stift hervor. »Aber wenn ich so tue, als wäre ich deine Freundin, brauchen wir ein paar Regeln.«

Ich lehnte mich zurück und legte meinen Arm auf die Rückenlehne der Bank. »Natürlich, ohne Regeln und Notizen funktioniert bei dir schließlich gar nichts.«

»Nummer eins: keine Küsse«, las sie vor und unterstrich die Worte.

»Ich mag meine Zunge, also wäre es ganz schön blöd von mir, zu versuchen, sie dir ohne Erlaubnis in den Mund zu stecken. Aber nicht mal auf die Wange?«

Sie dachte einen Augenblick nach. »Auf die Wange ist in Ordnung. Und auf die Hand …«

»Wer hat in den letzten hundert Jahren überhaupt irgendjemandem die Hand geküsst?«, unterbrach ich sie.

»… aber keine Küsse auf den Mund.«

*Wie schade.* Ich schüttelte hastig den Kopf. »Was ist sonst noch erlaubt?«

»Anbetungsvolle Blicke und lautes Lachen über meine Witze.«

»Du machst Witze?«, fragte ich gespielt verwirrt.

Ihre Miene blieb vollkommen ernst. »Nur zur Info, ich bin megawitzig.«

Ich rieb mir die Wange. »Meine Familie bringst du nicht so leicht zum Lachen.«

»Wart's nur ab, ich bin grandios im Umgang mit Eltern. Ich werde sie vollkommen verzaubern. Und noch was: Kosenamen. Hast du eine Präferenz?«

»Du meinst, wie ich dich nenne, wenn ich dich nicht mit deinem Namen anspreche? Ich glaube, solange du mich nicht wieder einen verwöhnten, arroganten Idioten nennst, ist alles gut.«

Sie legte den Kopf in den Nacken. »Das war nicht in Ordnung von mir. Und es tut mir leid.«

»Entschuldigung angenommen. Und mir tut es leid, dass ich dich so provoziert habe.«

Sie lächelte. »Entschuldigung angenommen.« Dann studierte sie mich, als würde mein Kosename eventuell auf meiner Haut geschrieben stehen. »Was hältst du von Honey?«

Auf einmal wollte ich der Typ sein, den sie Honey nannte. Dann sah ich das besserwisserische Lächeln auf ihren Lippen und dachte an den Honigstand auf dem Bauernmarkt zurück. »Weiß sonst noch irgendwer, wie hinterhältig und gemein du in Wahrheit bist?«

Sie grinste. »Das spare ich mir nur für dich auf, Honey.«

»Hab ich mir schon gedacht. Und wie soll ich dich nennen? Du siehst für mich nach Kätzchen aus«, scherzte ich.

Doch Ellie lachte nicht. Der kleine schwarzhaarige Junge rannte vor uns durch das Gras, und sie schaute ihm hinterher. »Das wird nicht funktionieren.«

»Warum nicht?«

»Weil Max mich so genannt hat.«


## Ellie


Die typische Stille, die häufig durch die Erwähnung meines toten Ehemannes ausgelöst wurde, legte sich über uns. Ich hatte Max' Abwesenheit schon eine Weile nicht mehr gespürt. Vielleicht hatten Kierans Licht und Lärm die Leere gefüllt. In den letzten paar Monaten hatte ich Dianes Besuche definitiv als weniger belastend empfunden.

Ich atmete tief ein uns aus, um die Trauer um meinen Mann durch mich hindurchfließen zu lassen, und wechselte dann das Thema. »Gibt es eigentlich irgendjemanden, mit dem deine Eltern mich vergleichen werden?«

Er schüttelte schnell den Kopf. »Nein, ich habe keine Freundinnen.«

Dieser schelmische, verspielte, talentierte Mann, der so umwerfend in einem Anzug aussah, hatte keine Beziehungen? Was für eine Schande. Was für eine *Verschwendung*. »Nie?«

Er zuckte mit den Schultern. »Als Teenager und bis in meine Zwanziger hab ich Spaß gehabt, doch dann habe ich im Qui angefangen und wollte mich nicht ablenken lassen. Inzwischen denke ich, besser für alle, wenn ich mich auf nichts Ernstes einlasse. So enttäusche ich niemanden, weil ich keine Zeit habe. Ich arbeite immer lange und komme oft erst mitten in der Nacht nach Hause.«

Mit einem Mal traf es mich wie der Schlag. »Oh Gott. Dann bin ich die erste Frau, die du mit nach Hause bringst, und wir spielen ihnen nur was vor.«

»Ist keine große Sache.« Er klang wenig überzeugend.

Die Glocke des Kirchturms am anderen Ende des

Platzes schlug zwölfmal. »Ich muss jetzt nach Hause, weil ich mit Floyd zum Tierarzt muss, aber bevor ich mich auf den Weg mache, habe ich noch eine Bitte.«

»Und die wäre?«

»Geh zum Friseur.«

Er bedeckte seinen zotteligen Schopf mit den Händen, als wollte er sich vor einer unsichtbaren Schere schützen. »Warum? Meine Haare sind mein Markenzeichen.«

»Ich habe auch nicht gesagt, dass du dir die Haare kurz schneiden lassen sollst, aber du brauchst einen Haarschnitt. Du siehst ja schon gar nichts mehr.«

»Ich sehe sehr gut.«

Ich streckte die Hand aus, doch zögerte dann. »Kann ich dich berühren?«

»Ja.« Sein Adamsapfel hüpfte vor Überraschung. »Mach.«

Sein Haar war dick und weich, als ich es ihm aus dem Gesicht strich. »Siehst du?« Ich war ihm so nahe, dass ich sehen konnte, wie sich seine Pupillen weiteten. »So. Jetzt versteckst du dich nicht mehr.«

Nach einem langen Moment grinste er. »Wow, danke, dass du mir die Welt gezeigt hast.«

»Du bist ein Klugscheißer.« Ein Klugscheißer mit Augen, die mich an einen Bach erinnerten, der verborgen durch einen tiefen Wald strömte. »Sorry.« Ich wich zurück. »Das war unnötig.«

»Entschuldige dich nicht. Schließlich brauchen wir Übung für unsere Fake-Beziehung, nicht wahr?« Sein

Tonfall wirkte leichtherzig, im Gegensatz zu seinen Augen, die sich verdunkelt hatten.

»Ja. Übung.« Und wenn ich das nur oft genug wiederholte, würde ich keinen Stromschlag mehr bekommen, wenn ich ihn berührte.

# 14

## *Ellie*

Als wir aus dem Wagen stiegen, atmete ich tief den köstlichen Duft ein. »Ich kann nicht glauben, dass ich nichts von diesem Ort wusste. Er ist magisch. Es riecht nach Orangenblüten.«

Hinter den cremefarbenen Gebäuden von Ojai mit ihren roten Dachziegeln ragten die zerklüfteten grüngrauen Berge vor dem Himmel auf, der jetzt im Juni das gleiche Blau hatte, das ein Maler der Renaissance wohl für sein Gemälde ausgewählt hätte. Eine staubige Brise ließ noch mehr Orangenblütenduft mit einer Note Chaparral durch die Luft wehen.

Kieran schlug die Beifahrertür zu. »Ist ganz okay hier.«

Ich biss mir auf die Lippe. Vermutlich nahm man die Schönheit eines Ortes nicht mehr so richtig wahr, wenn man lange Zeit dort gelebt hatte, doch er verhielt sich schon seit einer Stunde merkwürdig und hatte selbst angesichts meiner Opern-Playlist nicht geächzt und gemurrt. Stattdessen hatte er zum Fenster hinaus aufs Meer geblickt und mit dem Daumen über die Messerklinge auf seinem Unterarm gerieben.

Immer wieder hatte ich Kieran angeschaut, weil meine Sorge um ihn größer wurde, und nicht etwa, weil ihm sein Haarschnitt viel zu gut stand.

Der Friseur hatte oben nicht allzu viel abgeschnitten, jedoch die Haare am Hinterkopf und an den Seiten gekürzt und einen Seitenscheitel gezogen, durch den sein Gesicht noch markanter wirkte.

Nein, ich durfte nicht darüber nachdenken, dass Kieran aussah wie ein Indie-Rockstar mit E-Gitarre, der Songs darüber sang, dass er jemanden dazu bringen würde, ihn zu lieben.

»Was ist los?«, fragte ich vorsichtig.

»Nichts«, nuschelte er.

»Dein Nichts sieht normalerweise anders aus.« Ich bemühte mich um einen lockeren Tonfall. »Dein Nichts bedeutet für gewöhnlich, dass du zwei Erdbeermilchshakes von In-N-Out runterstürzt und dich über mich lustig machst, weil ich einen Papier-Stadtplan besitze.«

Ächzend hob er seine Reise- und Anzugtasche aus dem Kofferraum und war im Begriff, den Eingang des Motels anzusteuern.

»Warte. Bitte«, hielt ich ihn auf.

Er verspannte seine Schultern und murrte leise vor sich hin, doch blieb stehen.

»Dieses Schauspiel wird nicht funktionieren, wenn du das ganze Wochenende lang schweigst.«

Mit jammervoller Miene drehte er sich zu mir um. »Tut mir leid.«

»Sprich mit mir. Wenn wir allen auf dieser Party

etwas vormachen wollen, müssen wir ehrlich zueinander sein.«

»Ich war seit fünf Jahren nicht mehr hier«, klagte er leise und trat mit seiner Schuhspitze in den Kies.

»Moment. Heißt das etwa auch, dass du seine Eltern seit fünf Jahren nicht gesehen hast?«

»Ich habe immer wieder Ausreden erfunden, und sie waren einfach froh, dass ich arbeite.«

»Aber haben sie dich nicht besucht? Es ist schließlich nicht so, als würdest du Tausende Meilen von ihnen entfernt leben.«

Er zuckte mit den Schultern. »Sie haben es nicht vorgeschlagen, und ich hätte es ohnehin nicht gewollt, denn mir hat nie gefallen, wie ich in ihrer Gegenwart war.«

Diverse Flüche lagen mir auf der Zunge, doch ich ließ sie zusammen mit einem tiefen Ein- und Ausatmen ziehen. »Lieber Himmel.«

»Viele Leute haben komplizierte Familien, Ellie.«

Und davon konnte ich ein Lied singen, doch dies laut auszusprechen, würde ihm in diesem Augenblick nicht helfen. Also setzte ich ein Lächeln auf. »Aber du bist hier, weil deiner Meinung nach die Chance besteht, dass sich das ändern könnte.«

»Ja. Man braucht vielleicht ein Mikroskop, um diese Chance zu sehen, weil sie so klein ist, aber ich versuche, daran zu glauben.« Er wandte sich ab, schaute zum Eingang des Motels. »Hör zu, du musst das nicht tun. Ich könnte behaupten, du bist in letzter Minute krank geworden und konntest nicht mitkommen.«

Ich straffte die Schultern. »Glaubst du, ich lasse dich im Stich? Für wen hältst du mich?«

Endlich lächelte er. »Für einen störrischen Dickkopf.«

»Du bist unverbesserlich.«

Er zwinkerte mir zu. »Ich weiß.«

Nachdem wir eingecheckt hatten, gingen wir die Außentreppe hinauf zu einem Balkongang, der zu unserem Zimmer führte. Ich hatte keine großen Erwartungen, da Kieran in letzter Minute gebucht hatte, doch seufzte erleichtert, als er die Tür aufschloss.

»Oh gut, zwei Betten. Ich nehme das hintere.«

»Okay.« Er streckte sich auf der Matratze aus, während ich meinen kleinen roten Koffer auf den Gepäckständer in der Ecke wuchtete. »Warum machst du dir eigentlich ständig Sorgen darüber, dass es nur ein Bett geben könnte? Das hast du auch schon erwähnt, als wir nach Sonoma gefahren sind.«

Ich schüttelte mein Jerseykleid aus, das zwar nicht zerknittert aussah, das ich jedoch trotzdem vorsichtshalber mit dem Steamer glätten würde. »So was passiert ständig in Liebesromanen. Wenn die Protagonistin verreist, endet sie meistens mit dem Typen in einem Zimmer mit nur einem Bett.«

Er legte den Kopf schief. »Und sie können nicht umbuchen?«

»Nope. Das Inn hat keine freien Zimmer mehr, und es gibt keine andere Unterkunft im Umkreis von mehreren Meilen.«

Er nickte nachdenklich, aber das verschmitzte Funkeln in seinen Augen verhieß nichts Gutes. »Und was passiert dann?«

Mit einem Mal war mein Mund trocken. Am nächsten Morgen wachten sie ineinander verschlungen auf, genau so, wie sie es sich bereits insgeheim ausgemalt hatten, und klammerten sich voller Sehnsucht und Begierde aneinander.

Das Kleid fiel vom Bügel. »Ich Tollpatsch.« Die Klimaanlage lief auf Hochtouren, also konnte ich meine Röte nicht auf die Hitze schieben. »Nichts, was dich interessieren würde.«

Kieran legte sich schmunzelnd die Hände hinter den Kopf. »Ist klar. Willst du zuerst duschen?«

Ich unterdrückte ein erleichtertes Seufzen. »Nein, geh nur, ich mache einen Spaziergang.«

## Kieran

An Ellie und ihre Liebesromane zu denken, hatte mich für ein paar Minuten von dem Adrenalin abgelenkt, das durch meine Adern rauschte, aber nun konnte ich den bitteren Geschmack in meinem Mund und die Säure in meinem Magen nicht mehr ignorieren. Während ich auf dem Parkplatz umherging und sie sich umziehen ließ, versuchte ich, meine Angst wegzuatmen und mich zu beruhigen. Einzelne Kiesel auf der Erde funkelten in der Nachmittagssonne wie Diamanten. Mr Murphys hellblaues Hemd lag kühl und glatt auf meiner Haut und hob sich wie Seide von dem rauen Stoff des Jacketts ab. Würde diese Rüstung für das genügen, was mich im Haus meiner Eltern erwartete?

»Hey«, rief Ellie.

Erleichtert drehte ich mich um. »Bist du bereit?«

Sie kam gelassen die Treppe runter. »Mund zu, oder versuchst du, Fliegen zu fangen?« Sie lachte. »Hast du noch nie eine gestylte Frau gesehen?«

Ich machte den Mund zu, aber es kam mir vor, als hätte ich *sie* noch nie gesehen. Seidiger violetter Stoff schmiegte sich an ihren Körper, als wollte er sie nie wieder loslassen. Das Kleid war in der Taille ein wenig enger und fiel locker um ihre Hüften. Es endete kurz über ihren Knien und ließ ihre Beine endlos wirken. Dazu trug sie ihre goldenen flachen Schuhe. Als sich ihre himbeerroten Lippen zu einem warmen Lächeln bogen, fühlte es sich an, als hätte jemand eine Glühbirne in meinem Kopf angeknipst. Meine Begierde rührte nicht daher, dass ich seit fast zehn Monaten keinen Sex mehr gehabt hatte, sondern daher, dass ich *sie* wollte. Nur sie.

Ich wollte in ihre volle Unterlippe beißen, an der Stelle knabbern, an der ihre Schulter in ihren Hals überging. Ich wollte mein Gesicht im Ausschnitt ihres Kleides vergraben. Und an vielen anderen Orten.

Ihr Pfiff riss mich aus meiner Fantasie. »Mr Murphy ist wirklich ein Genie.« Sie betrachtete mich von oben bis unten. »Eine silberne Krawatte mit ein bisschen Indigo war die richtige Entscheidung. Super Knoten übrigens.«

»Dank dir und YouTube.« Ich strich mit den Fingern über die Seidenkrawatte. »Ich weiß, dass ich gut aussehe, aber ich werde immer klein und rothaarig sein.«

Sie verengte die Augen. »Was ist falsch daran?«

Ich zuckte mit den Schultern. »Ich weiß auch nicht, aber deswegen bin ich immer geärgert worden.« Nun musste ich es einfach wissen. »Gefällt es dir?«, fragte ich schüchtern.

Als sie sich nachdenklich auf die Lippe biss, rechnete ich damit, dass sie das Thema wechseln würde. »In deinem Haar sind so viele wunderschöne Farben enthalten«, sagte sie jedoch schließlich. »Man könnte ewig damit verbringen, sie alle zu finden.«

Ich stellte mir Ellie an einem warmen Tag unter einem Baum vor. Ich ausgestreckt neben ihr im Schatten, mein Kopf auf ihren Schoß gebettet, während sie träge mit den Fingern durch mein Haar strich. Es war nicht sexy, sondern süß. Friedlich. Ein Tagtraum, der mich lockte, meine Augen zu schließen und meine rasenden Gedanken zu vergessen, um einfach mit ihr zusammen zu sein.

»Erde an Kieran?« Sie schnippte mit den Fingern vor meinem Gesicht.

Das Bild verschwand und ließ mich verwirrt zurück. »Ja?«

»Bevor wir gehen – was brauchst du heute Abend?«

»Was meinst du damit?«

Sie nahm meine Hand. »Nun, ich könnte die Freundin sein, die dich vergöttert und nie von deiner Seite weicht. Oder ich könnte die wahnsinnig talentierte

Freundin sein, die so toll ist, dass du dich einfach in meiner Aura sonnen könntest, während ich alle im Raum verzaubere. Oder ich könnte die Freundin sein, der nach einer Stunde auf der Party schlecht wird und die du nach Hause bringen musst.«

Ich betrachtete unsere verschlungenen Finger, und als ich einatmete, nahm ich ein Parfüm wahr, das sie noch nie zuvor getragen hatte und das nach Rose, Gewürzen und süßer Orange roch. »Die Freundin, die mich vergöttert, klingt gut.«

Sie stellte sich auf die Zehenspitzen und berührte meine Wange mit den Lippen – so leicht, dass ich überlegte, ob ich es mir nur eingebildet hatte. »Dann Bühne frei, Honey.«

## Ellie

»Ich werde nicht davonfliegen, wenn du meine Hand loslässt«, flüsterte ich, während wir den Kiespfad zu dem niedrigen Sechzigerjahre-Haus der O'Neills entlanggingen.

Ein paar Blüten von Palisanderholzbäumen, die ein wenig heller waren als mein Kleid, lagen verstreut auf der Erde, aber abgesehen davon war der Vorgarten makellos. Kakteen standen in ordentlichen Reihen neben dem Pfad.

»Du bist nicht diejenige, um die ich mir Sorgen mache«, murmelte er, doch lockerte seinen Griff ein wenig.

»Denk dran, dass du ein erwachsener Mann in einem tollen Anzug bist und grandiose Dinge vollbringst. Und zumindest für heute Abend hast du eine heiße, talentierte Freundin an deiner Seite.«

Er schenkte mir ein kleines Lächeln.

»Schon besser. Ich stehe für Motivationsreden zur Verfügung, wann immer du sie brauchst.«

Als Kieran plötzlich abrupt stehen blieb, entdeckte ich einen großen Mann in seinen Dreißigern mit rötlich braunem Haar und Buddy-Holly-Brille. Er lehnte ein paar Meter entfernt von der Haustür an der Wand und tippte hastig auf seinem Handy herum.

»Bri?«, sprach Kieran ihn an.

Keine Reaktion. Doch das war keine Überraschung, denn Brian trug Earbuds, durch die Heavy Metal zu uns drang. Er hätte es wahrscheinlich nicht einmal mitbekommen, wenn nebenan eine Bombe hochgegangen wäre.

Nun ging Kieran auf ihn zu und bedeckte das Telefon mit seiner Hand.

Brian zuckte heftig zusammen. »Oh! Oh, du bist hier. Hi.« Er breitete die Arme aus, als Kieran die Hand ausstreckte, dann streckte er die Hand aus, als Kieran seine wieder zurückzog. Schließlich klopften sie einander steif auf die Schulter.

Brian schob das Handy in seine Tasche und nahm die Kopfhörer raus. »Ich hab vollkommen die Zeit vergessen, sorry. Du weißt ja, wie so was läuft. Der Chef will immer noch, dass alles vor zwanzig Minuten erledigt wurde, obwohl man Urlaub genommen hat.«

Kieran schüttelte den Kopf. »Nein, Mann, das weiß ich nicht. Mein Boss ist nämlich kein Arsch.«

Brian schnaubte. »Immer hast du so ein Glück.«

Als wir schon eine Weile unbeholfen dastanden und ich mich langsam fragte, ob ich unsichtbar geworden war, wandte sich Kieran endlich zu mir um.

»Darf ich dir meine Freundin vorstellen?«

Ich streckte die Hand aus. »Hey Brian, ich bin Ellie.«

Diesmal streckte er den Arm zum richtigen Zeitpunkt aus. »Hi. Wow, du bist hübsch.« Auf einmal blinzelte er und erstarrte mitten im Händeschütteln. »Moment, du kannst nicht seine Freundin sein.«

Mir rutschte das Herz in die Hose. Wie hatte er uns jetzt schon durchschaut?

»Doch, ist sie«, entgegnete Kieran, zog mich an seine Seite und legte angespannt eine Hand an meinen Rücken.

»Locker bleiben«, flüsterte ich, woraufhin die Anspannung sich ein wenig löste.

Zum Glück schien es Brian nicht aufzufallen. »Aber ich hab gesehen, wie ihr euch in dem Video angeschrien habt. Es ist auf Reddit viral gegangen.« Nun schaute er schnell zwischen uns hin und her. »Wartet, ist das ein Scherz? Werden wir gerade gefilmt?«

Ich schüttelte den Kopf. »Keine Kameras. Kieran und ich sind wirklich zusammen.«

»Aber du hasst ihn«, gab er so sachlich zurück, als hätte er angemerkt, dass der Himmel blau ist.

»Ganz im Gegenteil.« Ich tätschelte Kierans Brust. »Es hat so heftig zwischen uns geknistert, dass die großen Gefühle einfach rausmussten. Nicht wahr, Honey?« Ich schaute grinsend zu ihm auf.

Als Kieran mein Lächeln erwiderte, waren wir mit einem Mal voll und ganz in unseren Rollen. Wir waren überzeugend, und es fühlte sich köstlich an – süß und sauer wie eine Orange von einem dieser Bäume.

»Absolut.« Er blieb vollkommen ernst. »Wir haben uns gestritten, aber was wir eigentlich wollten, war ...«

Brians Hände schossen abwehrend in die Höhe. »Okay! Okay, schon kapiert, du musst nicht weiterreden.«

Für den Moment waren wir damit durchgekommen, aber je weniger es um Kieran und mich ging, desto besser.

»Woran hast du gerade gearbeitet, Brian?«, fragte ich. »Es sah wichtig aus.«

Sofort erging sich Brian in einer detaillierten Erklärung über den Code, den er geschrieben hatte, damit eine Maschine einen Schokoriegel einpackte. »Schokoriegel« war das einzige Wort, das ich verstand. Das Positive daran war allerdings, dass sich Kieran ein wenig entspannte, weil er nicht mehr im Mittelpunkt stand.

»Ich schätze, es wird Zeit, reinzugehen«, verkündete Brian schließlich.

»Wahrscheinlich«, erwiderte Kieran.

Beide wirkten mit einem Mal, als wären sie auf dem Weg zu ihrer Hinrichtung.

»Kommt schon, Jungs«, rief ich mit einer Begeisterung, die ich in Wahrheit nicht empfand. »Lasst es uns hinter uns bringen.«

Brian ging vor uns durch die Tür. Ein paar Leute standen im Eingangsbereich und begrüßten uns, doch dann öffnete sich eine weitere Tür, und eine ältere Frau kam herein.

»Brian! Kieran! Warum kommt ihr so spät?«, rief sie.

Der dunkelhaarige Riese, der auf uns zukam, war Kierans Vater Joe.

Er überragte Maureen, die mit ihrem schneeweißen Haar, den hellgrünen Augen und den markanten Wangenknochen aussah wie eine Feenkönigin. Sie näherte sich uns nun auf ihren Zehn-Zentimeter-Absätzen.

»Sie müssen Ellie sein! Endlich bringt einer meiner Söhne ein Mädchen mit nach Hause. Was für eine Freude.« Maureen nahm meine Hände in ihre und lächelte zu mir hoch, aber der Rest ihres Gesichts bewegte sich nicht. »Ihr gebt ein umwerfendes Paar ab.« Sie klang zufrieden. »Was für ein Kleid. Eine solch gewagte Farbe, nicht wahr, Joe?«

Joe grunzte und schaute sich wieder zu der umstehenden Menge um.

Es musste ein Kompliment gewesen sein, richtig? Warum hätte ich aber am liebsten das Gesicht verzogen? »Danke, Mrs O'Neill«, presste ich hervor.

»Aber nein, nennen Sie mich *Maureen*«, sagte sie wie eine Kaiserin, die einer armen Bäuerin einen Gefallen tat. Dann wandte sie sich Kieran zu, ließ meine Hände fallen und nahm stattdessen seine Hand. »Dein Anzug steht dir ausgezeichnet, Kieran. Es wäre noch besser gewesen, wenn du Lederschuhe dazu angezogen und dich rasiert hättest, aber wir können wohl nicht alles haben, nicht wahr?«

Joe grunzte erneut. War er ein Höhlenmensch? Oder gelangweilt? Ein gelangweilter Höhlenmensch?

Kieran rieb sich über den Dreitagebart. »Danke, Mom.«

»Kommt herein, kommt herein.« Sie drehte sich zu den Schiebetüren um und zog ihn hinter sich her. »Alle freuen sich ja so sehr, dich wiederzusehen. Mein Sohn, der Champion, kehrt nach Hause zurück.«

Mein Fake-Freund wandte sich um und schaute mich an, wobei ihm das gleiche Misstrauen und die gleiche Verwirrung ins Gesicht geschrieben standen wie mir.

# 15

## *Ellie*

Das musste man den O'Neills lassen: Es war eine stilvolle Party.

Weiße Lichterketten schmückten die Avocado- und Orangenbäume in dem kleinen Garten. Es lief etwas von Ella Fitzgerald. Ein paar schwarz gekleidete College-Kids gingen mit Prosecco herum, und einer von ihnen goss Kieran Sprite in eine Champagnerflöte. Mehrere Leute kamen auf Kieran zu und gratulierten ihm zum Sieg bei *Fire on High*, und als er mich vorstellte, machten sie mir Komplimente zu meinem Kleid und erkundigten sich nach den anderen Büchern, an denen ich gearbeitet hatte. Ich stellte ihnen viele Fragen und lächelte breit, wenn sie anmerkten, was für ein schönes Paar wir seien.

Doch das Lächeln einiger anderer Gäste, die sich als *enge* Freunde von Maureen und Joe vorstellten, war verkniffener.

»Du siehst *sehr* gut aus, Kieran«, sagten sie und: »Wer ist deine reizende Freundin, *Kieran*?«

Nach einer besonders aufschlussreichen Begegnung mit einer Kollegin seiner Mutter, die ihn fragte, ob er in letzter Zeit irgendwelches Porzellan zerdeppert habe, nahm ich einen großen Schluck Prosecco und murmelte: »Warum sind die alle so überrascht, dass es dir gut geht? Ich hab mir noch nie von so vielen Leuten gewünscht, dass sie in den nächstbesten See springen. Gibt es in der Nähe einen großen See?«

Er schnaubte. »Herzlich willkommen in den Jahren meines Lebens, die ich nie wieder zurückbekomme.«

Später, nachdem ich die Toilette aufgesucht hatte, schlenderte ich durch das Haus der O'Neills. Die Küche war eine Studie in Midcentury-Avocadogrün, mit ährengoldenen und rostfarbenen Paisley-Vorhängen vor den Fenstern sowie einem blitzsauberen weißen Elektroherd, der nicht aussah, als wäre er oft in Benutzung. Durch die nur angelehnten Türen in einem Flur konnte ich weiß bezogene Betten sehen, als wäre dies ein Krankenhaus und kein Zuhause. Doch dann entdeckte ich Fotos an den Wänden.

Bauschige Frisuren und ebenso bauschige Brautjungfernkleider auf der linken Seite wichen einem Babyfoto, dann einem zweiten. Ich zückte mein Handy und hielt Kierans niedliche Wangen und sein flaumiges Karottenhaar für zukünftige Erpressungszwecke fest.

Es folgte eine Reihe von Schulporträts. Milchzähne fielen aus, Erwachsenenzähne wuchsen nach, die Gesichter wurden länger und die Wangenknochen ausgeprägter. Brians Haare nahmen einen kastanienbraunen Ton an, und er begann, eine Brille zu tragen. Aber nach der neunten Klasse gab es keine Schulfotos mehr von Kieran. Um genau zu sein, gab es überhaupt keine Bilder mehr von ihm. Da war Teenager-Brian, der mit ins Haar geschobener Schutzbrille in einem Highschool-Labor eine Urkunde hochhielt, Brian, der einem älteren Mann mit Flieger-Sonnenbrille die Hand schüttelte, während er eine Trophäe aus Kristall in der anderen hielt. Ich ging weiter, aber immer noch kein Kieran.

Bei einem Bild, das aussah wie ein College-Abschlussfoto, blieb ich stehen. Brians Haar schimmerte bronzefarben in der Sonne. Die blauen Blumen in der Brusttasche seines Jacketts passten zu dem tropischen Muster von Maureens Kleid und Joes kobaltfarbener Krawatte. Letzterer hatte seinen Arm fest um jemanden geschlungen, der halb aus dem Bild herausfiel.

Scheiße, das war nicht irgendein Punk.

Das Haar von Teenager-Kieran stand in schwarzen Stacheln vom Kopf ab. Silberne Piercings zierten seine rechte Augenbraue und die Unterlippe, genau dort, wo jetzt seine Narben waren. Sein glänzendes, anthrazitfarbenes Hemd verlieh seiner Haut eine Totenblässe und ließ sowohl die violetten Ringe unter als auch die Rötung in seinen Augen noch stärker hervortreten. Der dürre Teenager auf dem Foto strahlte eine nicht zu übersehende Unzufriedenheit aus. Es war mir unmöglich, ihn mir heute so vorzustellen. Er hatte es so weit gebracht. Nicht nur dass er trocken geworden war und die Hilfe gefunden hatte, die er brauchte. Er hatte auch ein Ziel.

»Geht es Ihnen gut, Ellie?«, fragte Maureen hinter mir.

»Danke, ich brauchte nur einen Moment für mich«, sagte ich.

»Haben Sie einen schönen Abend?« Ihre Stimme war so zart wie der Rest von ihr, aber in diesem Moment erinnerte ich mich an etwas Wichtiges aus den Fantasy-Romanen, die ich als Teenager so gerne gelesen hatte. Feenköniginnen waren nicht immer freundlich. Sie konnten sogar richtig fies sein, wenn sie glaubten, dass jemand eine Bedrohung für ihr Reich darstellte.

»Ja, danke, Mrs O'Neill.«

»Oh Gott, ich habe Ihnen doch gesagt, Sie sollen mich Maureen nennen. Kein Grund, so formal zu sein.« Sie legte den Kopf schief. »Wie genau haben Sie und Kieran sich noch mal kennengelernt?«

»Wir arbeiten zusammen an seinem Kochbuch«, sagte ich, heute bereits zum hundertsten Mal, und sprach insgeheim ein kleines Dankgebet, dass sie im Gegensatz zu Brian das Video offensichtlich noch nicht gesehen hatte.

»Natürlich, stimmt ja.« Sie gluckste. »Verzeihen Sie mir. Es ist einfach immer noch schwer zu glauben, dass er ein Buch mit seinem Namen darauf herausbringen wird. Allerdings glaube ich nicht, dass es wirklich zählt, wenn er es nicht selbst geschrieben hat.«

»Und ob das zählt. Er arbeitet genauso hart wie ich. Sogar härter, da er höhere Hürden zu überwinden hat.«

Ihr Lächeln war spröde. »Nun, ich weiß auf jeden

Fall, dass Kieran in der Lage ist, etwas zu erreichen, wenn jemand wie Sie bereit ist, eine Beziehung mit ihm einzugehen.«

»Jemand wie ich?«

Sie musterte mich von Kopf bis Fuß. »Seriös. Elegant gekleidet, wenn auch ein wenig extravagant mit den Farben. Beste Manieren, redegewandt. Offensichtlich haben Sie auf Ihre Eltern gehört, als sie Ihnen beigebracht haben, wie man sich benimmt.«

Ich verkniff mir ein Schnauben bei dem Gedanken an meinen biologischen Vater als Mr Gute-Manieren. Allein die Vorstellung …

»Kieran hat Ihnen vermutlich nicht erzählt, wie oft wir ihm aus irgendwelchen Schwierigkeiten heraushelfen mussten«, fuhr sie fort.

Ich blinzelte irritiert. »Nein, hat er nicht.«

Sie hob eine Hand und zählte an den Fingern ab. »Er hat den Unterricht geschwänzt. Er hat mir Geld aus dem Portemonnaie gestohlen. Er hat mehr als einmal unsere Autos zu Schrott gefahren. Ganz zu schweigen von der Trinkerei, mein Gott. Er hat absolut nichts vertragen. Wir haben uns so geschämt.«

Ich konnte mich in letzter Sekunde davon abhalten, die Augen zu verdrehen. Während sie fortfuhr, Kierans Vergehen aufzuzählen, wurde mir klar, dass sie regelrecht genoss, all das rauszuposaunen, was er falsch gemacht hatte. Als ob sie nicht wollte, dass er jemals erwachsen wurde, weil sie dann die Märtyrerinnen-Rolle abgeben müsste.

»Aber das ist ja alles lange her. Endlich ist er so

geworden, wie wir ihn uns immer gewünscht haben, und wir können wieder erhobenen Hauptes durch die Welt gehen.«

Allein der Gedanke, der Grund für den Stolz dieser versnobten Plastikmenschen zu sein, schürte in mir den Wunsch, zehn weitere Gläser Prosecco runterzustürzen, auf ihren Esstisch zu klettern und eine Amy-Winehouse-Karaoke-Performance hinzulegen … Aber alles, was nötig war, um sie zu schockieren, war die Wahrheit.

»Ich habe meinen Vater seit über zwanzig Jahren nicht gesehen«, begann ich. »Soweit ich weiß, ist er immer noch der Leadsänger der zweitbesten Hair-Metal-Band in Spokane. Meine Mutter hat ihr Geld für Klamotten und Männer ausgegeben. Manchmal musste ich mein Sparschwein schlachten, um für meinen Bruder und mich eine Nudelsuppe im 7-Eleven kaufen zu können. Ich habe *trotz* meiner Eltern etwas aus meinem Leben gemacht, nicht *wegen* ihnen. Das ist einer der Gründe, aus denen ich mich in Ihren Sohn verliebt habe. Ich wusste, dass er genauso ein Überlebenskünstler ist wie ich. Aber vielen Dank für das Kompliment. Wenn Sie mich jetzt entschuldigen würden.«

Während ich mich von ihrem entsetzten Stottern abwandte und den Flur entlanglief, hallten meine Worte in meinem Kopf nach. Hatte ich mich in Kieran verliebt? Er brachte mich zum Lächeln. Und zum Lachen. Das war es, was Freunde taten, nicht wahr? Andererseits stellten sich Freunde nicht vor, wie sie zärtliche Küsse tauschten und stundenlang die nackte Haut des anderen erkundeten.

*Scheiße*, ich steckte in Schwierigkeiten. Ich wusste nicht mehr, wo der Schwindel aufhörte und wo die Realität begann. Alles, was ich wusste, war, dass ich es keine weitere Minute in diesem klaustrophobischen Haus mit falschem Lächeln und bescheuerten Erwartungen aushielt.

## Kieran

Nein, ich würde mich nicht wie ein Creep verhalten und Ellie bis vors Bad folgen. Ich würde hierbleiben und so tun, als könnte ich mit all diesen Leuten, die mich überhaupt nicht kannten, umgehen.

Ich lehnte mich mit dem Rücken an die Mauer und nippte an meinem Softdrink, konzentrierte mich darauf, wie gut das künstliche Zitronen-Limetten-Aroma schmeckte, auf die harte Oberfläche in meinem Rücken, den Duft von Orangenblüten in der Luft.

»Trinkst du immer noch nicht?«, fragte mein Vater aus einem Meter Entfernung.

So viel zum Thema Entspannung.

Für einen großen Kerl konnte er sehr unauffällig sein. Das hatte ich als Kind immer wieder aufs Neue gelernt, wenn ich geglaubt hatte, mit etwas davonzukommen. Wie von Zauberhand war er plötzlich hinter mir aufgetaucht, und ich wurde bestraft.

»Im November bin ich fünf Jahre trocken«, sagte ich mit einem gezwungenen Lächeln.

»Aber es macht dir nichts aus, wenn ich trinke?« Er fuchtelte mit seinem Whiskyglas vor meinem Gesicht herum.

»Nope.« Bourbon war nie der Drink meiner Wahl gewesen. Er schmeckte nach Wut und Enttäuschung, Wodka dagegen hatte mich innerlich sauber gebrannt.

»Gut. Es wäre ja auch absurd, wenn du nach all deinen jugendlichen Eskapaden plötzlich zum Heiligen geworden wärst.«

Wie so oft, wenn mein Vater sprach, wollte er gar keine Antwort. Wir standen schweigend da und beobachteten die Menge. Als ich aus dem Augenwinkel etwas Lilafarbenes aufblitzen sah, machte mein Herz einen kleinen Luftsprung. Doch eine von Moms Freundinnen aus der Bibliothek hielt Ellie auf, die lächelnd und nickend Mrs Langes Geschnatter über sich ergehen ließ, anstatt zu mir zurückzukommen.

Dad folgte meinem Blick. »Sie scheint nett zu sein.«

»Ist sie auch«, sagte ich. »Ich habe Glück.«

»Es gibt ein Wort für diese Sorte.«

Meinte er hinreißend? Hypnotisch? Göttin?

Er schnippte mit den Fingern. »Rubensfrau. Ich hoffe, sie achtet auf ihre Gesundheit.«

Und das von dem Mann, der Whisky trank wie Wasser?

»Ihr geht's gut.«

Er schüttelte wehmütig den Kopf. »Noch. Seid ihr schon länger zusammen?«

»Seit ein paar Monaten.«

»Also noch in der Flitterwochenphase. Daran erinnere ich mich gut. Deine Mutter war so winzig und zart, damals im College. Ich konnte sie mit einem Arm hochheben.«

Ich wusste nicht, was ich mit seinem liebevollen Lächeln anfangen sollte. Es war ein so seltener Anblick.

Er nahm einen großen Schluck aus seinem Glas und war plötzlich wieder ganz nüchtern. »Ich möchte dir einen Rat geben, jetzt, da du auf dem Weg nach ganz oben bist.«

Ich blinzelte. Ein Ratschlag? Von ihm?

»Stell sicher, dass Ellie weiß, dass deine Arbeit immer an erster Stelle kommt«, sagte er, als würde er eine gottgegebene Wahrheit verkünden.

»Ellie weiß, dass Arbeit wichtig ist«, sagte ich. »Sie ist auch wahnsinnig gut in dem, was sie tut.«

Er schüttelte den Kopf. »Das meine ich nicht. Du bist erfolgreicher als sie, und ich bin sicher, du verdienst mehr. Sie ist nur eine Schriftstellerin; das heißt, sie wird immer nur knapp über die Runden kommen. Es wäre besser, wenn sie das aufgibt und es dir stattdessen zu Hause schön macht und dich unterstützt, wenn du etwas brauchst.« Eine schwere Hand legte sich auf meine Schulter. »Außerdem ist Erfolg etwas, wofür man immer weiterarbeiten muss. Du darfst niemals selbstzufrieden sein und nicht den Fokus verlieren. Hast du das verstanden?«

Auf einmal schmeckte die Sprite bitter. In diesem

Moment wurde mir klar, warum ich ihn als Kind immer erst spätabends zu Gesicht bekommen hatte – er hatte ständig gearbeitet. Ich begriff, warum er mich an den Wochenenden ignoriert hatte, außer um mich anzuschreien, und warum meine Mutter so angespannt und müde ausgesehen hatte, wenn sie seinen Schlüssel im Schloss hörte, warum sie zur Spätschicht in der Bibliothek oder fürs monatliche Bridge mit ihren Freundinnen praktisch aus dem Haus gestürzt war.

Was für ein kaltes, trauriges Leben.

Doch in ihren Augen wäre ich nur dann erfolgreich, wenn ich das gleiche Leben führte. Immer nur die Arbeit wertschätzte, nicht auch Vergnügen oder Freude oder Liebe. Ihr Wertesystem war nichts als ein Haufen Müll.

»Du weißt gar nichts«, platzte ich heraus.

Das Gesicht meines Vaters nahm einen Ausdruck an, den ich noch nie an ihm gesehen hatte. Ich hatte ihn tatsächlich verblüfft.

»Worüber?«

Seine neuartige Reaktion machte mich mutig. »Über mich. Über mein Leben. Und besonders über Ellie. Also behalte deine beschissenen Ratschläge für dich. Ich will sie nicht.«

Plötzlich roch ich den Duft von Rosen und spürte eine weiche Hand in meiner. »Schatz?«, sagte Ellie.

Ich verschränkte meine Finger mit ihren, und die letzten Ketten, die mich an die beschissenen Ideale meiner Familie banden, fielen von mir ab. Stattdessen wuchs dort, wo sich unsere Hände berührten, etwas Neues, Starkes, Goldenes.

»Ich habe gerade mit meinem Vater über dich gesprochen«, sagte ich, etwas zu laut. »Wie glücklich ich bin, dass du mich in dein Leben eingeladen hast.«

Ellie strahlte vor Glück, als sie meinen Vater ansah. »Oh, ich bin die Glückliche, Mr O'Neill. Kieran ist unglaublich talentiert.«

»Ich bin froh, dass du so denkst«, sagte er und hob die Augenbrauen in meine Richtung. »Er weiß es sehr zu schätzen, dich an seiner Seite zu haben.«

»Das freut mich zu hören.« Ihre Stimme und ihr Gesichtsausdruck waren zuckersüß, aber ich erkannte den scharfen Zug um ihre Mundwinkel. Mein Vater würde nie sehen, dass sie brillant und zielstrebig war und sich nichts gefallen ließ. Das wusste nur ich, und ich genoss den Geschmack dieses Wissens.

»Ich sage nur die Wahrheit«, erwiderte ich großspurig und hob ihre Hand an meine Lippen, um einen Kuss darauf zu hauchen, einfach nur, um meinen Vater zu verwirren.

In den vergangenen drei Monaten hatte ich Ellies Hände eine Million Mal beobachtet, wenn sie Notizen kritzelte, Gemüse schnippelte, Suppe umrührte. Sie benutzte sie, wenn sie sich stritt, gestikulierte, um Details zu verdeutlichen, und wenn sie nachdachte, indem sie mit den Fingern auf ihre Wangenknochen tippte. Aber erst jetzt, als ich ihre Hand von Nahem betrachtete, konnte ich sie wirklich *sehen*. Die blasse, glatte Haut, die grünblauen Adern, die sich darunter

abzeichneten. Die winzigen zimtfarbenen Sommersprossen auf ihren Fingerknöcheln. Ein Hauch von
süßen Zitrus- und Rosendüften, der von der Stelle
ausging, wo sie ihr Parfüm auf das Handgelenk ge-
tupft haben musste.

Dann berührten meine Lippen ihren Handrücken.
Darunter war sie Wärme und Weichheit, Stärke und
Können gleichzeitig.

Es war dumm von mir gewesen, mich darüber lustig zu machen. Natürlich war es heiß, die Hand einer
Frau zu küssen. Ich konnte mir sehr genau vorstellen,
wie ihr Gesicht jetzt gerade aussah, die Augenbrauen
spöttisch hochgezogen, den Mund zu einem ironi-
schen Kommentar verzogen, den sie sich verkniff.

Doch dann hörte ich einen leisen Seufzer, und mein
Kopf ruckte hoch, um ihren Blick zu suchen.

Der Ausdruck in ihren Augen war nicht belustigt,
sondern verträumt. Benebelt. Als wären wir zusammen aufgewacht, und sie sehnte sich nach dem Gefühl von meiner Haut an ihrer.

Ich hatte vergessen, wie sensibel Hände waren.

Und auf einmal hatte ich eine Idee nach der anderen. Ihr Handgelenk zu küssen und zu spüren, wie
ihr Puls flatterte. Einen Kuss auf ihre Fingerspitzen
zu setzen und sie mit einem Zungenschlag zum Zittern zu bringen. Und sie schließlich, endlich, wenn
sie sich ein wenig wand und nach Luft schnappte, auf
den Mund zu küssen, wo ihre himbeerfarbene Unterlippe am vollsten war.

Dad räusperte sich.

Ich zuckte im selben Moment zurück, in dem Ellie ihre Hand wegzog, und fuhr mir mit bebenden Fingern durch die Haare.

Dann hörte ich meinen Vater wie aus sehr weiter Ferne brummen: »Euer Geturtel ist ja ganz nett, aber ich sollte mal nachsehen, wo Maureen abgeblieben ist.« Damit schlenderte er davon.

Ellie hob eine Hand und richtete meine Krawatte. Zitterte sie auch? Nur ein kleines bisschen?

»Gut, schau mich weiter so an«, flüsterte sie mit leicht rauer Stimme.

Selbst wenn ich es gewollt hätte, wäre ich nicht in der Lage gewesen, den Blick von ihr abzuwenden. »Wie denn?«

Sie streckte die andere Hand nach oben und strich mit dem Daumen sanft über die Narbe in meiner Augenbraue, wo früher mein Piercing gesessen hatte. »Als würdest du mich anbeten.« Ihr Blick zuckte zur Seite.

Ich bemerkte, wie meine Eltern uns anstarrten, die Arme verschränkt, die Lippen zusammengepresst.

»Vielleicht sollten wir uns küssen? Nur um noch überzeugender zu sein?«, flüsterte ich, und in der Sekunde, in der sie »Ja« sagte, berührte ich ihre Lippen mit meinen.

Jedes Mal, wenn ich zuvor jemanden geküsst hatte, hatte der Kuss bedeutet: »Du bist heiß« und »Zieh dich aus«. Eine Vorschau auf das, was bevorstand, schnell und hart. Aber Ellies Fingerspitzen strichen so sanft über meinen Wangenknochen wie Rosenblüten. Fuhren über meine Schläfe, meine Kieferpartie. Sie berührte mich, als wäre ich wertvoll. In meinem ganzen Leben war noch nie jemand so zärtlich zu mir gewesen. Ihre Lippen sagten: »Ich bin hier« und »Sei mein«.

Halt. Stopp! Sie tat nur so als ob. Wir beide taten nur so als ob. Auch ein Fake-Kuss konnte nach Vanillemilchshakes und Prosecco schmecken und sich anfühlen, als würde man auf einer Wolke schweben.

»Sind sie weg?«, flüsterte Ellie an meinem Mund.

Ich hob den Kopf, obwohl etwas in mir mich anschrie, sie weiter zu küssen. »Ja, sie sind davongestürmt.«

»Die beiden sind wie füreinander geschaffen. Ich bin mir sicher, sie trinken Essig zum Frühstück. Aber nur Champagner-Essig, denn sonst könnten die Leute ja reden.«

Ich stieß ein schallendes Lachen aus. Sie war so unglaublich gemein, und ich liebte es.

»Aber jetzt mal im Ernst, wie geht es dir?«, fragte Ellie. »Ich finde nämlich, dass das hier die furchtbarste Party aller Zeiten ist.«

Meine Anspannung entlud sich in einem einzigen tiefen Atemzug. »Damit hast du nicht unrecht.«

Sie biss sich auf die Lippe und sagte dann: »Ich bin mir nicht sicher, ob mir die Kanapees bekommen sind. Hättest du was dagegen, wenn wir ins Hotel zurückfahren?«

Augenblicklich schaltete sich mein Beschützerinstinkt ein. »Oh nein, das tut mir leid.«

Sie beugte sich vor und flüsterte: »Mir ist nicht schlecht. Aber ich habe deiner Mutter eben gesagt, dass sie den Preis für die schlechteste Mutter aller Zeiten gewonnen hat. Du solltest mich also von hier wegbringen, bevor ich noch was Schlimmeres anstelle.«

Beinahe hätte ich laut gejubelt. »Natürlich können wir gehen«, sagte ich stattdessen laut. »Es tut mir leid, dass es dir nicht gut geht, Schatz.«

Ich hätte mich wegen des Kosenamens ohrfeigen können, aber den Bruchteil einer Sekunde später erwiderte sie: »Danke, Honey.«

Ich beugte mich zu ihr vor und wisperte ein leises »Danke«, so dicht an ihrer Schläfe, dass ich mich unwillkürlich noch ein Stück weiter vorlehnte, um mit den Lippen darüberzustreichen. Mom und Dad konnten schließlich jeden Moment zurückkommen. Auf keinen Fall dachte ich daran, dass Ellie die perfekte Größe für mich hatte, um sie dort zu küssen, und auch nicht daran, wie wir auf andere Weise zusammenpassen würden.

Ich führte sie zu meinen Eltern, und wir entschuldigten uns. Ellie war plötzlich ganz blass, zog eine Grimasse und rieb sich den Bauch.

Meine Mutter, die kranke Menschen nicht in ihrer Nähe haben wollte, scheuchte uns förmlich hinaus.

Als Ellie und ich die Straße hinuntergingen, wurde mir klar, dass sie, sobald wir zurück im Hotel waren, ihre Nase in einem Buch vergraben und ich meine Kopfhörer aufsetzen würde. Ich wollte Zeit schinden.

»Wollen wir irgendwo hingehen?«, fragte ich.

Sie lachte. »Überallhin, solange es nicht diese steife Party ist.«

»Wie klingt frische Luft?«

»Perfekt«, sagte sie und grinste breit. »Wer zuerst am Auto ist.« Dann sprintete sie los.

Und während ich ihrem fröhlichen Lachen hinterherlief, hatte ich das Gefühl, ich könnte fliegen.

# 16

## Kieran

Als wir in Ventura ankamen, streckte der Nebel seine dünnen Finger über den Ozean. Es war lange her, dass ich an diesem Strand gewesen war, lange her, dass ich hier nüchtern gewesen war. Und als ich mit Ellie, Converse und Socken in der Hand zum Wasser ging, war mir alles ganz bewusst. Die kühlen Sandkörner unter meinen Zehen, die Luft. Die Frau an meiner Seite, ihre üppigen Kurven im Kontrast zu meinen scharfen Kanten.

Sie begann leise zu reden, als ob sie noch über die Worte nachdachte, während sie sie aussprach. »Ich glaube, du warst als Kind so schwierig, weil sie dich in diese lächerliche Schublade stecken wollten. Jedes Mal, wenn du Mist gebaut hast, waren sie wütend auf dich, anstatt zu fragen, ob die Schublade überhaupt die richtige für dich ist. Und jetzt, wo du ausgebrochen bist, jetzt, wo du Hunderte von Meilen von dieser blöden Schublade entfernt bist, rennen sie dir immer noch damit hinterher.«

Ich sah sie an. »Ich kann es aber nicht ändern, dass ich gelogen, Scheiße gebaut und Menschen verletzt habe.« Auch wenn ich es plötzlich unbedingt wollte.

»Das spielt keine Rolle. Es geht nur darum, was du im Hier und Heute willst.«

Ich wollte Ellies Ruhe. Ihre sanfte Nachdenklichkeit. Ich wollte sie trinken und spüren, wie sie mich von innen heraus wärmte.

Als ich merkte, dass sie leicht zitterte, legte ich meinen Arm um sie.

»Hier ist niemand, der uns sehen könnte«, sagte sie, machte aber keine Anstalten, sich von mir zu lösen.

»Ich weiß.«

Mit einem Seufzer schmiegte sie sich an mich, und ich drückte meine Nase in ihr Haar. Saubere Wäsche und Bergamotte.

Ich hätte für immer hier stehen und sie festhalten können. Ihren trockenen Witzen und aufgeregten Erklärungen lauschen. Obwohl es noch besser gewesen wäre, sie im Bett zu halten, herauszufinden, ob der Rest ihres Körpers genauso seidig weich war wie ihre Hände. Ich wollte ihr so nahe sein, wie ich nur konnte, ineinander verschlungen, ihre Stärke und ihre Geborgenheit einatmen, während ich meine ganze Einsamkeit ausatmete.

»Wir sollten Sex haben«, platzte ich heraus.

Sie zuckte zurück. »Was?«

Ich war wie Wile E. Coyote, der über die Klippe hinweg sprintete, ohne zu merken, dass er keinen Boden mehr unter den Füßen hatte. »Wir sind heiß aufeinander«, sagte ich und versuchte, nicht so verwirrt zu klingen, wie ich mich fühlte. »Wir sollten Sex haben.«

»Ja, nein, ich meine, ich kapier immer noch nicht, was du damit sagen willst.«

»Wir müssen diese Spannung zwischen uns loswerden«, erwiderte ich verzweifelt.

Sie blinzelte. »Welche Spannung?«

»Du willst jetzt nicht behaupten, du hättest sie nicht gespürt?« Ihre Hand zu küssen, war ein erotisches, zärtliches Gefühl jenseits meiner kühnsten Träume gewesen. Von ihrem Mund ganz zu schweigen.

»Das war gespielt«, sagte sie zu den Wellen.

Ihre Worte versetzten mir einen Stich, aber ich versuchte, mich davon nicht beirren zu lassen. »Wenn du so fake-küsst, warn mich bitte vor, falls du vorhast, es richtig zu tun, denn dann muss ich zuerst mein Testament schreiben.« Sie lachte nicht. »Das ist sehr schmeichelhaft, aber ich bleibe immer noch an dem Wort *sollten* hängen. Warum *sollten* wir Sex haben? Weil es nämlich mehrere sehr gute Gründe gibt, aus denen wir *keinen* Sex haben sollten.«

Ich ließ den Kopf in die Hände sinken. »Jesus, du bringst mich um. Man grabe mir ein Loch und stecke mich rein.«

»Tut mir leid, dass du dich so fühlst, aber in welchem Universum bringt Sex bitte *weniger* Spannung in eine Beziehung?«

Ich sah auf. »Heißt das, du hattest noch nie eine Freundschaft mit gewissen Vorzügen?«

Sie ging ein paar Schritte davon. »Oh mein Gott, ich kann das einfach nicht glauben.«

»Bedeutet das Nein?«

Als sie sich wieder umdrehte, war ihre Miene ungläubig. »Das ist ein definitives, das würde ich niemals machen, was um alles in der Welt ist in dich gefahren? Nein.«

Ich versuchte mit aller Macht, die »Du bist nicht gut genug«-Tonspur in meinem Kopf zu ignorieren. »Du brauchst gar nicht so voreingenommen zu sein. Jede, mit der ich es je gemacht habe, hat das genauso gesehen wie ich.«

Sie schüttelte den Kopf. »Darum geht es nicht. Ich verurteile andere Menschen nicht dafür, dass sie tun, was sie tun müssen. Aber weißt du, was Sex bewirkt? Er produziert Oxytocin. Bindungshormone. Die schwirren im Körper frei herum und machen alles warm und kuschelig und weich. Jeder, der glaubt, dass er mehr als einmal Sex haben kann, ohne dabei irgendwelche Gefühle zu empfinden, macht sich was vor. Denn Gefühle zu empfinden, ist *Biologie*.«

Ich hob ergeben die Hände. »Okay, Einstein, ich verstehe, was du meinst.«

»Einstein war kein Biologe.«

Ich lachte ungläubig. »Ich sage dir, dass ich nackt in deinem Bett liegen will, und du klugscheißerst rum?«

Ellie wurde rot. »Fakten zu nennen, ist keine Klugscheißerei. Das nennt man Pedanterie.«

Sie war so verdammt intelligent und spielte so verdammt weit außerhalb meiner Liga. Aber in diesem Moment hätte sie beschließen können, mich bei lebendigem Leib zu verspeisen, und ich hätte ihr Messer und Gabel gereicht.

»Hör zu«, sagte sie. »Wir machen gute Fortschritte mit dem Buch. Jetzt miteinander zu schlafen, würde alles durcheinanderbringen.«

Ich konnte mir nicht helfen. »Darf ich dir eine Frage stellen?«

Sie schloss die Augen. »Das werde ich noch bereuen. Aber ja, klar.«

»Willst du mich auch?«

»Das ist …«

»Irrelevant«, sagten wir gleichzeitig.

Sie lächelte schief. »Magst du inzwischen etwa auch Fremdwörter?«

»Ja oder nein, Ellie.«

Sie schlug sich die Hände vors Gesicht. »Ich sollte nicht«, presste sie zwischen den Fingern hindurch hervor.

»Also ja«, schlussfolgerte ich ungeduldig.

Sie nahm die Hände runter. »Um Himmels willen. Ja, Kieran. Ja, ich fühle mich sexuell zu dir hingezogen.« Meine Gedanken blieben an dem Wort »sexuell« hängen, sodass ich fast überhörte, was sie als Nächstes sagte. »Aber ich werde dem nicht nachgeben. Ende der Geschichte.«

## Ellie

Auf dem Rückweg nach Ojai sprachen wir kaum miteinander, und wenn, dann waren wir sehr höflich. Der warme Fluss der Komplizenschaft, der uns durch die Party und an den Strand getragen hatte, war versiegt. Irgendwann hörte ich auf mitzuzählen, wie oft wir zueinander sagten »Du zuerst«, als wir ins Motel zurückkamen und aus unseren Partyklamotten in etwas Bequemeres schlüpfen wollten. Fast hätte ich Schere, Stein, Papier vorgeschlagen, als Kieran herausplatzte: »Ladies first, verdammt noch mal«, und ich nachgab.

Im Bad zog ich mich aus, spülte den Sand von meinen Füßen und duschte das süße, würzige Parfüm, das Max mir zu unserem letzten Jahrestag geschenkt hatte, ab. Er hatte sich so gefreut, es mir zu überreichen, dass ich es nicht übers Herz gebracht hatte, ihn daran zu erinnern, dass ich es nicht tragen konnte, wenn ich arbeitete – was die meiste Zeit der Fall war.

Ich rieb mein Gesicht mit Make-up-Entferner ein und beobachtete beim Abwaschen, wie meine Feste-Freundin-Maske in rosaschwarzen Strudeln gurgelnd im Abfluss verschwand. Und die ganze Zeit über hallten Kierans leidenschaftliche und überraschende Worte in meinem Kopf nach.

*Wir sollten Sex haben*, hatte er gesagt. Als ob es sich um eine Art biologischen Imperativ handelte.

Mein nacktes Gesicht starrte mich mit großen Augen an, erregt und unsicher. Der schöne Mann auf der anderen Seite der Tür wollte Sex mit mir. Und es wäre so einfach. Tad wusste nicht, dass wir uns ein Zimmer teilten. Er wusste nicht, dass wir uns geküsst hatten und dass sich die Küsse wie ein Feuerwerk angefühlt hatten.

Aber ich würde wissen, dass ich mein Versprechen gebrochen hatte.

»Neuer Schlafanzug?«, fragte Kieran, als ich aus dem Bad kam.

Ich sah auf das Hemd und die Hose mit ihren Gerade-frisch-aus-der-Verpackung-genommen-Falten hinunter. »Ja. Normalerweise trag ich keinen Pyjama.« Bei den letzten Worten wurde ich knallrot. Ganz oben auf der Liste der Dinge, die Kieran nicht zu wissen brauchte, stand, dass ich normalerweise nackt schlief. »Vergiss, was ich gesagt habe.«

Ich hätte schwören können, dass ich Kieran schlucken sah, vielleicht bildete ich es mir aber auch nur ein. »Ich gehe dann auch mal duschen.«

Und mit dem Duschen nahm er es offensichtlich sehr genau. Ich hatte ein Kapitel in meinem Buch gelesen und bereits das Licht gelöscht, als ich hörte, wie die Badezimmertür geöffnet wurde.

Hastig schloss ich die Augen und befahl mir einzuschlafen. Ohne Erfolg. Das ungewohnte Bett war hart, und mir war heiß, und jedes Mal, wenn ich mich umdrehte, zerrte der Stoff meines Schlafanzugs an mir. Wie ertrugen Menschen es, in Kleidung zu schlafen? Machte es ihnen nichts aus, dass sie schwitzten?

In diesem Moment hörte ich ein leises Schnaufen von der anderen Seite des Zimmers. Wenigstens konnte einer von uns schlafen. Ich zählte Schafe. Ich versuchte sogar, mich unter der Bettdecke zu vergraben und Kohlendioxid einzuatmen.

Als ich schließlich die Decke zurückwarf und die

Nachttischlampe anknipste, bemerkte ich, dass ich nicht die Einzige war, die überhitzt war. Kieran hatte die Decke nach unten geschoben, sodass sie sich um seine Unterschenkel gewickelt hatte. Das weiche, goldene Licht beleuchtete seinen langen, blassen, sommersprossigen Rücken, der durch den Bund seiner schwarzen Boxershorts abgeschnitten war. Er hatte die Arme um ein Kissen geschlungen, in das er die Wange drückte, als würde er träumen, etwas festhalten zu müssen.

Ehe ich es mich versah, kräuselte ein Lächeln meine Lippen. Er war so gut darin gewesen, mich zu halten. Mich zu küssen. Er küsste, als wäre es das Einzige auf der Welt, was er wollte. Selbst das Gefühl seiner Lippen auf meiner Hand war überwältigend gewesen und hatte in keinerlei Verhältnis zu der tatsächlichen Berührung gestanden.

Ich befahl mir, ihn nicht länger anzustarren. Aber ein anderer Teil meines Gehirns war offensichtlich fest entschlossen, sich vorzustellen, wie es wäre, den Gefallen zu erwidern. Seinen Nacken zu küssen, mit der Zunge zwischen seinen Schulterblättern hindurchzufahren, am Ansatz seiner Wirbelsäule zu saugen.

Ich durfte nicht mit Kieran schlafen. Ich durfte meine langfristigen Pläne und Verpflichtungen nicht für ein kurzfristiges Vergnügen opfern. Selbst wenn ich mich mehr nach diesem Vergnügen sehnte als nach meinem nächsten Atemzug.

Ich löschte das Licht und drückte mir das Kopfkissen aufs Gesicht.

# 17

## *Ellie*

»Hallo, Co-Writerin«, begrüßte mich Kieran in seiner letzten Sprachnachricht. »Ist es sonnig in Berkeley? Hier ist es eiskalt – der Sommer in San Francisco ist eine Lüge. Ich habe mir sogar einen Teekessel und einen Tee gekauft, den Tee mache ich wie meine Mutter, superstark und mit viel Milch. Das letzte Mal, als ich Milch gekauft habe, habe ich gelernt, dass sie sich in weißen Schleim und gelbes Horrorwasser aufspaltet, wenn man sie zu lange im Kühlschrank stehen lässt. Wie auch immer, genug von meinem *irrelevanten* Geschwafel.«

Ich lächelte mein Handy an. Seine Abschweifungen hatten sich zu meinem Lieblingsteil seiner Sprachnachrichten entwickelt. Wenn er abgelenkt war, sagte er die interessantesten Dinge.

»Deine Idee bezüglich der Zwiebeln in der Suppe für das *Comfort*-Kapitel war gut. Sie sollten dünn geschnitten werden wie auf dem zweiten Bild, das du geschickt hast, und nicht dick wie auf dem ersten, sonst werden sie nicht richtig weich. Sie wären dann nur schwimmende Gummibänder. Gibt es ein Wort dafür, etwas in so dünne Scheiben zu schneiden, dass man da hindurch Zeitung lesen könnte? Durchsichtig, oh Mann, ich bin so ein Honk, das ist das richtige Wort dafür.«

Floyd sprang auf, schnüffelte am Handy und miaute.

»Übrigens finde ich den Auftritt von Floyd im letzten Video toll«, fuhr Kieran fort. Als er seinen Namen hörte, horchte mein Kater auf. »Bei dir dreht sich wirklich alles um ihn, oder?«

Die Wärme seiner Stimme hüllte mich ein wie eine kuschelige Kaschmirdecke.

»Wie auch immer, ich muss los. Diese Gewichte heben sich nicht von selbst. Ich hoffe, es läuft heute gut. Tschüss.«

Jetzt hatte ich ein Bild von ihm vor Augen, muskulös und verschwitzt.

Heftig schüttelte ich den Kopf, um es loszuwerden. Genauso wie ich die langen Blicke ignorieren musste, die er mir seit Wochen zuwarf. Genauso wie ich meine Hand zurückziehen musste, wenn sie seiner bei der Vorbereitung von Rezepttests zu nahe kam. Wenn ich mich normal, geschäftsmäßig und aufgabenbezogen verhielt, war es, als hätte ich nie daran gedacht, mit meinem Kollegen zu schlafen. Als hätte ich nie darüber nachgedacht, all meine Pläne über den Haufen zu werfen.

In schwachen Momenten hallte seine Bitte noch immer in meinem Kopf und tiefer gelegenen Körperregionen wider wie das Versprechen von kühlem Wasser und einer süßen Brise. Doch ich hatte mich abgewandt und stapfte weiter durch die blöde Wüste, während die Temperatur stieg und stieg.

Nun, es gab immer die Option von mehr Arbeit. Ich musste die Zwiebeln in hauchdünne Scheiben schneiden und sie dann in Butter anschwitzen, bis sie zu einem karamellig-süßen Knäuel verkocht waren. Aber während ich rührte, summte ich nicht Mozart oder Puccini, sondern ein dunkler, sehnsüchtiger Song von The National, den er mir auf der Heimfahrt von Ojai vorgespielt hatte. Während der sechsstündigen Fahrt hatten wir Alben getauscht, meine Klassik- und Jazzplatten gegen seinen traurigen Indie-Rock. Während ich beobachtet hatte, wie er mit den Händen unruhig auf seine Schenkel klopfte, hatte ich unwillkürlich daran gedacht, wie es wäre, wenn sie meine Brüste berührten, mich zwischen meinen Beinen streichelten. Wenn sich sein Mund bewegte, hatte ich mich daran erinnert, wie er sich auf meinem anfühlte.

Offen.

Warm.

Erdbeersüß.

Mein Unterbewusstsein war auch nicht wirklich kooperativ. Meine Träume überschlugen sich förmlich mit Bildern, die jedem Romance-Autor die Röte in die Wangen getrieben hätten. Zusätzliche Yogaeinheiten, tägliche Spaziergänge, mehr Sitzungen mit meinem Vibrator – nichts half. Aber konnte ich ohne Garantie, dass er bleiben würde, mit ihm schlafen, nur um einen Juckreiz zu stillen? Ganz zu schweigen von der Sache mit meinem Job und meiner Zukunft, die an seinen Erfolg gebunden war. Und die Sache mit dem Belügen von Tad.

Ich konnte mich gedanklich im Kreis drehen. Oder ich konnte das tun, was ich immer tat, wenn ich nicht weiterwusste.

»Hallo, Freundin.« Nicoles Stimme am Telefon klang, als käme sie aus weiter Ferne.

»Darf ich dich was fragen?« Ich stützte mich auf die Arbeitsfläche.

»Klar. Ich bin auf dem Weg zum Familienessen, aber die nächsten zwanzig Minuten gehöre ich dir.«

»Was kocht Mama Salazar heute?«

»Kare kare. Und bevor du fragst, ja, sie macht was für dich mit.«

»Ich liebe ihre Ochsenschwänze! Bitte sag ihr ein *großes* Dankeschön von mir, aber vor allem auch zum hundertsten Mal, dass das, was ich wirklich will, das Rezept ist. Niedergeschrieben!«

Sie schnaubte. »Alter, sie verrät nicht mal ihrer einzigen Tochter ihre Kochgeheimnisse. Keine Ahnung, was du tun müsstest, um sie rumzukriegen.«

*Rumkriegen.* Es musste wirklich schlimm um mich stehen, wenn plötzlich alles doppeldeutig war.

»Hör auf, mich hinzuhalten«, sagte Nicole. »Was ist los?«

Ich stellte mein Handy auf Lautsprecher und bettete meinen Kopf daneben. »Ganz hypothetisch gesprochen, wie hat man einen One-Night-Stand?«

Erst dachte ich, die Verbindung sei abgebrochen, doch dann hörte ich sie sagen: »Man? Wie hat *man* einen One-Night-Stand? Warte mal kurz.« Als Nächstes ertönte ein Heulen aus dem Lautsprecher, das einem Kojoten hätte Konkurrenz machen können.

»Gib Bescheid, wenn du damit fertig bist, dich über mich lustig zu machen. Ich bin sehr geduldig.«

»Ha-ha!«, keuchte sie. »Gott, das habe ich gebraucht, danke.« Ein weiteres Kichern, dann: »Also, One-Night-Stands, hm? Warum fragst du mich ausgerechnet jetzt nach meinem Fachwissen?«

»Ich bin neugierig.«

»Nun, Professorin, um eine sexuelle Beziehung einzugehen, würde man sich an das Zielsubjekt wenden und die traditionellen Paarungsrituale der Spezies durchführen.«

»Ich hasse dich.«

»Ist mir vollkommen klar. Aber ich stelle mir gerade vor, wie du in einer Bar stehst und einen auf David Attenborough machst.«

Ich hob den Kopf. »Das klingt eigentlich ganz lustig. Also, Frau Doktor, bitte klären Sie mich auf: Worin bestehen die traditionellen Paarungsrituale unserer Spezies?«

»In erster Linie aus Lächeln und Blickkontakt, gefolgt von Annäherung und ein paar Berührungen.«

Wie mein Daumen, der Kierans Augenbraue streichelte. Sein Mund, der meine Schläfe streifte.

»Hypothetischer Sex, der nicht in einer Beziehung stattfindet, unterscheidet sich nicht so sehr von hypothetischem Sex in einer Beziehung, Süße«, fuhr sie sachlich fort.

»Die haben in den letzten drei Jahren keine neuen Tricks erfunden? Gut zu wissen«, scherzte ich trocken.

Nach einem Moment der Stille sagte Nicole: »Was willst du mich wirklich fragen, Ellie?«

Notiz an mich selbst: Such dir weniger scharfsinnige Freundinnen.

»Glaubst du, dass *ich* in der Lage bin, Sex ohne weitere Verpflichtungen zu haben?«, flüsterte ich.

»Rein hypothetisch?«

»M-hm.«

»Glaubst *du*, du kannst Sex ohne Liebe haben?«

»Ich glaube nicht, dass ich Sex haben könnte, ohne mich sicher zu fühlen.«

»Einverständnis ist wichtig.«

»Ich brauche das Gefühl, dass ich nicht das ganze Denken übernehmen muss, glaube ich. Dass ich mich für eine Weile ganz in die Hände eines anderen begeben kann.«

Nicole zögerte einen Moment. »Dann wirst du es in nächster Zeit auf keiner Toilette in irgendeiner Bar treiben. Denn das, wovon du sprichst, setzt entweder voraus, dass man jemandem vertraut oder dass einem wirklich alles scheißegal ist. Ich glaube nicht, dass du Ersteres innerhalb von dreißig Minuten hinkriegst, und Zweiteres entspricht dir nicht. Das mag ich mit am meisten an dir, dass dir nichts egal ist.«

Ich stöhnte frustriert auf. »Genau das habe ich befürchtet.« Bisher hatte ich mein Gewissen nie als Last empfunden, doch in diesem Moment fühlte es sich an wie ein Rucksack voller schwerer Steine.

»Aber wenn du jemanden kennenlernst, den du magst und dem du vertrauen kannst, sehe ich keinen Grund, warum du keine Freundschaft mit gewissen Vorzügen ausprobieren solltest. Du hast einen ziemlich guten Geschmack, was Menschen angeht. Ich meine, immerhin bin ich deine beste Freundin.«

Die Möglichkeit, das Rucksackgewicht loszuwerden, ließ mich aufhorchen. »Das werde ich mir merken.« Doch sofort kehrte die Sorge zurück. »Aber was ist, wenn der Sex schrecklich ist?« Max gegenüber war ich unbeholfen gewesen, als wir den Körper des anderen kennengelernt hatten, aber er hatte gelacht und meine Verlegenheit weggeküsst. Würde jemand anderes genauso geduldig sein?

Nicole schnaubte. »Mein Gott, so verknotet, wie du innerlich bist, musst du unbedingt demnächst Sex haben.« Dann fügte sie beschwichtigend hinzu: »Ich verspreche dir, du hast nicht vergessen, wie man Sex hat. Und selbst *wenn* du schlechten Sex hättest, müsstest du diese hypothetische Person ja nie wiedersehen. Richtig?« Sie hielt einen Moment inne. »Es sei denn, sie hat hypothetische rote Haare und grüne Augen und hypothetische sexy Unterarme von der ganzen hypothetischen Arbeit mit Messern?«

Ich krümmte mich innerlich zusammen. »Oh, ist es schon so spät?«

»Leg jetzt nicht auf! Sprich mit mir.«

»Woher weißt du das?«, flüsterte ich.

»Nun, ihr seid beide heiß, ihr seid beide Single, und ihr arbeitet seit Monaten zusammen in einer winzigen Küche, ergo: Ihr wollt vögeln. Gleichung gelöst.«

Wenn es doch nur so einfach wäre.

»Ich *sollte* aber nicht mit ihm schlafen.«

Sie seufzte. »Wie oft habe ich dir in unserer Freundschaft gesagt, was du tun oder lassen sollst?«

Ich rieb mir das Gesicht. »Nie.«

»Es ist dein Leben. Und damit liegt es an dir, zu entscheiden, ob das eine gute Idee ist oder nicht. Ich meine, was *willst* du denn?«

Ich schloss die Augen, aber mein Geist war leer.

»Ja.« Ihr Seufzer klang ein wenig enttäuscht. »Vielleicht vögelst du Kieran nicht, solange du es nicht weißt. Ich muss jetzt Schluss machen. Hab dich lieb.«

»Ich dich auch. Und danke.«

Nachdem wir aufgelegt hatten, presste ich die Finger gegen meine Schläfen in dem Versuch, das Bedürfnis meines Körpers nach Berührung zu stillen. Ich hatte mich so sehr daran gewöhnt, mein Verlangen zu einem überschaubaren Ball zusammenzupressen, der sich mit einem Stück Schokolade, einer Yogasitzung, einem schnellen Orgasmus zufriedengab. Doch auf einmal spürte ich die Spannung in meinem Kiefer, meine verkrampften Muskeln.

Ich wusste, dass es gefährlich war, sich Leidenschaft oder eine Verbindung zu wünschen. Was würde passieren, wenn ich darum bat und sie nicht bekam? Schlimmer noch, was würde passieren, *wenn* ich sie bekam? Wenn ich mich mit Vergnügen und Nähe vollstopfen würde wie eine hungernde Frau bei einem reichhaltigen Bankett und sie mir dann weggenommen würden? Dann wäre ich noch schlechter dran als vorher. Herzkrank und sehnsüchtig.

Ich seufzte. Vernunft und Verantwortungsbewusstsein waren fade wie Haferflocken, aber sie machten satt.

Ich machte mich wieder an die Arbeit, und falls meine Pfanne etwas härter auf dem Herd auftraf als sonst und mein Messer mit mehr Kraft in eine Zwiebel schnitt, dann lag das eventuell daran, dass ich es mir übel nahm, dreimal am Tag Haferflocken zu essen.

## Kieran

»Was zum Teufel machen wir hier?«, keuchte Jay.

Und wie immer hatte sie recht. Seit der Party meiner Eltern war ein Monat vergangen, und jedes Mal, wenn ich die Augen schloss, sah ich Ellie nackt und lächelnd vor mir. Aber sie hatte die Tür, die sich geöffnet hatte, als sie mich geküsst hatte, nicht einfach geschlossen. Sie hatte sie mit Brettern vernagelt und darüber in Großbuchstaben BITTE NICHT STÖREN geschrieben.

Alles, was ich tun konnte, war zu versuchen, dem Verlangen nach ihr davonzurennen, wobei der nasse Sand und der kalte Juli-Nebel eine zusätzliche Strafe darstellten. Ich lief bis zum Wassersaum, beschleunigte mein Tempo und atmete in tiefen Zügen die salzige Luft ein.

»Was stimmt nicht mit dir, mach langsam!«, brüllte Jay nach einer Minute hinter mir.

»Sorry!«, rief ich zurück, damit sie mich über die Wellen hinweg hörte, verfiel in ein langsames Jogging-Tempo und blieb schließlich stehen.

Jay holte mich ein. »Du glaubst gar nicht, wie sehr ich dich gerade hasse«, keuchte sie.

»Ich bin dein bester Freund. Mich zu hassen, ist dir verboten«, sprach ich die unumstößliche Wahrheit aus.

Ihr atemloses Lachen klang bitter. Erst jetzt bemerkte ich die Ringe unter ihren Augen. »Geht es dir gut?«

»Nein. Nein, es geht mir *nicht* gut.«

Auf einmal wurde mir klar, dass ich sowohl fror als auch schuldig war. »Ich hätte dich nicht rausschleppen sollen. Vergessen wir das Laufen und gehen zu Lee's, einen Kaffee trinken.«

»Nicht nur Kaffee. Ich will Eier und Bacon und Hashbrowns und eine Tasse heiße Schokolade, so groß wie mein Kopf.« Jay seufzte. »Es geht nicht ums Laufen.«

Sie ließ sich in den Sand plumpsen, und ich setzte mich zu ihr. Die Kälte erinnerte mich an die Nacht mit Ellie, aber ich musste mich konzentrieren. Jay brauchte mich.

»Ich bin völlig fertig«, sagte sie zu ihren Beinen.

»Was ist passiert?«

»Nicole ist passiert.«

»Ich dachte, ihr habt Spaß miteinander?«, fragte ich vorsichtig.

Sie schnappte sich ein Stück Treibholz und malte damit kleine Kreuze in den Sand. »Ich möchte mehr als nur Spaß haben. Aber das ist nicht ihr Ding. Sie hat kein Interesse an einer Beziehung. Ich meine, sie will ja nicht mal über Nacht bleiben, nachdem wir …« Sie zögerte. »Ich kann es nicht einmal Liebe machen nennen. Nachdem wir gevögelt haben.«

»Moment mal, hat sie grundsätzlich kein Interesse an einer Beziehung oder nur nicht mit dir?«

»Sie behauptet grundsätzlich«, erwiderte Jay dumpf. »Sie hat mir sogar die Nummern von zwei ihrer Betthasen gegeben, damit sie es bestätigen können. Und mein Kopf weiß, dass sie recht hat. Aber mein Herz …«, sie legte sich die Hand auf die Brust. »Ich bin einsam. Ich möchte zu jemandem gehören, verstehst du?«

Ich legte meinen Arm um ihre Schultern. »Ich weiß.« Ihre Mutter und ihr Stiefvater hatten den Kontakt zu ihr abgebrochen, nachdem sie sich nach dem College geoutet hatte. Ihr Vater unterstützte sie, aber er lebte als Pensionär mit seiner Partnerin in Costa Rica, und Jay sah ihn nur einmal im Jahr, wenn sie genug zusammensparen konnte, um sich ein Flugticket zu kaufen. Sie lebte in Outer Richmond mit Mitbewohnern, die zwar in Ordnung waren, aber keine Freunde. Die Person, die ihr am nächsten stand, war ich.

»Ich hätte dich fragen sollen, bevor ich etwas mit ihr angefangen hab, Lord von und zu ›Ich gehe keine festen Bindungen ein‹.«

Ich konnte mir ein Schnauben nicht verkneifen.

»Hat sich etwa was geändert?« Jay löste sich von mir. »Warte, also eine Zeit lang war da Anjali, aber du hast sie seit Monaten nicht erwähnt. Greta ist nach L.A. gezogen. Taylor hat ihre Freundin kennengelernt.«

»Inzwischen Verlobte.« Hatte sie vor, die Namen all meiner Bettgenossinnen aufzuzählen?

»Und über Keisha und Lindsay hast du auch schon lange nicht mehr gesprochen.« Sie ließ das Holzstück fallen. »Oh mein Gott, hast du etwa mit Ellie geschlafen?«

Ich lief knallrot an. Ellie und ich hatten nicht wirklich etwas miteinander gehabt. Und eine Frau so verzweifelt zu wollen, dass man sich jeden verdammten Tag in der Arbeit auf der Toilette einschließen musste, war kein Verbrechen.

»Nein«, presste ich hervor.

»Hast du darüber nachgedacht?«

Ich starrte aufs Meer hinaus. »Ja.«

Wenigstens lächelte sie jetzt. »Hast du sie gefragt, und sie hat dich abgewiesen?«

Ich ließ den Kopf auf die Knie sinken. »Ding-ding-ding, die Kandidatin hat hundert Gummipunkte.«

Jays Strahlen war wie Sonnenlicht im Nebel. »Kieran hat sich verknallt«, flötete sie.

»Nicht verknallt. Ich will einfach nur jede Minute mit ihr abhängen und sie außerdem zum Kommen bringen.«

»Du bist verknallt, *und* du bist bezaubernd.«

»Ich hasse dieses Wort.«

»So viel Verleugnung in einem süßen kleinen Karottenpaket.« Sie rubbelte mit der geballten Faust über meinen Kopf, ich schlug ihre Hand weg, und wir wälzten uns im Sand, bis Jay atemlos rief: »Waffenstillstand?«

Ich klopfte mir den Sand ab, war mir aber sicher, später noch welchen in meiner Unterwäsche zu finden.

»Warum bin ich noch mal mit dir befreundet?«

»Weil du jemanden brauchst, der deine Stimme der Vernunft ist. Obwohl es sich anhört, als würde Ellie in der Hinsicht einen ziemlich guten Job machen.«

Ich rieb mir über meine Tätowierung. »Es wäre so viel einfacher, sie nicht zu wollen.« Zum einen, weil wir zusammenarbeiteten, zum anderen, weil Ellie nicht nur ein paar Lacher und Orgasmen wollte. Sie hatte mit Max eine Beziehung gehabt. Sie hatte wahre Liebe erlebt. Mit beidem kannte ich mich nicht aus. Niemand hatte je zu mir gesagt, dass er mich liebte, und ich hatte die drei Worte auch noch nie ausgesprochen.

»Unsere Herzen wissen nicht, was einfach ist«, sagte Jay, während sie mit gerunzelter Stirn aufs Wasser hinausschaute. »Als ich Ellie kennengelernt habe, hat sie mich an einen Schwan erinnert.«

»Hä?!«

»Ich meine, oberflächlich betrachtet ist sie ordentlich und aufgeräumt, aber man sieht, dass eine Menge harter Arbeit dahintersteckt. Weißt du, wie du *ihr* Leben einfacher machen könntest? Nach allem, was Nicole erzählt hat, klingt es, als bräuchte sie eine Schulter zum Anlehnen.«

»Also definitiv nicht mich. Weil ich so bin …« Ich klaubte eine Handvoll Sand auf. »Ich gleite den Leuten durch die Finger und werde ausgewaschen.«

»Das ist sehr poetisch, aber auch totaler Blödsinn«, sagte Jay entschieden.

»Was?«

»Seit wir uns kennen, hast du dein Bestes getan, mir ein guter Freund zu sein. Genauso wie ich versuche, mich so gut wie möglich um dich zu kümmern. Ich weiß, dass deine Arschloch-Eltern Perfektion verlangt haben, aber der Rest von uns verteilt auch Punkte fürs Versuchen.«

Das stimmte. Ellie gab mir Punkte dafür, dass ich es versuchte. Das hatte sie von Anfang an getan.

Jay erhob sich mit einem Stöhnen. »Nicole hat mir erzählt, dass Ellie der einzige Mensch ist, den ihre Schwiegereltern noch haben. Sie tut alles für sie. Vielleicht braucht sie jemanden, der auch mal was für sie tut.« Sie streckte mir die Hand hin, und ich ließ mich von ihr hochziehen. »Und jetzt komm, du lädst mich zum Frühstück ein.«

## Ellie

Neun Uhr abends war für Diane zu früh, um anzuklopfen, aber der Schatten hinter dem Vorhang war größer als der meiner Schwiegermutter.

»Lass mich rein, Shrimp«, rief eine tiefe Stimme.

Ich lief zur Tür und öffnete. »Oh, wie toll! Hi, Hank!« Mein kleiner Bruder beugte sich vor, um seine Wange auf meinen Kopf zu legen, und ich schloss die Arme um seine Taille. Beinahe wäre mir entgangen, wie das Fellknäuel an meinen Knöcheln vorbeischlich. »Nein, Floyd!«

»Warum darf er nicht rausgehen?«, fragte mein Bruder, während ich mir meinen Kater schnappte und die Tür schloss.

»Er ist an Katzen-HIV erkrankt, schon vergessen?« Ich kuschelte Floyd, der mir im Gegenzug einen Pfotenhieb gegen das Kinn verpasste. »Er sieht zwar groß und stark aus, aber wenn er in einen Kampf gerät, könnte er sterben. Er braucht mehr Liebe als die meisten anderen Viecher.«

Hank blickte von seinem Telefon auf. »Ach ja«, murmelte er vage. »Das wusste ich.«

Ich setzte Floyd ab, und er flüchtete sich in mein Bett. »Warum hast du nicht vom Flughafen aus angerufen? Ich hätte dich abgeholt.«

Hank schmiss seinen Seesack auf meinen Küchentisch. »Ich bin gefahren, nicht geflogen.«

Ich hob die Tasche auf und lehnte sie an die Wand. »Von Pasadena? Dann hattest du einen langen Tag.«

Er zuckte mit den Schultern und warf seinen Hoodie auf einen Stuhl.

Ich schnappte ihn mir und hängte ihn an den Haken neben der Tür.

»Ging eigentlich. Ich bin gleich nach dem Aufstehen los. Du weißt doch, dass ich Flugzeuge nicht mag.«

Ich lächelte. »Natürlich.« Bei Hanks langen Beinen war das kein Wunder.

Er streckte sich auf meinem Sofa aus. »Das tut gut nach dem langen Sitzen«, sagte er mit einem zufriedenen Seufzer.

»Darauf wette ich.«

Er grinste mich an. »Du siehst toll aus. Irgendwie strahlend.«

Zumindest war all die schöne Zeit, die ich mit meinem Vibrator verbrachte, für etwas gut. »Danke. Was führt dich her, Stretch?«

Sein Grinsen wurde ein bisschen zu breit. »Kann ich nicht einfach so mit dir abhängen wollen? Ich habe dich vermisst.«

»Ich habe dich auch vermisst.« Ich hatte ihn nicht mehr gesehen, seit ich über Weihnachten in Pasadena gewesen war, wo sich Mom zum Mittelpunkt der Aufmerksamkeit gemacht hatte, indem sie sich ständig mit Don, dem Vorgänger von Rocky, zankte. Hank und ich hatten nicht viel Zeit füreinander gehabt.

»Und der sechsundzwanzigste August steht auch vor der Tür, oder? Mein Besuch könnte ein verfrühtes Geburtstagsgeschenk sein. Ich lade dich zum Essen ein oder so.«

Ich hatte das gleiche mulmige Gefühl wie früher, wenn der kleine Hank mit irgendwelchen Blättern hinter seinem Rücken zu mir kam. Irgendetwas, das er vergessen hatte, mir zu zeigen, und bei dem er in kurzer Zeit viel Hilfe brauchte.

»Bis dahin sind es noch zwei Monate. Komm schon, was ist los?«

Er antwortete nicht. Manchmal sah er mir nicht in die Augen, weil er in seinem Kopf irgendein Programmierproblem löste. Aber ich war mir fast sicher, dass der Grund jetzt ein anderer war.

»Weiß Malia, dass du hier bist?«, versuchte ich es auf einem anderen Weg.

Seine Schultern sackten herab. »Malia ist es egal, wo ich bin.«

»Sie hat mit dir Schluss gemacht?«

Hank sackte in sich zusammen. »Als sie gestern von der Arbeit nach Hause kam, hat sie mich rausgeschmissen. Sie meinte, sie fühlt sich mehr wie meine Haushälterin als wie meine Freundin. Aber jedes Mal, wenn ich versucht habe zu helfen, ist sie nach dreißig Sekunden dazwischengegangen und hat mir gesagt, ich mache alles falsch. Und sie war in letzter Zeit oft wütend.« Er schluckte schwer und rieb sich die Augen. »Ich schätze, sie hatte mich satt.«

Mein Herz zog sich zusammen. »Das tut mir so leid. Wo hast du letzte Nacht geschlafen?«

»Auf Joshs Couch.«

Kein Wunder, dass er so fertig und niedergeschlagen aussah. Aber es war etwas anderes, das an mir nagte. »Was ist mit deiner Forschung?«

»Mein Professor hat gesagt, dass ich eine Weile remote arbeiten kann. Ich musste einfach mal raus.«

Aber wie lange war eine Weile? Es war eine Sache, dass Kieran hier kochte, aber mein Bruder brauchte eine Menge Platz.

»Hank …«, begann ich.

»Das ist doch in Ordnung, oder?«, unterbrach er mich mit leiser Stimme. »Darf ich bei dir bleiben?«

»Natürlich«, sagte ich schnell, auch wenn ein kleiner Teil meines Gehirns gegen das Eindringen in meine Privatsphäre protestierte. »Du hast immer ein Zuhause bei mir.«

Schon etwas munterer sah er sich um. »Schönes Apartment. Du weißt einfach, wie man es sich gemütlich macht.«

»Danke. Ich hab allerdings nur ein Bett.«

Er klopfte auf die Couch. »Ich schlafe hier.«

Ich schnaubte. »Mit den langen Stelzen? Solange du hier bist, schlafe ich auf dem Sofa.«

Er lächelte dankbar. »Danke, Schwesterherz. Du bist so gut zu mir.«

Ich streckte die Hand aus, um seine zu drücken. »Natürlich bin ich das. Schließlich hab ich nur ein Geschwisterchen, deswegen muss ich tun, was nötig ist, um dich zu halten.«

»Hast du was zu essen da?«

Ich seufzte. »Mal sehen, was ich auftreiben kann.«

»Spaghetti? Du hast doch immer dieses Tomaten-Butter-Zwiebel-Ding gemacht, das so gut schmeckt.«

Das dauerte ewig. Wenn das so weiterging, kam ich spät ins Bett. Doch er legte die Hände aneinander. »Bitte, bitte, bitte, liebe Ellie?«, bettelte er.

Das hier war Hank, den ich jedes Mal, wenn Mom uns mal wieder im Stich gelassen hatte, mit Brownies und Umarmungen und Ermutigungen gefüttert hatte.

»Klar.«

»Du bist die beste Schwester aller Zeiten, und ich liebe dich. Darf ich auch einen Snack haben?«

## Kieran

Ellie machte nicht auf, was für zehn Uhr an einem Werktag seltsam war. Unser erster Entwurf war Anfang nächsten Monats fällig. Sie hatte das Datum in ihrem Kalender mit rotem Filzstift eingekreist und auf ihrem Handy mehrere Benachrichtigungen eingestellt.

Ich drehte den Knauf, und die Tür sprang auf. »Ellie?«

Sie saß so tief auf der Couch, dass ich nur ein paar kurze blonde Strähnen von ihr sehen konnte.

Rasch schloss ich die Tür hinter mir, um jeden möglichen Katzen-Fluchtversuch zu unterbinden. »Hey, bist du krank? Du hast gesagt, wir haben heute viel zu erledigen.«

»Hä?«, sagte eine Stimme, die definitiv nicht Ellie gehörte, und in diesem Moment bemerkte ich die langen Beine und riesigen Füße auf dem Couchtisch. Der Typ drehte sich um und zog seine Ohrstöpsel heraus. Auf dem Laptop vor ihm liefen Zeilen, die wie Computercode aussahen, über den Bildschirm.

»Du bist nicht Ellie.« Allerdings sah er aus wie ihr hungernder Zwilling.

Große blaue Augen blinzelten. »Ich bin Hank. Ihr Bruder. Und du?«

»Kieran. Ich arbeite im Moment mit Ellie zusammen.«

Er lächelte. »Ach so, dann bist du einer von ihren Kochbuchleuten. Freut mich, dich kennenzulernen.«

Ich hängte meinen Rucksack an den Haken. »Ellie hat gar nicht erzählt, dass du kommst.«

Er zuckte mit den Schultern. »Ich bin seit Samstag da.« Dann wandte er sich wieder seinem Bildschirm zu.

Warum fühlte sich der Raum plötzlich so viel kleiner an? Es lag nicht nur daran, dass er ein großer Kerl war. Sondern an der Unordnung. Auf dem Couchtisch zu seinen Füßen stand schmutziges Geschirr, und das saubere neben der Spüle war noch nicht weggeräumt worden. Wie kam Ellie damit zurecht?

Und wo war Floyd?

Ihr Bett war ein einziges Chaos aus Decken und Laken, und als ich mich flach auf den Boden legte, um darunterzuschauen, entdeckte ich ein Fellknäuel, das sich an die Wand presste. »Alles in Ordnung, mein Junge?«

Floyd jaulte, bewegte sich aber nicht.

»Dieser Kater mag mich nicht«, sagte Hank. »Keine Ahnung, warum. Er kommt nicht mal raus, wenn ich ihm Leckerlis hinhalte.«

»Wie lange bleibst du?«, fragte ich, als ich mich vom Boden erhob.

»Ich weiß nicht. Solange Ellie mich lässt, schätze ich.« Er grinste. »Meine Schwester ist gechillt.«

Wenn ich ein Wort für Ellie hätte wählen müssen, dann wäre es definitiv nicht »gechillt« gewesen. »Wo ist sie?«

»Einkaufen.« Er trank einen Becher aus. »Ich werde mir irgendwo was zu frühstücken besorgen.« Er stellte den Becher auf einen Stapel Teller. »Wir sehen uns später, Kieran.«

»Warte mal, Hank.«

»Was ist?«

»Ist das dein schmutziges Geschirr?«

Hank schaute nach unten, als wären die Sachen wie von Geisterhand aufgetaucht. »Oh, ja. Ich spüle ab, wenn ich zurückkomme. Bis später.«

Sobald er weg war, kümmerte ich mich um den Abwasch, und als Ellie zwanzig Minuten später die Tür aufschloss und mit der Hüfte aufstieß, war bis auf das Silberbesteck sämtliches Geschirr wieder sauber.

»Hallo. Das war nicht nötig. Ich hätte mich darum gekümmert«, sagte sie und balancierte zwei vollgepackte Einkaufstüten herein.

»Warte, ich helfe dir«, sagte ich und trocknete mir die Hände ab.

»Ich hab alles im Griff.« Ihr Schlüsselbund fiel klappernd zu Boden. »Oder auch nicht.«

Ich nahm ihr eine Tüte ab und stellte sie auf den

Tresen. »Du hast mir gar nicht erzählt, dass dein Bruder zu Besuch kommt.«

»Danke. Ich habe nichts gesagt, weil ich es nicht wusste, bis er vor der Tür stand. Wo ist er überhaupt hin?«

Ich packte Netze mit Kartoffeln und Zwiebeln aus. »Frühstück holen.«

Ellie öffnete den Kühlschrank und begann umzuschichten, um Platz für zwei Kartons Eier zu schaffen. »Oh, Gott sei Dank. Ich fühle mich wie beim Wettrüsten, kaum hab ich Vorräte aufgestockt, hat er sie auch schon wieder verschlungen.«

Ich trocknete gerade die letzte Gabel ab, da hörte ich sie laut aufstöhnen. Als ich zu ihr rübersah, stellte ich fest, dass sie vor den leeren Tüten den Kopf in die Hände gestützt hatte.

»Ich habe die Butter vergessen. Nicht zu fassen, dass ich die Butter vergessen habe. Ich bin so eine Idiotin. So dumm.«

»Hey! Sag so was nicht.« Am Anfang hatte ich sie für kalt gehalten, inzwischen wusste ich, dass die einzige Person, zu der sie wirklich kalt war, sie selbst war. Bevor ich darüber nachdenken konnte, legte ich eine Hand zwischen ihre Schulterblätter. Als ich spürte, wie sie sich verspannte, zuckte ich zurück. »Tut mir leid.«

»Nein, bitte. Ich bin es nur einfach nicht gewohnt, berührt zu werden.«

Ich beschrieb sanfte Kreise auf dem Baumwollstoff, und ihre Schultern entspannten sich ein wenig. Aber dann seufzte sie, und das süße Geräusch bescherte mir eine Erektion.

Rasch trat ich einen Schritt zurück. »Besser?«

Sie drehte sich um und sah etwas weniger mitgenommen aus. »Ja. Es ist schon eine Weile her, dass mir jemand den Rücken massiert hat.«

Es kostete mich sämtliche Willenskraft, ihr nicht anzubieten, das jederzeit zu wiederholen. »Was ist los?«

Sie fuhr sich mit den Fingern durchs Haar. »Ich habe nicht besonders gut geschlafen.«

»Hat Hank auf der Couch so viel Lärm veranstaltet? Ehrlich, ich frage mich, wie er überhaupt da draufpasst.«

»Er schläft in meinem Bett, ich auf der Couch.«

»Aber du passt auch nicht auf die Couch.«

Sie zuckte mit den Schultern. »Ich hab die Füße auf einen Stuhl gelegt, um mehr Platz zu haben.«

Alles in mir empörte sich bei dem Gedanken, dass sie sich selbst so schlecht behandelte. »Das ist ja furchtbar.«

Sie versuchte zu lächeln. »Ich habe auch schon auf Tads schrecklichem Futon geschlafen. Was ich damit sagen will: Ich komme klar. Zeit, dass wir uns an die Arbeit machen.«

»Was ist denn mit Hank, warum ist er hier?«, fragte ich, als Ellie anfing, Kartoffeln für den würzigen Salat zu schälen, den wir Ende letzter Woche zusammen entworfen hatten, um ihn mit den koreanisch inspirierten gegrillten Rippchen für das Kapitel *Treat* zu kombinieren.

»Er ist ein guter Junge, mit dem in der letzten Woche Schluss gemacht wurde.«

Ich schnitt den unteren Teil eines Bunds Frühlingszwiebeln ab. »Autsch. Aber er ist, was, vierundzwanzig? Er ist nicht mehr wirklich ein Kind.« Nicht dass ich ein Experte für Reife gewesen wäre.

Ellie entsorgte die Kartoffelschalen in ihrer Komposttonne. »Nicht jeder ist wie wir.«

»Wie wir?« Nicht in einer Million Jahren hätte ich mich mit ihr verglichen.

»Wir sind zielorientiert. Ehrgeizig. Hank driftet durchs Leben, und manchmal wird er hin und her geschubst.«

Protest stieg in meiner Kehle auf, aber ich schluckte ihn hinunter. Was wusste ich schon über die Familien anderer Leute? Außerdem musste ich ihr zeigen, dass ich hilfreich sein konnte.

»Ich gehe Butter kaufen.«

»Das musst du nicht«, sagte sie überrascht.

»Aber ich *möchte* gern, Ellie.«

Ein paar Sekunden verstrichen, bevor sich Erleichterung auf ihren Zügen ausbreitete. »Okay.« Sie schnappte sich ihren Schlüssel und reichte ihn mir. »Aber wenn du was an meinem Auto kaputt machst, tue ich dir weh.«

Da war sie ja wieder, meine kämpferische Frau.

»Klar, ich fahre nicht schneller als neunzig auf der Autobahn«, erwiderte ich und wurde dafür mit dem perfekten Maß an blauem Augenrollen belohnt.

# 18

## Kieran

Mehr als eine Woche war vergangen, Hank kampierte immer noch in Ellies Wohnung, und sie hatte kein Wort gesagt. Wenigstens war er tagsüber häufig lange unterwegs, und Ellie hatte Post-its auf die Zutaten im Kühlschrank geklebt, auf denen stand: NICHT ESSEN – FÜR ELLIES JOB, was etwa die Hälfte der Zeit funktionierte.

Die Stärke, die Ellie an den Tag gelegt hatte, als ich mir ihr Auto ausgeliehen hatte, war verschwunden. Sie war blass, abgesehen von den violetten Schatten unter ihren Augen. Sie bewegte sich steif und zuckte jedes Mal zusammen, wenn Diane eine SMS schrieb oder Hank ihren Namen rief. Sie brauchte dringend einen Tag im Spa und eine ganze Woche Schlaf auf einer richtigen Matratze.

Meine Fantasien, wenn ich allein in meinem Bett lag, hatten sich verändert. Ich dachte nicht mehr an Sex mit ihr. Nein, das wäre gelogen. Aber ich dachte *außerdem* daran, sie unter meine Bettdecke zu stecken und ihr über den Kopf zu streicheln, bis sie einschlief.

Als ich am Freitagmorgen zu ihr kam, flackerte

eine weiße Kerze auf dem kleinen Holztisch, auf dem sie normalerweise ihren Schlüsselbund ablegte.

»Netter Vibe«, bemerkte ich.

»Die ist nicht für die Stimmung«, sagte Ellie abgelenkt und holte einen Pie aus dem Ofen. Der süße warme Duft von gekochten Pfirsichen und Vanille passte nicht zu ihrer angespannten Miene.

Das Bild von Max und Ellie, das sie normalerweise in ihrem Bücherregal aufbewahrte, stand nun ebenfalls auf dem Beistelltisch. Zusammen mit der Kerze sah es aus wie ein kleiner Schrein.

»Autsch!« Sie drehte den Wasserhahn auf und hielt ihre Hand unter den Strahl, während sie sich selbst ausschimpfte: »Keine heißen Dinge anfassen, nachdem du den Ofenhandschuh ausgezogen hast, Dummy!«

Als ihr Telefon piepte, stieß sie ein schweres Seufzen aus.

»Was ist los?«

»Heute ist kein guter Tag.« Ihr Telefon piepte erneut.

»Soll ich gehen?«, fragte ich, als sich Ellie mit hängenden Schultern die Hände abtrocknete. Obwohl das das Letzte war, was ich im Moment wollte.

»Nein, ich möchte weiterarbeiten.« Sie legte ihr Telefon neben meins.

»Bist du dir sicher?«, hakte ich nach, darum bemüht, nicht besorgt zu klingen. »Du kannst dich ausruhen, ich arbeite.«

»Können wir noch mal von vorne anfangen?«, fragte sie mit bebender Stimme. »So tun, als wäre heute ein ganz normaler Tag?«

»Natürlich«, sagte ich sanft. »Was steht auf der Liste?«

»Könnten wir das Lauchrisotto mit Jakobsmuscheln für *Seduce* ausprobieren? Ich habe nur ein- oder zweimal Jakobsmuscheln gemacht; ich würde mich freuen, wenn du mir zeigen könntest, wie man sie richtig zubereitet.«

Als das Bild, wie ich Ellie bei Kerzenschein mit Jakobsmuscheln fütterte, in meinem Kopf auftauchte, schob ich es energisch beiseite. Ebenso wie den Gedanken, sie in den Arm zu nehmen und zu trösten.

»Okay!« Ich klatschte in die Hände und schenkte ihr ein breites Grinsen. »Jakobsmuscheln zubereiten aka weniger ist definitiv mehr.«

Ich hatte mir angewöhnt, laut auszusprechen, was ich gerade tat, damit sie es sich hinterher noch einmal anhören konnte. Während ich die zähen Muskeln abschnitt und sie würzte, beschrieb ich, wie man sie im Laden aussuchte, damit man nur die allerfrischsten und süßesten bekam. Ellie stand auf einem Hocker und filmte mir über die Schulter, während ich die Muscheln anbriet, bis sie von außen knusprig waren.

Kurz nachdem ich sie auf einen Teller gelegt hatte, klopfte es.

»Ben?«, sagte Ellie, nachdem sie dem großen weißhaarigen Mann geöffnet hatte.

»Hallo, Liebes.« Er wandte sich mir zu. »Und Sie müssen Kieran sein.«

»Der bin ich«, erwiderte ich, obwohl ich ihn eigentlich nur fragen wollte, warum er nicht besser auf Ellie aufpasste.

»Wie schön, Sie endlich kennenzulernen«, sagte er, streckte seine Hand aus und schenkte mir ein kleines Lächeln. »Sie müssen der Grund dafür sein, dass Ellie in den letzten Monaten fröhlicher geworden ist.«

Während wir uns die Hände schüttelten, starrte ich ihn einfach nur an. Ich machte Ellie fröhlich?

»Tut mir leid, dass ich euch bei der Arbeit störe«, sagte Ben zu Ellie, die bereits dabei war, ihre Schürze loszubinden.

»Diane braucht mich.«

»Kannst du kommen? Ich habe alles versucht, aber sie liegt einfach nur da.«

»Kann ich irgendetwas tun, um zu helfen?«, fragte ich. *Verdammt noch mal, Kieran, woher willst du wissen, was genau da los ist? Du hast die Frau ein einziges Mal gesehen, und das auch nur aus der Ferne.* »Möchtet ihr vielleicht was von der Suppe für sie mitnehmen? Oder was anderes?« Ich brach ab.

»Ja, vielleicht isst sie etwas Suppe«, sagte Ben.

Ellie ging zum Kühlschrank. »Wir haben noch etwas Maissuppe, die wir gestern ausprobiert haben.«

»Nimm die ruhig mit«, beeilte ich mich zu sagen. »Die wollte ich sowieso nicht mehr essen.«

»Bleib hier und mach weiter«, sagte Ellie, während sie sich die Tupperdose mit der Suppe schnappte. »Bitte. Selbst wenn du dir nur Notizen machst. Du weißt ja, der Zeitplan ist eng.«

»Ellie«, rief Ben, der schon auf halbem Weg zum Haus war.

Sie schloss die Augen, als ob sie Schmerzen hätte, und hauchte: »Bin bald zurück.«

Ich machte das Risotto, wusch das Geschirr ab und aß zwei der gebratenen Jakobsmuscheln. Da Ellie anschließend noch immer nicht zurück war, kniete ich mich wieder vor das Regal mit ihren Notizbüchern.

Von wem wollte ich mehr wissen? Ellie, dem Kind? Ellie, dem Teenager? Dabei wusste ich ganz genau, wonach ich suchte, seit ich das verliebte Bild von Max und Ellie gesehen hatte.

Ich holte das Notizbuch von vor über einem Jahrzehnt hervor. Zu Beginn des Jahres erkundete Ellie die asiatischen Lebensmittelgeschäfte in Stockton und kochte sich durch die Martin-Yan-Bücher, die sie in der Bibliothek gefunden hatte. Zum Highschool-Abschluss hatte sie sich das Buch von Claudia Roden über die Küche des Nahen Ostens gekauft, und die Seiten, die sie im Laufe des Sommers geschrieben hatte, rochen immer noch nach Kreuzkümmel und Rosenwasser. Im August zog sie nach Berkeley, wo Nicole ihre Mitbewohnerin war, und sie schrieb auch ein wenig was über das Essen in der Mensa – sie hasste, dass alles fettig und ungewürzt war, und überlegte, wie man den Geschmack verbessern könnte. Dann, am siebzehnten November: *Max kennengelernt.* Um seinen Namen hatte sie kleine rote Herzen gemalt.

Ab diesem Zeitpunkt tauchte er in jeder zweiten Zeile auf.

Max war gegen viele Dinge allergisch. Schalentiere. Zitrusfrüchte. Nüsse. Und er mochte weder Oliven noch Tomaten. Außerdem war der Mann besessen von Schokolade. Ellies Kuchen, Brownies, Trüffel – er verschlang sie alle.

Ich blätterte im nächsten Heft. Jetzt tauchten auch die Namen von Ben und Diane auf, mit Rezepten für Lamm-Tajine, reich an getrockneten Aprikosen und Safran, Käse-Blintzes mit Kirschkompott und ein stark alkoholhaltiges Tiramisu. Die dünne Frau, die ich gesehen hatte, liebte Rezepte der alten Schule, die vor Olivenöl, Butter und Sahne trieften? Ich konnte es mir kaum vorstellen.

Ich griff nach dem Notizbuch am Ende des Regals. Die hinteren Seiten waren leer, also blätterte ich immer weiter vor, bis ich die letzte Seite mit Ellies Handschrift fand. *Single Lady Pasta* stand dort. Sie liebte die Garnelen und Tomaten in Buttersoße, hätte aber gerne auf die Schalentiere verzichtet, wenn das bedeutete, Max wäre wieder zu Hause. Er würde bald aus Paris zurückkommen.

Paris. Bald.

Und da stand das Datum, in ihrer ordentlichen Handschrift: *15. Juli.*

Heute war der fünfzehnte Juli.

Mist. Kein Wunder, dass sie so fertig ausgesehen hatte.

Floyd sprang neben mir auf die Couch.

»Hallo, Kumpel«, sagte ich matt. »Deine Mom sollte gleich zurück sein.«

Sein Miauen klang wie ein Winseln.

»Ich kenne das Gefühl. Aber vielleicht kann ich dir helfen.«

Als ich in die Küche ging und eine Jakobsmuschel aufschnitt, miaute er wieder, stellte sich auf die Hinterbeine und bettelte.

»Hast du gerade eine Drehung gemacht?«, fragte ich erstaunt.

Ich setzte mich wieder aufs Sofa und streckte meine Hand aus. Der Kater folgte mir und verwandelte sich innerhalb von Sekundenbruchteilen in einen kleinen pelzigen Meeresfrüchte-Staubsauger.

»Ich wusste gar nicht, dass du mit vollem Maul schnurren kannst. Das ist ziemlich beeindruckend.«

Als er mit dem Kopf gegen meine leere Hand stieß, kam ich der Aufforderung nach und streichelte sein seidiges Fell. Ich kraulte ihn mit den Fingerspitzen hinter den Ohren und unter dem Kinn, worauf er die Augen schloss und noch lauter schnurrte.

»So ein guter Junge«, sagte ich und fühlte mich schon etwas besser. »Gefällt dir das? Ist das … ufff!« Seine großen Pfoten drückten mir die Luft ab, als er auf meine Brust kletterte. »Mensch, Kater, gib mir wenigstens vorher einen Drink aus.«

Er ignorierte meine Bemerkung und streckte sich von meinen Oberschenkeln bis zu den Schultern auf mir aus.

»Ich schätze, das bedeutet, dass ich ab jetzt und für alle Ewigkeit dein Thron bin.« Floyd blinzelte träge mit seinen grün-goldenen Augen. »*Grinst* du etwa?«

Er schmiegte den Kopf unter mein Kinn und seufzte. Als Kind durfte ich kein Haustier haben. *Zu viel Dreck*, laut Mom. *Zu bedürftig*, laut Dad. Aber vielleicht war das der Vorteil, wenn man bedürftig war. Stille, süße Momente wie dieser.

»Okay«, sagte ich zu Ellies Kater. »Aber nur ganz kurz.«

## Ellie

Gurrte Kieran etwa? Vielleicht verzerrte die Wand seine Stimme.

»Das fühlt sich so gut an, nicht wahr, Buddy? So ein stolzer, schöner Kater. Ja, das bist du.«

Er gurrte tatsächlich. Während er Floyds Wangen streichelte und mein Kater dahinschmolz.

Ich verhielt mich so leise wie möglich und beobachtete die beiden durchs Fenster. Kieran schenkte dem Tier nicht das breite Grinsen, das er allen anderen schenkte. Er lächelte, als ob er tief zufrieden wäre. Vielleicht half ihm das Kraulen dabei, sich zu konzentrieren. Dies war eine weitere Seite, die er nicht oft zeigte: süß und sanft, glücklich mit etwas Kleinem, um das er sich kümmern konnte.

Es war das erste Mal, dass ich eifersüchtig auf ein Tier war. Nachdem ich eine Stunde lang Dianes Hand gehalten hatte, während sie weinte, wünschte ich mir, ich könnte mich ebenfalls auf Kierans Brust zusammenrollen, während er mich streichelte.

»Kater, er ist nicht hier, um deine Matratze zu spielen«, sagte ich, als ich die Tür öffnete.

»Schon in Ordnung, ich mag es, wenn er so auf mir liegt.« Kieran strich mit beiden Händen über Floyds Flanken. »Es ist, als ob ich ihn stimmen könnte. Siehst du?« Ich hörte das tiefe Schnurren aus drei Metern Entfernung. »Aber ich weiß, dass wir arbeiten müssen.«

»Wir könnten uns drüber unterhalten, was wir als Nächstes tun, während du deinem neuen Herrn dienst.« Ich legte mich neben Kieran. Er roch ein wenig nach Kiefernholz und Seife.

»Ist Diane okay?«, erkundigte er sich leise.

»So okay sie sein kann …«, seufzte ich. Dann entdeckte ich das aufgeschlagene Notizbuch neben ihm, in dem Max' Name mit Herzen geschrieben stand, und die anderen Bücher, die auf dem Couchtisch verstreut lagen.

»Ich weiß, du hast gesagt, ich soll die nicht anfassen«, sagte Kieran schnell.

Fast neun Jahre meines Lebens, weit geöffnet. »Ich …«

Er wand sich sichtlich. »Es tut mir leid, Ellie.«

Ich, weit geöffnet. Ich wartete darauf, dass die Wut einsetzte, doch stattdessen fühlte ich mich fast erleichtert. Das Versteckspiel war vorbei.

»Muss es nicht.« Ich holte tief Luft. »Möchtest du mich etwas fragen?«

Er überraschte mich. »Vermisst du ihn sehr?«

Während ich über Kierans Frage nachdachte, ließ

ich es zu, dass ich mich Stück für Stück an Max erinnerte. Sein Arm, der locker um meine Schultern lag, wenn er mit seinem Mentor Jack über einen obskuren literarischen Punkt diskutierte. Seine Hand, die mich in eine Drehung dirigierte, wenn er mit mir in unserer Küche zu Ella Fitzgerald tanzte und ganz und gar schief *Night and Day* mitsang. Sein Mund, der *Du gehörst mir* und *Für immer* in mein Ohr flüsterte, während er in unserem großen Bett mit mir Liebe machte. Leidenschaftlich, entschlossen, so überzeugt von sich selbst und von uns.

Ich ließ mich gegen die Lehne sinken. »Ich vermisse, wie sicher er in allem war. Als wir uns kennenlernten, war ich gerade erst neunzehn geworden und er mir in allem so unglaublich weit voraus. Er wusste genau, wer er war und was er wollte. Er sprach davon, mit mir nach Vegas durchzubrennen, nachdem wir gerade mal zwei Wochen miteinander ausgegangen waren.« Ich rieb mir die Schläfen. »Zum ersten Mal in meinem Leben fühlte ich mich sicher, weil ich genau wusste, was als Nächstes mit mir passieren würde. Wenn ich Angst hatte, hat er mich immer festgehalten.« Ich seufzte. »Und dann war er weg, und ich hatte niemanden mehr, der mich festhielt.«

Kieran ließ den Kopf nach hinten sinken und schloss die Augen. »Es tut mir so leid.«

»Meine Schwiegereltern veranstalten jedes Jahr ein Gedenkessen, zu dem sie alle seine Freundinnen und Freunde einladen. Das heißt, am Samstag muss ich mich zusätzlich zu unserer Arbeit darum kümmern, und das alles, während Hank hier ist. Und Diane ist so am Boden, dass sie seit vierundzwanzig Stunden das Bett nicht verlassen hat.«

Genug Dampf abgelassen. Bald würde Kieran nicken, und sein Blick würde abschweifen, so wie das alle machten, wenn ich zu viel über mich redete.

Aber Kieran sah mich weiterhin fest an. »Für wie viele Leute musst du kochen?«, fragte er schließlich.

»Sechzehn.«

»Ach du Scheiße«, murmelte er. »Aber das sind Leute, die du kennst, oder? Vielleicht würden sie dir helfen.«

Das übliche »Sicher« lag mir auf der Zunge, aber ich ließ es nicht heraus. Wir konnten ehrlich zueinander sein. »Nein. Das waren Max' Freunde. Ich habe für sie gekocht, ihnen zugehört, wie sie über ihre Jobsuche jammern, und habe über ihre schrecklichen Witze gelacht. Dann ist er gestorben, und sie sind von der Bildfläche verschwunden.«

Kierans Hand hielt in Floyds Fell inne. »Wie bitte? Haben sie dir nichts zu essen vorbeigebracht? Nicht angerufen? Sind sie nicht wenigstens einfach nur in deiner Nähe geblieben? Klingt mir nach einem Haufen ziemlich beschissener Menschen.«

»Ich glaube, ich machte ihnen Angst. Ich war der Beweis, dass auch sie sterblich waren. Ehrlich gesagt hatte ich selbst das Gefühl, ansteckend zu sein. Als ob ich das Unheil geradezu ausstrahlte.« So ansteckend, dass ich wochenlang unsere Wohnung nicht verließ, nicht duschte und kaum etwas aß. Nicole und Tad waren die Einzigen gewesen, die mich besucht hatten.

»Aber Diane möchte, dass sie kommen, also muss ich mitmachen.«

Kieran streckte die Hand nach mir aus und zog ganz leicht an einem meiner Arme, die ich um meinen Oberkörper geschlungen hielt, die Hände in den Achselhöhlen vergraben, während ich mich vor und zurück wiegte.

»Gib mir einen Moment. Gleich geht es mir wieder gut«, sagte ich, ohne darüber nachzudenken, obwohl seine Berührung unendlich sanft war und ich mir mehr davon wünschte.

»Nein. Gib du mir deine Hand.«

Ich gab nach, und er verschränkte seine Finger mit meinen. Seine Narben und Schwielen fühlten sich rau und warm und vertraut auf meiner Haut an. Er drückte leicht zu, als wollte er leise sagen: *Ich sehe dich, ich höre dich, ich bin auf deiner Seite*. Er war so gut darin, mich zu berühren.

Aber das durfte ich nicht zulassen. Hastig schüttelte ich die zutiefst unprofessionellen Gedanken ab und verkündete: »Wir müssen uns wieder an die Arbeit machen.«

Was Floyd zum Anlass nahm, seinen Kopf an Kierans Hals zu vergraben wie ein kleines Kind, das so tat, als ob es schliefe.

»Als ob er dich verstehen könnte«, sagte Kieran.

»Komm schon, mein Süßer.« Als ich meine Hand zwischen die beiden schob, war Kierans Brust kuschelig warm und sein T-Shirt so samtig weich, wie es nur nach vielen Wäschen der Fall ist. Der Kater grunzte protestierend und streckte seine Beine in Richtung seines neuen Lieblingsplatzes aus, bevor ich ihn auf den Boden setzte. »Ich weiß, du warst unglaublich glücklich und das Leben besteht aus einer Aneinanderreihung von Enttäuschungen.« Floyd machte sich nicht die Mühe, mir darauf zu antworten, sondern stakste wütend davon.

»Hör zu«, sagte Kieran. »Kann ich dir vielleicht mit irgendwas für morgen helfen?«

Ich blinzelte ihn verwirrt an. »Aber du musst doch im Restaurant sein.«

»Ja, aber jetzt gerade gehöre ich ganz dir«, sagte er sachlich. »Was hast du für das Essen geplant?«

Ich zählte die Gerichte an meinen Fingern auf. »Prime Rib, gebackene Kartoffeln, Rahmspinat, Yorkshire-Pudding. Schokoladenkuchen und Vanilleeis zum Nachtisch. Alles Max' Lieblingsgerichte.«

Kieran studierte meinen Gesichtsausdruck. »Wovon du nicht begeistert bist.«

»Die Gerichte sind in Ordnung, und was Diane im Moment will, soll sie haben.«

»Okay, ich weiß auf jeden Fall, wie man Rahmspinat macht«, sagte er und knackte mit den Fingerknöcheln. »Im Pacific haben wir Tonnen davon auf die Tische gebracht; und es ist leicht, ihn im Voraus zuzubereiten. Hast du die Zutaten da?«

»Ja, steht alles in Bens und Dianes Kühlschrank. Aber du musst das wirklich nicht tun.«

»Ellie? Ich *möchte* es tun.«

Er klang so überzeugt, dass mir plötzlich zum Heulen zumute war. Vor Erleichterung. Ich hatte seit Jahren nicht mehr vor jemandem geweint.

»Danke.«

Er lächelte. »Bedanken kannst du dich, wenn ich es geschafft habe.«

Ich machte mich auf den Weg zur Tür, merkte dann aber, dass ich etwas vergessen hatte.

»Was ist das?«, fragte Kieran, als ich die Ringe von meinem Schreibtisch nahm.

Ich legte mir die Kette um den Hals. »Eine Kette.«

»Ich bin mir ziemlich sicher, dass ich nicht blind bin«, bemerkte er trocken, bevor er, nun ernster, hinzufügte: »Aber du trägst sie immer.«

Er war scharfsinniger, als gut für mich war, und wenn ich ihn weiter mit meinen Gefühlen überhäufte, würde er bald das Weite suchen. »Kann man so sagen. Lass uns gehen.«

Als wir die Küche meiner Schwiegereltern betraten, tanzten violette und grüne Lichtflecken aus der Jugendstilverglasung über Kierans Gesicht. Mit seinem roten Haar und den scharfen Zügen sah er aus wie ein junger David Bowie.

»Das ist wunderschön«, sagte er. »Für so ein Licht bei mir zu Hause würde ich morden.«

»Ja, es ist wunderschön. Bei der Renovierung haben sie so viel wie möglich von den alten Handwerksarbeiten beibehalten und gleichzeitig versucht, alles ein wenig offener zu gestalten.«

Kieran klatschte in die Hände. »Also, wie viel Zeit bleibt mir, um Rahmspinat für sechzehn Personen zu kochen?«

Ich schaute auf meine Uhr. »Wir haben noch etwa eine Stunde.«

»Oh ja, viel Zeit.«

Als ich Schneidebretter aus einem Schrank holen wollte, winkte er ab.

»Ich finde mich schon zurecht. Deine Aufgabe ist es, mir Gesellschaft zu leisten und Fragen zu beantworten.«

»Du bist der Boss.« Ich ließ mich auf Bens üblichen Stuhl fallen.

»Für den Moment«, erwiderte Kieran, als er die Kühlschranktür öffnete. »Später darfst du mich wieder herumkommandieren, wenn du willst.«

Ich sah Bilder vor meinem inneren Auge aufblitzen, Gedanken, die ich bei Max nie gehabt hatte. Wie ich Kieran genau sagte, wie er mich befriedigen sollte. Wie Kieran auf jedes Wort hörte und sich Zeit nahm. Wie er dafür sorgte, dass sich alles unglaublich anfühlte. Wie er mich mit seinen Händen und seinem Mund verwöhnte.

»Einen Penny für deine Gedanken«, sagte Kieran, während er eine Sautierpfanne auf den Herd stellte.

Ich schluckte das unwillkürliche Keuchen, das mir über die Lippen kommen wollte, herunter. »Nichts. Ich denke an überhaupt nichts.«

»Okay«, sagte er langsam. »Hast du gefrorenen oder frischen Spinat gekauft?«

»Tiefgekühlt.« Ich atmete erleichtert aus. »Und schon geschnitten.«

»Kluge Frau. Weniger Arbeit. Béchamel oder mit Sahne?«

»In der Regel mische ich Sahne und Crème fraîche. Ich mag die Säure. Außerdem finde ich, dass Béchamel die Aromen unterdrückt.«

»Verstehe ich. Sie schmeckt mir zu bitterem Gemüse wie Stängelkohl, aber du hast recht, sie überdeckt häufig andere Geschmäcker. Und Schalotten anstelle von Zwiebeln? Ich stehe drauf. Sehr französisch.«

Während Kieran die Butter auftaute, zerkleinerte und schmelzen ließ, summte er vor sich hin. Jetzt verstand ich ein wenig besser, warum Ben gerne hier saß. Es war beruhigend, jemandem zuzusehen, der in aller Ruhe fleißig war und darauf vertraute, dass das Endergebnis gut werden würde.

Erst Kierans »Ellie?« ließ die Blase, in der ich mich befand, zerplatzen.

»Tut mir leid, hast du was gesagt?«

Er drückte den Spinat aus. »Was ist dein absolutes Lieblingsessen, das du gekocht hast?«

Ich schloss die Augen und griff nach dem Gefühl der Sicherheit und des Trostes, das ich empfand, wenn ich schnitt und umrührte. Ein Karussell von glücklichen Gesichtern drehte sich in meinem Gedächtnis, bis ich bei einem stehen blieb, das Jahrzehnte zurücklag. »Das erste Menü, das ich mir von Anfang bis Ende selbst ausgedacht habe«, sagte ich schließlich. »Damals war ich zwölf. Es war das

Geburtstagsessen für meine Mom. Sie liebt Fisch, also habe ich Lachs-Teriyaki gemacht. Reis und Spinat mit einem Sesamdressing, das ich in einem alten japanischen Kochbuch aus der Bibliothek entdeckt hatte. Zitronenschnitten zum Nachtisch.«

»Klingt köstlich«, kommentierte Kieran, während er Sahne in den Topf goss.

»Sie hat sich so gefreut. Es war, als ob sie von innen heraus leuchten würde.«

»Hat es dir denn auch gefallen?«

Der warme Schein der Erinnerung verschwand, und auf einmal stand ich an einer Klippe, über die ich nicht hinwegsehen wollte. »Was meinst du?«

Er verringerte die Hitze und senkte die Stimme. »Der Lachs und der Spinat, haben sie dir auch geschmeckt?«

Ich schüttelte heftig den Kopf. »Warum ist das wichtig? Es war schließlich nicht mein Geburtstagsessen.«

»Wer ist das, Ellie?«, fragte Diane, die im Türrahmen zur Küche aufgetaucht war. Die Tränensäcke unter ihren Augen waren lila.

Ich sprang von Bens Platz auf. »Hast du ein bisschen geschlafen, Ema?«

»Wer ist dein Freund?«, fragte sie knapp und starrte Kieran an.

»Ich bin Kieran O'Neill. Ellie hilft mir bei meinem Buch. Freut mich, Sie kennenzulernen, Diane.« Er setzte sein breitestes Happy-Pirate-Leprechaun-Lächeln auf, aber sie schüttelte nur den Kopf.

»Er hilft mir bei den Vorbereitungen für das Abendessen morgen«, erklärte ich.

»Aber du kochst doch immer alles.« Klang da Verärgerung in ihrer Stimme mit? Das war neu.

»Dieses Gericht hat sie an mich delegiert«, warf Kieran ein. »Für die nächste Stunde bin ich Ellies ergebener Diener.« Er erstarrte und wurde rot.

Ich war so damit beschäftigt, ihn anzustarren, dass ich Dianes Hand erst bemerkte, als sie an meiner Kehle lag. »Ich habe nie verstanden, warum du deine Ringe unter der Kleidung trägst.«

Kieran rührte sich nicht, aber ich spürte seinen Blick auf meiner Brust, auf dem Schmuckstück, das sie ins Licht hielt.

Béchameldickes Schweigen überzog uns.

Diane rieb den roségoldenen Ring zwischen zwei Fingern. »Ich weiß noch, wie Max mich darum gebeten hat. Die Familie meines Vaters war aus Berlin geflohen, hatte alles durch die Nazis verloren, und als er meine Mutter kennenlernte, kam er gerade so über die Runden. Aber er nahm einen Job in einer Schuhfabrik in Brooklyn an, ein schrecklicher Ort, wie geradewegs aus einem Dickens-Roman, und arbeitete Tag und Nacht, um sich diesen Ring leisten zu können.«

Kieran wirkte ebenso erstarrt, wie ich mich fühlte. Bis auf mein Gesicht, das immer stärker glühte. »Ich weiß, Ema.«

»Max wollte dir nicht einfach irgendein Schmuckstück schenken, sondern eine Geschichte. Eine Familie. Erinnerst du dich?«

»Ja«, sagte ich schließlich, froh, das Wort nicht herausgeschrien zu haben. »Möchtest du etwas essen?«

Sie zuckte mit den Schultern. »Nein. Ich wollte nur nachsehen, wer mit dir hier ist.« Sie ließ die Ringe fallen und verließ die Küche.

Ich ließ mich auf den Stuhl sinken und schloss die Augen.

»Es tut mir so leid«, flüsterte ich kaum hörbar, da die Scham mir die Kehle zuschnürte. »Ich habe dir gesagt, dass der Tag furchtbar ist.«

»Du trägst die Ringe für sie«, sagte Kieran leise.

»Am Anfang habe ich es für mich gemacht. Aber seit einem Jahr tue ich es für sie, ja. Es macht sie glücklich.«

»Ellie?«

Als ich die Augen öffnete, stand Kieran mit ausgebreiteten Armen vor mir. »Mir geht's gut«, sagte ich schnell. »Du brauchst mich nicht zu umarmen.«

Seine Arme blieben geöffnet. »Was ist, wenn *ich* eine Umarmung von *dir* brauche?«

Ich starrte ihn an. Ich wollte so gerne gehalten werden. Schon letzte Woche hatte seine Hand auf meinem Rücken dafür gesorgt, dass ich am liebsten mein Oberteil ausgezogen hätte, damit er meine nackte Haut streicheln konnte.

»Bitte, Ellie? Nur für eine Sekunde. Du musst nur aufstehen.«

Als ob er mir einen Befehl erteilt hätte, richtete sich mein Körper wie von selbst auf, und im nächsten Moment lag ich in seinen Armen. Es fühlte sich an wie

Hühnersuppe bei einer Erkältung, wie ein Glas eiskalter Apfelsaft, wenn mein Körper vor Fieber brannte.

Ich verschwand nicht in seiner Umarmung wie in Max' früher, aber sie war trotzdem stark und tröstlich und eine Erleichterung. Ich vergrub mein Gesicht an seiner Schulter, und er fand dieselbe Stelle an meinem Rücken und streichelte sie, bis ich am liebsten geschnurrt hätte.

Aber dann begann meine Haut zu kribbeln, und plötzlich fühlte es sich tatsächlich an, als wäre ich fiebrig. Das hier war eine Umarmung mit einem Freund, ich sollte ihn nicht besteigen wie einen Baum. Vor allem nicht, solange wir in Bens und Dianes Küche standen.

»Der Spinat ist sicher fertig.« Meine gekünstelt fröhlichen Worte füllten den Raum zwischen uns, als ich mich zurückzog. »Vielen Dank, dass du mir geholfen hast.«

Kieran wirkte, als würde er aus einem Traum erwachen. »Gern geschehen.«

Nachdem wir beide probiert hatten, schöpfte Kieran den Spinat in eine Tupperdose und packte dann zusammen. Als er seinen Rucksack schulterte und langsam zur Tür ging, warf er mir einen Blick zu, der mich beinahe dazu brachte, ihn anzuflehen, mich zum Abschied noch einmal zu umarmen. Sogar mehr als das zu tun. Aber zum millionsten Mal in meinem Leben schluckte ich das, was ich eigentlich sagen wollte, herunter.

# 19

## *Ellie*

Einen Moment lang stellte ich mir vor, dass das Max-Gedenk-Abendessen ein Schabbat-Dinner vor fünf Jahren war.

Der mit dem Porzellan von Dianes Mutter und dem Kristall von Bens Mutter gedeckte Tisch im Esszimmer wäre eines Königspaars würdig gewesen. Ich erinnerte mich an die lauten Stimmen der Freunde und Kollegen von Max, die sich um die Tafel drängten, und an Nicole und Max, wie sie sich um das letzte Stück von Dianes selbst gebackenem Challah stritten. Diane, deren Wangen vom Wein ein wenig gerötet waren, sorgte dafür, dass jeder einen Nachschlag von der Rinderbrust bekam, während Ben und Max' Mentor Jack das neueste Warriors-Spiel auseinandernahmen.

Heute Abend waren einige Gäste gekommen, die auch damals mit am Tisch gesessen hatten. Jack und seine Frau Nancy. Ebenso wie einige von Max' früheren Kommilitonen aus Berkeley. Ich begrüßte Dave, seinen Mann Carlo und die kleine Lila, die sie adoptiert hatten. Ich machte Small Talk mit Max' Rugby-Freund Eric und seiner Frau Scarlett, die mit ihrem ersten Kind schwanger war. Aber wir hatten uns seit letztem Juli nicht gesehen, und die Gespräche stockten und zogen sich zäh, nahmen wieder Fahrt auf und stockten erneut.

Hatte es sich schon immer so gezwungen angefühlt? Oder nahm ich es jetzt, wo der Kummer nicht mehr alles verzerrte, nur anders wahr? Vielleicht hatten sich auch alle anderen vorwärtsbewegt, während ich stillstand.

Ich hatte Dutzende Mahlzeiten für diese Leute gekocht. Jack hatte meinen allerersten Coq au Vin probiert und gesagt, er sei besser als alles, was er jemals in Frankreich gegessen habe. Die anderen hatte ich mit unzähligen Töpfen Drei-Bohnen-Chili und würzigem Lammcurry gefüttert, wenn sie vorbeigekommen waren, um irgendein Sportevent im Fernsehen anzuschauen oder einfach nur zum Tratschen über die anderen Doktoranden. Zehn Jahre waren vergangen, und sie gaben noch immer kaum fünf Dollar für eine Flasche Wein aus. Ich nahm einen Schluck von dem Roten, der mehr als nur eine flüchtige Ähnlichkeit mit Hustensaft hatte.

Wenigstens gab es Kierans Spinat, der so köstlich war, dass ich nicht aufhören konnte, davon zu essen. Er hatte weniger Sahne verwendet, als ich es getan hätte, aber seine Strategie war aufgegangen. Der Spinat war gerade reichhaltig genug. Vielleicht schmeckte er mir aber auch einfach so gut, weil ich etwas aß, das ich nicht selbst gekocht hatte.

Ben und Diane schienen zufrieden zu sein. Die

Ringe unter Dianes Augen waren immer noch dunkel, aber sie lächelte und bat immer wieder um Geschichten über Max. Ein paar Leute hatten ihre Gabeln weggelegt, sodass ich bald mit der Zubereitung des Nachtischs beginnen konnte.

»Fantastisches Essen, Ellie.« Ben lächelte mich mit erhobenem Glas an.

»Max hätte es geliebt«, fügte Nancy hinzu.

»Der Rahmspinat war fantastisch. Ich will das Rezept«, warf Scarlett ein.

»Auf die Köchin!« Jack hob ebenfalls sein Glas. »Auf Ellie!«

Während ich in die Gesichter der Menschen um diesen Tisch blickte, wurde mir auf einmal klar, dass dies nicht die Leute waren, mit denen ich essen wollte. Ich wünschte mir Kierans fröhliches Geplapper, nicht dieses schwermütige Ritual.

»Wohnst du immer noch hinten im Gästehaus, Ellie?«, fragte Dave, nachdem wir angestoßen hatten.

Ich nickte, bemüht um ein Lächeln. »Du weißt ja, wie hoch die Mieten sind, und ich würde nicht in einer WG leben wollen.« Ich hätte es nicht ertragen, erneut keine Kontrolle über meine Privatsphäre zu haben.

»Wir haben großes Glück, dass wir Ellie haben«, sagte Ben. »Sie ist eine so talentierte Köchin.«

»Hobbyköchin«, korrigierte ich ihn.

»Ja, ja.« Ben wedelte mit der Hand. »Sie könnte für Adlige kochen, stattdessen macht sie das beste Schabbat-Dinner, das ich je gegessen habe.«

Diane blickte auf und sah mich einen Moment lang an, bevor sie hinzufügte: »Ellie ist so gut darin, sich um uns zu kümmern. Aber noch besser war es, als sie für Max kochen konnte. Er hat ihr Essen so sehr geliebt.«

Plötzlich starrten alle am Tisch auf ihre Teller oder an die Wand oder an die Decke. Bis auf Ben. Sein Blick wanderte zwischen Diane und mir hin und her, dabei erschienen dermaßen tiefe Falten in seiner Stirn, als hätte er ein besonders kryptisches Kreuzworträtsel zu lösen.

Etwas blieb mir im Hals stecken, obwohl ich keinen Bissen genommen hatte. War das die Art und Weise, auf die sie mich sah? Als einen halben Menschen, unvollständig ohne Max?

Trauer war ich gewohnt. Melancholie auch. Aber das weißglühende, scharfkantige Ding, das sich nun einen Weg nach draußen bahnen wollte, fühlte sich wie Wut an.

»Ich muss den Kuchen anschneiden«, sagte ich und ballte die Hände zu Fäusten. »Bitte entschuldigt mich.«

Ben erhob sich halb von seinem Platz. »Brauchst du Hilfe?«

Ich klammerte mich an meine erlernte Höflichkeit, um nicht zu schreien. »Nein, danke.« Dann stand ich auf, verließ mit gemessenen Schritten das Esszimmer, durchquerte die Küche, vorbei an dem wunderschön glasierten Kuchen, und lief zur Hintertür hinaus.

Doch anstatt zu mir nach Hause zu gehen, trat ich

zur Feuerstelle und zog mein Handy aus der Tasche meines Kleides. Nicole hatte ein heißes Date mit jemandem, der nicht Jay war, aber ihre ruhige Nüchternheit war nicht das, was ich in diesem Moment brauchte. Kieran würde mitten in seiner Schicht stecken und vermutlich erst in mehreren Stunden antworten, wenn überhaupt. Aber ich musste mir sein fröhliches Grinsen vorstellen, seine warme, schwielige Hand in meiner, seine Arme um mich.

Ich drückte auf AUFNAHME. »Hey. Wir essen gerade, aber ich verstecke mich draußen. Verrate mir etwas. Bin ich unsichtbar? Ich dachte, ich wäre ein echter Mensch, mit Fleisch und Knochen, mit Gedanken und Gefühlen, doch anscheinend ist dem nicht so.« Ich richtete den Blick nach oben, aber eine dicke Schicht Nebel verbarg den Sternenhimmel. »Ich dachte, es würde mir nichts ausmachen, mich um andere Leute zu kümmern. Als Hanks Schwester, als Max' Frau. Niemand wird mich zwingen umzuziehen. Aber andere Menschen glücklich zu machen, ist nicht dasselbe, wie glücklich zu sein.« Ich rieb mir die Augen. »Ich möchte so glücklich sein wie du, Kieran. Ich möchte Spaß haben. Aber ich weiß nicht, wo ich anfangen soll. Weißt du, wie das geht? Bitte sag es mir.«

Ich drückte auf Senden. Dann startete ich seufzend eine zweite Nachricht.

»Tut mir leid, das war unglaublich sentimental und selbstmitleidig. Du kannst diese beiden Nachrichten einfach löschen. Ich hoffe, es geht dir gut.«

»Ellie?«, rief Ben von der Hintertür aus.

Hatte er mich gehört?

Ich steckte mein Handy ein. »Hier drüben, Aba.«

Inzwischen bewegte er sich bedächtiger als noch bei unserem Kennenlernen. Er traf sich nach wie vor regelmäßig mit drei anderen Ärzten zum Tennis und trainierte jede Woche mit einem Personal Trainer. Aber das änderte nichts an der Tatsache, dass er fast siebzig war.

Ich rieb mir die Brust, als ich spürte, wie sich mein Herz zusammenzog. »Tut mir leid, ich komme wieder rein.«

»Du musst dich für nichts entschuldigen. Du hast so hart gearbeitet, da hast du dir eine Pause verdient.« Er stützte sich mit den Händen auf dem Stuhl mir gegenüber ab und blickte in die Wolken hinauf. »Der junge Mann, der gestern mit dir hier war …«

»Kieran. Ich schreibe sein Kochbuch«, sagte ich vorsichtig.

»Richtig, Kieran.« Er hielt inne. »Die Suppe war eine gute Idee.«

»Fand ich auch.« Diane hatte gerade mal eine Teetasse davon zu sich genommen, aber immerhin war es eine Teetasse voll Butter und Sahne gewesen.

»Er scheint ein netter Mann zu sein«, sagte Ben. »Fürsorglich.«

»Ich weiß, dass er nicht Max ist«, sagte ich, um ihn zu beruhigen.

Ben legte den Kopf schief. »Natürlich ist er nicht Max. Aber das bedeutet nicht, dass er nicht jemand ganz Besonderes sein kann.«

Ich hob überrascht den Kopf. Er hatte recht, Kieran *war* etwas Besonderes. Er war verschmitzt und lustig, und er sah mich auf diese ganz bestimmte Weise an – als könnte er sein Glück nicht fassen, so viel Zeit mit mir verbringen zu dürfen. Einen kurzen Moment lang gestattete ich mir, mich in der Wärme dieses Gefühls zu sonnen, und war dankbar, dass Ben es ans Licht gebracht hatte.

»Nächstes Jahr«, sagte Ben entschieden.

»Was ist dann?«

Er schüttelte den Kopf. »Ich glaube nicht, dass wir das nächstes Jahr noch mal machen sollten. Dieses Abendessen. Wir müssen etwas an der Art ändern, auf die wir uns an ihn erinnern.«

Einen Moment lang fiel mir die Last der Arbeit, der ganzen Gefühle von den Schultern. Aber dann dachte ich daran, was Diane sagen würde, und war niedergeschlagener als zuvor.


Nachdem alle gegangen waren, wollte ich nur noch die Füße hochlegen und lesen. Aber als ich zum Haus zurückkam, war Hank mir bereits zuvorgekommen.

»Hey«, sagte ich zu meinem Bruder, der ausgestreckt auf dem Sofa lümmelte, als ich die Tür hinter mir schloss.

»Wie ist es gelaufen?«, brummte Hank, während er bei *Grand Theft Auto* einen Wagen klaute.

»Du hast nicht viel verpasst. Vermutlich hättest du dich zu Tode gelangweilt, wenn du mitgekommen wärst. Hast du schon was gegessen? Ich habe was von dem Rindfleisch mitgebracht, falls du dir ein Sandwich machen möchtest.«

»Mac 'n' Cheese.«

»Das sehe ich«, murmelte ich. Bei dem Gedanken daran, eingetrocknete Käsepampe von Edelstahl zu schrubben, musste ich mir ein Stöhnen verkneifen. »Hast du vor, bald ins Bett zu gehen?« erkundigte ich mich, schnappte mir den schmutzigen Topf und ließ Wasser hineinlaufen.

»Nope. Ich spiel dieses Level zu Ende und treffe mich dann noch mit jemandem.«

»So spät?«

Er wurde rot. »Es ist jemand von Tinder.«

Immerhin kam einer von uns zum Zug.

»Schläfst du heute Nacht hier?«

»Weiß noch nicht.«

»Hank, wenn du mitten in der Nacht zurück-kommst …«, stöhnte ich. Er würde mich aufwecken. Und dann müsste ich ihm dabei zuhören, wie er sich bettfertig machte, und dann würde er schnarchen, und dann musste ich mit Kieran an die Arbeit, nach nur drei Stunden Schlaf, schon wieder.

»Ich werde ganz leise sein.«

Ich konnte mir den tiefen Seufzer nicht verkneifen. »Okay, dann gib mir Bescheid.«

Er drehte sich um, seine Stirn war gerunzelt. »Alles okay, Shrimp?«

Ich versuchte zu lächeln. »War ein langer Abend.«

Hank drückte auf Pause. »Möchtest du eine Um-armung? Du vermisst ihn sicher sehr.«

Wie schön, dass ihm wenigstens irgendwas auffiel. »Das tue ich. Und ja, gerne.«

Eine Sekunde lang genoss ich seine Umarmung, aber ich spürte, wie jeder einzelne seiner Muskeln ihn zu seinem Spiel zurückzog, also ließ ich ihn rasch wieder los.

Zehn Minuten Schießerei und Gangster-Rap später war er zur Tür raus.

»Möchtest du herkommen, Buddy?«, rief ich Floyd zu, aber der blieb in seinem Versteck. Auch gut.

Also, Wasserkessel. Pfefferminzteebeutel. Liebesroman. Aber nachdem ich immer wieder dieselbe Seite gelesen hatte, beschloss ich, stattdessen lieber an die Decke zu starren.

Warum war das Leben für alle anderen so verdammt einfach? Wie wäre es, wenn ich mir ohne Rücksicht auf die Konsequenzen einen beliebigen Kerl auf Tinder aussuchen würde? Ich hatte mich so sehr verrenkt und verknotet, es allen anderen zu jeder Zeit recht zu machen, dass ich inzwischen gefesselt und geknebelt war wie eine der Heldinnen aus meinen Büchern, die von einem Bad Guy entführt worden war.

Aber Kieran wollte mich befreien, das musste ich zugeben. Er hatte mir zugehört und mich beruhigt. Er hatte mir geholfen, als mir selbst nicht klar gewesen war, dass ich Hilfe nötig hatte.

Ich nahm mein Handy und hörte mir die Sprachnachrichten an, die ich ihm geschickt hatte, wobei ich mich bei jedem »äh« und »hm« innerlich wand; und als meine Stimme am Ende nach oben ging, verzog ich unwillkürlich das Gesicht.

Wer würde schon mit jemandem schlafen wollen, der so verzweifelt klang?

## *Kieran*

Nach neun Uhr wurde es in der Küche ruhiger. Die Geschirrspüler arbeiteten noch, aber der Strom an Bestellungen war zu einem Tröpfeln abgeebbt. Sobald ich nicht mehr über das richtige Timing, Teller und Allergien nachdenken musste, rückte Ellie wieder in den Mittelpunkt.

Ging es ihr gut? Waren Max' Freunde nett zu ihr? Oder hielten sie ihre süße, großzügige Ellie-Art für selbstverständlich, so wie Hank, Ben und Diane es taten?

Meine Finger zuckten, als ich mir mein Handy herbeiwünschte. Solange ich arbeitete, tat ich mein Bestes, zu vergessen, dass es existierte, aber heute Abend schien eine Ausnahme zu sein.

»Ich mache fünf Minuten Pause«, rief ich Steve zu, der nickte.

Statt mich vor meinen Spind zu setzen und mich neu zu zentrieren, wie Dr. Meyer es mir beigebracht hatte, trat ich nach draußen, wo die Luft nach Zigarettenpause roch.

Ellie hatte mir zwei Sprachnachrichten hinterlassen. Hatte sie sich nach dem stressigen Abendessen etwa wieder an die Arbeit gemacht? Sie war so ein Workaholic. *Oder sie weiß nicht, was sie sonst mit sich anfangen soll.*

»Hey«, sagte ihre Stimme, hoch und gepresst.

Oh nein. Es ging nicht um die Arbeit.

Als sie ihre zweite Nachricht mit den Worten beendete, dass sie hoffe, dass es *mir* gut ginge, konnte ich es nicht glauben. Ich hörte mir die Nachrichten mehrmals hintereinander an. Sie klang verloren und einsam. So, so einsam.

Ich blickte hinauf in den Himmel und wünschte mir von einer Sternschnuppe, die gar nicht gefallen war, dass ich jetzt zu ihr gehen könnte, um sie mit Floyd und einer Tasse Tee auf ihrem Sofa in eine Decke zu wickeln und zum Lachen zu bringen. Ben und Diane anzuschreien, weil sie ihr wehgetan hatten, wäre ein Bonus.

»Kieran?«, rief Manny von der Tür her. »Wir brauchen dich. VIP-Gäste. Die wollen dich unbedingt persönlich kennenlernen.«

Ich verdrängte Ellies Traurigkeit für den Moment, doch sie stahl sich wieder in den Vordergrund, als ich die letzte Bestellung des Abends durchging, während ich meinen Arbeitsplatz reinigte und mich von den anderen verabschiedete. Ich hätte ihr eine Sprachnachricht zurückschicken können. Aber vielleicht brauchte sie mehr als das. Also setzte ich mich vor meinen Spind und tippte in den Kontakten ihren Namen an.

»Kieran? Alles in Ordnung?«, meldete sich Ellie nach dem dritten Klingeln gähnend.

»Tut mir leid, ich habe dich geweckt.«

»Nein, nein, ich bin wach. Ehrlich gesagt hab ich dir gerade zugesehen.«

»Wie das?«

»Bei *Fire on High*. Ich frag mich, was zum Teufel sich Rainbow dabei gedacht hat, Suppe mit Zuckerwatte zu garnieren.«

*Oh.*

»Ja, das war ziemlich absurd. Sie hat versucht, essbares Haarspray herzustellen, das sich nicht auflöst, und sie hatte nur noch zehn Minuten Zeit. Aber sie ist einer der nettesten Menschen, die ich je kennengelernt habe.« Mit meiner freien Hand nestelte ich an der Schürze. »Ich habe deine Nachrichten abgehört.«

Ich konnte förmlich hören, wie sie errötete. »Entschuldige bitte, dass ich dich während der Arbeit gestört habe. Du kannst sie einfach ignorieren. Ich habe nur geschwafelt.«

»Du musst dich nicht entschuldigen«, sagte ich schnell. »Du klangst, als hättest du einen harten Abend hinter dir.«

»War schon okay«, sagte sie schnell und hielt dann inne, um tief Luft zu holen. »Nein, der Abend war nicht okay. Er war wirklich, wirklich hart.«

»Wie geht es dir jetzt?«, fragte ich sanft.

Ein Rascheln, als ob sie die Position wechseln würde. »Ich mache einfach weiter und weiter. Wenn ich in den letzten drei Jahren etwas gelernt habe, dann, dass man manche Situationen einfach nur aushalten kann, dann gehen sie schon irgendwie vorbei.«

Sie hatte so viel mehr verdient, als nur durchzuhalten.

»Ist mein Junge Floyd bei dir? Ich weiß, er ist egoistisch, aber er würde nicht wollen, dass du so traurig bist.«

»Ich liebe es, dass er dein Junge ist.« Beim Klang ihrer warmen Stimme lief mir ein angenehmer Schauer über den Rücken. »Seit Hank hier ist, lässt er sich kaum blicken. Und ich kann es ihm kaum verdenken. Ist ein bisschen voll hier drin.« Sie stieß den Atem aus. »Keine Ahnung, warum ich dir diese Sprachnachrichten geschickt habe. Ich habe einen tollen Job und eine schöne Wohnung. Ich bin undankbar.«

*Baby. Süße. Liebes.* Ich hielt die Worte allesamt zurück. »Bist du oft traurig?«

Ellie zögerte einen Moment, sodass ich fast schon dachte, sie würde der Frage ausweichen, doch dann sagte sie: »Ja. Aber ich bin daran gewöhnt.«

»Daran solltest du aber nicht gewöhnt sein.«

»Warum nicht? Millionen von Menschen auf der Welt sind einsam.«

Ich hasste die Trostlosigkeit in ihrer Stimme.

»Allerdings glaube ich nicht, dass die alle so süß sind wie du«, kam es mir über die Lippen.

»Du findest mich süß?«

Oh, Mist. Aber sie klang nicht sauer. Nur … überrascht. Und ein wenig amüsiert. »Ja?«

Sie ließ ein tiefes leises Lachen erklingen. »Ich hätte dieses Gespräch für die Nachwelt aufzeichnen sollen. Auf der Liste der Adjektive, von denen ich dachte, dass du sie für mich verwenden würdest, steht *süß* an Stelle dreitausendunddrei.«

»Ich kenne dich jetzt besser. Du *bist* süß, Ellie. Jeder, der Zeit mit dir verbringen darf, kann sich sehr glücklich schätzen.«

Sehr lange sagte sie nichts, und ich wollte gerade einen dummen Witz über ihre Liste von Adjektiven machen, als sie sagte: »Ich bin es so leid, die Gute zu sein. Aber es fühlt sich egoistisch an, den Menschen nicht zu helfen, wenn ich doch aber weiß, was sie brauchen, und ich es ihnen geben kann.«

Ihr Geständnis hing zwischen uns, roh und zart.

»Ellie?«, sagte ich behutsam.

»Ja?«

»Bei mir kannst du die Böse sein.«

Ein langes Schweigen. »Wie meinst du das?«

»Also ich meine damit nicht, Verbrechen zu begehen oder so. Sondern dass du mir alles sagen kannst, ohne dass ich denken werde, du wärst egoistisch oder undankbar. Weil du dann nämlich einfach nur du selbst wärst.«

Als sie schwer ausatmete, wollte ich sie umarmen, meine Hände auf ihren Rücken legen und auf und ab streichen, um sie zu trösten. »Du gibst mir das Gefühl …«, begann sie.

Meine Finger umklammerten das Handy. »Was für ein Gefühl?«

»Das Gefühl, frei zu sein.« Es klang wie eine Offenbarung. »Darf ich vorbeikommen?«

Ich sprang auf, als hätte ich einen Stromschlag abgekriegt. »Zu mir nach Hause? Warte, meinst du vorbeikommen oder *vorbeikommen*?«

*Super, Kieran. Vielleicht möchte sie nur, dass du sie wieder umarmst. Hör auf, irgendwelche dreckigen Dinge in ihre Worte reinzuinterpretieren.*

»Letzteres«, unterbrach ihre heisere Stimme meine Gedanken. »Das Vorbeikommen, bei dem wir nackt in deinem Bett liegen.«

Mich selbst zu kneifen, tat ganz schön weh.

»Ja. Ja! Ich meine, bist du dir sicher?«

Ich konnte ihr Grinsen förmlich hören. »Es gibt ein Sprichwort über Geschenke, Gäule und Mäuler, das dir sicher bekannt sein dürfte.« Eine kurze Pause entstand. »Bitte, Kieran«, fügte sie dann hinzu, und auf einmal war all ihr Vorwitz verschwunden. Jedes Atom in meinem Körper ließ bei diesen beiden flehenden Worten Champagnerkorken knallen.

»Komm vorbei, jetzt gleich.« Allerdings war meine Wohnung dreckig, ich roch eklig, und außerdem hatte ich keine Kondome da. »Moment, nein, gib mir eine Stunde. Komm in einer Stunde. Warte, ich geb dir meine Adresse.«

Während ich ihr Straße und Hausnummer nannte, versuchte ich mich einhändig aus meiner Kochjacke zu schälen. Keine Chance. Dann verabschiedete ich mich mit den Worten »Bis gleich« und spurtete los.

# 20

## *Ellie*

Kierans Viertel lag totenstill da. Ich hatte das Gefühl, etwas Unerlaubtes zu tun, etwas Ungeheuerliches. Nicht dass ich die richtigen Dessous für ein Mitternachts-Rendezvous besessen hätte. Ich hatte mich schon vor langer Zeit von all den spitzenbesetzten, seidigen Sachen getrennt, die Max gefallen hatten. Aber irgendwie glaubte ich nicht, dass es Kieran etwas ausmachen würde, wenn ich schlichte schwarze Unterwäsche trug. Zumindest hoffte ich, dass es so war.

Eine Mülltonne knallte, und ein kleines pelziges Wesen huschte davon. Eine Katze? Wahrscheinlich keine Katze. Ich zitterte. Natürlich zitterte ich. Es war kalt, denn es war fast ein Uhr nachts, und um die gelborangenen Straßenlaternen waberte Juli-Nebel.

»Hör auf, Zeit zu schinden«, murmelte ich vor mich hin.

Nachdem ich mit der ganzen Kraft meiner Ungeduld auf die Türklingel gedrückt hatte, ertönte ein scharfes Surren.

»Scheiße, warte mal«, hörte ich Kierans nervöse Stimme.

Ein paar Flüche später öffnete er mir. Sein Haar war ein nasses, stacheliges, rotbraunes Durcheinander, und sein blaues T-Shirt war mit feuchten Flecken gesprenkelt.

Er musterte mich von oben bis unten. »Du bist früh dran.«

Ich musterte ihn von oben bis unten. »Du hast keine Hose an.«

Er schaute auf seine Daffy-Duck-Boxershorts hinunter. »Ähm, ja. Ich würde eine tragen, wenn du nicht so früh dran wärst.«

»Willst du diskutieren, oder willst du Sex mit mir haben?«

Er grinste. »Ich weiß nicht, mit dir zu streiten, ist so ähnlich wie ...« Ich erwischte eine Handvoll weicher Baumwolle und zog ihn an mich. »Vorspiel«, brachte er heraus, bevor mein Mund den seinen bedeckte und süße Minze meine Sinne flutete.

Er zog mich hinein, schlug die Tür zu und klemmte mich zwischen dem Holz und seinem starken, angespannten Körper ein. Es fühlte sich so gut an, nachzugeben, weich zu werden. Ich öffnete mich ihm, und wir stöhnten beide auf, als sich unsere Zungen berührten. Während wir uns gegenseitig verschlangen, fanden meine Finger sein feuchtes Haar, seine den Saum meines Kleides. Eine Berührung seiner Fingerspitzen an der weichen Haut meiner Kniekehle und ich musste ihn näher an mir spüren. Ich schlang mein Bein um seine Hüften – endlich machte sich das ganze Yoga bezahlt – und konnte ihn hart und drängend durch seine Boxershorts spüren. Er stöhnte in meinen Mund, als ich mich an ihm rieb und seine Finger auf meinen Oberschenkel presste.

»Oh nein, ich werde dich nicht hier an die Tür gelehnt vögeln«, knurrte er.

Ich beugte mich vor und knabberte an seinem Ohrläppchen. »Aber das fühlt sich so gut an. Fass mich an, dann beweise ich es dir.«

Kierans Hand war auf die genau richtige Art grob, als sie über meinen Oberschenkel glitt und den Stoff beiseitezerrte. »Scheiße. Wieso bist du schon so feucht? Ich dachte, du wärst …«

»Ich wäre was?« Ich schob eine Hand unter sein Shirt und zeichnete mit dem Fingernagel eine Linie auf seinen unteren Rücken, bis seine Hüften gegen meine zuckten.

Sein Mund fand meinen Hals, saugte hart, biss zu. Ich stöhnte auf, weil es sich anfühlte, als würden sich seine Lippen ganz woanders befinden.

»Schüchtern«, brachte Kieran schließlich hervor. »Egal, vergiss, was ich gesagt habe. Kein Blut in meinem Gehirn.« Er küsste mich erneut. »Ich kann nicht glauben, dass du hier bist. Ich kann nicht glauben, dass du so heiß auf mich bist.«

»Ich will dich so sehr.« Damit ließ ich meine Hände über seine Brust gleiten, leicht schwindlig angesichts der Tatsache, wie gut es sich anfühlte, ihn endlich zu berühren. »Ich will das alles sehen. Ich will wissen, wie du schmeckst.«

»Gott, du bist so verdammt wild.« Er legte seine

Hände an meine Taille und beugte sich vor. »Aber ich habe schlechte Nachrichten.«

»Und die wären?« Wenn er die Sache jetzt beendete, würde ich an Dehydrierung sterben.

Sein Grinsen wurde noch breiter. »Es gibt nur ein Bett.«

Mein Lachen blubberte wie Limonadenbläschen. Ich hatte vollkommen vergessen, dass Sex außerdem auch noch *Spaß* machen konnte. »Oh, nein. Was für ein Desaster. Was sollen wir jetzt nur machen?«

Er wackelte mit den Augenbrauen. »Ich hätte da ein paar Ideen.«

Was er als Bett bezeichnet hatte, war in Wirklichkeit eine Matratze, die in einer Ecke des Zimmers lag, aber im Moment war ich alles andere als wählerisch. Wir tauschten Kleidungsstücke gegen Küsse: sein Hemd gegen ein Knabbern entlang seines Schlüsselbeins, mein Kleid gegen feuchte Berührungen seines Mundes an meinen Schultern. Besonders großzügig gab er sich, als ich meinen BH quer durch den Raum warf, und mischte Lecken und Saugen mit anzüglichen Komplimenten, die mich erröten ließen.

Schließlich lagen wir nackt unter seinem rauen blauen Laken, ich auf dem Rücken, Kieran kniete neben mir, eindeutig bereit, aber er berührte mich nicht. Er stand sichtlich unter Strom, sein Blick zuckte unruhig hin und her.

»Problem?«

Er fuhr sich durch die Haare. »Ich habe so oft davon fantasiert, was ich tun würde, wenn ich dich nackt vor mir habe, dass ich mich nicht entscheiden kann. Möchte ich ganz unten bei deinen Zehen anfangen und mich langsam nach oben küssen? Oder will ich an deinem Hals knabbern und dich zwischen den Beinen streicheln, bis du mich anbettelst, dich zu ficken?«

Beinahe ehrfürchtig sah er mich an. Aber was, wenn ich nach all der Zeit mit einem neuen Mann nicht kommen konnte? Was, wenn er es immer wieder versuchte und ich nur dalag und in Gedanken meine Einkaufsliste für morgen schrieb? Das war auch mit Max passiert, selbst als wir am allerglücklichsten miteinander gewesen waren, und ich hatte ihn hinterher trösten müssen.

»Ich habe eine bessere Idee«, sagte ich und setzte mich auf.

»Was für … Oh!«, rief Kieran aus, als ich ihn auf die Matratze drückte, und seufzte in meinen Mund, als ich ihn küsste.

»Ich habe gesagt, dass ich dich schmecken will, und das war ernst gemeint.«

Seine Mundwinkel bogen sich nach oben. »Wenn du so hungrig bist, habe ich Snacks für dich.« Doch als ich mich über seine Brust nach unten leckte, verschwand sein Grinsen, und er flüsterte: »Du musst das nicht tun. Wirklich nicht. Ich bin so scharf auf dich, dass mich allein unsere Umarmung beinahe umgebracht hätte.«

»Aber ich würde es gerne tun.« Ich leckte über seinen Beckenknochen, was ihm ein Fluchen entlockte.

»Du bist so unglaublich sexy, und ich möchte, dass du dich gut fühlst.«

»Danke, das ist toll, aber du bist dir … Oh mein *Gott*, Ellie«, stöhnte Kieran, als ich mit der Zunge über seinen Schwanz strich.

»Ja, ich bin mir sicher.« Dann konnte ich nicht mehr sprechen.

Aber er konnte.


## Kieran

Hatte ich gedacht, ich müsste sie trösten? Dass sie verletzlich und verloren sei? Dann hatte ich völlig danebengelegen. Dies war die Frau, der ich verfallen war, stark und stur, die sich nicht scheute, das zu tun, was sie wollte. Sie war mitten in der Nacht den ganzen Weg hierhergekommen, und jetzt konzentrierte sich ihre ganze Kraft und Stärke auf mich.

»Mach weiter so, *bitte* mach weiter so.« Das war mein letzter Satz, der einen Sinn ergab. Jeder andere wurde weggespült von einer Welle heißer Lust nach der anderen, die mich mit vereinzelten Worten wie *perfekt* und *Gott* und *fuck* und dann ihrem Namen, immer und immer wieder ihrem Namen, zurückließen, bis sie ihre Zunge genau an der richtigen Stelle kreisen ließ und ich aufschrie: »*Stopp!*«

Ellie zog sich zurück. »Habe ich dir wehgetan?«

Ich lachte, hoch und verzweifelt. »Nope. Ich war in meinem ganzen Leben noch nie so hart.«

Sie schenkte mir ein träges Lächeln.

Verdammt, sie sah unglaublich aus mit ihren Locken, die durch meine gierigen Hände durcheinandergeraten waren, und diesem heißen Leuchten in den Augen.

»Und warum wolltest du dann aufhören?«

Ich zog sie an meinem Körper hoch und küsste hungrig ihre geschwollenen Lippen. »Weil ich, du Klugscheißerin, so verdammt gerne in dir drin sein möchte.«

»Du willst mich? Echt jetzt? Bist du dir auch ganz sicher?«, neckte sie mich.

Ich stöhnte auf. »Ja, dich. Nur dich. Bitte fick mich, sonst komme ich vor Verlangen um.«

»Okay, okay, ich werde dich ficken. Wo sind deine Kondome?«

Ich erstarrte. »Hast du *ficken* gesagt?« Ich hatte dieses Wort noch nie zuvor aus ihrem Mund gehört.

Sie grinste. »Du bist bezaubernd, wenn ich dich gerade um den Verstand gebracht habe. Kondome?«

Stumm deutete ich Richtung Badezimmer.

Als sie ins Bett zurückkam, küsste sie mich so intensiv, dass ich in ihr versank. Sie war über mir, rollte mir das Kondom über und brachte mich zum Stöhnen, dann an mir, dann um mich herum, noch heißer und feuchter, als sie es an meinen Fingern gewesen war. Um den Drang zu kommen zu unterdrücken, biss ich mir hart in die Wange. Gierig fuhr ich mit den Händen ihre Schenkel hinauf. Sie zu berühren, war unglaublich, ihre Haut war pfirsichzart.

»Ist das gut?«, fragte sie und ließ die Hüften krei-sen. »Ist es das, was du wolltest?«

Mein Körper bäumte sich unter ihr auf, völlig außer Kontrolle. »Scheiße, du fühlst dich unglaublich an. Das halte ich nicht viel länger aus.«

»Dann lass los.« Sie erhöhte das Tempo und presste ihr Becken auf meins.

All meine Vorhaben, es langsam anzugehen, es auszukosten, lösten sich in Lust auf. Diesen perfekten Moment lang gehörte Ellie mir, und ich würde sie niemals aufgeben. Für nichts und niemanden. »So gut, du bist so gut«, summte ich, während sie ihre Hüften auf mir bewegte.

Aber halt, sie machte zwar die richtigen Geräu-sche, aber sie zog sich nicht um mich zusammen. Ich war die meiste Zeit meines Lebens egoistisch ge-wesen, doch die Vorstellung, Ellie könnte mein Bett unbefriedigt verlassen, war zu schrecklich.

»Komm schon, Liebes«, flehte ich.

Sie öffnete die Augen. »Was?«

Ich fuhr mit meinen Händen an ihren Seiten hi-nunter, zwischen ihre Beine, spielte mit ihrer Klit, bis sie keuchte. »Was brauchst du, um zu kommen?«

Eine Sekunde lang geriet sie aus dem Takt. »Ich muss nicht kommen. Mir gefällt das hier.«

Da war sie wieder, diese Schüchternheit.

Ich zog sie zu mir herunter und küsste sie hart. »Ich möchte, dass du kommst, Ellie, wenn du kannst. Ich möchte es spüren.«

Große blaue Augen studierten mein Gesicht, und

ich erwiderte ihren Blick. Ich war beim Sex noch nie ernst gewesen, aber jetzt versprach ich ihr stumm, dass ich ihr gehörte.

Sie richtete sich auf und legte eine Hand auf meinen Bauch, während die andere zwischen ihre Beine glitt und meine Finger beiseiteschob.

»Du fühlst dich fantastisch an«, hauchte sie, während sie sich mit geschlossenen Augen streichelte. »So groß in mir.«

Sie würde mich umbringen. Ellie berührte sich selbst und flüsterte schmutzige Worte, während ich in ihr steckte, das übertraf jede Fantasie, die ich bis heute gehabt hatte.

»Du bist so unfassbar sexy«, knurrte ich. »Hör nicht auf.«

Wir verschmolzen immer tiefer und tiefer miteinander, bis plötzlich die Grenze erreicht war und ich die Finger in die Matratze grub, um mich zurückzuhalten, sie anflehte, bitte, bitte, bitte …

»Kieran!« Mein Name wurde zu einem langgezogenen Schrei, als sie um mich herum pulsierte, während ich mich aufrichtete und explodierte wie ein Feuerwerk.

## Ellie

Ich blinzelte in die zu grelle Glühbirne in dem schäbigen Lampenschirm, während sich Kieran neben mir schwer atmend einen Arm über die Augen legte. Ich war mir nicht sicher, ob ich Sterne sah, weil das Licht so hell war oder weil ich so heftig gekommen war. Vielleicht beides? Ich warf einen Blick auf die Digitaluhr, deren schwarzes Kabel quer über den Boden verlief. Von null auf Orgasmus in fünf Minuten. Ich schätzte, wir waren beide verzweifelt gewesen.

Apropos verzweifelt, kein Wunder, dass er bei seinem ersten Besuch bei mir so beeindruckt gewesen war. Abgesehen von dem kleinen Badezimmer hinter einer Schiebetür und dem schmuddeligen beigen Teppich, erinnerte das Zimmer stark an einen Ort, an dem jemand lediglich seine Zeit absaß. Was nicht nur an der Trostlosigkeit des Apartments an sich lag. Es fanden sich keine Spuren von Kieran darin. Keine Bücherregale, keine Poster an den senffarbenen Wänden, keine Möbel außer der Matratze, auf der wir lagen, und einem kleinen Tisch mit einem einzigen Klappstuhl, auf dem ein Laptop lud. Hinter einer eingezogenen Wand, die nicht ganz bis zur Wohnungstür reichte, vermutete ich die Küche.

Als ich aus dem Badezimmer zurückkam, wo ich tapfer die angetrockneten Zahnpastareste im Waschbecken und die schwarzen Schimmelflecken an der Decke ignoriert hatte, saß Kieran aufrecht im Bett.

»Tut mir leid.«

»Warum denn? Also ich hatte Spaß, du nicht?«

»Ja, doch, schon«, sagte er verlegen, »aber normalerweise halte ich länger durch.« Er warf einen Blick auf die Uhr und erschrak. »Mein Gott, definitiv länger. Ich bin siebenundzwanzig, nicht sechzehn.«

»Kein Problem.« Er war gekommen, ich war gekommen, alles war gut.

Wem wollte ich etwas vormachen? Es war nicht nur gut gewesen, sondern fantastisch. Ich hatte vergessen, wie köstlich es sich anfühlte, einen Orgasmus zu haben, wenn mein Geliebter mich anspornte, sein Vergnügen meines befeuerte und meins seines.

Aber was geschah als Nächstes? Als Max und ich zum ersten Mal miteinander schliefen, hatten wir es in dem Wissen getan, dass wir zusammengehörten. Mir war bis jetzt nicht klar gewesen, dass dies ein Sicherheitsnetz gewesen war. Nun fragte ich mich unweigerlich, wie tief ich fallen würde, wenn ich nur einen falschen Schritt machte.

»Das sollte ich mal besser entsorgen.« Kieran streckte seine Hand aus, zwischen seinen Fingern lugte Latex hervor.

»Oh … ja, klar, natürlich. Mach nur.« *Sehr cool, Ellie, du kommst total entspannt rüber.*

Als er aus dem Bad zurückkam, konnte ich ihn nur anstarren. Nackt war er wunderschön. Jeder antike Bildhauer hätte sich vor Begeisterung überschlagen, seinen Torso in Marmor verewigen zu dürfen. Etwas moderner: Allein Kierans Unterarme, in den digitalen Netzwerken eingestellt, würden das Internet sprengen.

»Also«, sagte er und rieb sich den Nacken.

War das mein Stichwort? Sein Gesichtsausdruck lieferte mir keinerlei Hinweise.

»Ich denke, ich sollte dann gehen«, sagte ich zaghaft. Solange ich es selbst vorschlug, konnte ich nicht verletzt werden.

Von einem Moment auf den anderen war Kierans Zurückhaltung verflogen. »Das musst du nicht.« Er kniete sich vor mich auf die Matratze. »Du kannst hier schlafen.«

Langsam strich ich über das Laken. »Ich möchte deine Routine nicht durcheinanderbringen.«

Kieran musste lachen. »Du glaubst ernsthaft, dass ich eine Routine habe? Wie süß! Wie auch immer, willst du wirklich auf deiner winzigen Couch schlafen, wenn dir alternativ die hochwertigste Matratze von IKEA zur Verfügung steht?«

Skeptisch hob ich die Augenbrauen. »Die hochwertigste Matratze? Wirklich?«

Er errötete. »Nö, das habe ich nur gesagt, weil es gut klingt. Also, was denkst du?«

Ich dachte, dass ich noch einmal von ihm gevögelt werden wollte. Ich dachte, dass ich mir wünschte, mit sanften Küssen und Liebkosungen von ihm geweckt zu werden.

»Ich meine«, unterbrach er meine Gedanken, »du kannst natürlich gehen, wenn du möchtest. Auf keinen Fall will ich irgendwie creepy rüberkommen. Möchtest du nach Hause?«

Er klang so unsicher. Und in diesem Moment fiel mir wieder ein, dass er keine Beziehungen einging. Nie. Als seine Eltern ihn nach Hause zitiert hatten, hatte er eine Fake-Freundin gewollt. Wenn ich mir etwas Ernstes wünschte, wäre ich diejenige, die sämtliche emotionale Last trug. Er konnte mich furchtbar verletzen, ohne es überhaupt zu wollen.

Aber vielleicht gab es einen anderen Weg.

»Was würde eine Freundin mit gewissen Vorzügen tun?«

Ihm stand die Verwirrung deutlich ins Gesicht geschrieben. »Ich dachte, das Konzept ist dir zuwider?«

»Das dachte ich, ja. Aber ich will dich einfach nur genießen, und ich will, dass du mich genießen kannst. Ich möchte, dass wir keine Erwartungen haben und die Sache zwischen uns locker sehen.«

Er würde noch ein Loch ins Laken reißen, wenn er weiter so daran zerrte. »Keine Erwartungen? Keine Pläne? Wer bist du und was hast du mit Ellie gemacht?«

»Ich bin immer noch ich, aber ich möchte mal was Neues ausprobieren.«

Einen flüchtigen Augenblick lang glaubte ich, einen Schatten über Kierans Gesicht huschen zu sehen. Aber dann lächelte er. »Eine Freundin mit gewissen Vorzügen würde bleiben. Vor allem, wenn die andere Option darin besteht, zu Hause keinen Schlaf zu bekommen.«

Ich erwiderte sein Lächeln. »Hast du eine zusätzliche Zahnbürste?«

Natürlich hatte er keine, also putzte ich mir die Zähne mit dem Finger und spülte mir den Mund mit einer Extraportion Zahnpasta aus.

Zehn Minuten später lagen wir in der Dunkelheit. Ich hatte mich auf der Seite zusammengerollt, so wie ich normalerweise schlief, aber seine Wärme und sein Atem hielten mich wach. Kieran klang wieder angespannt. Nicht auf die erregte Art, sondern als wäre er ängstlich.

»Freunde mit gewissen Vorzügen wären auch exklusiv«, sagte er plötzlich.

Ich drehte mich zu ihm um und sah, dass er mich anstarrte. »Es ist nicht so, als würde irgendjemand Schlange stehen, um mit mir zu schlafen«, sagte ich überrascht.

Er murmelte etwas.

»Wie bitte? Sagtest du gerade *Ich werde sie alle bekämpfen*?«

»Du solltest mal deine Ohren untersuchen lassen. Egal, es wäre nur alles etwas unkomplizierter, wenn wir nicht mit anderen schlafen.«

Die Vorstellung, er könnte eine andere schön finden, weckte in mir den Drang, die Krallen auszufahren. »Hört sich gut an«, sagte ich, ganz lässig.

»Hast du dich in letzter Zeit auf Geschlechtskrankheiten testen lassen?«

Das Lachen sprudelte aus mir heraus, bevor ich es aufhalten konnte.

»Was?« Er wirkte verwirrt.

»Du bist der dritte Mann, mit dem ich je geschlafen habe. Das letzte Mal, dass ich mit jemandem Sex hatte, war vor drei Jahren mit Max. Ich bin die Langeweile in Person. Versprochen.«

Mein Lachen verstummte angesichts seines Schweigens.

»Hast du dich untersuchen lassen?«, erkundigte ich mich unsicher.

»Ja.« Er klang beinahe ein wenig verletzt. »Jedes Mal, wenn ich jemand Neues kennenlerne. Ich möchte, dass alle glücklich und sicher sind.«

Dachte er etwa, ich hätte ihn als Schlampe beschimpft? »Tut mir leid«, platzte ich heraus. »Ich hätte keinen Witz daraus machen sollen.« Ganz sanft legte ich eine Hand auf seine Brust. »Ich werde mich so bald wie möglich testen lassen. Und mir eine Verhütungsmethode überlegen.«

»Da bist du ja wieder.« Seine Stimme hatte ihren gewohnten warmen Klang zurück, und mein Magen schlug vor Erleichterung Purzelbäume. »Ich hatte schon befürchtet, du würdest losrennen, dir eine Harley kaufen und dir eine riesige Spinne auf den Hintern tätowieren lassen.« Er streichelte meine Finger. »Bist du dir wegen uns auch ganz sicher? Ich habe noch nie jemanden getroffen, der es so sehr liebt vorauszuplanen wie du.«

»Und du magst es nicht, wenn man dich mit Regeln und Erwartungen fesselt. Trotzdem warst du derjenige, der gesagt hat, wir sollten exklusiv sein.« Ich küsste ihn auf die Wange. »Wie es aussieht, haben wir uns gerade beide aus unserer Komfortzone herausgewagt. Also lass uns …«

»Die Sache locker angehen«, beendete er meinen Satz, doch sein Körper war nach wie vor ruhelos.

»Ich bin so froh, dass ich hergekommen bin«, flüsterte ich.

»Ja?«, wisperte er ebenso leise zurück.

»Ich hatte Angst, dass ich vergessen habe, wie man Sex hat. Dass du dich langweilst und abgetörnt bist.«

Kieran schnaubte. »Du wusstest genau, was du tust. Ich glaube, du warst fast ein bisschen zu gut darin. Mach es das nächste Mal schlechter, damit ich länger durchhalte.«

»Wenn ich zu gut darin war, dann nur, weil es mit dir war.« Ich stupste ihn an. »Sex mit dir ist ziemlich wundervoll. Es ist wie bei der Arbeit zusammen in der Küche. Wir passen zueinander.«

In der nächsten Sekunde lag er auf mir, und ich quietschte. »Kieran!«

Er drückte seine Nase an meine. »Ziemlich wundervoll, hm? Was würde es brauchen, um ihn großartig zu machen? Fantastisch?«

Da war er, mein Puck. Aufreizend und verspielt und sexy. Ich küsste ihn voller Zuneigung. »Keine Ahnung. Aber ich glaube, ich werde es genießen, das herauszufinden.«

»Ich hätte da einige Ideen. Also wenn du Lust hast …« Er fuhr mit seiner Hand über meine Brust und zog mit dem Daumen kleine elektrisierende Kreise.

»Was für Ideen?« Wenn er so weitermachte, würde ich gleich anfangen zu lallen.

»Ich will all die sexy kleinen Sommersprossen auf deinem Rücken schmecken, während ich dich vögele«, knurrte er.

»Die Vorstellung gefällt dir.«

Er war so unglaublich selbstgefällig, und ich wollte ihn überall an mir spüren. »Könnte das nächste Mal jetzt sofort sein? Bitte?«

Ein zweiter Finger gesellte sich zu seinem Daumen und begann sanft an meinem Nippel zu zupfen, was mir ein gestöhntes »mehr« entlockte.

Er zupfte ein wenig fester. »Du wildes Ding.« In seiner Stimme lag ein liebevolles Lachen.

Ich griff nach unten und streichelte ihn. »Da sagt jemand begeistert Hallo.«

Kieran grunzte amüsiert. »Jepp, mein Schwanz hat definitiv kein Pokerface.«

Ich konnte mir ein Schnauben nicht verkneifen.

»Oh-oh, dass du darüber lachst, wirst du büßen.« Und als er mir sacht in den Nacken blies, durchfuhr mich ein goldenes, helles Flackern, und ich kicherte wohlig.

Freude. Wie hatte ich sie vermisst.

# 21

## *Kieran*

Ich wachte auf. Warm und verwirrt.

Mein unterbewusstes Ich wollte Ellie davon abhalten, jemals wieder zu gehen. Ich küsste ihre zarte Schulter, schlang einen Arm um ihren weichen Bauch, schob mein Bein über ihres und von der anderen Seite darunter. Ganz zu schweigen davon, dass sich ihr Hintern an meinen Schwa… Wow. Ich hatte Witze darüber gemacht, dass ich nicht mehr sechzehn war, aber wenn es um sie ging, führte sich mein Körper auf wie ein Teenager. Der Fortgang der letzten Nacht wiederholte sich in Stereo in meinem Kopf: Ellies saugende Küsse auf meiner Haut, ihre Beine auf meinem Rücken, ihr Stöhnen, als ich so tief in sie eindrang, wie ich konnte, ihre Finger, die durch meine Haare strichen, als ich mich danach auf ihr ausstreckte.

Ellie seufzte und kuschelte sich tiefer in mein Kissen.

Wäre es falsch, sie für eine weitere Runde zu wecken?

Ja, das wäre es. Sie brauchte Schlaf, und sie zu wecken, weil ich mich nach ihr sehnte, zählte nicht als »es locker angehen«.

Locker, Scheiße. Ein Wort wie ein winzig kleiner Schnitt. In fünfundneunzig Prozent der Fälle kaum der Rede wert, aber wenn ein Körnchen Salz oder ein Tropfen Zitronensaft darauf traf, dann brannte es wie Feuer.

Ich löste mich von ihr. Immerhin musste ich sowieso ins Bad.

Mein Spiegelbild sah aus, als wäre ich in einen Sex-Hurrikan geraten. Die Haare standen mir in alle Richtungen vom Kopf ab, meine Lippen waren dunkel und geschwollen. Ein Knutschfleck zwinkerte mir von der Schulter aus zu, ein anderer von meinem Brustkorb. Ich drückte meinen Daumen auf die Stelle, wo sie mich markiert hatte.

Nur dass ich nicht ihr gehörte.

Ich schüttelte den Kopf angesichts meines verwirrten Gesichtsausdrucks, nahm meine Medikamente und schöpfte Wasser aus dem Hahn in meinen Mund, um sie hinunterzuspülen. Ich würde mich in nichts reinsteigern. Dies war eine Freundschaft mit gewissen Vorzügen, nichts weiter. Business as usual.

Nur hatte ich noch nie eine Frau mit zu mir genommen oder bei jemandem die ganze Nacht verbracht, obwohl ich gegenüber Ellie behauptet hatte, dass Freunde mit gewissen Vorzügen ständig beieinander schliefen. Aber wer hatte eigentlich die Regeln aufgestellt? Natürlich konnte ich eine Freundin in meinem Bett schlafen lassen und mich nach dem Aufwachen verzweifelt danach sehnen, in ihr zu versinken, um sie anschließend mit Donuts zu füttern.

Moment.

Donuts.

Verdammt.

Ich schlich auf Zehenspitzen aus dem Bad in meine winzige Küche und versuchte, nicht zu laut mit der Plastiktüte zu rascheln, während ich die Sachen auspackte, die ich gestern Abend im Supermarkt eingekauft hatte. Wenigstens war ich so klug gewesen, die Kondome gleich ins Bad zu stellen. Die Teelichter konnte ich für einen Stromausfall oder so besorgt haben. Und den alkoholfreien Cider für eine andere Gelegenheit. Nur den kleinen Strauß tiefroter Rosenknospen vergrub ich tief im Mülleimer unter der Spüle.

»Kieran?«, murmelte Ellie von der anderen Seite der Küchenwand.

Als ich lässig um die Ecke schlenderte, lag sie auf der Matratze, streckte die Arme über den Kopf und gähnte. Sie sah aus, als würde sie sich auf einer Wiese im Sonnenschein rekeln, kleine Putten an ihrer Seite, die ihr Wildblumensträuße reichten – nicht in meinem muffigen Apartment mit Schimmelbefall. Wenigstens hatte ich damit aufgehört, Sachen zu kaufen, die ich nicht brauchte, sodass es immerhin nicht unordentlich war.

»Ich habe geschlafen«, seufzte sie, und ihr Lächeln war wie ein Magnet, der mich neben ihr auf die Knie zwang. »Ich habe tatsächlich geschlafen.«

»Muss daran liegen, dass ich dich so erschöpft habe. Auch wenn es eine Weile gedauert hat.« Ich fuhr mit den Fingern durch ihr Lockengewirr. »Nette Fickfrisur.«

Sie grinste. »Wer im Glashaus sitzt … *Woody*.«

»Woody?«

»Wie bei Woody Woodpecker. Ziemlich coole Tolle, die du da auf dem Kopf hast.« Ihr schelmisches Grinsen wurde weicher, als sie meine Wange berührte. »Dann habe ich mir die letzte Nacht also nicht nur eingebildet?«

Ich konnte mich nicht zurückhalten, ihre Hand in meine zu nehmen und einen Kuss auf die Innenfläche zu drücken. »Falls sie ein Traum war, werde ich gleich mit der schlimmsten Morgenlatte aller Zeiten aufwachen.«

Sie kicherte.

»Du bist magisch, weißt du das?«, sagte ich mit vor Verwunderung leiser Stimme.

Meine Göttin grinste mich an, als ob sie das bereits gewusst hätte.

»Komm her.«

Hungrige Küsse wurden zu hungrigen Berührungen, und nach gefühlten fünf Sekunden war ich bereit loszulegen. Aber gestern Abend hatte ich sie nicht schmecken können, weil sie von mir Besitz ergriffen und mich um den Verstand gebracht hatte. Deswegen glitt ich nun langsam an ihr hinunter, um eine Spur aus Küssen über ihre zarte, weiche Haut zu ziehen. Doch als ich unterhalb ihres Bauchnabels ankam, spürte ich ein sanftes Zupfen an meinen Haaren.

»Warte.«

Ich sah auf. »Wie magst du es gerne?« Ich konnte Anweisungen befolgen. Ich *wollte* es.

Aber Ellie schüttelte den Kopf, zog mich zu sich hoch und schlang die Beine um meine Hüften. »Fick mich einfach. Bitte, Kieran.«

»Bitte« war definitiv das Zauberwort, und nachdem ich ein Kondom übergerollt hatte und in ihr war, entwich mir ein Stöhnen. Ich wollte mehr von ihrem Keuchen, wenn ich in sie eindrang, mehr von ihrem leisen Wimmern, mehr von der leichten Röte, die sich auf ihrer Brust und ihren Wangen ausbreitete. Mehr von dem Gefühl, wie sie sich um mich herum zusammenzog, fester und fester, als würde sie mich nie wieder loslassen.

»Ich liebe es, wenn du kommst, Baby!«

Scheiße, das klang nicht nach *es locker angehen*.

Aber falls sie mich gehört hatte, ließ sie sich nichts anmerken. Stattdessen führte sie eine Hand zwischen uns, und ich veränderte meine Position, um ihr Platz zu machen. Das Einzige, was sich noch besser anfühlte, als wenn sie sich um mich zusammenzog, war das unbändige Gefühl der Freude, als sie ihre Augen schloss und meinen Namen rief.

»Das ist so gut«, murmelte Ellie verträumt, während ich tiefer und tiefer in ihr versank.

Ich wollte ihre Worte. Lang, kurz, egal wie. »Sprich mit mir.«

Sie zog mich zu sich herunter, flüsterte mir schüchtern und süß ins Ohr, wie toll ich mich in ihr anfühlte, wie stark und sexy ich war. Die Worte hallten in meinem Gehirn wider und wanderten von dort gen Süden, und als ich kam, fühlte ich mich schwindelig von der Lust und ihrem sauberen Duft, die miteinander verschmolzen.

Ein lautes Pochen ertönte.

War das mein Herz, das drohte, mir aus der Brust zu springen?

Nein, es war ein Stock, der auf Holzboden traf. Oberhalb meiner Zimmerdecke.

Ich vergrub mein Gesicht in ihrem Nacken. »Ach ja, ich hab übrigens Nachbarn.«

»Vielleicht waren wir ein bisschen laut«, flüsterte Ellie, und ich erschauderte, als ihre weichen Lippen an meinem Ohr entlangstrichen.

»Er ist es nicht gewohnt, Sexgeräusche zu hören«, sagte ich, ohne nachzudenken.

Ellie sah mich verwirrt an. »Wie meinst du das?«

Na toll, jetzt sendete ich ihr widersprüchliche Signale. *Reiß dich zusammen, Kieran!*

Ich gab Ellie einen Kuss auf die Nasenspitze und zog mich dann zurück, um mich um das Kondom zu kümmern. »Bisher habe ich nie jemanden mit hergebracht«, sagte ich so leichthin wie möglich.

Würde sie mir den Ausrutscher durchgehen lassen? Natürlich nicht, immerhin war das hier die scharfsichtige Ellie.

»Wirklich? Ich bin die Erste?«

»Ja, du bist einfach etwas ganz Besonderes.« Ein Scherz, auch wenn sich mein Inneres angesichts der darin enthaltenen Wahrheit zusammenzog.

Aber Ellie kicherte nur, und ich unterdrückte ein erleichtertes Seufzen. »Endlich hast du es gemerkt.«

Ich merkte es schon seit Monaten. Ich hatte es gemerkt und gewollt und ersehnt, und nun befand ich mich auf einem Parallelgleis zu dem, auf dem ich mich eigentlich befinden wollte. So nah bei ihr, nie nah genug. Wenigstens konnte ich sie jetzt berühren und küssen.

Als wir eine Pause vom Knutschen machten, um Luft zu holen, fragte ich: »Müssen wir eigentlich irgendwohin? Ich würde am liebsten hierbleiben und« – nicht Liebe machen – »dich tagelang vögeln.«

»Das weiß ich sehr zu schätzen, aber irgendwann würden wir verhungern. Ganz zu schweigen davon, dass wir arbeiten müssen.«

Das Buch. Es hatte sie zu mir geführt, aber jetzt, wo sie in meinem Bett lag, wollte ich nur noch ausprobieren, auf welche Weise ich sie zum Seufzen und Stöhnen bringen konnte.

»Was gibt's zum Frühstück?«, fragte Ellie, praktisch wie eh und je.

Ich holte die Supermarkttüte und warf ihr die Packung mit dem Gebäck zu. »Puderzucker-Donuts.«

Sie fing sie mit einem breiten Lächeln auf. »Die habe ich schon seit Jahren nicht mehr gegessen.«

Ich konnte mich gerade so beherrschen, nicht triumphierend eine Faust in die Luft zu recken. »Warum?«

»Keine Ahnung. Ich habe sie immer gekauft, während ich darauf gewartet habe, dass Hanks Mathe-

AG vorbei ist. Die eine Hälfte habe ich gegessen, die andere Hälfte war für ihn.«

Sie drehte die Plastikverpackung in den Händen. »Ist es okay, wenn ich eine Sauerei veranstalte? Ich kann auch am Tisch essen wie ein zivilisierter Mensch.«

Ein Schauer lief mir über den Rücken, als ich plötzlich das Bild vor Augen hatte, wie ich ihr Puderzucker von den Fingern und noch ganz anderen Stellen leckte.

»Nein, nein, alles gut. Ich kann heute Abend die Laken wechseln.«

Wenn mir jemand vor sechs Monaten erzählt hätte, dass mein Happy Place bald darin bestehen würde, mit Ellie Wasserman nackt Donuts zu essen, hätte ich die Vorstellung als Albtraum eingeordnet. Aber nun saß sie hier in meinem Bett, mit Puderzucker bestäubt und beim Lachen hüpfenden Brüsten, und alles, was ich tun konnte, war, doof zu grinsen. Es fühlte sich an, als wäre die Matratze unsere eigene kleine Insel, die durch einen ganzen weiten Ozean von der Außenwelt getrennt war.

Auf halbem Weg zu ihrem zweiten Donut wechselte Ellies Gesichtsausdruck plötzlich von selig zu nüchtern. »Wir müssen über etwas reden.«

»Dann solltest du dich anziehen«, scherzte ich halb.

Aber sie griff tatsächlich nach ihrem BH und schlang ihn um ihre Taille. »Wir müssen diskret sein.«

Im Geiste winkte ich ihren Brüsten zum Abschied traurig zu.

»Wie, diskret?«

Nachdem sie die Träger über die Schultern gezogen hatte, atmete sie schwer aus. »Wir dürfen niemandem sagen, dass wir miteinander schlafen.«

So viel zum Gefühl, im Paradies zu sein.

»Warte eine Sekunde. Nicht mal Jay? Du kannst mir doch nicht ernsthaft erzählen, dass du das vor Nicole verheimlichen willst.«

Sie zog sich das Kleid über den Kopf. »Berechtigter Einwand. Aber es wäre nicht gut, wenn Tad es herausfindet. Oder Tobias. Das würde mich in keinem guten Licht dastehen lassen.«

»Warum hast du ein Problem damit?«

Sie errötete. »Mit dir zu schlafen, ist unprofessionell von mir.«

»Aber *ich* bekomme keinen Ärger, wenn ich mit dir schlafe? Ist das nicht sexistisch?«

»Nein, ausnahmsweise nicht. Wenn ich die Prominente wäre und du der Ghostwriter, würdest du dir diese Gedanken machen. Ohne dich kein Buch, Kieran. Ohne mich schon.«

Ich streckte die Hand nach ihr aus und umarmte sie fest. »Sag so was nicht. Dein Name wird mit auf dem Cover stehen. Das ist *unser* Buch.«

Eine Sekunde lang blieb sie steif, dann schmiegte sie sich an mich. »Ich weiß. Aber diese Meinung teilen andere Leute vielleicht eher nicht.«

Plötzlich ergab all das Gerede über »es locker angehen« einen Sinn. Es tat nicht weniger weh, aber ich konnte Ellies Logik nachvollziehen.

»Wenn wir nicht zusammenarbeiten würden …«

»Aber das tun wir«, fiel Ellie mir ins Wort.

»Nur mal *angenommen*, wir täten es nicht. Wäre es dann für dich in Ordnung, wenn die Leute von uns wüssten?«

Sie fasste mir sanft ans Kinn, um mir in die Augen zu sehen. »Ich schäme mich nicht für dich. Aber im Moment können wir auf diese Weise nur zusammen sein, wenn wir allein sind.« Sacht strich sie mit dem Mund über meinen. Dann zog sie sich ein wenig zurück und sagte fest: »Lass es uns nur hier tun.«

Meinte sie das ernst? Mein Apartment war nicht gerade das, was man unter einem Liebesnest verstand.

»Aber deine Wohnung ist so viel schöner als meine.«

»Ganz einfach: ein Ort zum Arbeiten, einer für Sex.«

»Ich schätze, du hast recht.« Es gefiel mir zwar nicht, aber so hatte alles seine Ordnung. Und was war Ellie, wenn nicht ordentlich?

Ich beugte mich vor und kostete von ihrer süßen Unterlippe, und als sie unter mir erneut ganz weich wurde, zerstoben all meine Gedanken wie Puderzucker.

In diesem Moment vibrierte Ellies Handy.

»Was ist los?«, fragte ich, als sie es wegschob.

»Das ist wahrscheinlich Diane. Sie kann warten.« Doch als das Telefon nach einer Minute erneut zu brummen begann, löste sie stöhnend ihre Lippen von meinen. »Tut mir leid, aber wenn ich nicht rangehe, wird sie es immer weiter versuchen und … hä?«

»Was ist?«

Ellie starrte auf das Display. »Hank ruft mich sonst nie an.« Sie ging dran. »Hi, Stretch.« Und erstarrte. »Was? Du hast *was* getan? Ist er noch im Garten? Nein? *Fuck*!« Eine Sekunde herrschte Stille. »Ja, ich habe fuck gesagt. Ich bin in dreißig Minuten da. Rühr dich nicht von der Stelle.« Noch während sie das Handy vom Ohr nahm, suchte sie bereits nach ihrer Unterwäsche.

»Was ist passiert?«

»Floyd ist abgehauen. Und Hank weiß nicht, wo er hin ist.«

# 22

## *Ellie*

Ich würde Floyd den Hals umdrehen, wenn ich ihn fand.

Ach, wem wollte ich etwas vormachen? Ich würde ihn mit Küssen überhäufen und ihm zu fressen geben, bis er sich nicht mehr rühren konnte.

So viel zu dem köstlichen Oxytocinrausch, den Kieran mir beschert hatte. Nach mehreren von einem Mann unterstützten Orgasmen hätte ich vor Zufriedenheit summen, vor Freude kichern und sogar eine schiefe Version des *Hallelujah*-Refrains singen sollen. Stattdessen rief ich verzweifelt nach meinem Kater. »Floyd!«, schrie ich zum tausendsten Mal und schüttelte die Tüte mit seinen Leckerlis.

»Floyd! Komm schon, Buddy«, rief Kieran und beugte sich hinunter, um unter der Hecke der Andersons nachzusehen.

Ich hatte ihm gesagt, er könne zu Hause bleiben und zur Arbeit kommen, sobald ich den Ausreißer gefunden hatte, aber er hatte sich angezogen und war zu mir ins Auto gestiegen.

»Ich lasse dich nicht allein damit«, hatte er gesagt. »Wir sind Freunde.«

Eine Sekunde lang hatte ich mir gewünscht, wir wären mehr.

»Floyd!«, rief Kieran erneut.

»Warum habe ich keinen Hund adoptiert? Katzen ist ihr Name scheißegal.«

»Er ist ein Trottel, aber er liebt dich. Und sobald er merkt, dass es dort, wo er ist, keine Snacks gibt, wird er zurückkommen.«

Eine halbe Stunde später trafen Ben, Hank, Kieran und ich wieder vor dem Gästehaus zusammen.

»Wir finden ihn, Liebes, keine Sorge«, sagte Ben. »Er ist so groß, den übersieht man nicht so leicht. Und der Dose Thunfisch, die du für ihn rausgestellt hast, wird er kaum widerstehen können.«

»Wahrscheinlich hast du recht«, bestätigte ich. Die Nachbarn waren so nett gewesen zu versprechen, nach ihm Ausschau zu halten, aber Floyd war gut darin, sich unsichtbar zu machen.

»Sollten Kater nicht eigentlich sowieso frei draußen herumlaufen, Shrimp?«, sagte Hank. »Er war nicht gerne drinnen.«

Ich rieb mir die Stirn, kniff mir in die Nase, aber die Tränen drohten trotzdem den Damm zu brechen, den ich gegen sie errichtet hatte. Ich hätte daran gewöhnt sein müssen, verlassen zu werden, doch es tat jedes Mal weh.

»Aber Floyd ist krank.« In meiner Stimme schwang das Schluchzen mit, das ich zurückhalten wollte. »Ich hab mich so bemüht, ihn glücklich zu machen, ihm ein sicheres Zuhause zu geben, und jetzt ist er weg.«

Mit den hängenden Schultern sah mein Bruder plötzlich zehn Jahre jünger aus. »Scheiße, nicht weinen, Ellie.«

Ich würde nicht weinen. Meine Augen tränten einfach nur.

Aber wenn ich noch länger hier stehen blieb, würde ich die Fassung verlieren. Also öffnete ich die Tür zum Gästehaus, ging hinein und schlug sie hinter mir zu.

## Kieran

Bei der Vorstellung, wie Ellie dort drinnen ganz allein weinte, zog sich mir das Herz zusammen.

»Aber es war nicht meine Schuld«, sagte Hank. »Warum ist sie wütend auf mich? Sie darf nicht sauer auf mich sein. Ich habe nichts falsch gemacht.«

Ich merkte erst, dass ich auf ihn zugegangen war, als Bens Hand auf meiner Brust landete, um mich zurückzuhalten.

»Nicht«, sagte er leise.

»Er hat ihr wehgetan«, knurrte der Wolf in mir zurück. »Er hat sie zum Weinen gebracht.«

»Ellie?«, jammerte Hank dicht an der Tür. »Sag, dass zwischen uns alles okay ist, Ellie. Ich wollte das nicht.«

Als ich gegen seine Hand drückte, schüttelte Ben den Kopf. »Ja, ich weiß, Sie sind wütend. Aber was würde Ellie im Moment am meisten helfen?«

Verdammt noch mal, ich hasste es, wenn andere Leute recht hatten. Ich hob beide Hände zum Zeichen, dass ich aufgab.

Ben wich zurück und nickte.

»Warum bist du überhaupt noch hier?«, fuhr ich Hank an.

Ellies Bruder drehte sich um und blinzelte mich mit offenem Mund an. »Ich wohne hier. Meine Sachen sind da drin.«

Ich schlenderte zu ihm hinüber, die Hände in den Taschen vergraben, um sie ihm nicht vor die Brust zu stoßen. »Das meine ich nicht. Warum bist du nicht in Pasadena? Du lässt deine Schwester seit fast zwei Wochen auf ihrer winzigen Couch schlafen. Du frisst ihr den Kühlschrank leer, ohne für die Lebensmittel zu bezahlen, und lässt überall Zeug rumstehen. Du bist der schlechteste Gast aller Zeiten.«

»Aber sie hat gesagt, ich soll in ihrem Bett schlafen«, sagte er irritiert. »Und ich konnte nirgendwo anders hin.«

»Ach wirklich? Du hast einen Job und Freunde.«

Hank richtete den Blick auf seine Füße. »Ellie liebt mich.«

Was für ein Glückspilz er doch war. »Liebst du sie denn?«

»Natürlich. Für wen hältst du dich bitte, mich zu fragen, ob ich meine Schwester liebe?«

Ich hielt inne. Für wen hielt ich mich? War ich ihr Freund? Der, mit dem sie schlief? Der dachte, sie sei mein, wenn ich sie küsste, und dass ich das irgendwie in Ordnung bringen würde, wenn sie traurig war?

Nein. Ich konnte mich nicht länger selbst belügen. In dem Moment, als ihre Lippen auf der Party meiner Eltern zum ersten Mal meine berührt hatten, war mir klar gewesen, wer sie für mich war.

Meine Liebe.

»Er ist ihr Champion«, sagte Ben hinter mir.

Seine Worte ließen mich innehalten. Das war genau genommen richtig. Ich hatte *Fire on High* gewonnen. Aber was für eine seltsame Bezeichnung für mich.

»Und er hat recht«, fuhr Ben fort. »Du musst nach Hause fahren und Verantwortung für dein Leben übernehmen, Hank.«

Ellies Bruder scharrte mit den Schuhspitzen im Kies. »Ich wollte nur, dass sie mir hilft.«

»Ich weiß, aber du bist kein Kind mehr, Hank. Ellie kann das nicht für dich in Ordnung bringen.« Er deutete mit dem Kopf in Richtung Haus. »Geh rein. Ich helfe dir dabei, einen Plan zu machen, aber zuerst muss ich mit Kieran sprechen.«

»Aber …«

Bens Augenbrauen zogen sich zusammen. »Sofort, Hank.«

Ellies Bruder starrte mich an, als gäbe er mir die Schuld an seinem ganzen Bullshit, und ich starrte zurück. Doch was ich für seine Schwester empfand, musste langsam durchsickern, denn obwohl er mich um fast dreißig Zentimeter überragte, wich er zurück.

Nachdem die Tür zum Haus endlich hinter ihm ins Schloss gefallen war, fuhr sich Ben mit einer Hand durch das weiße Haar. »Ich weiß nicht, warum sie ihn nicht gleich zu uns geschickt hat. Wir haben doch leer stehende Gästezimmer.«

Nach sechs Monaten wusste ich sehr genau, dass Ellie sich immer um ihre Familie kümmern würde, selbst wenn es sie umbrachte. »Ist nicht ihr Stil.«

Bens Lächeln wirkte gequält. »Damit haben Sie absolut recht. Wenn ich könnte, würde ich die Zeit zurückdrehen und die Schädel ihrer nutzlosen, egoistischen Eltern gegeneinanderknallen.«

Ellie hatte hier und da Hinweise fallen lassen, die mich vermuten ließen, dass ihre Kindheit nicht die glücklichste gewesen war, aber in diesem Moment fühlte ich mich, als hätte ich die Tür zu etwas Dunklem geöffnet. Die Art Dunkel, in der sich Monster aufhielten.

»Warum?«, fragte ich vorsichtig.

»Sie hat es Ihnen nicht erzählt«, stöhnte er. »Natürlich nicht. Aber es ist ihre Geschichte, nicht meine. Sie müssen sie aus ihrem Mund hören.« Als er ausatmete, klang es wie ein tiefes Grollen. »Sie sollten sich um sie kümmern.«

»Ich?«

Er starrte mich an, als hätte ich nicht mehr alle Tassen im Schrank. »Wer sonst?«

»Aber sie ist nicht meine …« Ich zögerte wieder, unfähig zu benennen, was wir füreinander waren.

Ben verschränkte die Arme. Für einen alten Mann

hatte er beeindruckende Bizepse. »Bevor Sie diesen Satz beenden, denken Sie daran, dass meine Tochter eine Königin ist. Sie sollten nicht mit ihren Gefühlen spielen.«

Wenn hier jemandes Gefühle verletzt wurden, dann … Moment mal.

»Ihre Tochter?«

Bis zu diesem Zeitpunkt war mir nicht bewusst gewesen, dass der Ausdruck in den Augen eines Mannes gleichzeitig sanft und durchdringend sein konnte. »In jeder Hinsicht, die zählt.«

»Aber wir arbeiten nur zusammen.«

Sein Augenrollen war das genaue Ebenbild von Ellies. »Klar, deshalb sehen Sie sie auch an, als wäre sie die Antwort auf all Ihre Fragen.«

Betretene Verlegenheit und ein klein wenig Erleichterung wirbelten in meinem Magen durcheinander. Als ob ich nicht mehr ein Geheimnis mit mir herumtragen musste.

»Ich weiß nicht, wie«, gestand ich. »Außerdem ist es nicht das, was sie von mir möchte.«

Ben seufzte. »Sie braucht nur jemanden, der ihr zur Seite steht, Kieran. Warum nicht Sie?«

Die Frage war so direkt wie Floyds Move, sich einfach auf meine Brust zu setzen. Warum nicht ich?

»Gehen Sie schon. Kümmern Sie sich um sie. Ich muss dafür sorgen, dass dieser unfähige Junge sich echte Hilfe sucht. So wie er es von Anfang an hätte tun sollen.«

Ich wollte nicht eingestehen, dass vor nicht allzu

langer Zeit ich dieser unfähige Junge hätte sein können.

»Hank?«, erklang Ellies leise Stimme von hinter dem Paravent, als ich ihre Tür öffnete.

»Nein, ich bin es.«

Ein trauriger kleiner Seufzer. »Hey.«

Ich trat hinter den Paravent und setzte mich ans Ende der Matratze. Ellie lag zusammengerollt an der Wand, die Arme um ein Kissen geschlungen. Rasch verschränkte ich die Hände, um mich davon abzuhalten, sie an mich zu ziehen.

»Ich bin furchtbar«, sagte sie.

»Das ist nicht wahr.«

Ein Schniefen. »Ich habe alle enttäuscht.«

»Mich hast du nicht enttäuscht. Kein einziges Mal. Und du bist auch nicht furchtbar, sondern einfach nur großartig.«

Sie drehte sich zu mir um. Ihre Augen waren rot und geschwollen. Eine Träne lief ihr über die Wange, aber sie wischte sie rasch weg. »Tut mir leid. Ich höre gleich auf mit dem Weinen.«

Ich konnte es nicht fassen. »Was tut dir eigentlich leid? Hank ist schuld, dass Floyd abgehauen ist. Natürlich bist du wütend und traurig.«

Sie schluckte ein paarmal. »Schlechte Angewohnheit. Wenn ich als Kind geweint habe, sind meine Eltern sauer geworden und haben mich allein gelassen.« Sie stieß ein freudloses Lachen aus. »Das ist zwanzig Jahre her. Ich sollte langsam darüber hinweg sein.«

Wie konnte jemand so gemein zu meinem süßen Mädchen sein?

»Ich gehe nirgendwohin. Sag mir, was dir helfen würde, dich besser zu fühlen.«

Sie starrte mich an, und mir wurde ganz flau im Magen, als mir der Gedanke kam, sie könnte mich bitten, sie in Ruhe zu lassen.

Doch stattdessen flüsterte sie: »Mich halten?«

Gott sei Dank.

Sie schniefte an meiner Brust. »Ich weiß, das hier hat nichts mit *es locker angehen* zu tun.«

»Ich kann doch nicht einfach ignorieren, wenn es dir nicht gut geht.«

Sie erwiderte nichts, sondern kuschelte sich nur an mich. Es fühlte sich so gut an, sie wieder in den Armen zu halten. Auch wenn es aus einem beschissenen Grund war.

»Möchtest du ein bisschen schlafen?«

Ihre feuchten Augen weiteten sich. »Was ist mit Floyd?«

»Wir werden ihn später suchen gehen. Ich habe dich letzte Nacht zu lange wach gehalten.«

Es verstrich eine Sekunde, bevor sie ihre Hand sanft auf mein Herz legte.

»Letzte Nacht hat Spaß gemacht«, sagte sie und schenkte mir ein wässriges Lächeln.

Ich hätte sie als »lebensverändernd« bezeichnet, aber »Spaß« traf es auch.

Ich fuhr mit meiner Hand ihren Arm auf und ab, hielt jedoch inne, als ich mich an das erinnerte, was

Ben gesagt hatte. »Was bedeutet das Wort Champion? Ich meine abgesehen davon, dass man bei irgendwas gewonnen hat?«

»Berühre mich weiter, bitte.«

Ich begann sie wieder zu streicheln.

»Es bedeutet, ein Unterstützer oder ein Kämpfer für jemanden zu sein. Das ist eine altmodische Art, es auszudrücken; so wie ein Ritter bei einem Turnier der Favorit der Königin war. Wie kommst du darauf?«

»Kein besonderer Grund.« Ich war nicht gerade ein Ritter in glänzender Rüstung, aber für sie würde ich versuchen, einer zu sein. Ich musste wissen, was wirklich los war.

»Ellie, wo sind deine Mutter und dein Vater?«, fragte ich sanft.

Die Trostlosigkeit, die sich auf ihrem Gesicht abzeichnete, brachte mich beinahe zum Heulen.

Als sie nach ein paar Sekunden nicht antwortete, flüsterte ich: »Tut mir leid, du musst es mir nicht erzählen.«

Sie schluckte schwer. »Das möchte ich aber. Ich weiß, die Dynamik zwischen Hank und mir ist seltsam.« Sie richtete den Blick auf ihre Hand auf meiner Brust. »Während ihrer Collegezeit waren meine Eltern in einer On-off-Beziehung. Als meine Mutter schwanger wurde, wollte mein Vater mich nicht behalten. Sie meinte daraufhin, sie würde mich alleine großziehen, das war ihre Art, *fick dich* zu sagen. Also lebten sie und ich ein paar Jahre lang bei meinen Großeltern, während sie ihre Ausbildung zur Krankenpflegerin abschloss. Mein Vater kam manchmal vorbei, wenn er nicht gerade mit seiner Band tourte. Als ich fünf Jahre alt war, beschloss er, dass er doch mit meiner Mutter zusammen sein wollte. Sie heirateten und bekamen Hank. Dann sind wir nach L.A. gezogen, und eine Zeit lang war es ganz okay.« Sie schniefte. »Die beiden schienen glücklich zu sein. Zumindest, solange ich kein Theater machte, also lernte ich, es nicht zu tun.« Sie machte eine Pause. »Du bist angespannt.«

Ich öffnete meine geballten Fäuste und fuhr ihr stattdessen mit den Händen über den Rücken. »Tut mir leid. Was ist dann passiert?«

»Als ich neun war, lernte meine Mutter in dem Krankenhaus, in dem sie damals arbeitete, einen erfolgreichen Chirurgen kennen. Als mein Vater es rausfand, schlief er mit unserer Nachbarin. Es gab viel Geschrei, und dann war er weg. Bei diesem letzten Streit fand ich heraus, dass keiner von beiden mich je wirklich gewollt hatte. Mom, Hank und ich sind umgezogen, und darauf folgten jede Menge neuer Orte und Männer.«

Mir wurde übel. »Sie haben dir doch nicht wehgetan, oder?«

Ellie schüttelte heftig den Kopf. »Nein, keine Geschichte dieser Art, Gott sei Dank. Aber meine Mutter war entweder im Schichtdienst oder mit ihrer aktuellen Flamme unterwegs, und meine Großeltern waren schon zu gebrechlich und krank, also hatte Hank nur mich. Und so ist das jetzt seit zwanzig Jahren.«

»Du warst seine Ersatzmutter.« Die Tragweite dieses Satzes haute mich um. »Du musstest viel zu schnell erwachsen werden.«

Der Blick aus ozeanblauen Augen fand meinen, suchte etwas darin. Und ich versicherte ihr ohne Worte, wie mutig sie war.

Ellie nickte langsam. »Ja, das musste ich. Ich war die einzige Sechzehnjährige in der Schlange beim Abholen vor der Schule. Aber ich wollte, dass er zum Basketballtraining und zur Mathe-AG geht. Ich wollte ihm ein richtiges Abendessen kochen und ihm bei den Hausaufgaben helfen. Ihm eine halbwegs stabile Kindheit bieten.«

Die ihre Eltern ihr nicht geschenkt hatten. Ich wusste, dass ich nicht ändern konnte, was geschehen war, aber ich konnte mein Bestes tun, um die Dinge von nun an besser für sie zu machen.

Ellies Fingerspitzen berührten leicht meine Stirn. »Was ist da drin los?«

»Du bist eine Löwin«, sagte ich fest.

Sie blinzelte. »Löwin?«

»Max dachte, du wärst ein Kätzchen. Aber du bist so viel mehr. Löwinnen jagen und kümmern sich gleichzeitig um die Jungen. Im Vergleich zu ihnen sind die Löwen Versager.« Ich strich ihr über den Kopf. »Es passt zu deinen Haaren.«

Ellies Mund öffnete sich, schloss sich, öffnete sich, doch gerade als ich zurückrudern wollte, küsste sie mich. Der Kuss war zart und weich, und ich versuchte, ihr auf diesem Weg all die Dinge zu sagen, die ich nicht laut aussprechen konnte: dass ich sie anbetete, dass ich für immer ihr gehörte, wenn sie das wollte, dass sie Zucker und Salz und alles Gute und Wesentliche für meine Existenz war.

Sie unterbrach unseren Kuss und drückte ihre Stirn an meine. »Danke«, flüsterte sie, und ich redete mir ein, dass das genug war.

Sobald sie eingeschlafen war, stand ich auf und studierte die Liste mit Rezepten am Kühlschrank. Darunter war eins für pochierte Eier in frischer Tomatensoße mit viel roter Zwiebel, Cheddar und frischem Koriander für die Kategorie *Refresh*, aber es musste noch verfeinert werden. Die Zubereitung würde nicht allzu viel Lärm machen.

Kurze Zeit später, als ich gerade geriebenen Käse in eine Schüssel schaufelte, hörte ich draußen ein Miauen. Ich öffnete die Tür, und da saß Seine Majestät Floyd mit Kletten und Zweigen übersät neben der sauber geleckten Thunfischdose.

»Wo zum Teufel hast du gesteckt?«, flüsterte ich.

Er stürmte herein, setzte sich unter den Leckerli-Schrank und maunzte.

»Glaubst du ernsthaft, du hast dir auch noch ein Leckerchen verdient, du kleines Arschloch? Wenn du deine Eier noch hättest, würde ich sie die abreißen.«

Er stieß einen trällernden Laut aus und winkte mir mit der Pfote zu.

»Okay, okay, du bist trotz allem abartig niedlich. Du kannst die Leckerchen haben, aber nur, weil ich dich sauber machen muss.«

Während er mampfte, befreite ich sein Fell von den Kletten. Als er nicht mehr ganz so mitgenommen aussah, schlich ich auf Zehenspitzen zu Ellies Bett und küsste sie sanft.

»Hey.«

»Hey, du«, murmelte sie, als sie die Augen öffnete, und ich wünschte mir, dass sie das noch einmal genauso sagte, wenn wir das nächste Mal nackt waren.

»Floyd ist zurück.«

Ellie sprang auf. »Ist er verletzt?«

»Nö. Sieht nur so aus, als hätte er sich im Gebüsch rumgetrieben, aber ich habe ihn schon ein bisschen sauber gezupft.«

»Es geht ihm gut …« Sie rieb sich die Stirn. »Ich dachte, er würde überfahren werden, aber es geht ihm gut. Ich weiß nicht, wie ich so viel Glück haben kann.«

Dann sank sie in meine Arme, und ich hielt sie und streichelte ihren Rücken. »Ich wusste, dass er zurückkommen würde. Er liebt dich mehr als alles andere.«

Mein Herz machte bei den Worten einen Satz, aber sie seufzte nur und schmiegte sich noch dichter an mich.

Als sie sich schließlich von mir löste, waren ihre Augen so groß und tief, dass ich darin hätte ertrinken können. »Danke, dass du heute so toll warst. Mir ist klar, das war nicht das, wofür du Hier! geschrien hast.«

Ich konnte ihr nicht sagen, dass ich, wenn es um sie ging, für alles Hier! schreien würde.

»Keine Sorge«, sagte ich stattdessen und stopfte

alle meine chaotischen Gefühle in eine viel zu kleine Schachtel. »Wann willst du wieder an die Arbeit gehen?«

An diesem Nachmittag war Hank vorbeigekommen und hatte Ellie ein paar Anzeigen für WGs auf Craigslist, auf die er sich gemeldet hatte, und eine Bestätigungs-E-Mail für einen Termin bei einer Beratungsstelle gezeigt. Nachdem er sich entschuldigt und versprochen hatte, sich zu bessern, umarmte sie ihn fest, und ich nickte ihm zu in der Hoffnung, dass ich damit sowohl »gut gemacht« als auch »versau es nicht« ausdrückte. Er hatte daraufhin die Lippen zusammengepresst, aber mein Nicken erwidert.

Am Abend war ich zu mir nach Hause gefahren und hatte mir eine Peperoni-Pizza bestellt. Mein Magen knurrte vor Vorfreude, als Tobias' Name auf meinem Handydisplay aufleuchtete.

»Hey. Es ist spät. Und Wochenende«, ging ich ran.

»Nur so wird man der Beste, Mann.« Ich hörte das Rascheln von Papieren. »Für Oktober habe ich eine Werbetour durch New York geplant. Gerade eben habe ich für die YouTube-Show von Lamar Wilkinson – *Banquet* – zugesagt.«

»Hört sich gut an«, sagte ich abgelenkt. »Ich mag New York.«

»Wer nicht? Es gibt auch noch ein paar Sachen, die du absegnen musst. Werbematerialien für das Buch. Ich habe sie dir gerade gemailt.«

»Schaue ich mir an.«

Es klingelte, und ich suchte nach meinem Portemonnaie.

Tobias gluckste. »Es gefällt mir, deinen Namen in Großbuchstaben mit deinem grinsenden Gesicht und Bandana darunter zu sehen. Deine Fans werden ausflippen.«

»Was ist mit Ellie?«

»Die Ghostwriterin? Was ist mit ihr?«

»Sie sollte auch in dem Werbematerial auftauchen. Schließlich arbeiten wir zusammen an dem Projekt«, sagte ich und formte ein stummes *Danke, Al* mit den Lippen, als ich den warmen, würzig riechenden Karton an der Tür entgegennahm und ihm ein Trinkgeld gab.

»Sie hat durch das kleine Fiasko bei deinem Abendessen viel Publicity bekommen.«

Ich schloss die Tür. »Aber sie ist wirklich gut in dem, was sie tut, und sie hat tolle Ideen.«

»Dafür wird sie bezahlt.«

Ich hatte bei Tobias unterschrieben, weil er zu wissen schien, wovon er sprach, und ich hatte mich auf alles eingelassen, was er mir vorgeschlagen hatte. Bis jetzt.

Ich stellte meine Pizza ab. »Ich möchte, dass ihr Name in den Werbematerialien genannt wird.«

»Wo zum Teufel kommt das denn plötzlich her? Sie hat absolut nichts getan, um sich das zu verdienen.«

Er lag falsch. So, so falsch.

»Worum geht's hier wirklich, Kumpel? Hast du mit ihr geschlafen oder so?«

»Nein.« Mit einsilbigen Antworten fiel es leichter zu lügen.

»Okay. Was auch immer du tust: Spring nicht mit ihr in die Kiste. Das hier ist die Kieran-Show, schon vergessen? Die ganze Welt will *dich*. Sie könnte auf die Idee kommen, Anspruch auf mehr zu erheben, wenn du sie vögelst.«

Aber Ellie war etwas Besonderes. Mehr noch, sie hielt *mich* für etwas Besonderes.

»Ist notiert«, sagte ich und grub dabei die Fingernägel in mein Bein.

Tobias seufzte, als hätte ich ihm etwas aufgehalst. »Hör zu, wenn du das wirklich willst, dann schaue ich mal, was ich tun kann. Aber nur damit das klar ist: Ich halte es für eine schlechte Idee.«

»Das ist, was ich wirklich, wirklich will.«

»Gut. Ich melde mich wieder bei dir. Aber denk an das, was ich gesagt habe: kein Sex mit der Ghostwriterin.«

»Ich vergesse es nicht. Und sie ist meine Co-Autorin. Nicht die Ghostwriterin.«

# 23

## *Ellie*

Nachdem ich drei Jahre lang durch die Wüste ge-stapft war, hatte sich wie aus dem Nichts ein ganzer tropischer Regenwald vor mir aufgetan – und Kieran war definitiv keine Fata Morgana. Nacht für Nacht brauchte es so wenig – ein Wort, ein Lächeln, einen Blick –, und wir küssten uns wieder, zogen uns er-neut aus. Manchmal waren wir hungrig und genau das richtige Maß an grob, andere Male ließen wir uns dermaßen viel Zeit, dass ich weinen musste, so gut fühlte es sich an.

Jedes Mal, wenn er die Tür öffnete, hatte sich das kleine Studio-Apartment ein wenig verändert.

»Du hast jetzt ein Bett«, stellte ich beim ersten Mal fest und fuhr mit der Hand über das schlichte helle Holz des Rahmens.

Er hatte gerade eine Reihe Küsse auf meinem Hals verteilt und hob den Kopf. »Wusstest du, dass es wirklich schlecht für dich ist, nur auf einer Matratze zu schlafen? Das hat mir das Internet verraten. Möch-test du das Bett mit mir ausprobieren?«

In einer anderen Nacht fiel mir auf, dass der Schim-mel aus dem Bad verschwunden war.

»Wusstest du, dass es auf YouTube eine Anleitung gibt, wie man ein wirklich ekliges Badezimmer sauber kriegt?«, antwortete er, als ich ihn darauf ansprach.

»Kieran«, sagte ich, doch er vermied es, mir in die Augen zu sehen. »Machst du das alles für mich?«

Er rieb sich den Unterarm. »Das Bad war lange überfällig. Ich bin zu alt, um in meinem eigenen Dreck zu hausen.«

In einer besonders frostigen Nacht zitterte ich in seinen Armen vor Kälte, und zwei Tage später hatte er eine flauschige Daunendecke und die weichsten Flanellbezüge besorgt.

»Ich weiß, dass Daunen und Flanell Betten besonders warm machen«, sagte ich.

»Gut«, sagte er einfach. »Du sollst aus einem besseren Grund zittern.«

Nachdem wir zweimal miteinander gezittert hatten, schlief er ein, die Stirn an meiner Schulter und den Arm um mich gelegt. Und in den letzten Sekunden, bevor der Schlaf auch mich einholte, erlaubte ich mir, von der Süße dieses Augenblicks zu kosten. Keine Erklärungen, keine Verpflichtungen, keine Aufopferung. In diesen dunklen, ruhigen Stunden konnten wir einfach nur sein.

Mit jedem Morgen fiel es mir schwerer und schwerer zu gehen. Schwerer, Kierans Seufzer zu ignorieren, wenn ich mich aus seinen Armen löste, und zu ignorieren, wie er schläfrig nach meinem Kissen griff und sein Gesicht darin vergrub. Doch irgendwie schaffte ich es jedes Mal, mich rauszuschleichen, wenn sich der Himmel von schwarz zu hellgrau verfärbte, und zurück nach Berkeley zu fahren, um Floyd zu füttern und die Arbeit für den Tag vorzubereiten. Aber es fühlte sich an, als würde ich jedes Mal mehr von mir bei Kieran zurücklassen.

Und wenn Kieran später bei mir ankam, munter und fröhlich, kämpfte ich um meine Beherrschung. Ich konnte mich ihm nicht an den Hals werfen, durfte ihm nicht sagen, er solle das mit dem *locker angehen lassen* vergessen, würde nicht um ein *Für immer* bitten. Er hatte mir gegeben, was er konnte, und damit war ich zufrieden.

Ich musste damit zufrieden sein.

»Ich bin so aufgeregt«, sagte ich zwei Wochen später zu Nicole, als wir buchstäblich nach Milpitas rasten, während Bad Bunny aus den Lautsprechern dröhnte.

»Es geht nur um ein Essen bei meiner Mutter«, sagte Nicole, während sie in einem Affenzahn drei Autos überholte.

»Nein, nein, seit Jahren schwärmst du mir von ihrem Lechon vor.«

»Okay, ja, sie ist ein Genie in der Zubereitung von knusprigem Schweinefleisch.« Nicole schaltete die Musik aus. »Aber wo wir schon mal Zeit für uns haben: Was ist bei dir los? Du hast dich in letzter Zeit kaum gemeldet.«

»Ich war beschäftigt«, erwiderte ich ausweichend, als sie die Klimaanlage aufdrehte.

»Kann mir gut vorstellen, womit. Wie ist der Happy Pirate Leprechaun im Bett?«

Ich zog die Augenbrauen hoch. »Damit das klar ist: Er hasst diesen Spitznamen.«

»Damit das klar ist: Du beantwortest meine Frage nicht. Ich glaube, du wolltest *großartig* sagen, rot angelaufen, wie du bist. Wie läuft's mit dem Buch?«

»Gut.«

»Werdet ihr fertig? Der elfte August ist nächste Woche. Die Dreharbeiten beginnen am fünfundzwanzigsten.«

»Wir schaffen das.« Vielleicht halluzinierte ich, weil ich viel zu wenig Schlaf bekam. Unser Buch *Whatever You Want* war fast fertig. Nur noch ein paar Tests, dann würde ich das komplette Manuskript an Tad schicken.

»Ich finde, du verdienst etwas Leidenschaft«, fügte Nicole hinzu und hielt inne.

»Ich höre ein fettes Aber um die Ecke biegen.«

»Weißt du noch, wie es mit Max war?«

Ich verdrehte die Augen. »Nein, ich habe völlig vergessen, wie es war, als ich meinen späteren Ehemann kennengelernt habe.«

»Du kamst nach Hause und hast mir erzählt, dass du diesen heißen Studenten kennengelernt hast, der dir auf Französisch schmutzige Dinge ins Ohr flüstert. Und das Nächste, was ich höre, ist, dass du mit ihm zusammengezogen bist und ihr verlobt seid.« Ihr Unterton signalisierte alles andere als Zustimmung.

»Und was genau willst du damit sagen?«

»Wenn du dich verliebst, dann richtig. Ist es das, was hier gerade passiert? Weil du dadurch damals nämlich zur Nebendarstellerin im Leben von jemand anderem geworden bist.«

Ich wand mich unter ihren Worten. Vielleicht hatte sie sogar recht, aber das lag daran, dass das Rampenlicht stets Max gefunden hatte. Er war der perfekte Extrovertierte gewesen, dessen Geschichten jeder hören wollte, Bens Wärme und Dianes Verstand in einem einzigen großen, dunklen, gut aussehenden Paket. Und was hätte ich mit meinen neunzehn Jahren tun sollen, den Leuten von meiner schrecklichen Kindheit erzählen?

»Du hättest Max alles gegeben. Du bist ihm überallhin gefolgt, seine Freunde waren deine Freunde.«

»Auch bekannt als *verheiratet sein*«, fauchte ich.

»Und was hat er dir gegeben?«, schnauzte Nicole zurück.

»Oh mein Gott, wo soll ich nur anfangen? Zuneigung, Zärtlichkeit, Fürsorge? Ein Gefühl von Sinnhaftigkeit?«

»Das Gefühl der Sinnhaftigkeit, dich ihm voll und ganz hinzugeben. Du bist eine kluge, heiße, knallharte Frau, und er hat so getan, als hätte er dich aus dem Turm einer bösen Hexe gerettet.«

Die Empörung breitete sich wie ein Lauffeuer in meiner Brust aus. »Warum erzählst du mir ausgerechnet jetzt, dass du Max für ein Arschloch gehalten hast?«

Nicole hob beschwichtigend eine Hand. »Neunzig

Prozent der Zeit habe ich ihn nicht für ein Arschloch gehalten. Er hat dich angebetet. Aber ich glaube, dein ganzes Leben hat sich fast ausschließlich um ihn gedreht, und ihm hat es gefallen, dein Prinz zu sein.«

»Das kannst du nicht mit dem vergleichen, was gerade passiert. Kieran und ich, wir haben einfach nur Spaß miteinander. Er hat keinen Anspruch auf mich, und ich habe keinen auf ihn.«

»Ach ja? Und wie würdest du dich fühlen, wenn er sich in eine andere verknallt?«

Ich wäre am Boden zerstört. »Das wird er nicht.«

»Und wenn doch?«

Trostlos. »Das sind Hypothesen. Ich versuche, im Moment zu leben.«

Nicole brach in Gelächter aus. »Du lebst im Moment? Verrat mir bitte, was du geraucht hast, ich will auch was davon. Es sei denn, die Droge deiner Wahl ist Kierans …«

»Wag es nicht!«

Sie kicherte.

Nicoles Handy klingelte. Sie ging nicht ran, aber nach einer kurzen Weile klingelte es wieder.

»Ich schalte auf stumm«, sagte ich und griff nach dem Telefon.

»Nein, warte, nicht.«

Ich schaute auf den Bildschirm. Es war Jay. Die verpassten Anrufe gesellten sich zu einem Dutzend ungelesener Nachrichten.

»Wo wir gerade von jemandem sprechen, der sich wirklich schwer verliebt hat«, sagte ich langsam.

Sie zog eine Grimasse, ohne den Blick von der Windschutzscheibe abzuwenden. »Ich möchte nicht darüber reden.«

»Du kannst also austeilen, aber nicht einstecken?«

»Okay, okay, schon gut. Jay hält sich nicht an die Abmachung. Ich habe ihr von Anfang an gesagt, dass ich gerne frei bin und nicht auf Romantik stehe. Aber sie hat das so interpretiert, dass ich nur die Unnahbare spiele, und gestern Abend ist es eskaliert.«

»Inwiefern?«

Nicole nahm eine Hand vom Lenkrad und rieb sich übers Gesicht. »Nachdem wir gevögelt hatten, meinte sie: ›Bitte lass mich dich lieben.‹«

»Oh Gott, die *Arme*. Aber warum hast du dann noch nicht Schluss gemacht?«

»Weil es der beste Sex ist, den ich je hatte. Und wenn sie mir nicht gerade ihre Liebe gesteht, ist sie superklug und urkomisch. Mit ihr kann ich fast so gut reden wie mit dir.«

Ich seufzte. »Dir ist schon klar, dass du sie ausnutzt, oder? Du musst aufhören, mit ihr zu schlafen.«

»Ja, natürlich weiß ich das. Ich bin schließlich keine verdammte Soziopathin. Sei nachsichtig mit mir. Ich weiß, du tust immer das Richtige für andere, egal, was es dich kostet.« Sie schlug auf das Lenkrad. »Was ist mit *dir*, Ellie? Was ist mit deinem Kochbuchentwurf *Nourish* oder damit, dass du nach Frankreich zurückgehst, wie du es schon immer wolltest?«

»Bedräng mich nicht. Im Moment habe ich doch nur Sex mit Kieran – weil es mir guttut. Und ich werde mir bald eine eigene Wohnung leisten können – auch etwas, das nur für mich ist.«

»Ist das so? Ich glaube nämlich, dass du auf eine absurd teure Wohnung sparst, weil du nicht darüber nachdenken möchtest, was du wirklich willst. Und ich wette, du hast vor, ein Zimmer für Hank einzurichten und in der Nähe von Ben und Diane zu wohnen.«

Nicoles Worte trafen mich wie Brandbomben. Diese Menschen waren meine Familie, sie brauchten mich. Ich konnte sie nicht im Stich lassen.

Wir zischten an einem weiteren Tesla vorbei. Ihre Worte hatten ein Loch in den Boden zwischen uns gesprengt, ein Loch, das zu groß war, um es mit einem Scherz oder einer schnellen Entschuldigung zu überwinden. Ich wusste, dass in Nicoles harschen Worten ein Fünkchen Wahrheit steckte, aber Ben, Diane und Hank in meiner Nähe zu haben, war die einzige Möglichkeit, mich sicher zu fühlen, egal, wie groß die Last wurde. Und der Sex mit Kieran war die einzige Atempause, die ich von all meinen Sorgen hatte. Ich konnte nichts davon aufgeben, so groß das berufliche und persönliche Risiko auch sein mochte. Noch nicht.

»Klingt, als hättest du alles unter Kontrolle«, sagte Nicole schließlich kühl.

»Danke«, murmelte ich gepresst. »Du auch.«

»Danke«, erwiderte sie ebenso knapp.

Wir fanden andere Themen, über die wir reden konnten, und das Lechon war himmlisch, aber Nicole war kurz angebunden.

Obwohl das *Whatever-You-Want*-Fotoshooting am ersten Tag einer Rekordhitzewelle begann und das Studio in Emeryville von strahlendem Sonnenschein durchflutet war, lag eine gewisse Kühle in der Luft.

»Alles klar zwischen dir und Nicole?«, fragte Cameron, als ich mich an den Tresen der Testküche lehnte und mir eine Seite mit Notizen zurechtlegte. Die dunkelbraunen Haare der Food-Styling-Person waren zu einem Dutt gebunden, und während they sich mit dem Messer durch einen Stapel Tomaten arbeitete, wogten blaue und rote Seepferdchen-Tattoos an their muskulösen Armen auf und ab. Ganz anders als Kierans kleines perfektes Messer, sein Talisman.

»Erde an Ellie?«, sagte they.

Ich blinzelte. »Alles okay. Eine kleine Meinungsverschiedenheit.«

Their Augenbrauen hoben sich. »Na dann. Roci, hat Adam dir getextet?«

Rocío, die Requisiteurin, verteilte Silberbesteck wie Spielkarten, stapelte Teller und sang zu Lorde mit. »Nope«, sagte sie schließlich und schüttelte ihr langes lila Haar.

»Manchmal hab ich das Gefühl, er weiß nicht, dass Dutzende von Leuten für seinen Job Schlange stehen.«

Ich ging zum anderen Ende des Raumes hinüber, wo Tad das große Whiteboard studierte. Cameron hatte die Master-Liste mit den Rezepten geschrieben, die wir heute kochen und fotografieren würden, und

Rocío hatte sie mit Post-its wie »grünes Tischtuch« und »schwarzer Teller« versehen.

»Das Ergebnis ist wunderschön geworden«, sagte Tad. »Ausgezeichnete Arbeit, Ellie. Ich wusste, dass ich mich auf dich verlassen kann. Muss schwer gewesen sein, mit einer so kurzen Aufmerksamkeitsspanne wie Kierans umzugehen.«

»Ganz und gar nicht. Er hat seinen Beitrag geleistet.«

Tad klopfte mir auf die Schulter. »Du musst nicht nett über ihn reden. Du musst ihn nicht mal mehr wiedersehen.«

»Morgen, Leute«, rief Kieran von der Tür aus, und jedes Molekül in meinem Körper erwachte augenblicklich zum Leben.

»Kieran!« Tads Stimme triefte vor Freundlichkeit. »Gerade haben wir über dich gesprochen.«

Rocío und Cameron tauschten einen Blick. Sie waren für das Nachkochen der Rezepte aus dem Buch zuständig, und dass Kieran hier war, machte die Sache nicht einfacher.

»Was führt dich her?«, fragte ich Kieran.

»Ich habe mir den Tag freigenommen. Wie oft hat man schon die Gelegenheit, bei der Produktion seines eigenen Buches zuzusehen?«

Hinter Tads Rücken hob ich die Augenbrauen, aber Kieran strahlte mich nur an.

Fast jede Sekunde, die er in den letzten fünf Wochen nicht im Restaurant gewesen war, hatten wir zusammen verbracht – entweder wir hatten bei mir gekocht oder bei ihm geschlafen. Nur mit einigem guten Zureden hatte ich ihn davon überzeugen können, mir etwas Zeit für mich selbst zu geben. Vier Nächte, die ich allein in meinem Bett mit Romance-Büchern verbracht hatte. Es war ruhig gewesen, aber nicht auf die gute Art. Ich hatte ihn vermisst. Schließlich durfte ich doch einen Freund mit gewissen Vorzügen vermissen, oder?

Nachdem Kieran Tad davon überzeugt hatte, dass er wirklich nur zuschauen wollte, wies Tad ihm einen Stuhl neben dem Whiteboard zu. Die ganze Zeit über wiederholte mein Gehirn das Mantra *Ignorier ihn*, aber der Rest von mir reagierte auf jedes warme Wort, das ihm über die Lippen kam, und auf jedes kupferne Aufblitzen seines Haars.

»Ich habe dich vermisst«, flüsterte er, als ich vor das Whiteboard trat, um etwas für Cameron gegenzuchecken.

»Vorsicht«, gab ich flüsternd zurück.

»Wenn du Schwarz trägst, erinnert mich das daran, wie du mich im Qui zusammengefaltet hast.«

Ich konnte mir das Grinsen nicht verkneifen. »Benimm dich!«

»Du grausame Frau«, sagte Kieran mit einem ebenso breiten Grinsen.

Ich beugte mich so weit vor, dass mein Mund sein Ohr berührte. Ein Risiko, das einfach zu köstlich war, um ihm zu widerstehen. »Du liebst es.«

# *Kieran*

Ellies Mund berührte für den Bruchteil einer Sekunde meine Haut, aber das und ihre heißen Worte reichten aus, um mich von null auf hundert zu bringen. Genauso schnell war sie wieder weg, rief Cameron etwas zu und ließ nur ihren Frischewäscheduft zurück, den ich so sehr vermisst hatte, dass ich fast zur Drogerie gefahren wäre, um das Waschmittel zu kaufen, das sie benutzte.

Ich hob meinen T-Shirt-Saum an und fächerte mir Luft zu, während ich mir ausmalte, wie ich eine Schale Eiswürfel in meine Hose schüttete. Ich war hier, um bei der Produktion zuzuschauen, nicht, um zu sabbern.

Ellie und Tad sahen gerade Nicole über die Schulter, während Tad den beiden etwas auf ihrem Laptopbildschirm zeigte. Nicole sprang auf, rückte ein paar Pappstücke zurecht, die eine kobaltblaue Schüssel mit Maissuppe umgaben, die mit leuchtend grünem Schnittlauch garniert war, und neigte eine Lampe. *Piep-klick* ertönte ihre Kamera. Dann kehrte sie zu ihrem Computer zurück. Jetzt nickte Tad.

Unwillkürlich musste ich lächeln. Im Qui hatte ich so lange kopflastig und zielgerichtet gearbeitet, aber jetzt fühlte es sich an, als hätte ich das nächste Level eines Videospiels erreicht, mit dem sich eine ganze Welt neuer Möglichkeiten eröffnete. Und dieser Optimismus begleitete mich auch zur Arbeit, sodass ich schneller merkte, wenn die Juniorköche Hilfe brauchten, und Ideen mit Steve teilte, anstatt darauf zu warten, dass er mir sagte, was ich tun sollte.

Nun sah ich diesen Menschen dabei zu, wie sie etwas Wunderschönes erschufen, das in meinem Kopf entstanden war. In meinem und Ellies. Wenn sie fertig waren, würde ich ein eigenes Buch vorzuweisen haben, Mrs Hutton würde mir vielleicht ein Restaurant zur Leitung übergeben, und ich könnte Ellie endlich bitten, richtig mit mir zusammen zu sein.

»Bereit für das Nächste«, rief Tad Cameron und Rocío zu.

»Wir nicht«, sagte Cameron. »Verdammter Adam.«

»Er hat dich definitiv versetzt?«, fragte Nicole.

»Jepp. Er ist so was von gefeuert, aber uns fehlt trotzdem ein Assistent.«

»Ich kann einspringen.« Ich stand auf.

Camerons Augen wurden groß. »Nichts für ungut, aber ich muss die Gerichte ohne deine Hilfe zubereiten.«

Ich hob beide Hände. »Mir wird kein Ton über die Lippen kommen. Ich war auch mal Junior. Ich kann Anweisungen entgegennehmen. Und Ellie kann auch helfen, oder?«

Camerons Blick wanderte zu ihr, und sie nickte.

Kurz darauf tanzten Ellie und ich auf their Kommando den Tanz, den wir so lange bei ihr zu Hause einstudiert hatten.

»Wo sind die …«, fragte ich, als wir den Rindfleischeintopf vorbereiteten, den wir für die Rubrik *Comfort* kreiert hatten.

Ellie deutete auf die Schalotten. »Da. Könntest du mir …« Sie winkte mit einem Bündel Schnittlauch.

»Sicher.« Ich reichte ihr die Küchenschere.

»Dahinter.« Ellie gab Cameron einen Topf.

Ich sah auf. »Schnur?«

»Hier.« Ellie schob mir die Rolle rüber.

Der Arbeitsfluss trieb uns durch den Tag, mit kurzen Pausen, um etwas von dem zu essen, das Nicole bereits aufgenommen hatte.

Wir arbeiteten gerade an den letzten Rezepten des Tages, als Nicole sich an Ellie wandte. »Was machst du morgen?«

Ellie hielt Rocío einen weißen Teller hin. »Willst du den für die Ente?«

»Ellie? Hast du mich gehört?«

Ellie schwenkte das Entenconfit und den Orangensalat ein letztes Mal in der Metallschüssel und drapierte anschließend vorsichtig etwas davon auf dem Teller. »Ich koche das Schabbat-Dinner für Ben und Diane. Was sonst?«

»Ach, komm schon!«, fuhr Nicole auf.

»Was ist los?«, fragte ich, während ich behutsam einen Vanillekuchen mit Erdbeerglasur verzierte. Ich hätte im Patisserie-Unterricht definitiv besser aufpassen sollen.

»Morgen ist ihr verdammter Geburtstag«, sagte Nicole.

»Psst!«, protestierte Ellie.

»Selber psst.« Nicole wandte sich an uns. »Sie hat nichts geplant, und das ist echt bescheuert.«

»Wir müssen mit dem Abwasch loslegen, sonst sind wir noch die ganze Nacht hier«, sagte Ellie.

Nicole warf verzweifelt die Hände in die Luft. »Na schön, dann ignorier mich eben, wenn ich versuche, dich in den Mittelpunkt zu stellen.«

Und Ellie tat genau das, worauf sich Nicoles Frust in etwas verwandelte, das eher an Traurigkeit erinnerte. Die meiste Zeit über jagte sie mir eine Heidenangst ein; aber es war beruhigend zu wissen, dass wir es beide hassten, wenn sich Ellie grundlos selbst verletzte.

Als Cameron kurze Zeit später Ellie etwas am Whiteboard zeigte, nutzte ich die Gelegenheit, um mich zu Nicole zu gesellen.

»Was ist los?«, fragte sie, während sie ein Objektiv in eine schwarze, mit Schaumstoff ausgekleidete Tasche packte. »Abgesehen davon, dass du meine beste Freundin um ihren Schönheitsschlaf bringst.«

War es albern, dass ich innerlich Konfetti warf, weil ich wusste, dass Ellie ebenso auf mich zu stehen schien wie ich auf sie?

»Du hast einen starken Beschützerinstinkt, was sie angeht. Das gefällt mir.«

Nicole blickte zu mir auf. Die Skepsis in ihrer Miene war nicht zu übersehen. »Wirklich?«

»Wirklich. Sie ist dein Lieblingsmensch, oder? Meiner auch.« Ich versuchte, Good-Guy-Vibes auszustrahlen, und es schien zu funktionieren; sie sah schon viel weniger misstrauisch aus. »Was würdest du davon halten, wenn wir morgen zusammen ihren Geburtstag feiern?«

»Was hattest du dir vorgestellt?«

»Ich könnte Mittagessen für alle kochen, du und Cameron könntet eine gute Flasche Wein besorgen.«

»Wenn du einen Geburtstags-Überraschungslunch für Ellie organisierst, könnte ich fast auf die Idee kommen, dass du doch Tiefgang hast«, sagte sie ein wenig freundlicher. »Oder zumindest, dass du nicht komplett oberflächlich bist.«

Das hatte ich verdient nach all dem Bullshit, den ich verzapft hatte.

»Hast du eine Idee, worüber sie sich freuen würde? Ich würde ja Pommes frites machen, aber sie hat keine Fritteuse.«

Nicole tippte sich an die Lippe. »Irgendwas mit Meeresfrüchten. Wenn sie sich richtig was gönnen will, dann geht sie im Swan Oyster Depot essen.«

»Schalentiere, alles klar. Und zum Dessert?«

»Etwas mit Nüssen. Sie konnte jahrelang keine essen, weil Max allergisch war. Dabei liebt sie Erdnussbutter.«

»Perfekt. Ich komme morgen etwas später. Kannst du für mich einspringen?«

»Nur weil ich weiß, dass du etwas Nettes für sie tust. Ach, und Kieran?«

»Ja?«

Sie fixierte mich aus leicht zusammengekniffenen Augen. »Übertreibe es nicht. Wenn du am Werk bist,

ist ja in der Regel nichts davor gefeit, aufgeschäumt oder geliert zu werden.«

Ich schüttelte heftig den Kopf. »Für sie bin ich anders. Ellies Wünsche stehen an erster Stelle. Immer.«

Ich wusste, dass mir meine Gefühle ins Gesicht geschrieben standen, aber Nicole hielt mich trotzdem am Arm fest. »Zeig ihr das«, sagte sie und lächelte, als hätte ich ihren letzten Test bestanden.

# 24

## *Ellie*

Am nächsten Morgen wachte ich auf, und Kieran starrte mich an, als hätte ich sowohl das Brot als auch das Erdbeereis erfunden. »Alles Gute zum Geburtstag«, flüsterte er.

»Danke. Wie spät ist es?« Ich griff nach meinem Handy.

Kieran beugte sich vor und ergriff meine Hand. »Früh genug, dass wir hier noch Zeit zum Feiern haben, bevor du nach Berkeley musst.«

»Du kommst nicht zu den Dreharbeiten?«

Er schüttelte den Kopf. »Später. Cameron hat mich gebeten, ein spezielles Olivenöl zu besorgen.«

Das war seltsam, und er sah mich nicht an, als er es sagte, aber okay.

»Also, wie feiern wir?«

Er grinste, und verdammt, er sah dabei aus, wie was auch immer das männliche Äquivalent für eine Sirene war. »Na ja, ich dachte, du könntest den Tag mit einem Orgasmus beginnen. Dann wollte ich dir Frühstück machen.«

»Womit habe ich dich verdient?« Die Frage entwischte mir, bevor ich sie aufhalten konnte, und etwas blitzte in seinen silbergrünen Augen auf. Etwas, das keine Sehnsucht sein konnte, denn Sehnsucht war nicht so sein Ding, wie ich wusste.

Dann kehrte sein breites Grinsen zurück. »Damit, die hotteste Einunddreißigjährige zu sein, die ich je kennenlernen durfte.« Er drückte mir einen Kuss auf die Lippen. »Rühr dich nicht vom Fleck!«

Summend betrat ich das Studio, mit sonniger Laune, die nur so vor Oxytocin strotzte. Ein Teil von mir lag immer noch auf Kierans Bett, sein Körper ausgestreckt neben meinem. Er hatte gierige Küsse auf meinen Schultern und meinen Brüsten verteilt, während seine Finger zwischen meine Schenkel glitten. Sein Kompliment, wie heiß und feucht ich war, hallte noch in meinen Ohren nach. Nachdem ich gekommen war, hatte er sich die Finger in den Mund gesteckt und mit geschlossenen Augen aufgestöhnt. Was hätte ich nach dieser unglaublich heißen Darbietung anderes tun sollen, als ihn auf den Rücken zu werfen und mich zu revanchieren?

Um elf Uhr bestand Nicole darauf, mit mir zusammen den ganzen Weg nach San Leandro zu fahren, um Kaffee und Donuts in ihrer neuen Lieblingsbäckerei zu kaufen. Als wir zum Drehort zurückkehrten, standen Kieran und Cameron mit gesenkten Köpfen in der Küche, wobei Kieran eindeutig das Sagen hatte.

Ich reckte die Nase und schnupperte. Knoblauch, Petersilie und Weißwein?

»Welches Rezept ist das?«

Kieran sah auf und zwinkerte mir zu, während Nicole auf und ab hüpfte und mit den Armen wedelte. »Nicht hingucken! Guck hierher!«

»Ich rieche eine Verschwörung«, sagte ich.

Nicole reichte mir eine Sektflöte mit Cava, den Rocío eingeschenkt hatte. »Das macht einen goldenen Stern für dich. Und jetzt geh und setz dich in die Ecke wie ein braves Geburtstagskind. Der Lunch ist gleich fertig.«

Ich folgte ihren Anweisungen, denn wenn ich ehrlich war, hatte ich keinen blassen Schimmer, wie man sich als Geburtstagskind verhielt. Ein paar schwache Erinnerungen an brennende Kerzen auf einem Marmorkuchen und Bubbie und Zayde, die sangen, waren das Einzige, was ich damit verband. Nachdem meine Eltern mit mir nach L.A. gezogen waren, erklärte meine Mutter: »Große Kinder brauchen keine Geburtstagsparty.«

Nachdem mein Geburtstag also jahrelang der Tag gewesen war, an dem sie mir einen läppischen Zwanzigdollarschein überreichte, kam es mir albern vor, eine große Sache daraus zu machen. Oder überhaupt irgendetwas daraus zu machen.

Aber Nicole und Kieran sahen das anders. Also war es vielleicht das Beste, wenn ich sie machen ließ und es vielleicht, nur vielleicht, genoss.

Ich lehnte mich auf meinem Stuhl zurück, nippte an meinem Sekt und beobachtete ein wenig erstaunt, wie Rocío und Nicole herumwuselten wie die Mäuse in *Aschenputtel*. Auf dem Tisch erschien eine makellose hellblaue Tischdecke, und Rocío zauberte ein komplettes Set aus goldfarbenem Porzellan und etwas, das wie Kristallgläser aussah, hervor.

Dann setzten wir uns gemeinsam zu einem Traumschmaus an die gedeckte Tafel. Üppige scharlachweiße Garnelen schwammen in einem Meer aus Knoblauch, Butter und Petersilie, umgeben von dicken Scheiben knusprigen Sauerteigtoasts. Sie hatten einen riesigen Tomatensalat mit zarten Kräutern und Avocadostückchen zubereitet und Schalen mit kleinen grünen Oliven aufgestellt. Und Nicole schenkte Gläser mit zitronigem Weißwein ein.

»Ich glaube, alle Vampire im Umkreis von zehn Meilen sind gerade umgekippt«, sagte sie und verdrehte genüsslich die Augen. »Ich hoffe, niemand hatte vor, heute jemanden zu küssen.«

Mein Blick traf auf Kieran, der anzüglich mit den Augenbrauen wackelte.

Ich hustete. »Das Essen ist fantastisch, Leute, vielen Dank.« Wärme erfüllte mich. Während Tad sich über einen von Camerons Witzen kaputtlachte und Kieran aufmerksam zuhörte, als Rocío ihm eine wilde Geschichte über einen schrecklich schiefgegangenen Dreh erzählte, verspürte ich inneren Frieden. Und Ruhe. Gutes Essen, nette Leute – was brauchte ich mehr?

Schließlich erhob sich Tad mit seinem Glas Sauvignon Blanc in der Hand. Seine Wangen waren leicht gerötet. »Auf die talentierteste Ghostwriterin aller Zeiten.«

»Co-Autorin«, korrigierte Kieran.

»Hört, hört!«, rief Cameron.

Nicole sprang auf und schnappte sich ihre Kamera. »Das möchte ich unbedingt für die Nachwelt festhalten.«

»Aber wir sind beschwipst, und das am helllichten Tag, bei der Arbeit!«, wandte ich ein. »Ich bin mir nicht sicher, ob wir Beweise dafür aufbewahren sollten.«

»Na komm schon, Süße. So entspannt habe ich dich schon lange nicht mehr erlebt.«

Und damit hatte sie nicht unrecht.

## Kieran

Ich musste mir unbedingt diese Fotos von Nicole besorgen, denn meine bloße Erinnerung an diesen Augenblick würde Ellie nicht gerecht werden. Mit ihren geröteten runden Wangen und den funkelnden blauen Augen war sie so hübsch, dass es wehtat. Und wenn ich mich nicht schleunigst mit etwas beschäftigte, würde ich sie vor allen Anwesenden küssen und anschließend zur Tür rausschieben, um zu wiederholen, was wir heute Morgen getan hatten. Sie war das pure Feuer in meinem Bett, und jedes Mal, wenn sie sich hinausschlich, bevor ich aufwachte, brach die Kälte über mir herein.

»Oh mein Gott, es gibt auch noch Nachtisch?«, rief Ellie, als ich die Kuchenplatte holte und Cameron Dessertteller verteilte.

»Erdnussbuttertorte mit gerösteten Erdnüssen und gesalzener Karamellglasur«, verkündete Rocío.

Ellie sah mich an. »Alle meine Lieblingszutaten! Woher wusstest du das?«

Ich nickte Nicole zu. »Die Menschen um dich herum kennen dich besser, als du denkst.«

Als Ellie ihren ersten Bissen nahm, entschlüpfte ihr ein leises Stöhnen, und mir schoss durch den Kopf, dass ich in Zukunft nichts anderes mehr machen sollte, als sie mit gutem Essen zu füttern. Aber anstatt mich dieser erregenden Vorstellung hinzugeben, musste ich etwas sagen, bevor wieder Business-Ellie übernahm.

Ich war schon vor Millionen Menschen im Fernsehen aufgetreten, dennoch war ich noch nie so nervös gewesen wie vor diesem kleinen Publikum.

Ich stand auf und hob mein Glas Sprite. »Das ist das erste Mal, dass ich eine Rede auf jemanden halte, seid also gnädig mit mir.«

Ellie wurde knallrot, doch Tad feuerte mich an: »Mach weiter, Kieran.«

»Vor sechs Monaten dachte ich, Ellie sei eine vom Himmel gesandte Strafe. So organisiert. So effizient. Im Vergleich zu ihr kam ich rüber wie das Tier von den Muppets.« Mein Blick huschte von einem Gesicht zum nächsten. Rocíos und Camerons Mienen waren offen, die beiden lauschten gebannt. Nicole zeigte ein winziges Mona-Lisa-Lächeln, während Tad die Stirn gerunzelt hatte. Scheiße, vielleicht war das doch keine so gute Idee gewesen – aber jetzt war es zu spät. »An meinem tiefsten Punkt«, fuhr ich fort, »hielt ich sie im Grunde für einen Roboter. Aber das ist sie nicht.« Bens Wort flackerte in meinem Kopf auf. »Sie ist eine Königin.«

Ellies blaue Augen wurden groß, und sie begann, unruhig auf ihrem Platz hin und her zu rutschen, aber sie musste erfahren, dass ich sie sah und dass sie es verdiente, gesehen zu werden.

»Sie ist tough und anspruchsvoll, aber auch warmherzig und leidenschaftlich, und sie will, dass jeder sein bestes Leben lebt. Ich habe noch nie jemanden getroffen, der sich so aufopferungsvoll um andere Menschen kümmert. Sie weckt in einem den Wunsch, das Richtige zu tun, nur um sie glücklich zu machen.« Ich spürte, dass meine Wangen so rot wurden wie Ellies, doch ich machte weiter. »Ich kann mein Glück, dich in meinem Team zu haben, kaum fassen. Auf dich, Königin Ellie. Danke, dass du meinen ganzen Bullshit erträgst. Alles Gute zum Geburtstag!«

## Ellie

Dreißig Sekunden nachdem Kieran seine Rede beendet hatte, piepte mein Handy.

Eine Nachricht von Nicole.

*Hat Kieran dir gerade vor versammelter Mannschaft eine Liebeserklärung gemacht?*

Rasch tippte ich eine Antwort. *Er hat von der Arbeit gesprochen.*

Nicole schüttelte den Kopf. *So eine Rede hält man nicht auf eine Frau, die man nur als Kollegin sieht.*

*Wir sind nur Freunde.* Aber ich wusste nicht, ob das noch stimmte. Nicht, nachdem er sich die Mühe gemacht hatte, herauszufinden, was ich besonders gerne aß, um dann dieses wunderbare Essen für mich zu kochen. Nicht, wenn ich mich, wann immer wir uns im selben Raum befanden, zu ihm hingezogen fühlte, sein Lachen und sein Lächeln suchte. Nicht, wenn ich seine Haut vermisste, sobald ich allein in meinem Bett lag. Wenn das Freundschaft war, musste ich die Definition im Wörterbuch umschreiben.

Oder ich musste ihn vergessen, weil er keine Verpflichtungen einging. Das hatte er mir schließlich deutlich zu verstehen gegeben.

»Alles in Ordnung?«, fragte Kieran leise, als er sich neben mich setzte.

»Ja.« Ich legte mein Handy beiseite. »Danke für die netten Worte.«

Er lächelte. »Jedes Wort davon ist wahr.«

Die Gespräche um mich herum gingen weiter, und mein Kopf war voller Fragen, und Nicole starrte mich an, als würde sie an meinem Verstand zweifeln. Ich musste in dieser Sache Klarheit schaffen, und zwar sofort.

Als Kieran sich entschuldigte und aufstand, zählte ich im Kopf bis sechzig, bevor ich ihm durch die Studiotüren folgte. Sobald er aus dem Waschraum kam, packte ich ihn an den Armen und dirigierte ihn um die nächste Ecke, bis er mit dem Rücken an der

Wand stand und der Eingang zum Studio nicht mehr zu sehen war.

»Kannst du es etwa nicht abwarten, dich an mir zu vergehen?«, fragte er lachend.

»Du hast mir gerade dieses überwältigende Essen mit all meinen Lieblingsgerichten vorgesetzt«, sagte ich geradeheraus.

Sein selbstbewusstes Grinsen verblasste und ließ einen schüchternen Jungen zurück. Verlegen rieb er sich den Nacken. »Ach, nicht der Rede wert, ich hatte eine Menge Hilfe. Nicole kennt dich in- und auswendig.«

»Aber es war deine Idee«, beharrte ich.

»Ja«, gestand er.

»Ich denke, wir können festhalten, dass ein Geburtstagsessen für mich auf die Beine zu stellen, nicht in die Kategorie *es locker angehen* fällt.« Was ungefähr die Untertreibung des Jahres war.

»Da hast du recht.« Dann stieß er die Luft aus und schüttelte den Kopf. »Ich würde ja sagen, dass es mir leidtut, deine Regel gebrochen zu haben, aber das wär gelogen.«

Ich versuchte, die Gleichung von Kierans Gefühlen zu lösen, und gelangte zu einem Ergebnis, das mir vollkommen unsinnig erschien. Aber vielleicht war lediglich der erste Rechenschritt falsch gewesen, wodurch sich der Fehler durch die gesamte Gleichung zog. »*Du* warst derjenige, der gesagt hat, dass du für nichts Ernstes zu haben bist, als wir darüber gesprochen haben, zusammen auf die Party deiner Eltern zu gehen«, hielt ich fest. »*Du* warst derjenige, der am Strand in Ventura von null auf *wir sollten Sex haben* umgeschaltet hat.« Frustriert hielt ich inne, bevor ich herausplatzte: »Ich kapiere es einfach nicht.«

Kieran strich eine winzige Falte an meiner Schulter glatt und zeigte ein kleines Lächeln. »Ich weiß, dass du es ordentlich magst.«

Wie aus dem Nichts verspürte ich auf einmal den Drang, mein Kleid von oben bis unten zu zerknittern, nur damit er anschließend sämtliche Falten darin glättete.

Kieran nahm meine Hand in seine. »Ich habe es auch nicht kapiert. Was ich für dich empfinde, ist ein einziges Chaos.« Während er sprach, spielte er mit meinen Fingern.

Ich widerstand dem Drang, die Augen zu schließen. Inzwischen wusste ich, dass er das gerne tat, meinen Rücken streicheln, während er auf sein Handy schaute, oder mit der Hand meinen Arm auf und ab fahren, wenn wir nach dem Sex nebeneinanderlagen und uns unterhielten. Mich zu berühren, half ihm dabei, sich zu konzentrieren. Und mich beruhigte es, berührt zu werden.

»Damals, am Strand, wollte ich dich so sehr«, begann er vorsichtig. »Ich wollte dir so nah sein wie möglich. Früher, wenn ich jemanden gewollt hatte, war es immer nur körperlich gewesen. Ich konnte nicht zum Ausdruck bringen, was ich empfinde, also habe ich versucht, so zu tun, als ginge es auch bei dir nur um Sex. Natürlich hast du mich abblitzen lassen.«

»Vielleicht war ich etwas zu hart.«

Er lächelte schief. »Nur ein kleines bisschen. Ich hab nicht mehr als ein paar Fleischwunden davongetragen. Aber es hat mir die Möglichkeit gegeben, darüber nachzudenken und mich mit meinem Verlangen nach dir auseinanderzusetzen. Und nach drei Monaten kann ich endlich sagen, was es wirklich bedeutet, dich zu wollen.« Er hielt inne. »Ich liebe Erdbeereis.«

Ich blinzelte verwirrt. »Ja, ich habe gesehen, wie du deine In-N-Out-Milchshakes runterstürzt, als ob du vierzig Tage in der Wüste verbracht hättest. Aber was hat das mit Gefühlen zu tun?«

Er zupfte an meiner Hand. »Nein, hör zu. Was ich damit sagen will, ist: Jedes Mal, wenn ich in eine Eisdiele gehe, nehme ich Erdbeere, weil ich weiß, dass ich die Sorte mag – selbst wenn es billiges Eis ist, das kaum je Kontakt mit richtigen Erdbeeren hatte. Bis ich dich traf, habe ich mein Leben wie Erdbeereis behandelt. Ich hatte etwas gefunden, in dem ich gut war, von dem ich wusste, dass es für mich funktionierte. Also tat ich einfach das, tagein und tagaus. Ich redete mir ein, dass ich nur auf diese Weise erfolgreich sein konnte, aber tief im Inneren hatte ich Angst, es zu vermasseln, so wie meine Eltern Angst davor haben, es zu vermasseln. Ich hatte Angst, dass ich, wenn ich jemanden kennenlerne, es vermasseln und die Person enttäuschen würde. Aber jetzt, mit dir, will ich alle Sorten in der Eisdiele ausprobieren. Ich möchte einen riesigen Eisbecher mit den abgefahrensten Geschmacksrichtungen bestellen. Blaubeer-Käsekuchen und Mokka-Mandel-Karamell und Mango-Sorbet.«

Es ergab noch immer keinen Sinn. »Also willst du meinetwegen neue Dinge ausprobieren?«

»Ich will *mutig* sein. Ich will immer hundert Prozent geben, auch wenn es am Ende vielleicht nicht klappt.« Er schluckte schwer. »Du bist so stark, Ellie, und du glaubst an mich. Ich möchte mich deines Vertrauens und deiner Stärke würdig erweisen.«

Er verstummte, und ich musterte sein Gesicht, konnte jedoch weder ein schelmisches Funkeln in seinen grünen Augen noch einen verspielten Zug um seinen Mund entdecken. Ich hörte, wie er schwer schluckte. Ich wusste nicht, ob ich mir im Moment selbst trauen konnte.

Romantische Liebe hatte für mich stets bedeutet, die Schwache zu sein. Das war die Rolle, die ich acht Jahre lang in der Geschichte gespielt hatte, die erst mein Mann erzählt hatte und die nun Diane erzählte. Die schüchterne, sanfte, ordentliche Ellie und der selbstbewusste, charismatische, dunkeläugige Max. Ich war weich für ihn gewesen und er stark für mich. Wir hatten uns gegenseitig ergänzt.

Kieran erzählte eine andere Geschichte. Dass ich vollständig war, und er auch, aber dass wir zusammen etwas erschaffen konnten, das mehr war als die Summe unserer Teile. Einen riesigen Eisbecher, wie er es Kieran-artig ausgedrückt hatte.

War ich bereit für diese neue Art von Liebe – eine Liebe, die mehr von mir verlangte?

»Ellie?«, hörte ich Kieran zaghaft und wie aus weiter Ferne. »Ist das okay?«

Ich würde es niemals herausfinden, wenn ich es nicht ausprobierte. Wenn ich nicht das Risiko mit diesem süßen Mann einging.

»Honey«, flüsterte ich und drückte meinen Mund auf seinen.

Kieran seufzte leise in meinen Mund, und die ganzen Gleichungen, die ich aufgestellt hatte, lösten sich in Luft auf. War das ein Kuss? Waren es zehn? Ich wusste es nicht mehr – und es spielte auch keine Rolle.

Ich zog ihn an mich, bis ich nicht mehr wusste, wo er aufhörte und ich anfing. Etwas in meiner Brust brach auf, floss golden und flüssig zu ihm hin und vermischte sich mit seiner Leidenschaft für mich. »Ich will dich, Kieran.«

Seine Lippen hielten an meinem Hals inne, dann legte er seinen Mund an mein Ohr. »Ich möchte dir gehören, Ellie. Ich wünsche mir nichts mehr als das.«

»Tut mir leid, wenn ich störe«, erklang plötzlich Tads Stimme, deren Tonfall eher das Gegenteil zum Ausdruck brachte. Genau genommen klang er ziemlich wütend.

Scheiße. Der Schwebezustand, in dem ich mich befunden hatte, verpuffte. Wie eine sextrunkene Teenagerin hatte ich das getan, was er mir verboten hatte.

»Tad …«

Er unterbrach mich, indem er eine Hand hob. »Nicht jetzt. Aber ich hoffe, dir ist klar, dass wir das so schnell wie möglich klären müssen.«

Ich spürte, wie ich auf die Größe eines Käfers zusammenschrumpfte, den Tads mahnende Hand zu zerquetschen drohte.

»Es tut mir leid«, flüsterte ich mit ganz kleiner Stimme.

Kieran schaute zwischen uns hin und her, sein Gesicht war rot angelaufen. »Sei nicht sauer auf sie«, schnauzte er Tad an. »Sei wütend auf mich. Ich habe mich zuerst in sie verguckt. Das war alles meine Idee, stimmt's, Ellie?«

*Ich habe mich zuerst in sie verguckt.* So fühlte es sich also an, durch die Luft zu taumeln, als hätte ich mich für einen Sprung aus dem Flugzeug ohne Fallschirm entschieden, weil ich aus irgendeinem lächerlichen Grund geglaubt hatte, fliegen zu können. Und jetzt war ich dabei, Bekanntschaft mit dem kalten, harten Boden der Realität zu machen.

Ich sah Kieran an und schüttelte ganz leicht den Kopf.

Gott sei Dank hielt er tatsächlich den Mund, obwohl sein Blick das Zeug dazu hatte, Tad in Brand zu setzen.

Tad seufzte. »Ich gehe jetzt zurück ins Büro. Ich melde mich, Ellie.« Seine Schritte auf der Treppe klangen wie ein Morsecode der Verurteilung, beendet vom schweren Zuschlagen der Metalltür.

»Was zum Teufel war das denn?«, explodierte Kieran. »Wir sind mündige Erwachsene. Er hat kein Recht …«

»Außer er hat es doch«, unterbrach ich ihn.

Im nächsten Moment lagen Kierans Hände schwer auf meinen Schultern. »Es tut mir so leid, Ellie. Wir führen das Gespräch mit ihm gemeinsam. Ich werde ihm alles erklären.«

Ich schüttelte den Kopf. »Das werde ich alleine regeln.«

»Aber das musst du nicht. Ich möchte helfen. Ich will für dich da sein.«

Als ich ihn umarmte, schloss er seine Arme fest um mich. Ich brauchte diesen letzten kleinen Vorgeschmack auf Wärme und Trost, bevor ich wieder in die Kälte hinaustrat.

»Danke«, sagte ich schließlich. »Wirklich. Aber das ist eine Sache zwischen ihm und mir.«

»Bist du dir sicher?«

»Ja. Ich bin mir sicher«, log ich, so beruhigend ich konnte.

# 25

## *Ellie*

Die Berkeley Marina lag in der brütenden Hitze menschenleer da. Es war gerade mal neun und das Thermometer bereits bis auf fast dreißig Grad geklettert.

Eine Schweißperle rann mir den Rücken hinunter, als ich aus dem Auto stieg. Tad zeichnete sich als dunkle Silhouette auf einer Bank im Schatten einer riesigen Zypresse ab, und ich war hin- und hergerissen zwischen dem Bedürfnis, die Begegnung hinauszuzögern, und dem Wunsch, aus dem grellen Licht der frühen Septembersonne rauszukommen.

Als ich mich ihm näherte, gluckste er amüsiert und schob sich seine Flieger-Sonnenbrille auf den Kopf. »Es war nicht meine Absicht, mit dir eine Szene aus einem Spionagefilm nachzustellen, als ich den Treffpunkt vorgeschlagen habe. Ich bin davon ausgegangen, dass hier mehr Leute unterwegs sein würden.« Er hielt mir einen tropfenden Plastikbecher mit Strohhalm hin. »Ein Eiskaffee mit Sahne. Das ist doch dein Lieblingskaffee aus Mailand, oder?«

Das Getränk rutschte mir fast aus der Hand, als das kalte Kondenswasser auf meine verschwitzte Handfläche traf.

»Danke«, sagte ich zögerlich, setzte mich an das andere Ende der Bank und nahm einen großen Schluck, obwohl ich wusste, dass das Koffein nicht gerade gegen meine Nervosität helfen würde.

Einen Moment lang saßen wir schweigend da und blickten auf San Franciscos Skyline aus dunstigen Wolkenkratzern in der Hitze. Es hätte eine idyllische Szene sein können. Die Sonne schien so hell, dass sie auf dem schwarzen Asphalt schimmerte und die Oberfläche der Bucht in einen Diamantenteppich verwandelte, Vögel zwitscherten in den Bäumen, über dem Wasser kreischten Möwen.

»Du bist wütend«, sagte ich schließlich, um es hinter mich zu bringen.

Als Tad seufzte, sackte mein Magen eine weitere Etage tiefer.

»Ich bin nicht wütend, Ellie, sondern verletzt. Und enttäuscht.«

Ich schloss die Augen. Mit Wut hatte ich deutlich mehr Erfahrung. Meine Mutter war auf plötzliche Explosionen spezialisiert gewesen, und ich hatte für solche Situationen ein Vorgehen entwickelt: in Deckung gehen, mich still verhalten, bis es vorbei war, und dann, sobald sie so tat, als wäre nichts passiert, das Gleiche tun. Mir fehlte die Erfahrung im Umgang mit Enttäuschung. Enttäuschung war wie schwerer Schlamm, der in jeden Winkel meines Inneren eindrang, bis ich mich kaum mehr regen konnte.

Tad drehte seinen schwarzen Eiskaffee in den Händen. »*Whatever You Want* kommt gut voran«, sagte er nachdenklich, »aber wir haben noch ein paar Korrekturdurchläufe vor uns, und ich möchte, dass du bei der Redaktion dein ganzes Können zeigst und die richtigen Ansagen machst. Kannst du das, wenn du mit ihm Sex hast?«

Es wäre so leicht gewesen, mich zu fügen. Aber hatte ich mich jahrelang für ihn abgeplagt, dafür, dass er mir nun kaum ein Mindestmaß an Vertrauen entgegenbrachte?

»Habe ich dir jemals einen Grund gegeben, an meinem Commitment zu zweifeln?«, fragte ich ärgerlich.

»Nein, aber bisher hast du auch noch nie etwas getan, das ich dich ausdrücklich gebeten habe, nicht zu tun. Das passt nicht zu dir, Ellie.« Er klang erschöpft. Doch als er mich von der Seite ansah, kräuselten sich seine Lippen zum Ansatz eines Lächelns. »Ich habe ein wenig in meinem Posteingang gewühlt und die erste E-Mail gefunden, die du mir je geschrieben hast. Erinnerst du dich?«

»Natürlich.« Ich erwiderte sein Lächeln.

In meinem zweiten Semester war ich besessen von dem Kochbuch einer Bäckerin, die in einer Pariser Patisserie gelernt und in Sterneküchen in London und New York gearbeitet hatte, um schließlich in ihrer Heimatstadt in Down East Maine ihren eigenen Laden zu eröffnen. Die Rezepte für Kartoffel-Rosmarin-Sauerteig und Milchbrötchen mit Honigäpfeln waren kinderleicht und köstlich, aber was ich am meisten an ihr liebte, war die Aura von Heimat, Freude und Gemeinschaft, die sie verströmte. Eines Tages hatte ich bis zur letzten Seite ihres Backbuchs geblättert und mir die Danksagung durchgelesen, in der auch Tad Erwähnung fand; daraufhin hatte ich ihm eine überschwängliche E-Mail geschrieben, in der ich ihm von den Rezepten erzählte, die ich ausprobiert hatte, und ihn fragte, wie ich ein solches Buch schreiben könnte. Nach einer Woche hatte er sich zurückgemeldet und mich zu einem Sommerpraktikum eingeladen.

»Wusstest du, dass wir damals eigentlich gar keine Praktika angeboten haben?«, sagte er jetzt. »Das musste ich mir auf die Schnelle aus den Fingern saugen. Die Personalabteilung ist im Dreieck gesprungen.« Er schüttelte den Kopf und lachte leise. »Aber ich hatte so ein Gefühl bei dir. Dass du dich hervorragend ausbilden und trainieren lassen würdest und dass dich, wenn ich es nicht selbst tat, ein anderes Verlagshaus unter Vertrag nehmen würde, sobald du deinen Abschluss in der Tasche hättest.« Er legte mir eine Hand auf die Schulter. »Es war ein Traum, mit dir zu arbeiten. Du bist verantwortungsbewusst und gewissenhaft, und du erkennst, worauf es ankommt.«

Die Scham war wie ein Seil, dessen Schlinge sich immer fester um mich festzog. »Bis Kieran kam.«

»Ja.« Tad seufzte und nahm seine Hand weg. »Ich weiß, wie es ist, seine erste große Liebe zu verlieren. Wenn man sich so einsam fühlt, als würde man durch eine endlose Einöde laufen. Ich verstehe, dass du an dem Punkt angekommen bist, an dem du ein bisschen Spaß haben willst.«

Die graue Traurigkeit, die ich mit ihm geteilt hatte, verwandelte sich in etwas Rotes und Borstiges. Ein Freund mit gewissen Vorzügen war die Lehrbuch-Definition für ein bisschen Spaß, aber Kieran zu einem unbedeutenden Patzer zu degradieren, war falsch.

»Ich möchte nicht, dass du etwas tust, was deine berufliche Integrität infrage stellt, Ellie. Du könntest eine große Karriere vor dir haben. Es würde mir in der Seele wehtun zu sehen, wie du sie für jemanden aufgibst, der nichts Ernstes ist.«

Die Borsten verschwanden, zurück blieb die Angst. Was, wenn ich als die Art Schriftstellerin bekannt würde, die mit dem Talent schlief? Ein tiefer Abgrund tat sich vor mir auf, Steine und Staub fielen ins Leere. Keine Aufträge mehr. Vertan die Chance darauf, eines Tages mein eigenes Buch zu schreiben. In einer ewigen Warteschleife gefangen, dass mein Leben endlich begann.

»Ich verstehe«, sagte ich zu meinem halb vollen Becher. Wenn ich vorankommen wollte, musste ich meinen eigenen Weg verfolgen. Den Kopf gesenkt halten, hart arbeiten, belohnt werden. Vielleicht, irgendwann.

Tad nickte. »Gut. Ich kenne dich, Ellie. Du bist im Handumdrehen wieder auf der richtigen Spur. Das war nur ein Ausrutscher, nicht mehr.«

Ich gab mir Mühe, angesichts seiner abschätzigen Wortwahl nicht zusammenzuzucken. Nicht an die Bequemlichkeit des Zufluchtsortes zu denken, den Kieran für mich geschaffen hatte, an die ganzen Eissorten, die er probieren wollte. Er wollte sich meiner *würdig* erweisen. Es war so schön gewesen, aber was, wenn es von Anfang an falsch gewesen war?

Kieran war nichts für mich. Das durfte er nicht sein.

»Ja«, sagte ich leise. »Nur ein Ausrutscher.«

Als ich zu Hause ankam, trat Diane aus der Küchentür und winkte mir zu.

»Wunderbares Timing«, rief sie fröhlich, als ich aus meinem Wagen stieg. »Ich habe gerade Kekse gebacken, und das Teewasser kocht.«

Ich fragte mich, wie sie es aushielt, bei der Hitze zu backen, aber in den drei Wochen, seit das Semester in Berkeley ohne sie begonnen hatte, war ein ununterbrochener Hauch von Vanille und Zimt und Steinobst aus den Küchenfenstern gedrungen. In diesem Moment nahm ich den warmen, bitteren Duft von gebackener Schokolade wahr, aber mein Elend vermischte sich mit dem Kaffee in meinem Magen zu einem sauren Gebräu. Ich wollte mich zu Floyd ins Bett legen und die Decke über uns ziehen, um die Welt auszuschließen, in der ich mich nicht bewegen konnte, ohne jemanden zu enttäuschen.

»Ehrlich gesagt habe ich keinen großen Appetit, Ema«, sagte ich vorsichtig.

Sie schüttelte lächelnd den Kopf. »Du hast mir schon so viele Tassen Tee gekocht. Lass mich diesmal einen für dich machen. Bitte.«

Ich war zu müde, um zu widersprechen. Also folgte

ich ihr in die Küche und setzte mich an den Tisch, wo sie einen kleinen rot-weißen Porzellanteller und eine dazu passende Teetasse vor mir abstellte.

»Die Plätzchen werden mit Puderzucker und Kakaopulver statt mit Mehl gebacken. Glutenfreie Lebensmittel scheint es heutzutage überall zu geben. Ich dachte mir, ich probiere es mal aus«, plauderte sie.

Ich griff nach einem der kleinen dunkelbraunen Kekse und biss zaghaft hinein. Das unscheinbare Äußere täuschte. Auf meiner Zunge breitete sich ein reichhaltiger, bittersüßer Geschmack aus. Diane hatte ihr Händchen nicht verloren. Sie konnte immer noch fantastische Dinge in der Küche zaubern, so wie sie es mir beigebracht hatte.

»Es geht nichts über eine schöne Tasse englischen Tee«, sagte Diane, während sie meine Tasse füllte. »Schmecken die Kekse gut?«

»Sehr gut«, sagte ich, ohne die Überraschung aus meinem Tonfall heraushalten zu können. Und nach einer weiteren Minute, in der Diane über den veganen Schokoladenkuchen plauderte, den sie als Nächstes backen wollte, überwältigte mich meine Verwirrung. Ich stellte meine Teetasse ab und platzte heraus: »Ist alles in Ordnung, Ema?«

Sie hielt inne. Fünf Sekunden verstrichen, und ich wollte die Frage gerade zurücknehmen, als sie ihre Teetasse in den Händen drehte und antwortete. »Es ist seltsam, im Ruhestand zu sein. Ich dachte, es würde besser werden, wenn ich mich nicht mehr mit

Fachbereichspolitik und Studenten herumschlagen muss, die nur Empfehlungen für das Jurastudium wollen. Aber es ist nicht besser. Nur anders.« Sie legte eine Hand auf meine. »Ich weiß, ich habe dir in letzter Zeit nicht viel Aufmerksamkeit geschenkt. Aber jetzt, wo ich so viel mehr Zeit habe, würde ich sie gerne mit dir verbringen. So wie früher. Natürlich weiß ich, dass du mit deiner Arbeit sehr beschäftigt bist.«

Es war, als würden meine Wünsche mit zeitlicher Verzögerung in Erfüllung gehen. Vor einem Jahr hätte ich mir nichts sehnlicher gewünscht als das.

»Ich würde gerne mit dir in die Stadt gehen, um ein neues Kleid für dich auszusuchen«, sagte Diane. »Wann warst du das letzte Mal shoppen?«

»Schon lange nicht mehr«, murmelte ich, darum bemüht, mich auf die Gegenwart zu konzentrieren. Ich war nicht mehr in der Stadt gewesen, seit ich mit meiner Budgettabelle begonnen hatte, ganz zu schweigen davon, dass es inzwischen einfacher war, Kleidung in größeren Größen online zu kaufen als in einer Boutique.

Sie nickte enthusiastisch. »Toll. Wir machen uns einen Mädels-Tag am Union Square. Und gehen im Nordstrom-Café Mittag essen.«

Von der Androhung des Jobverlusts zum Mädels-Lunch – mein armes überhitztes Gehirn war überfordert. Ich holte tief und zittrig Luft.

Diane runzelte die Stirn. »Ellie? Ist alles in Ordnung? Du wirkst so blass unter deinen Sommersprossen.«

Ich rieb mir das Gesicht und stieß ein seltsames, lautes Kichern aus. »Bei der Arbeit war es wirklich stressig. Das letzte Projekt hat mich ganz schön mitgenommen.« Was stimmte und dennoch nicht die Wahrheit war.

Aber Diane nickte nur. »Oh, Schätzchen, das tut mir leid zu hören. Vielleicht solltest du eine Pause einlegen, bevor du das nächste Projekt angehst. Ausschlafen, spazieren gehen, ein Buch zu deinem persönlichen Vergnügen lesen.« Sie klopfte leicht auf den Tisch. »Ich weiß! Vielleicht könnten wir alle zusammen irgendwo Urlaub machen! Es ist Jahre her, dass wir in Monterey waren. Etwas Seeluft würde dich wieder zum Strahlen bringen, da bin ich mir sicher.«

Ich konnte Diane nicht sagen, dass ich sie verlassen wollte, nicht wenn sie gerade dabei war, sich aus dem Loch herauszukämpfen, in das sie gefallen war. Vielleicht könnte ich noch ein wenig warten. Ein bisschen mehr sparen. Eine kleine Weile länger abwarten.

Also aß ich weiter die leckeren Kekse und hörte zu, und als mir mein Handy mit einem Vibrieren signalisierte, dass Kieran mir eine Nachricht geschickt hatte, ignorierte ich es.

# 26

## Kieran

Wäre dies ein normaler Tag gewesen, ein Tag, an dem Ellie mich nicht ghostete, wäre ich für kein Geld der Welt in die Bahn gestiegen. Draußen waren es über dreißig Grad, und bleiches Septemberlicht flutete den Waggon, als wir West Oakland erreichten, und die Luft im Inneren fühlte sich heiß genug an, um Kartoffeln zu backen. Aber kalte Angst hielt mich davon ab, im Stehen, die feuchten Hände um die Haltestange geklammert, einfach wegzudämmern.

Dass Tad mich mit Ellie im Flur erwischt hatte, war eine Woche her. Seitdem hatte sie weder angerufen noch eine Nachricht geschickt, nichts. Es war nicht so, als wäre mir das noch nie passiert. Ich hatte geghostet und war geghostet worden. Aber es hatte keine Rolle gespielt. Vor Ellie war ich nicht einmal in der Lage gewesen, so weit vorauszudenken. Aber inzwischen konnte ich mir vorstellen, zusammen zu frühstücken, und zwar nicht nur Proteinriegel. Ich konnte mir vorstellen, nach einer Schicht in ein Haus zurückzukehren, das sie warm und gemütlich eingerichtet hatte, und sie weich und nackt in unserem Bett vorzufinden, wo sie mich mit offenen Armen erwartete.

Alles, was ich tun konnte, war, mich an das bisschen Hoffnung zu klammern, das sie mir geschenkt hatte. Sie hatte mich »Honey« genannt, und dieses Mal nicht, um etwas vorzutäuschen. Sie hatte gesagt, dass sie mich will. Und eine traurige kleine Stimme in meinem Kopf meinte, dass sie vielleicht sogar gesagt hätte, dass sie mich liebte, weil lieben und wollen so nahe beieinanderlagen. Sicher hätte sie es gesagt, wenn sie es mich nur zuerst hätte sagen hören.

Als ich aufgeblickt und Tads wütendes Gesicht gesehen hatte, war mir sofort klar gewesen, dass die Lage ernst war. Ellies rosige Wangen waren kreidebleich geworden, und ihre blauen Augen hatten sich geweitet, bevor sie den Blick auf ihre Füße gerichtet hatte. Der Wolf, der sich gezeigt hatte, nachdem Hank Floyd aus dem Haus hatte entwischen lassen, hatte die Zähne gefletscht, doch ich hatte diesen Teil von mir gerade noch zurückdrängen können.

Jetzt war Ellie weg, und ich war komplett verloren.

Aber eines Abends, als ich zwischen mehreren Netflix-Filmen hin und her geschaltet hatte, sah ich einen ernst dreinblickenden Vater, der seinem Sohn die Hand auf die Schulter legte, und plötzlich erinnerte ich mich: Es gab noch jemanden, der sie liebte und der immer auf sie aufpassen würde. Also hatte ich mir an meinem heutigen freien Tag die Hose von Mr Murphys Anzug und ein blaues Hemd angezogen, mich rasiert und mir die Haare gekämmt.

Während der Zug Richtung Berkeley schlich und ich kurz darauf von der Haltestelle den Hügel hinauf zu Bens und Dianes Haus ging, überlegte ich mir im Stillen, was ich zu ihm sagen würde, wenn er die Tür öffnete. Er war nicht der Typ für große Worte. Ich konnte ihn vor mir sehen, die Arme vor der breiten Brust verschränkt, während er mir aufmerksam zuhörte.

*Ben, ich liebe sie, und sie wurde verletzt, weil ich sie liebe, und ich weiß nicht, wie ich es wiedergutmachen kann. Bitte sagen Sie mir, was ich tun soll.*

Wenn er mich fortschickte, würde ich gehen. Ellie stand an erster Stelle, immer, selbst wenn mir bei dem Gedanken, nie wieder in ihren Armen zu liegen, die Tränen kamen. Aber es war noch nicht vorbei, redete ich mir gut zu, als ich die Eingangstür erreichte.

Das Metall des runden Bronzetürklopfers war heiß, als ich ihn anhob, um ihn dreimal gegen das Holz zu schlagen.

Stille. Dann ein metallenes Schaben. Eine Öffnung, ungefähr auf meiner Sichthöhe, aus der ein Auge blinzelte.

»Wer ist da?«

Meine herzzerreißende Rede fiel in sich zusammen. In meinem sorgfältig ausgearbeiteten Plan war nicht vorgesehen, dass Ellies Schwiegermutter die Tür öffnete.

»Hi, Diane. Ich bin's, Kieran. Ellie ist mei…« Ich brach ab. Verdammt noch mal, ich hätte irgendwann mal irgendwem gegenüber klar und deutlich aussprechen sollen, dass Ellie so viel mehr für mich war. »Wir haben uns im Juli kennengelernt.« Ein nervöses

Husten bahnte sich seinen Weg aus meiner Kehle. »Ich muss mit Ben sprechen. Ist er da?«

Sie öffnete die Tür etwas weiter. Heute erinnerte sie etwas weniger an ein Gespenst, aber sie schien immer noch hauptsächlich aus Kanten zu bestehen. »Er ist beim Training.« Ihre Stimme war sanft und kühl.

Ich senkte den Blick auf meine Füße, bevor ich erneut Diane ansah. »Wissen Sie, wann er zurückkommt?«

»Nein«, erwiderte sie tonlos. »Warum müssen Sie mit ihm sprechen?«

Ich hätte nach Hause gehen und es morgen noch einmal versuchen können. Aber ich ertrug den Gedanken an weitere vierundzwanzig Stunden Schweigen einfach nicht. »Es geht um Ellie.«

»Was ist mit ihr?«, fragte sie monoton. Vielleicht sorgte sie sich so sehr um Ellie, dass sie mir ebenfalls helfen konnte? »Ich muss wissen, dass es ihr gut geht.«

Sie legte den Kopf schief. »Ellie ist einkaufen. Warum sollte es ihr nicht gut gehen?«

Toll, jetzt klang ich schon paranoid. »Sie hat sich nicht gemeldet. Das ist sonst gar nicht ihre Art.«

Diane verschränkte die Arme. »Ellie hat sich ausgeruht. Nicht mehr ständig das Handy in die Hand genommen.« Ein Schulterzucken. »Nicht dass es Sie etwas anginge. Sie sind ihr Kollege, richtig? Sie sind der Grund, warum sie so müde und krank aussah.« Sie stieß einen missbilligenden Laut aus. »Es sei denn, Sie sind außerdem der Grund dafür, dass sie wochenlang rund um die Uhr unterwegs war. Sie müssen sie in Ruhe lassen. Sie sollte nicht nach Ihrer Pfeife tanzen.«

Nervös trat ich von einem Fuß auf den anderen. Plötzlich fühlte ich mich schuldig. Ellie hatte mir mehrmals versichert, dass sie mit wenig Schlaf zurechtkam, aber vielleicht hatte sie mir verheimlicht, wie sehr es sie in Wirklichkeit belastete. Ich konnte das in Ordnung bringen. Ab sofort würde ich bei ihr übernachten. Ich würde derjenige sein, der herpendelte. Ich würde jeden Morgen aufstehen, um Floyd zu füttern und ihr Kaffee und Toast ans Bett zu bringen.

»Mein Sohn hat ihr gutgetan«, unterbrach Diane meine Gedanken. »Sie hätten sie sehen sollen, als er sie zum ersten Mal zum Essen mitbrachte. Schüchtern wie sonst was, mit großen Augen, in diesen abgewetzten alten Klamotten. Sie kam aus dem Nirgendwo und hatte die armseligsten Eltern, von denen ich je gehört hatte. Aber Max erkannte, was aus ihr werden konnte, wenn man ihr Zeit und Aufmerksamkeit schenkte. Eine liebende Ehefrau und Schwiegertochter, auf die wir stolz sein können.« Ihr stumpfer Blick fand meinen. »Können Sie mir aufrichtig versichern, dass Sie ihr ebenso guttun?«

Ich blinzelte, als sich die Frage geradewegs in meine Brust bohrte und mir einen schmerzhaften Stich versetzte.

Ich wusste, dass Ellie *mir* guttat. Mein Badezimmer war sauberer. Ich war selbstbewusster und wusste jetzt, dass mein Talent nicht das einzig Gute an mir war.

Aber was war mit ihr? Ich hatte ihr Lieblingsessen für sie gekocht. Ich hatte sie zum Lachen und zum Orgasmus gebracht. Aber reichte das aus? Auf einmal fühlte es sich nicht mehr so an. Hatte ich mir die ganze Zeit viel zu wenig Mühe gegeben?

»Max hat ihr auch eine Familie geschenkt«, fuhr Diane fort. »Ein Zuhause, bei uns.«

Ihre Worte legten einen Schalter um, und meine Unsicherheit löste sich in Luft auf. Ihre Ellie war immer noch Max' zartes Kätzchen, nicht meine wilde Löwin. Das musste ich ihr klarmachen.

»Ellie braucht Ihr Zuhause nicht mehr«, sagte ich fest. »Sie kauft sich ihr eigenes.«

Diane erstarrte. »Was wollen Sie damit sagen?«

Wie konnte sie so selbstvergessen sein, wenn sie behauptete, Ellies Familie zu sein?

»Sie spart seit Monaten, um sich eine eigene Wohnung zu kaufen! Deshalb hat sie so hart gearbeitet.« Ich versuchte, meine Wut hinunterzuschlucken. »Ellie ist jetzt stark. Auf jeden Fall stärker als ich. Vielleicht stärker als wir alle. Und ich denke, Sie sollten sie gehen lassen.«

## Ellie

Der Supermarkt war voller alternder Hippies gewesen, die zaudernd vor den Produkten herumstanden, die ich benötigte. Und dann hatte ich natürlich die falsche Kasse gewählt und ewig angestanden. Als ich in unsere Straße einbog, war ich absolut bereit, mich mit Floyd auf dem Sofa zusammenzurollen und dem Rest der Menschheit für immer abzuschwören.

Vor mich hin grummelnd bemerkte ich die beiden Personen, die vor dem Haus standen, erst in letzter Sekunde. Diane in ihrer üblichen schwarzen Yogahose und Top, mit Mehl auf der Brust, schüttelte gerade den Kopf. Kieran, eifrig gestikulierend, sah aus wie ein kupferhaariger Prinz in Blau.

Hastig lenkte ich den Wagen an den Bordstein und rammte den Schalthebel in den Parkmodus.

»Wie konntest du nur?«, rief Diane mir entgegen, während Kieran gleichzeitig fragte: »Geht es dir gut?«

Ich schüttelte den Kopf. »Ich verstehe das nicht. Was ist hier los?«

»Dieser Mann«, sagte Diane und zeigte verächtlich auf Kieran, »behauptet, dass du uns verlassen willst.«

Ich fuhr zu Kieran herum. »Du hast es ihr erzählt?«

Er hob verteidigend die Hände. »Es war nie die Rede davon, dass das ein Geheimnis ist!«

»Es ist also wahr«, sagte Diane mit bebender Stimme.

Ich versuchte, den Schock abzuschütteln und einen beruhigenden Tonfall anzuschlagen. »Ich wollte nicht allzu weit wegziehen. Ich habe hier in der Gegend nach Wohnungen gesucht. Wir können nach wie vor Zeit miteinander verbringen.«

»Aber warum hast du mir das verschwiegen?«, rief sie. »Du hast mir doch immer alles erzählt. Ich habe mich dir immer anvertraut.«

Ich spürte, wie ich in mich zusammensackte, die Schultern vorgebeugt, den Kopf gesenkt. »Es war nicht meine Absicht, dir wehzutun. Wirklich nicht. Es tut mir leid, Ema, so, so leid.«

»Ich komme mir so dumm vor«, fuhr sie mich wütend an. »Hast du uns die ganze Zeit über nur geduldet? Ich dachte, du liebst uns.«

»Das tue ich. Natürlich tue ich das. Du hast mein Leben so viel besser gemacht.«

Diane schniefte. »Nicht gut genug offensichtlich. Sonst würdest du dich sicherlich nicht klammheimlich mit *dem da* aus dem Staub machen.«

Die Wellen der Scham schlugen immer höher und höher über mir zusammen. »Bitte entschuldige, dass ich es dir nicht gesagt habe.«

Plötzlich nahm sie meine Hände in ihre und drückte meine Finger fest zusammen. »Du kannst dich immer noch umentscheiden. Du musst nicht weg. Bitte bleib bei uns. Wir lieben dich so sehr.«

Eine Autotür knallte zu. »Was ist denn hier los?«, rief Ben und eilte auf uns zu. »Warum steht ihr bei dieser Hitze draußen rum?«

Diane sah mir fest in die Augen. »Ellie hat darüber nachgedacht, uns zu verlassen. Aber das wird sie nicht tun, nicht wahr, Liebling?«

Als mich Kieran, Ben und Diane so erwartungsvoll anschauten, als warteten sie auf ihren Einsatz, wurde mir klar, dass ich die Hauptfigur in diesem Vierpersonenstück spielte. Und alles, was ich tun wollte, war, von der Bühne zu flüchten und mich zu verstecken.

Eine simple Wahrheit fand zuerst ihren Weg aus meinem Mund. »Noch nicht. Ich werde *noch* nicht ausziehen«, zwang ich mich, die harten Fakten auszusprechen. »Aber ich will nicht für immer hier wohnen bleiben. Irgendwann möchte ich ein eigenes Zuhause haben.«

Ben hielt inne, dann nickte er.

»Aber Ellie«, wimmerte Diane.

»Und ich möchte, dass du meine Entscheidung respektierst, wenn die Zeit gekommen ist.« Meine Stimme brach, während ich die Worte hastig hervorstieß. »Bitte, Ema.«

»Nein«, erwiderte sie ohne Umschweife.

»*Diane*«, knurrte Ben.

Sie ließ meine Hände los und stürzte sich stattdessen auf ihn. »Warum kann sie nicht bei uns bleiben? Warum kann nicht alles so sein, wie es früher war?«

»Weil Max nicht mehr da ist«, sagte Ben schonungslos. »Er ist vor über drei Jahren gestorben. Er kommt nicht mehr zurück.«

Zum ersten und einzigen Mal in meinem kalifornischen Leben wünschte ich mir ein Erdbeben. Etwas, das den Boden aufriss und mich verschlang.

»Nein, nein, nein …« Dianes Stöhnen war herzzerreißend.

»Und Ellie lebt.«

»Aber solange sie hier ist, kann ich mich an Max erinnern. Wenn sie geht, wird er mit ihr verschwinden.«

»Diane.« Mitleid schwang in Bens Stimme mit.

Sie schüttelte heftig den Kopf, als hätte sie ihn gar nicht gehört. »Wir sind ihre Familie. Sie braucht uns. Sie *schuldet* uns etwas.«

Ich hatte ihren Sohn von ganzem Herzen geliebt, mich um sie gekümmert, ihr unzählige Mahlzeiten gekocht, und ich sollte ihr etwas schuldig sein?

»Absolut nichts bin ich dir schuldig!«, platzte es aus mir heraus. »Ich liebe dich, aber ich schulde dir nichts.«

Als Diane mich jetzt ansah, war sie mit der vor bitterer Wut verzerrten Miene nicht wiederzuerkennen. »Wie kannst du es wagen! Du warst ein *Niemand*, bevor mein Sohn dich ausgewählt hat.«

»Es reicht!«, brüllte Ben.

Diane verstummte.

Schmerz, Schuldgefühle und Trauer tobten in meinem Magen, und ich war mir nicht sicher, ob ich mich übergeben, weinen oder in Ohnmacht fallen würde. Vielleicht alles zusammen.

»Ellie?«, flüsterte Kieran neben mir. Schwielige Finger verschränkten sich sanft mit meinen. »Ich bin hier. Ich bin da, wenn du mich brauchst.«

Ich konnte nicht anders, ich drehte mich um und vergrub mein Gesicht an seiner Schulter. Er roch sauber, und ich fühlte mich sicher und geborgen.

»Genau so, Liebes«, sagte er sanft und drückte mich an sich. »Ich halte dich.«

»Wir reden drinnen weiter«, hörte ich Ben sagen. »Schön, Sie wiedergesehen zu haben, Kieran.« Dann hörte ich Schritte, und die Haustür fiel ins Schloss. Keine drei Sekunden später erhoben sich erneut Dianes wässriger Sopran und Bens steinerner Bass.

Kieran und ich standen eine Minute lang da, seine Hand wanderte sanft meine Wirbelsäule auf und ab, und ich rang nach Luft und versuchte, den Mut aufzubringen, ihn loszulassen. Tads Worte und Dianes Schmerz hallten noch immer in meinem Kopf nach. Schließlich schaffte ich es, einen Schritt zurückzumachen.

»Geht es dir gut?«, fragte Kieran sanft. »Das war ganz schön heftig.«

Es gelang mir nicht, ein hysterisches Lachen zu unterdrücken. »Also wohnen kann ich hier definitiv nicht mehr.«

»Dann zieh mit mir zusammen«, platzte er heraus. »Ich meine, nicht in meinem Apartment. Das ist ein Drecksloch. Wir können uns zusammen was suchen. Mit meinem Preisgeld und dem, was du gespart hast, können wir uns hier in der Gegend eine richtig schöne Wohnung leisten.«

Eine Sekunde lang ließ ich mich auf seine Vision ein. Ein Ort nur für uns beide. Zerbeulte Pfannen und weiche Teppiche, Lachen und Liebemachen. Aber ein Zuhause mit ihm würde bedeuten, alles andere zu verlieren, was ich hatte.

»Kieran«, sagte ich gepresst. Er war so wahnsinnig liebevoll, und ich stand kurz davor, ihn vor den Kopf zu stoßen.

Er presste seine Lippen auf meine Stirn. »Ich liebe

dich, Ellie. Alles, was ich will, ist, mit dir zusammen zu sein.«

Ich wich vor seiner Wärme zurück. Seine Lippen waren ein Segen, den ich nicht verdient hatte. »Ich kann so nicht weitermachen. Bitte entschuldige.« Das Wort war inzwischen nicht mehr als eine vertrocknete Hülse, aber es war alles, was ich anzubieten hatte. »Es tut mir so leid, Kieran.«

Von jetzt auf gleich bogen sich seine Mundwinkel nach unten. »Ist es, weil ich nicht gut genug für dich bin?«

Ich riss den Kopf hoch. »Wie kommst du denn darauf?«

»Wenn ich gut genug für dich wäre«, sagte er und redete dabei immer schneller, bis sich seine Worte beinahe überschlugen, »so wie Max es war, würdest du sofort bei mir einziehen wollen. Ist das der Grund, aus dem du es locker angehen wolltest? Weil du dachtest, dass ich nichts tauge?«

Ich konnte ihm nicht dabei zuhören, wie er sich selbst fertigmachte. »Du bist gut genug! Du bist wundervoll und lustig und süß. Es liegt an mir. Ich kann das einfach nicht.«

Seine Lippen öffneten und schlossen sich. Wurden schmal. »Du *kannst* nicht? Oder du *willst* nicht?«

Warum tat er so, als ob ich eine Wahl hätte?

»Tad hat gesagt, dass mich die Leute nicht mehr ernst nehmen werden, wenn ich mit dir zusammen bin. Ich brauche meine Arbeit, Kieran. Ablenkung kann ich mir nicht leisten.«

Ein schwarzes, bitteres Lachen. »Also bin ich jetzt eine Ablenkung?«

Seine Worte gaben mir das Gefühl, einen steilen Felsen hinaufzuklettern, und jeder Vorsprung, nach dem ich griff, bröckelte.

»Diese Sache, Kieran …«, begann ich vorsichtig.

»Die Sache, bei der ich dich anbete und dich eines Tages heiraten will?«, schnauzte er, wobei Liebe und Wut in seiner Stimme aufeinanderprallten.

»Das ist alles so neu für mich. Ich hatte ein ganzes Leben. Das kann ich nicht einfach aus einer Laune heraus über den Haufen werfen.«

Er fuhr sich mit den Händen in die Haare und zerrte daran. »Ganz ehrlich? Ich habe keine Ahnung, ob es schlimmer ist, eine Ablenkung oder eine Laune zu sein«, sprudelte es in einer wütenden Kaskade aus ihm heraus. »Tut mir leid, dir die schlechten Nachrichten überbringen zu müssen, Ellie Wasserman, aber dein Leben? Das ist verdammt beschissen. Du belässt es trotzdem dabei, weil du jederzeit weißt, was auf dich zukommt, und keine Angst haben musst. Du schreibst weiter Bücher für Tad, und er klopft dir dafür auf die Schulter, statt dir echte Anerkennung zu geben. Deine Schwiegereltern klammern sich weiter an dich, als wärst du eine verdammte Rettungsinsel. Und du hockst in diesem hübschen kleinen Häuschen und wirst es niemals verlassen.«

Ich griff mir an die Kehle. »Das ist nicht wahr.«

»Doch, das ist wahr. Dir ist es wichtiger, die Kontrolle zu haben, als glücklich zu sein.« Damit wandte er sich ab und stapfte Richtung Straße davon.

»Warte«, rief ich, plötzlich verzweifelt. »Können wir kurz durchatmen? Vielleicht finden wir eine Lösung?« Irgendeine Lösung, die dafür sorgte, dass ich das Sonnenlicht und die Freude und all die anderen guten Dinge, die Kieran mir schenkte, nicht verlor.

Er warf die Hände in die Luft. »Scheiß aufs Durchatmen!«, schrie er. »Ich werde nicht darauf warten, dass du mit irgendeiner komplizierten Lösung um die Ecke kommst, für die wir uns beide verbiegen müssen. Entweder du liebst mich, oder du liebst mich nicht.«

Ich erstarrte. Ich konnte nichts erwidern, schaute ihn nur an.

Kieran schüttelte den Kopf. »Ich gehe jetzt.«

Ich presste eine Hand auf meine Brust. »Aber du hast gesagt, du bleibst.« Tränen liefen mir über die Wangen.

»Unter diesen Umständen kann ich das nicht.«

Dann ließ er mich zurück, und ich war allein. Vollkommen allein.

# 27

*Ellie*

Nachdem Kieran weg war, machte ich mich auf wackligen Beinen auf den Weg zu meinem Haus. Wie auf Autopilot kochte ich Tee, streichelte Floyd über den Kopf und starrte die Wand an.

Ich hatte den vernünftigen Weg gewählt.

Ich hatte eine Liebe gehabt, die nichts von mir verlangte, die mich wegen dem wollte und verehrte, was ich war, nicht wegen dem, was ich konnte, und ich hatte sie verleugnet, abgewertet, in den Müll geworfen, weil mir die Pflicht wichtiger war.

Vielleicht lag ich im Sterben. Jeder Atemzug fühlte sich an, als würde er durch eine immer kleiner werdende Öffnung in meine Kehle gepresst. Die Teetasse in meinen Händen war heiß, mein unklimatisiertes Häuschen ein winziger Backofen, dennoch hatte ich eine Gänsehaut, und meine Zähne klapperten.

Nein. Ich wollte das nicht. Ich wollte nicht allein sein.

»Nimm ab, nimm ab, bitte nimm ab«, flehte ich, während ich dem Freiton von Nicoles Handy lauschte. *Bitte lass mich nicht auch noch im Stich.*

»Was ist los?«, erklang ihre heitere Stimme, beinahe übertönt von der lauten Reggaemusik im Hintergrund. »Ich bin gerade auf dem Geburtstag meines Cousins in Fremont.«

»Hilfe«, würgte ich hervor. »Hilf mir.«

Ihr Lachen verstummte. »Was ist los?«

Ich legte mir die freie Hand auf die Augen, aber die Tränen flossen weiter. »Alles«, schluchzte ich. »Ich habe alles versaut.«

Ich wartete darauf, dass sie Erklärungen verlangte, aber sie fragte nur: »Wo bist du?« Ihre Stimme klang jetzt ganz ruhig und kompetent.

»Zu Hause«, stieß ich hervor.

Sie brüllte jemandem zu, dass sie gehen muss, dann wandte sie sich wieder an mich. »Bleib, wo du bist. Ich bin in zwanzig Minuten da.«

»Fremont ist eine halbe Stunde entfernt.« Aber sie hatte bereits aufgelegt.

Als ich am nächsten Morgen aufwachte, machte ich eine Bestandsaufnahme meines Körpers.

Meine Augen schienen über Nacht in Salz eingelegt gewesen zu sein. Meine Lippen und meine Nase waren rissig vom vielen Heulen an Nicoles Schulter. Mein Brustkorb fühlte sich an, als hätte ein sadistischer Chirurg ihn aufgeschnitten, ohne sich die Mühe zu machen, ihn hinterher wieder zusammenzuflicken.

»Sie lebt«, konstatierte Nicole, die mit einem Glas Wasser neben dem Paravent stand. Ihr rotes Le-Tigre-T-Shirt sah aus, als hätte sie es vor dem Anziehen zusammengeknüllt, und ihre Haare waren zu einem Dutt auf dem Kopf zusammengebunden.

»Vielleicht«, krächzte ich.

»Nimm die«, sie drückte mir zwei Ibuprofen in die Hand. »Möchtest du etwas essen?«

Ich steckte mir die Tabletten in den Mund, trank das Glas Wasser, das sie mir hinhielt, und schüttelte den Kopf. »Lieber schlafen.« Solange ich schlief, musste ich nicht über das Chaos nachdenken, das ich angerichtet hatte. »Moment mal, wo hast du eigentlich geschlafen?«

Nicole stöhnte. »Auf der Couch. Du musst dieses Arschloch-Möbelstück dringend entsorgen.«

Ich zuckte zusammen, als ich sah, wie meine Freundin die Schultern rollte und ihren Nacken knacken ließ. »Tut mir leid.«

Sie hielt abrupt in ihrer Stretchbewegung inne. »Das muss dir null leidtun. Du würdest jederzeit das Gleiche für mich tun, weil du mich nämlich liebst.«

»Dann nehme ich es zurück. Ich hab dich lieb.«

Sie lächelte müde und streckte die Hand aus, um mein Bein unter der Decke zu streicheln. »Gut. Das solltest du auch.«

Den Rest des Vormittags döste ich vor mich hin und wachte nur gelegentlich auf, wenn Nicole leise telefonierte. Auf Tagalog mit ihrer Mutter, dann mit Jay auf Englisch. Zuerst entschuldigte sie sich bei ihr dafür, dass sie so ein Arschloch gewesen war, dann hörte ich Kierans Namen, und aus Wut wurde Besorgnis, dann Traurigkeit.

Irgendwann klopfte es sacht an der Tür.

»Geht es ihr gut?«, hörte ich Ben fragen.

»Nein«, antwortete Nicole. Das einzelne Wort hörte sich an wie das Knurren eines Wachhundes. »Sie schläft.«

»Kann ich irgendwas tun?«, fragte er zögerlich.

»Ich denke, Sie und Diane haben genug getan«, bemerkte Nicole kühl.

Eine lange Pause.

»Das ist meine Schuld«, sagte Ben matt. »Ich muss es wiedergutmachen.«

Eine weitere Sekunde des Schweigens, dann: »Sie wird Ihnen sagen, wie, wenn sie dazu bereit ist.«

»Ich bin froh, dass Ellie Sie hat.«

Anschließend wurde die Tür geschlossen.

Ich vergrub meinen Kopf unter dem Kissen. Mir war bewusst, dass es nicht allein Bens Schuld war. Sicher, er hatte sich weggeduckt, statt sich damit auseinanderzusetzen, dass seine Frau Hilfe brauchte und ich diese Hilfe nicht bieten konnte. Aber warum hatte ich nicht schon früher etwas gesagt?

Weil ich glaubte, Liebe sei an Bedingungen geknüpft, deshalb. Ich hatte nie die bedingungslose Liebe empfangen, die Eltern ihren Kindern eigentlich entgegenbringen sollten, und das hatte mich ohne Fundament zurückgelassen, zerbrechlich und unsicher. Deshalb hatte ich mich verbogen, nur um Zuneigung zu bekommen. Wenn ich wollte, dass der Schmerz aufhörte, musste ich aufhören, mich selbst zu verletzen.

Jetzt hörte ich noch mehr Tagalog, dieses Mal allerdings nicht am Telefon.

Eine Minute später streckte Nicole den Kopf um den Paravent. »Raus aus den Federn. Nanay hat dir Arroz Caldo vorbeigebracht.« Sie klatschte eine zerknitterte Quittung auf die Bettdecke, auf deren Rückseite etwas gekritzelt stand. »Sie sagt, das ist das Rezept. Aber du solltest es ausprobieren, wahrscheinlich hat sie eine Zutat ›vergessen‹.«

Ich fühlte mich wie ein oller Spülschwamm, müffelig und ausgewrungen. »Hab keinen Appetit.«

»Dein trauriges Gehirn lügt dich an.« Nicole ging in die Küche und schnappte sich einen Topf von einem der Haken.

»Ich hab wirklich keinen Hunger. Stell es in den Kühlschrank.«

Als Nicole den Topf auf die Herdplatte knallte, zuckte ich zusammen. »Gott, warum machst du es einem so verdammt schwer, nette Dinge für dich zu tun?« Sie füllte den Reisbrei in die Pfanne und schaltete den Herd ein. »Ich mache mir jetzt was davon warm, damit du mir beim Essen zuschauen kannst, nachdem du geduscht hast.«

Es war offensichtlich, dass sie keine Widerrede duldete.

Als ich nach einer lauwarmen Dusche aus dem Bad kam, saß Nicole mit einer dampfenden Schüssel und meinem allerersten Rezeptheft am Küchentisch.

»Warum schaust du dir das an?«

Sie aß ein bisschen Brei und blätterte eine Seite um,

die in silbergrüner Tinte mit meinem Lieblings-Gel-stift beschrieben war. »Ich wollte sehen, woher *Nourish* kommt. Da du die Rezepte nicht weggeschlossen hast, hab ich angenommen, man darf reinschauen.«

*Denk nicht an Kieran. Denk nicht an Kieran.*

Der reichhaltige Duft von lange gebratenem Huhn, Zwiebeln und Knoblauch lag in der Luft, und Nicole brummte bei jedem Bissen genüsslich. Keine zehn Sekunden später meldetet sich mein Magen protestierend zu Wort.

»Darf ich mal probieren?«

Nicole holte einen zweiten Löffel unter dem Platzdeckchen hervor.

Vom ersten Bissen an drang die Wärme des Reisbreis in meine Knochen. Es war reiner Trost aus der Schüssel, und die Tränen, die in mir aufstiegen, drohten mich beinahe zu ersticken.

»Ellie?« Nicoles Stimme klang so beruhigend, wie das Essen schmeckte.

Ich war es leid zu weinen.

»Ich mag den Ingwer und die Zitrusnote.«

Nicole lächelte. »Genau! Der Calamansi-Saft muss drin sein, um die anderen Aromen rauszukitzeln. Aber Nanay schwört, dass sich alles nur ums Huhn dreht.«

Ich bekam meine eigene Schüssel, und wir aßen eine Weile schweigend.

»Jetzt, nachdem ich dich abgefüttert habe«, sagte Nicole schließlich, als ich meinen Löffel ablegte, »können wir darüber reden, was du tun wirst?«

»Ja.« Ich schob die Schüssel von mir. »Ich muss Tad und Diane Grenzen setzen.«

»Ehrlich gesagt können die beiden mich mal gernhaben. Sie benutzen dich schon seit Jahren als ihre Puppe.«

Ich rieb mir die Augen. »Keine Ahnung, warum ich so lange gebraucht habe, um das zu erkennen.«

»Weil es gut angefangen hat. Sie waren beide Mentoren für dich. Aber das bedeutete eben auch, dass sie dich klein gehalten haben.«

Genau das, was Kierans Familie mit ihm gemacht hatte.

»Aber da ist noch eine andere große Sache. Es tut mir leid, dass ich in der Hinsicht bisher nicht aufmerksam genug war.« Sie holte tief Luft. »Bist du in Kieran verliebt?«

Ich vergrub mein Gesicht in den Händen. »Rückblickend kann ich sagen: ja. Aber er schien so felsenfest davon überzeugt, dass er nichts Festes will, deswegen habe ich mir nicht erlaubt, zu viel über ihn nachzudenken – und hab deswegen nicht erkannt, dass ich ihn liebe.« Die Worte sprudelten nur so aus mir heraus, als ich mir endlich erlaubte, alles auszusprechen, was mir auf dem Herzen lag. »Liebe hatte für mich nie etwas mit Freiheit zu tun. Es ging immer nur darum, sich um andere Menschen zu kümmern. Das zu sein, was sie brauchen. Ich dachte, was ich mit Kieran habe, wäre so was wie Urlaub von der Realität.«

Nicole nahm meine Hand und streichelte sie.

»Glücklich zu sein, sollte kein Urlaub von der Realität sein, Süße.« Sie seufzte. »Hör zu, du bist meine beste Freundin, aber nicht gerade eine Expertin in Sachen Liebe.«

Ich sah sie verwirrt und ein wenig beleidigt an. »Entschuldige mal, war ich nicht jahrelang verheiratet?«

»Ja, mit dem zweiten Mann, mit dem du je ausgegangen bist. Mir ist bewusst, dass du und Max diese verrückte, unmittelbare Verbindung hattet, aber die meisten Beziehungen, egal ob romantisch oder platonisch, entstehen nicht nur aus einem einzigen Moment heraus. Sie sind ein Prozess.«

Neugierig beugte ich mich vor. »Wie beim Kochen.«

Nicole spielte mit ihrem Löffel, während sie darüber nachdachte. »Ja. Du und Max, ihr wart perfekt. Aber ihr wart es nur …«

»Weil ich mit Freuden alles getan habe, was er wollte«, ergänzte ich und sah es endlich ein. Er war so liebevoll gewesen, aber wie leicht war es auch gewesen, jemanden zu lieben, der nie Nein sagte?

»Außerdem war er weg, bevor ihr harte Zeiten erreicht hattet«, sagte Nicole und hielt ihren Löffel hoch. »Du und Kieran, ihr seid vielleicht wie Arroz Caldo. Es ist eine Frage der Zeit und der Anstrengung, sämtliche Zutaten behutsam zusammenzuführen.«

»Aber das Ergebnis ist viel mehr als die Summe aller Teile«, ergänzte ich leise. All die Monate in der Küche, in denen wir zusammengearbeitet hatten. All das Lachen und die Debatten und die Küsse, fake und echt. Wir hatten etwas aufgebaut, bis wir das Fundament an seinem schwächsten Punkt zertrümmert hatten und damit alles zum Einsturz brachten.

»Ja.«

Ich rieb mir die Schläfen. »Kieran hat mir das ganze Paket angeboten, und ich habe es ausgeschlagen, weil ich ein Feigling bin. Ich habe ihm das Gefühl gegeben, dass er nie gut genug sein würde. Kein Wunder, dass er auf mich losgegangen ist.«

»Dir zu sagen, dass dein Leben scheiße ist, war allerdings ziemlich schrecklich von ihm. Ihr habt euch gegenseitig dort getroffen, wo es am meisten wehtut. Aber ihr habt auch das Zeug dazu, euch gegenseitig zu heilen.«

Ich schnaubte amüsiert. »Wann genau bist du denn zur Ratgebertante mutiert?«

»Ich bin keine Romantikerin, aber das heißt nicht, dass ich nicht erkenne, wie andere Menschen ticken.« Sie musterte mich einen Moment lang, bevor sie vorsichtig fragte: »Ergibt es jetzt alles mehr Sinn?«

Ich rieb mir das Gesicht. »So sehr das eben möglich ist.« Dann versuchte ich, etwas von der Willenskraft zurückzuerlangen, die ich zwei Jahrzehnte lang unterdrückt hatte. »Ich muss Tad anrufen.«

»Soll ich rausgehen?«

Gerne wäre ich tapfer gewesen, aber so weit war ich noch nicht. »Nein, bleib bitte bei mir. Ich brauche moralische Unterstützung.«

Ich wählte Tads Nummer und stellte das Handy auf Lautsprecher.

Nicole ergriff meine Hand und drückte sie.

»Guten Morgen, Ellie. Wie geht's?«

»Nicht gut.« Ich holte sehr, sehr tief Luft, als ob mir der Sauerstoff den Mut verleihen könnte, das Richtige zu tun. »Ich rufe an, weil ich mich von *Whatever You Want* zurückziehen muss.«

Ich konnte förmlich sein verwirrtes Blinzeln durch das Telefon hören.

»Du willst *jetzt* aussteigen? Gabi hat mir gerade die erste Fahne geschickt. Wir haben noch viel zu tun.«

»Das verstehe ich.« Und als Nicole meine Hand etwas fester drückte, fügte ich weniger zaghaft hinzu: »Aber ich habe über das nachgedacht, was du gesagt hast, und meine Prioritäten haben sich geändert. Ich muss mich um mich selbst kümmern, was bedeutet, dass ich das Projekt abgebe.«

Tad schwieg einen Moment, bevor er erwiderte: »Auch wenn das bedeutet, dass dein Name vom Cover gestrichen wird und du dein Honorar zurückzahlen musst?«

»Richtig.«

»Ich bin sehr enttäuscht von dir, Ellie«, sagte er ernst. »Dass du uns einfach so im Stich lässt.«

»Es tut mir leid«, Nicole schüttelte den Kopf, doch ich hob einen Finger, »dass du so denkst.« Nicole nickte. »Aber ich habe mich entschieden. Ich muss mich auf mein Leben außerhalb der Arbeit konzentrieren.«

»Nun, dazu kann ich nur sagen, dass Taten Konsequenzen haben. Beim nächsten großen Projekt werde ich vielleicht nicht mehr als Erstes an dich denken.«

Wie herablassend er war.

»Das ist mir bewusst«, erwiderte ich. Die Wut löste meine Zunge. »Es sagt sehr viel über unsere Beziehung aus, dass du dich offensichtlich mehr um die Erfüllung meiner Pflichten sorgst als um mein Wohlergehen.«

Wieder schwieg Tad einen Moment lang.

»Das ist nicht wahr, Ellie«, widersprach er dann in defensivem Ton. »Du bist mir als Mensch sehr wichtig.«

»Ich habe schon lange nicht mehr das Gefühl gehabt, dir wichtig zu sein«, sagte ich, obwohl alles in mir drängte zurückzurudern, in geschäftsmäßigem Ton. »Morgen hast du mein Honorar zurück. Auf Wiedersehen, Tad.«

Als ich das Gespräch beendete, hob Nicole ihre Hand zum High Five, und ich schlug ein.

»Das war krass! Ich bin so stolz auf dich. Ich wünschte, wir hätten Champagner da, aber dafür mache ich dir einen Kaffee.« Sie sprang auf, füllte den Teekessel und stellte ihn auf den Herd. Dann drehte sie sich mit verschränkten Armen zu mir um. »Warum ist es noch mal so wichtig, dass du dir eine eigene Wohnung kaufst?«

Das Erste, was mir durch den Kopf schoss, waren trotzige Antworten. Weil ich erwachsen war. Weil ich es satthatte, in den Wohnungen anderer Leute zu leben. Dann pragmatische: weil ich mehr Platz brauchte.

Aber ich schob sie allesamt beiseite und sprach statt-dessen die Wahrheit aus. »Mein Leben ist schon so lange so unsicher. Mit meiner eigenen Wohnung wür-de ich mich zum ersten Mal seit Langem sicher füh-len.«

»Aber Sicherheit muss nicht zwingend aus vier Wänden bestehen.« Nicole schenkte mir ein Lächeln. »Du kannst dein eigenes Zuhause sein, Ellie. Du kannst an dich selbst glauben und in die Welt hinaus-gehen, weil du weißt, dass du stark sein wirst, ganz egal, was passiert. Das Leben hat dir so oft ein Bein gestellt, und du hast trotzdem immer weitergemacht.«

»Dann bin ich also so was wie dieser Batterie-Hase aus der Werbung?«

»Eher so was wie der Terminator.«

Ich musste lachen.

»Das ist eine Superkraft, Babe. Du hast dich unter-schätzt.«

»Okay, ich muss umziehen. Aber ich möchte nicht mit irgendwelchen Fremden zusammenleben.«

Nicole legte den Kopf schief. »Du könntest mit mir zusammenwohnen. Mein Mietvertrag läuft im Januar aus.«

Ich starrte sie an. »Im Ernst?«

Sie warf die Hände in die Luft. »Natürlich. Ich habe dich nur nie gefragt, weil du so überzeugt davon warst, hier wohnen zu bleiben. Ich habe eine Idee. Wie viel Geld hast du gespart?«

Ich öffnete meine Budgettabelle und zeigte ihr die Summe.

Nicole pfiff leise durch die Zähne. »Du solltest einen Kurs in Kostenplanung geben.«

Eine Sekunde lang empfand ich wieder die Verlegenheit meines zwölfjährigen Ichs beim Einkaufen im Supermarkt mit einem quengelnden Sechsjährigen an der einen und einer Handvoll Coupons in der anderen Hand. »Ich wünschte, ich hätte keine Ahnung davon.«

Nicole stupste mich an. »Du bist eine Überlebenskünstlerin. Sei stolz auf dich.«

Sie hatte recht. Ich wusste, was ich tun musste, um weiterzumachen. »Gut, dass ich so viel Geld gespart habe.«

»Warum gibst du es dann nicht für dich aus?«

Ich schüttelte heftig den Kopf. »Nein, ich will etwas sparen. Immerhin habe ich Tad quasi gesagt, dass er mich mal kann. Ich werde es brauchen.«

»Na ja, ein bisschen was sparen, ein bisschen was ausgeben.« Nicole grinste. »Komm schon, was wünscht sich dein kleines Herz?«

*Kieran*. Die eine Sache, die man mit Geld nicht kaufen konnte.

Wann war ich das letzte Mal ganz für mich allein glücklich gewesen? Frei und leicht und unbeschwert? Ich schloss die Augen und schmeckte salzige Pommes, buttrige Pasteten. »Ich möchte für ein paar Wochen nach Frankreich zurückgehen«, sagte ich nach einer langen Pause. »Nach Lyon, aber auch neue Orte entdecken. Die Provence. Ich will ans Mittelmeer und vielleicht in die Alpen.«

Nicole rieb die Hände aneinander. »Das höre ich gerne. Im Frühling kann ich mir eine Weile freinehmen.«

Ich blinzelte.

»Willst du mitkommen?«, fragte ich schüchtern.

Nicole nickte eifrig. »Ja, natürlich. Ich möchte Lyon unbedingt mit eigenen Augen sehen. Wer weiß, vielleicht springt ja ein Buch für uns dabei raus. Was noch?«

Ich stützte mein Kinn in die Handfläche. »Weniger spaßig, aber notwendig: Ich muss wieder in Therapie.« Der apokalyptische Zusammenbruch der letzten Woche würde sich nicht von selbst lösen. Ich hatte eindeutig noch mehr Dämonen zu bekämpfen.

»Fleißig, fleißig.«

Der Gedanke daran machte mich so müde, dass ich mich nicht zu mehr als einem »Mhm« als Antwort aufraffen konnte.

Nicole klopfte mir auf den Rücken. »Guter Anfang!« Dann warf sie einen Blick auf die Uhr. »Ich bin mit Jay verabredet, aber mein Handy ist in Hörweite.«

»Ich dachte, ihr hättet euch noch nicht wieder zusammengerauft?«

Nicole schlüpfte in ihre Jacke und zog ihr schwarzes Haar aus dem Kragen. »Wir sind dabei, rauszufinden, ob wir es schaffen. Es ist nicht einfach, aber wir reden miteinander.« Sie schnappte sich ihre Tasche und schob sich den Riemen über die Schulter. »Wann hast du dir *Nourish* das letzte Mal angesehen? Ich meine, so richtig?«

Mein Blick wanderte zu meinem Laptop. »Ich habe ab und zu einen Blick darauf geworfen, aber das ist bestimmt … ein Jahr her?«

»Weißt du, was ich gesehen habe, als ich in dem Notizbuch geblättert habe?«

»Was?«

»Du warst schon immer gut darin, etwas für andere Menschen zu tun. Herauszukitzeln, was sie mögen, große und kleine Wege zu finden, ihnen etwas Gutes zu tun. Aber über dich selbst gibt es nur Andeutungen.«

Ich seufzte. »Kieran hat das Gleiche gesagt.«

Nicole lächelte schief und schüttelte den Kopf. »Wusste ich doch, dass er kein Idiot ist. Du bist großartig, Ellie. Du solltest *deine* Geschichte erzählen.« Sie öffnete die Tür.

»Was du vorhin gesagt hast. Dass ich den anderen schwer mache, nette Dinge für mich zu tun.«

»Oh, das war gemein. Tut mir leid.«

»Aber es ist wahr.«

Sie kam zu mir zurück, zog mich an sich und gab mir einen Kuss auf die Stirn. »Ja. Du bist defensiv und verdammt stur. Aber ich werde nicht aufhören, es zu versuchen. Du bist es wert. Bye, Babe.«

Das war Nicole. Sie servierte einem die brutale Wahrheit so beiläufig, als handelte es sich um einen Big Mac.

Ich war die ganze Zeit dermaßen feige gewesen, was Kieran anging, abgesehen von diesem einen berauschenden Moment im Juli, als ich den Sprung ins

Ungewisse gewagt und ihn gefragt hatte, ob ich zu ihm kommen könne.

Jetzt musste ich noch mal so einen Sprung wagen, aber aus größerer Höhe.

Ich öffnete das Dossier, das ich vor neun Monaten über ihn geschrieben hatte, und fuhr mit meinem Stift über den Bildschirm, bis mir ein Name ins Auge sprang.

Nachdem ich rasch ihre Adresse gegoogelt und mein schönstes Briefpapier herausgesucht hatte, setzte ich mich hin und schrieb in meiner ordentlichsten Handschrift:

*Liebe Mrs Hutton ...*

Nachdem ich am Nachmittag des nächsten Tages zum Briefkasten gegangen war, schaltete ich den Drucker ein, schob sämtliche Möbel an die Wände und rollte den Teppich auf. Als Floyd protestierte, bestach ich ihn mit Leckerlis und Katzenminze, und er wechselte bereitwillig aufs Bett.

Blatt für Blatt legte ich in ordentlichen Reihen die Notizen für *Nourish* aus, kniete mich hin und studierte sie. Oberflächlich betrachtet waren alle Rezepte gut. Aber sie waren nicht alle *ich*. Oft hatte ich versucht, andere Menschen damit glücklich zu machen, damit sie mich für wunderbar hielten.

Ich begann, die Seiten in zwei Stapel aufzuteilen. Ich hasste hartgekochte Eier, auch wenn ich für meine Mutter oft gefüllte Eier gemacht hatte, also kam das Rezept weg. Die Fettuccine Alfredo, um die Hank fünfmal hintereinander zum Geburtstag gebeten hatte, die ich selbst aber nur mit scharfer Soße übergossen essen konnte, ebenfalls. Und um ehrlich zu sein, war ich nicht so versessen auf Schokolade wie Max damals. Ich würde mit Vergnügen keinen einzigen weiteren mehlfreien Schokoladenkuchen essen. Weg damit.

Einige Rezepte legte ich beiseite, um sie erneut zu testen. Inzwischen war ich eine bessere Köchin als vor Max' Tod. Kreativer, nicht mehr so vorsichtig. Vielleicht steckte doch ein bisschen mehr Chaos in mir, als mir bewusst war.

Als ich schließlich auf die Uhr schaute, war es bereits nach acht, und die Knie taten mir weh. Ich schob die aussortierten Rezepte zusammen und nahm sie mit nach draußen. Anschließend stapelte ich Scheite und Anzündholz in der Feuerstelle, wie Ben es mir beigebracht hatte, zerknüllte einen Teil des Papiers und stopfte es in die Lücken. Als die Flammen höher züngelten, fütterte ich sie mit den restlichen Seiten, die in der einen Sekunde noch strahlend weiß waren und in der nächsten bereits schwarz verkohlt. Als die letzte Seite verbrannt war, setzte ich mich auf einen der klapprigen Plastikstühle und starrte in das lodernde Feuer. Ich wollte nicht darüber nachdenken, dass die Farben mich an Kierans Haare erinnerten. Ich würde über Phönixe nachdenken. Darüber, was wiedergeboren werden könnte.

»Darf ich mich zu dir setzen?« Ben stand im Feuerschein, zwei offene Flaschen Lager in der einen Hand, eine Schachtel Cracker in der anderen. Er hielt sie schüchtern in die Höhe. »Es ist nicht viel, aber …«

»Das ist toll, Aba. Ich habe Durst.«

Er reichte mir ein Bier und die Cracker, dann setzte er sich hin. »Oje, wir müssen uns bessere Stühle besorgen. L'chaim.«

»L'chaim.«

Wir stießen an und tranken, bevor wir uns jeder einen Cracker nahmen. Ich verstand, warum er die Kombination so gerne mochte, die salzig-süßen Cracker mit dem herben Geschmack des Bieres.

»Ich frage mich, warum ich hier draußen so lange kein Feuer mehr gemacht habe«, sagte Ben irgendwann. »Es gibt so viele Dinge, die ich nicht getan habe, seit er gestorben ist.« Er schwieg einen Moment. »Ich schulde dir eine Entschuldigung.«

Mein Blick fand seinen. Im Schein des Feuers wirkten seine Augen groß und schwarz. »Du trägst nicht die alleinige Verantwortung dafür, Aba.«

Er hob eine Hand. »Lass mich das sagen. Bitte.«

Ich hörte Nicoles Stimme in meinem Kopf und schloss den Mund.

»Ich habe nicht begriffen, wie sehr sich Diane auf dich gestützt hat. Das ist absurd. Ich kenne mich mit psychischer Gesundheit aus, aber ich war blind.«

»Schon gut«, sagte ich, zu schnell. Warte. Nein. Stopp. »Nein, das stimmt nicht. Es war wirklich schlimm.«

Er beugte sich vor, die Hände um seine Bierflasche geschlungen. »Kannst du mir deine Seite erzählen?«

Ich beschrieb den Beginn der nächtlichen Besuche ein Jahr nach Max' Tod, als alle anderen angefangen hatten, den Blick wieder nach vorne zu richten. Die Gespräche, die sich im Kreis drehten und immer, immer in Tränen endeten. »Sie ist so unglücklich, Ben. Sie braucht Hilfe. Richtige Hilfe.«

»Sie wird mit jemandem reden. Das verspreche ich dir.« Er schnappte sich einen Stock und begann im Feuer herumzustochern. Nach einem Moment fuhr er fort: »Ich möchte, dass du weißt, dass deine Anwesenheit uns sehr geholfen hat. Aber jetzt müssen wir dich dein eigenes Leben leben lassen.«

Ich starrte ins Feuer. »Ehrlich gesagt habe ich keine Ahnung, wie mein eigenes Leben aussehen könnte.« Bis zu diesem Zeitpunkt war mir nicht klar gewesen, dass sich die Wahrheit so schmerzhaft anfühlen konnte.

»Das wirst du nie herausfinden, wenn du bleibst. Die Welt wird nicht zu dir kommen.«

Kierans trauriges, wütendes Gesicht ließ mich einfach nicht los.

»Was ist, wenn mich nie wieder jemand liebt?«, fragte ich mit leiser Stimme und fühlte mich vollkommen verloren. »Was ist, wenn ich einsam bleibe?«

Ben nahm meine Hand und drückte sie erstaunlich fest. »Weißt du, was ich dachte, als Max dich zum ersten Mal zum Essen mit nach Hause gebracht hat?«

Mein Mund verzog sich. »Sie ist so jung?«

Er schnaubte. »Okay, das auch. Du warst erst neunzehn, um Himmels willen.« Er wurde wieder ernst. »Aber außerdem dachte ich: Da bist du ja. Meine Tochter. Deshalb habe ich dich auch so schnell gebeten, mich Aba zu nennen. Ich sah dein süßes Gesicht, sah dich so, wie du warst, und ich wusste es einfach.«

Meine Nasennebenhöhlen schmerzten, meine Augen brannten. Gleich würde ich in Tränen ausbrechen. Schon wieder.

Ben streckte die Hand aus und tätschelte meine Wange, auch seine Augen glänzten feucht. »Ich habe in den letzten zwölf Jahren nie anders über dich gedacht. Du bist magisch.«

Magisch. Das hatte Kieran auch gesagt. Ich hatte mir nur erlaubt, das Verlangen in seinen Augen zu sehen, aber es hatte auch Erstaunen darin gelegen. Als wäre ich jenseits von allem, was er sich je gewünscht, sich je erträumt hatte.

»Meine Freude und mein Stolz sind grenzenlos, wenn ich sehe, was für tolle Arbeit du leistest, wie du dich um deine Raubkatze kümmerst und mit Nicole und Kieran lachst. Und selbst wenn du jedes Mal, wenn wir dich besuchen, Pizza bestellen würdest, würde ich dich noch immer von ganzem Herzen lieben.«

»Ich liebe dich auch, Aba«, erwiderte ich schniefend.

Er beugte sich zu mir, um mich in die Arme zu schließen, und ich vergrub mein Gesicht an seiner breiten Brust, wo ich seinen vertrauten papierenen Geruch einatmete.

»Ich werde umziehen«, sagte ich, als er mich losließ.

Sein Kopf zuckte hoch. »Wohin? Zu Kieran?«

Ich schüttelte heftig den Kopf. »Nein. Das habe ich
vermasselt.« Als Ben den Mund öffnete, hob ich eine
Hand. »Ich bin noch nicht bereit, mit dir darüber zu
reden.«

»Dein Leben gehört dir, natürlich.« Er seufzte.

»Ich miete mir zusammen mit Nicole eine Wohnung. Aber nicht vor Januar.« Ich sah ihm in die
Augen. »Es tut mir leid, dass ich gehe.«

Sanft umfasste Ben mein Kinn. »Sei nicht albern.
Wenn du bei irgendetwas Hilfe brauchst, egal bei
was, dann sag Bescheid.« Sein Grinsen war das von
Max, breit und selbstbewusst. »Ich meine, ich werde
Umzugshelfer anheuern, anstatt Kisten zu schleppen;
so ein junger Hüpfer bin ich nicht mehr. Aber ich
werde dir helfen, solange ich lebe. Bitte lass mich für
dich da sein.«

Ich atmete erleichtert aus.

# 28

## *Kieran*

Erzwungener Urlaub. So hatte Steve es genannt, als er mich gestern nach Hause schickte.

»Du warst die letzten zwei Wochen ein verdammter Zombie. Ich will dich vor Samstag nicht mehr sehen«, waren seine exakten Worte gewesen.

Ohne etwas zu erwidern, hatte ich meine Sachen gepackt und war zu meinem Spind gegangen.

Steve war mir gefolgt. »Was zum Teufel ist passiert? Du warst *on fire*, und was jetzt?«

»Ich bin wohl ausgebrannt.« Oder Ellie hatte mein inneres Feuer ausgelöscht, und nichts konnte es wieder entzünden.

Ich sehnte mich nach ihr, nach ihren Kurven, ihrem Lachen, ihrer Klugscheißerei. Und ich hasste es, dass ich mich so sehr nach etwas sehnte, das mir nicht guttat. *Einmal süchtig, immer süchtig*, dachte ich in meinen schlimmsten Momenten und zählte mitten in der Nacht die Risse in meiner Zimmerdecke. Ellie hatte nicht gescherzt, was für eine Bitch Schlaflosigkeit sein konnte.

Am dritten Tag in meiner Höhle aus Müslischachteln und leeren Limonadendosen klingelte es Sturm.

»Verdammt, ich komme ja schon!«

Das Klingeln hörte auf.

Ich zog mir Shorts und ein T-Shirt an und öffnete die Tür – vor der Jays Rücken stand. Sie hatte die Hände in die Hüften gestemmt und beobachtete, wie die Nachbarskatze eine Fliege jagte. Sie trug den kleinen Rucksack, den sie für längere Laufrunden benutzte. Als sie sich schließlich umdrehte, hob sie die Augenbrauen und deutete auf ihre Sportkleidung.

Die zwanzig ungelesenen Textnachrichten auf meinem Handy hielten mich davon ab, die Tür einfach wieder zuzuschlagen. Stattdessen hob ich einen Zeigefinger zum Zeichen, dass sie kurz warten sollte, und ging meine Turnschuhe suchen.

Fünf Minuten später führte Jay mich auf einer leichten Joggingrunde Richtung Süden.

Nach Tagen im Haus weckte der Mission District meine Sinne. Ich roch das Waschmittel aus dem Waschsalon, sah die leuchtenden Gelb- und Blautöne der Fassadengestaltung, inhalierte den Duft der brutzelnden Carnitas in meiner Lieblings-Taqueria. Und dann lauschte ich auf das, was in mir vorging.

Meinen Magen, der sich über meine Zimt-Cornflakes-Diät beschwerte.

Mein Herz, wund und kaputt, aber immer noch schlagend.

Wir liefen in einem Tempo, bei dem wir uns hätten unterhalten können, aber Jay war nach wie vor still. Zu still?

Bis sie auf einmal lossprintete.

Ich rannte ihr hinterher. Mit brennenden Oberschenkeln, die Ellbogen angewinkelt, nahm ich den Hügel in Angriff, der immer steiler wurde, je näher wir Bernal Heights kamen. Jay bestand nur aus Beinen, aber ich hatte mehr Zeit damit verbracht, Gewichte zu stemmen, und diese Muskeln trieben mich höher und höher und höher, bis wir einen Trampelpfad erreichten und der Staub unter uns aufwirbelte. Hier gab es keine Arbeit, kein Buch, keine Ellie, nur Jays fliegende Füße und meinen schreienden Körper.

Jay kam als Erste bei der Bank am oberen Ende des Hügels an und hatte aus mir unerfindlichen Gründen noch genug Sauerstoff, um einen stummen Siegestanz aufzuführen. Ich ließ mich auf die Bank fallen, die Hände im Nacken verschränkt, die Beine ausgestreckt. Die Aussicht auf die Bucht und die Berge war atemberaubend, aber es war schwer, sie zu genießen, wenn sich meine Lungen wie verbrannt anfühlten.

»Besser?«, sagte Jay nach einer Weile, als sie sich neben mich setzte.

Immerhin hatte ich mindestens ganze dreißig Sekunden lang nicht an Ellie gedacht. »Nicht wirklich.«

»Verdammt.« Sie reichte mir eine Flasche Wasser aus ihrem Rucksack. »Also, was ist los?«

»Alles«, sagte ich, nachdem ich die Hälfte der Flasche ausgetrunken hatte.

»Okay, Drama-King. Fang ganz von vorne an.«

»Ich vermisse sie. Sie hat mich nicht geliebt, sie dachte nicht, dass ich es wert bin, trotzdem vermisse ich sie immer noch.«

»Für mich klang es allerdings ganz danach, als hättest du sie genauso schlimm verletzt.«

Ich blinzelte Jay überrascht an, doch sie zuckte nur mit den Schultern. »Nicole und ich probieren gerade aus, was zwischen uns geht. Deshalb erzählt sie mir das eine oder andere. Ellie hat sich zu Hause eingeigelt, genau wie du. Sie hat aufgehört, sich um sich selbst zu kümmern, genau wie du.«

*Nein, mein liebes Herz, ich werde mich nicht darum scheren, dass Ellie verletzt ist.*

»Sie hat es zuerst getan.« Ich trat gegen einen Kieselstein. »Vielleicht musste es so enden. Ich hätte nie der sein können, den sie braucht.«

Jays Augen wurden schmal. »Seit wann bist du Pessimist?«

»Bin ich nicht.«

»Erzähl mir jetzt nicht, dass du Realist bist. Denn in dem Fall, also ich meine, wenn du deinen Eltern geglaubt hättest, wozu du angeblich nicht in der Lage bist, würdest du immer noch Shrimps bei Coconut Pete's frittieren und dein Gehirn in Wodka ertränken. Jeder Tag, den du erlebt hast, seit du trocken bist, war ein Akt des Optimismus. Du bist Sous Chef in einem der besten Restaurants des Landes, mein bester Freund und ein Chaos-Muppet, der sich verhält, als hätte noch nie jemand in der Geschichte des Universums ein gebrochenes Herz gehabt.«

»Chaos-Muppet?«

»Ja. Und Ellie ist ein Ordnungs-Muppet. Aber gerade deswegen passt ihr beide so gut zusammen. Du hilfst ihr dabei, sich ab und zu vom Boden der Tatsachen zu lösen, und sie bewahrt dich davor, in die Sonne zu fliegen.«

»Aber sie will mich nicht«, sagte ich traurig zu meinen Knien. »Was weißt du denn schon davon, was eine Beziehung ausmacht? Du und Nicole, ihr habt euch getrennt.«

Jay stieß die Luft aus, als ob sie durch den Schmerz atmen würde. »Wir haben uns nicht getrennt. Ich war unglücklich, weil ich wollte, dass sie etwas tut, zu dem sie nicht in der Lage war. Das ist mein Problem, nicht ihres. Man muss den Menschen entgegenkommen.« Sie sah mir in die Augen. »Hast du das getan?«

Ich ging sofort in Verteidigungsstellung. »Natürlich. Ich habe ein Geburtstagsessen für sie organisiert. Ich habe sie vor ihrer Schwiegermutter in Schutz genommen.«

Jay hob die Augenbrauen. »Ellie hat ihr ganzes bisheriges Leben geglaubt, dass ihre eigenen Bedürfnisse an letzter Stelle stehen, dass sie tun muss, was alle anderen wollen. Und als sie ein einziges Mal etwas getan hat, um sich selbst glücklich zu machen, um sich frei zu fühlen, waren alle sauer auf sie. Und was passiert, wenn alle, die ihr wichtig sind, wütend auf sie sind?«

Ich dachte an Ellies hohe Stimme, daran, wie sie gezittert hatte und blass geworden war. »Sie gerät in Panik.« Ich stützte meinen Kopf in die Hände. »Sie hat Panik gekriegt, ich hab sie angeschrien, weil sie Panik gekriegt hat, sie wurde noch panischer, dann habe ich sie stehen lassen.«

»Jepp.«

»Ich war ein Arschloch.«

»Da werde ich dir nicht widersprechen.«

»Ich habe ihr gesagt, dass ich sie liebe.«

»Das ist nicht nichts«, sagte Jay freundlich. »Aber es geht nicht nur um dich. Es geht auch darum, wo sie steht. Sie muss ihr Leben für sich selbst ändern wollen, nicht nur, weil du für immer in einer rosaroten Liebes-Seifenblase mit ihr leben willst.« Sie nahm meine Hand und streichelte sie sanft. »Wütend zu sein, ist leicht. Schwer ist es, mit ihr zu reden. Noch schwerer ist es, sie zu verstehen. Und am allerschwersten ist Verzeihen. Aber mein bester Freund hatte nie Angst davor, sich für etwas anzustrengen, wenn er es wirklich wollte.« Sie griff in ihren Laufrucksack. »Den hat mir Steve gegeben. Mrs Hutton hat ihn gestern Abend vorbeigebracht.«

Sie hielt mir einen elfenbeinfarbenen Umschlag hin, auf dem in schnörkeliger Handschrift mein Name stand. Als ich ihn in die Finger nahm, schabte das dicke, raue Papier über meine Schwielen.

»Das goldene Ticket?«, fragte Jay, nachdem ich die Worte auf der Karte in dem Umschlag gelesen hatte.

»Eine Einladung zum Tee bei ihr zu Hause am Montag um zwei.« In vier Tagen.

Sie wackelte mit den Augenbrauen. »Das heißt, du hast bald deinen eigenen Laden – wenn du es nicht vermasselst.«

Für einen Moment schob ich die Gedanken an Ellie beiseite: »Hilfst du mir mit meinem Pitch?«

»Klar. Du bist mein Freund. Ich werde dir immer helfen.« Jay holte ein Notizbuch und einen Stift aus ihrem Rucksack, und ich hatte sofort wieder Ellie vor Augen. »Was ist deiner Meinung nach das Wichtigste bei der Führung eines Restaurants?«

Ich dachte an die Ruhe, die Ellie ausstrahlte, wenn sie Zwiebeln schnitt und Pilze anbriet. Sie war ganz stille Kompetenz. Sie bereitete etwas Köstliches nicht deswegen zu, weil sie versuchte, irgendjemanden zu beeindrucken, sondern weil sie Essen und die Menschen, für die sie kochte, liebte. Ob es nun ihr Bruder oder ihre Schwiegereltern waren oder die anonymen Menschen, die ihre Rezepte in den Küchen im ganzen Land nachkochen würden. Das hieß nicht, dass es schlecht war, etwas Neues, Aufregendes und Exquisites zu kreieren. Aber ich durfte nicht besonders smart rüberkommen wollen. Keine Effekthascherei. Keine Tricks.

Mrs Huttons Haushälterin zuckte nicht mal mit der Wimper, als sie mir am Montag um ein Uhr neunundfünfzig die Tür öffnete, was ich für ein gutes Zeichen hielt. Ich sah ziemlich gut aus in Mr Murphys Anzug. Es brauchte ja niemand zu wissen, dass ich die Hose eine Spur enger hatte schnallen müssen.

»Mrs Hutton ist gleich so weit«, sagte die elegante ältere Frau. »Wenn Sie bitte hier drin warten würden.«

Das Wohnzimmer mit dem riesigen Klavier und den schicken türkischen Teppichen bestätigte mich darin, dass der Anzug die richtige Wahl gewesen war. Von den raumhohen Fenstern bot sich eine überwältigende Aussicht auf die graue Kurve der Bay Bridge und die goldene Weite der Oakland Hills. Ich durchquerte den Raum und ließ den Blick Richtung Norden schweifen, wo ich die Turmspitze des Glockenturms auf dem Berkeley-Campus entdeckte. Dort ganz in der Nähe wohnte Ellie. Der Gedanke daran, wie sie erschöpft und traurig und nur mit Floyd als Gesellschaft in ihrem Häuschen saß, versetzte mir einen schmerzhaften Stich.

»Kieran. Vielen Dank, dass Sie meiner Einladung gefolgt sind.«

Ich drehte mich um und sah meine Chefin durch die Tür kommen. »Hallo, Mrs Hutton.«

»Bitte, nennen Sie mich Anh.« Sie schüttelte mir fest die Hand. »Setzen Sie sich. Entschuldigen Sie die Verspätung.« Dann beugte sie sich vor und zupfte mit zwei Fingern an meinem Ärmel. »Das ist ein schöner Anzug. Woher haben Sie den?«

»Mr Murphy in North Beach hat ihn gemacht.«

Überraschung blitzte in ihren sonst so strengen Zügen auf. »Meine Güte, Fergus Murphy hat Ihnen einen Anzug verkauft?«

»Ist er etwas Besonderes?«, fragte ich verwirrt.

»Er hat eine monatelange Warteliste. Sie müssen jemand Wichtigen kennen.«

Das stimmte. Beziehungsweise *hatte* ich jemanden gekannt, bis ich sie im Stich gelassen hatte.

Anhs Haushälterin kam mit einem Tablett herein

und stellte es auf den Couchtisch neben ein gefaltetes weißes Blatt Papier.

»Wie auch immer, genug von der Mode«, sagte Anh. »Tee?«

Der Tee, den sie einschenkte, war reichhaltig und dunkel, mit einem Schuss Milch darin, und das Muster der Porzellantassen bestand auf tiefen Blau-, Rost- und Goldtönen. Ellie hätten sie gefallen. Genau genommen hätte ihr der ganze Raum gefallen. Er war wie ihr Gästehaus, nur mit viel mehr Geld dahinter. Die vollgestopften Einbaubücherregale sahen ihrem sogar sehr ähnlich.

»Lesen Sie?«, fragte Anh, die offensichtlich meinem Blick gefolgt war.

»Nein, leider nicht.«

Sie lächelte. »Mein Mann war auch kein Bücherwurm. Aber er hat diese Regale für mich bauen lassen. Sonst hätte ich meine Bibliothek auf dem Boden gestapelt.« Sie verschränkte die Hände vor den Knien ihrer überschlagenen Beine. »Nun, wie wir beide wissen, sind Sie hier, weil es an der Zeit ist, die Phoenix Group zu erweitern, und ich möchte, dass Sie der Chefkoch unseres nächsten Restaurants werden.«

Gerade so konnte ich mir ein erleichtertes Aufatmen verkneifen. »Ich fühle mich geehrt.«

»Aber es gibt einige Dinge, die wir vorab besprechen müssen. Wie Sie wissen, hat jedes Restaurant in der Gruppe eine ganz eigene Perspektive und Mission. Also, nun verraten Sie mir mal, wie Ihre Vision aussieht.«

Hätte sie mir die Frage vor neun Monaten gestellt, hätte ich einen Haufen Schlagwörter ausgespuckt. Luxus. Show. Spektakel. Was auch immer ich geglaubt hätte, das sie beeindruckte. Aber das war, bevor Ellie mich so, wie ich war, toll gefunden hatte.

»Ich möchte einen warmen und einladenden Raum schaffen«, begann ich, während ich im Kopf die Punkte durchging, die ich zusammen mit Jay erarbeitet hatte. »Unsere Gäste sollen wissen, dass sie für ein oder zwei Stunden ihre Sorgen an der Tür zurücklassen und eine schöne Zeit bei uns haben können.«

Anh nahm einen langsamen Schluck aus ihrer Tasse. »Klingt, als wären Sie nicht auf der Jagd nach Michelin-Sternen.«

»Nein, das bin ich tatsächlich nicht. Ich möchte eine nachbarschaftliche Atmosphäre erschaffen.«

Ihre Augenbrauen hoben sich. »Wie in einem Diner?«

Ich holte tief Luft. »Nein, ich denke an ein Restaurant, in dem die Eintrittsbarriere nicht so hoch ist wie im Qui. Die Gäste für teure Lokale sterben nicht aus. Aber es gibt eine Menge Leute, die von den Preisen und den ungeschriebenen Regeln eines Sterne-Restaurants abgeschreckt werden. Ich möchte, dass auch diese Menschen einen tollen Abend verbringen können. Ohne Tischtücher und blasierte Kellner, dafür mit Kerzen und einer umfangreichen Weinkarte. Es wäre ein Ort, an dem sich Paare zu einem Date treffen, an dem Freunde zusammenkommen, die sich lange nicht gesehen haben, und an dem Familien gemeinsam feiern können. Ein Essen dort wäre ein Ereignis, aber kein einmaliges.«

»Ihre Prioritäten haben sich verschoben«, konstatierte Anh nachdenklich. »In Richtung weniger ambitioniert?«

Eine Beschreibung, von der Ellie absolut angepisst wäre.

»Eine lokale Institution zu erschaffen, *ist* ambitioniert«, widersprach ich entschieden. »Ich denke, ich kann die Farbe und den Reiz dessen, was das Qui ausmacht, aufgreifen und zugänglicher gestalten.«

Sie legte den Kopf schief und überlegte, doch kurz darauf umspielte ein kleines Lächeln ihren Mund. »Das ist sehr interessant. Ich wäre gar nicht darauf gekommen, es so zu betrachten.«

Anh stellte noch ein paar logistische Fragen, und wir diskutierten einige Minuten lang über mögliche Viertel, die Art der Räumlichkeiten, die ich mir wünschen würde, und wie wir sie mit dem Rest der Phoenix Group in Verbindung bringen könnten.

Schließlich sagte Anh lächelnd: »Möchten Sie wissen, wie ich zu meiner Entscheidung gekommen bin?«

Sie strahlte eine verdammt starke »Ich weiß etwas, was du nicht weißt«-Energie aus.

Ich hob die Augenbrauen, erwiderte ihr Lächeln und sagte: »Ich denke, das werden Sie mir so oder so verraten.«

»Das Abendessen im Qui war sicherlich ein Pluspunkt für Sie. Ihr kulinarisches Talent ist unbestreitbar. Aber ich wollte sichergehen, dass Sie in der Lage sind, ein langfristiges Projekt durchzuziehen. Deshalb habe ich Sie aufgefordert, Ihr Buchprojekt ernst zu nehmen.«

Nun hatte ich das Buch, aber Ellie hatte ich verloren. Bei dem Gedanken daran wollte ich am liebsten wimmern wie ein verlassenes Hündchen.

»Danke«, brachte ich heraus.

»Aber was letzten Endes den Ausschlag zu Ihren Gunsten gegeben hat, war ein Brief, den ich vor zehn Tagen erhalten habe. Und der sich als eine äußerst angenehme Überraschung entpuppte.«

Niemals hatte ich jemanden eine Lesebrille langsamer aufsetzen sehen oder ein Blatt Papier in die Hand nehmen, um es anschließend sorgfältig zu entfalten. Als sie sich räusperte, war ich kurz davor zu schreien.

»*Liebe Mrs Hutton … So eine schöne Handschrift.* Eine unterschätzte Fähigkeit in diesen Tagen.«

»Aha«, sagte ich, während ich innerlich tausend Tode starb.

Sie strahlte. »*Ich kann mir vorstellen, dass Dutzende Menschen darum kämpfen, Ihnen zu sagen, wie wunderbar Kieran O'Neill ist. Vielleicht haben Sie bereits über seine Zukunft innerhalb der Phoenix Group entschieden, aber ich wollte Ihnen dennoch schreiben. Ich hoffe, Sie halten diesen Brief nicht für irrelevant.*«

Mein Gehirn wusste, dass auch andere Leute dieses Wort benutzten. Doch mein Herz schlug auf einmal schneller, als hätte es sich durch einen Tunnel geschleppt und nun plötzlich ein Aufflackern von Ellie in der Dunkelheit entdeckt.

»Geht es Ihnen gut, Kieran?«, erkundigte sich Anh.

»Ja, danke«, sagte ich, darum bemüht, eine professionelle Miene zu wahren. »Bitte, fahren Sie fort.«

»In Ordnung. *Kieran glaubt nicht daran, Dinge so zu machen, wie sie immer gemacht wurden. Er glaubt daran, sie besser zu machen. Die Zusammenarbeit mit ihm als Küchenchef mag anders sein, als Sie es gewohnt sind, aber ich verspreche Ihnen, dass er Ihre Erwartungen erfüllen und sogar übertreffen wird. Nur vielleicht nicht auf die Art und Weise, wie Sie es sich vorstellen.*«

Ich konnte ihr verschmitztes Lächeln vor mir sehen.

»*Auf den ersten Blick mag Kieran leichtsinnig oder flatterhaft erscheinen, aber er ist keins von beidem. Er nimmt die Dinge und die Menschen, die ihm wichtig sind, sehr, sehr ernst. Er inspiriert die Menschen um ihn herum, ebenfalls ihr Bestes zu geben und das Richtige zu tun, selbst wenn es unmöglich erscheint.*«

Das Richtige zu tun? Ich sah verwirrt auf, und Mrs Hutton hob die Augenbrauen.

»Ich habe Tad Winthrop angerufen. Er hat mir bestätigt, dass Ellie Wasserman sich aus Ihrem Buchprojekt zurückgezogen und das Honorar zurücküberwiesen hat, das sie am zehnten September erhalten hatte.«

Am Tag, nachdem ich sie stehen gelassen hatte.

In einem Podcast hatte ich einmal etwas über die japanische Technik zum Reparieren zerbrochener Töpferwaren gehört, bei der der Künstler Gold in den Leim mischte, um die Risse zu kitten und sie gleichzeitig zum Leuchten zu bringen.

Nicht ich war die Ablenkung, sondern das Buch und die ganze Last, die damit verbunden war, das war es, was Ellie meinte.

»Soll ich fortfahren?«, fragte Anh.

»Ja, bitte«, erwiderte ich, während die Hoffnung mein Herz mit ihrem Goldschimmer kittete.

*»Ich bin mir sicher, Sie wissen, dass Kieran ein außergewöhnlich talentierter Koch ist. Aber er ist auch ein guter Mensch. Er ist freundlich, großzügig mit seiner Zeit und Energie. Er ist loyal, und seine Mitmenschen bedeuten ihm alles.«*

Mein Kopf sank in meine Hände. Ich hatte geglaubt, ihre Ruhe und Bedachtsamkeit zu lieben, aber als sie mich angefleht hatte zu warten, ihr mehr Zeit zu geben, hatte ich sie unter Druck gesetzt.

*»Wenn Sie Kieran Ihr Vertrauen schenken und ihm sein eigenes Restaurant anvertrauen, wird er Sie dafür mehr belohnen, als Sie sich vorstellen können. Ich danke Ihnen für die Lektüre und entschuldige mich nochmals für mein Verhalten bei unserem letzten Treffen. Mit freundlichen Grüßen, Ellie Wasserman.«*

Anh legte den Brief beiseite. »Was denken Sie?«

Die Worte blieben mir im Hals stecken. Es war genau wie damals, als Dr. Meyer mir gesagt hatte, ich sei kein schlechter Mensch, nur anders verdrahtet.

Sie hatte das Buch aufgegeben. Sie hatte ihren makellosen Ruf und ihren Traum vom eigenen Haus geopfert, und ich wusste, sie hatte es für mich getan.

»Das ist ein wirklich ausgezeichnetes Empfehlungsschreiben«, bemerkte Anh. Sie hielt mir den

Brief hin und lächelte breit. »Aber ich denke, wir wissen beide, dass es nicht nur an mich gerichtet ist.«

Ich hörte kaum, wie sie mich verabschiedete, bemerkte kaum, wie ich zur Tür ging. Sie schloss sich hinter mir, und da stand ich nun auf einer Treppe am Telegraph Hill, völlig benommen, ein lebensveränderndes Stück Papier in der Hand.

Ich zog mein Handy aus der Tasche und tippte so lange darauf herum, bis ich kurz davor war, einen Wagen zu rufen, um mich nach Berkeley zu bringen.

Dann schloss ich die App. Ich konnte mich Ellie nicht einfach zu Füßen werfen und ihr sagen, dass ich sie immer noch liebte. Meine Gefühle änderten nichts an der Tatsache, dass ich sie verlassen hatte, als sie meine Hilfe gebraucht hätte. Sie hatte dafür gesorgt, dass mein Traum wahr werden würde. Wie konnte ich das Gleiche für sie tun?

Ellie besaß so viel Talent, so viel Integrität, so viel Herz, und die Welt hatte es verdient, davon zu erfahren. Ich konnte nicht so elegant und flüssig schreiben wie sie. Niemand konnte das. Aber ich hatte kein Problem damit, zu *sagen*, was ich dachte. Bald würde ich für die von Tobias organisierte PR-Tour nach New York fahren. Es würde Videointerviews und eine live gestreamte Kochdemonstration für den YouTube-Kanal von *Banquet* geben. Wenn ich dabei über Ellie sprach, würden das Millionen von Menschen sehen und hören.

# 29

## Kieran

Die Büros von *Banquet* im fünfunddreißigsten Stock in der Nähe der Gedenkstätte des World Trade Center boten eine fantastische Aussicht. Die Bürotürme von Downtown Manhattan leuchteten in der Oktobersonne, und die Bäume auf der anderen Seite des Wassers in New Jersey färbten sich in satten Orange-, Gelb- und Rottönen.

Ein kurz geschnittener Afro und eine Hornbrille spiegelten sich über mir im Fenster. »Umwerfend, nicht wahr?«, sagte Lamar Wilkinson über meine Schulter. »Es geht nichts über New York im Herbst. Bist du sicher, dass du nicht hierherziehen willst? San Fran ist verdammt provinziell, das weißt du.«

Ich wandte mich dem Host von *Banquet* zu und schüttelte ihm die Hand, wobei ich mein fröhliches Happy-Pirate-Leprechaun-Grinsen aufsetzte. »Sicher, aber ich lebe gerne dort, wo ich keine Erfrierungen befürchten muss.«

»Ein echter California Boy. Vielleicht hätten sie dich den Happy Surfer Leprechaun nennen sollen. Allerdings hättest du in dem Fall das Kopftuch abnehmen müssen.«

Ich stimmte in sein Lachen ein. Um ehrlich zu sein, wäre ich mehr als bereit gewesen, das Bandana in die Tonne zu kloppen, aber Tobias hatte darauf bestanden. Er hing im hinteren Teil des Raumes herum und tippte auf seinem Handy.

Eine blaue Schürze mit *Banquet*-Logo, ein Mikrofon und ein paar Anweisungen des Regisseurs später waren wir live auf YouTube. Lamar klatschte in die Hände und grinste. »Was geht, Leute. Ich bin heute mit Kieran O'Neill hier, der Sous Chef im Qui in San Francisco ist, aber ihr kennt ihn besser als den Happy Pirate Leprechaun von *Fire on High*. Sein neues Buch *Whatever You Want* erscheint im März, und er wird uns heute einen Vorgeschmack auf eines der Rezepte geben. Schön, dass du da bist, Chefkoch.«

»Schön, hier zu sein«, erwiderte ich mit einem breiten Grinsen.

»Es wird gemunkelt, dass du dich schon bald vom Qui verabschieden wirst, um dich größeren und besseren Dingen zu widmen.«

Ich dimmte mein Grinsen auf Normalmaß. »Eigentlich nicht größer«, sagte ich geheimnisvoll. »Aber ja, ich werde mich einer ganz neuen Herausforderung stellen.«

Neugierde leuchtete in Lamars Augen auf. »Erzählst du uns was darüber?«

»Ich fürchte, das kann ich noch nicht. Aber es wird nicht das sein, was die Leute von mir erwarten, so viel steht fest.«

Vor Kurzem hatte sich plötzlich die perfekte Location für mein Restaurant gefunden: ein altes Diner in der Grand Avenue in Oakland, mit originaler Rotholz-Vertäfelung und waldgrünen Sitzecken. Der fantastische Bauernmarkt am Lake Merritt war nur einen kurzen Spaziergang entfernt, ein paar Türen weiter gab es eine superchillige Weinhandlung namens Oak-Vine, und nebenan befand sich ein äthiopisches Restaurant, das seit Jahren Teil der Gemeinde war.

Ich hatte Ellie noch nicht erzählt, dass ich vorhatte, mich in der Nähe niederzulassen. Das würde ich mir aufheben, bis ich mich ausführlich bei ihr entschuldigt hatte.

»Hört sich toll an«, sagte Lamar. »Also, was hast du uns heute mitgebracht?«

Ich richtete die ganze Kraft meines Happy-Pirate-Leprechaun-Lächelns auf die Kamera. »Einen wunderbaren Zitrussalat mit Entenconfit. Ich weiß, dass wir Salat als etwas betrachten, das wir essen *sollten*; aber ich wollte einen kreieren, der sich nach Genuss anfühlt, mit einer großartigen Balance aus Leichtigkeit und Reichhaltigkeit. Blutorangen sind meine Lieblingszitrusfrüchte, also habe ich sie mit Radicchio und hausgemachtem Entenconfit kombiniert und das Ganze mit einer Sherry-Blutorangen-Vinaigrette angemacht.«

»Das klingt ziemlich fancy«, sagte Lamar in Richtung des unsichtbaren Publikums.

Ich stellte mir Ellie neben mir vor, ruhig und konzentriert, und holte tief Luft. »Das Rezept ist gar nicht so schwer nachzukochen. Ich werde es euch zeigen.«

Dann ging ich dieselben Schritte durch, die ich bereits Ellie gezeigt hatte. Das Salz, das Öl und die Kräuter wurden als Würze in das Fleisch einmassiert.

»Du gönnst der Ente also im Grunde eine Runde im Spa«, sagte Lamar, als ich die Keulen in das Öl legte, um sie lange und langsam zu garen.

»Richtig! Und so sieht es aus, wenn du fertig bist.« Ich tauschte die Pfanne gegen eine andere aus, in der ich die Entenkeulen schon vor der Sendung gegart hatte, weswegen sie bereits glänzend und golden waren. »Und jetzt wird es höchste Zeit für den Einsatz der Orangen.«

»Die Farben sind unglaublich ansprechend. Ich weiß, dass du bei deinem Pop-up im Qui ein Gericht mit Ente und Blutorangen-Hollandaise zubereitet hast. Was hat dich dazu inspiriert, daraus einen Salat zu kreieren?«

Seine Frage schickte mich zurück in die Vergangenheit, bis hin zu einem Bauernmarkt Ende Februar und dem ersten Mal, als Ellie ihre kühle, höfliche Maske vor mir hatte fallen lassen. Ich erinnerte mich, wie ihr rundes, sommersprossiges Gesicht vor Freude weich geworden war, als ich ihr eine Scheibe frische Blutorange reichte. An die Ehrfurcht in ihrer Stimme, als sie die Früchte mit einem Sonnenuntergang verglich. Wie sehr hatte ich mir gewünscht, an ihrer Seite zu sein, wenn sie andere einfache Freuden, andere süße Dinge entdeckte.

»Es ist nicht wirklich mein Rezept«, sagte ich und

genoss es, wie die Wahrheit über mich und Ellie auf meiner Zunge schmeckte, süß und erfrischend zugleich.

Lamar stieß ein irritiertes Lachen aus. »Moment mal. Du meinst, du hast es kopiert?«

»Nein, nein. Ich meine, die ursprüngliche Idee stammt von mir, aber meine Co-Autorin hat meine zufälligen Gedanken in ein ganzes Rezept verwandelt. Sie hatte in Frankreich gelebt und hat angeregt, dass die Ente gut in einem Rezept wie Salade Lyonnaise funktionieren würde.«

»Ach so, dann hattest du eine Ghostwriterin für das Buch.« Lamar wandte sich an die Kamera. »Das ist durchaus üblich, Leute. Wir sind schließlich Köche, keine Schriftsteller.«

»Keine Ghostwriterin, sondern eine Co-Autorin«, korrigierte ich ihn entschieden. »Und ihr Name ist Ellie Wasserman. Ohne sie würde es *Whatever You Want* nicht geben.«

»Ellie Wasserman? Du meinst die Frau, die dich in diesem Video angebrüllt hat?« Der Ausdruck in seinen Augen schrie geradezu: *What the fuck?*

»Ja genau, das ist Ellie. Sie hat an die Verwirklichung dieses Buchprojektes geglaubt und bei jedem Schritt geholfen.«

Lamars Mund stand vor Erstaunen weit offen, während Tobias aus dem Off immer wieder mit der Hand über seine Kehle fuhr. Aber ich musste unbedingt noch den allerwichtigsten Teil loswerden.

Meine Stimme war fest und sicher, als ich sagte:

»Ihr Name sollte zusammen mit meinem auf dem Cover stehen. Aber ich habe es vermasselt, wodurch ihr die Anerkennung verwehrt bleibt, die ihr eigentlich zusteht. Und das nur, weil ich mich über etwas geärgert habe, was nichts mit dem Buch zu tun hat. Und das tut mir sehr, sehr leid.«

Ein feines Lächeln erschien auf Lamars Gesicht. »Ist sie mehr als nur deine Co-Autorin?«

In ihrem Brief hatte Ellie mich um nichts gebeten, also würde ich das Gleiche tun. »Ellie ist sehr talentiert und sollte viel bekannter sein. Sie hat das Herat- und das La-Estufa-Kochbuch geschrieben und an vielen anderen Projekten mitgearbeitet, die du wahrscheinlich im Regal stehen hast. Und das alles, ohne die gebührende Anerkennung dafür zu erhalten.«

»Hörst du das, Ellie Wasserman?«, sagte Lamar in die Kamera. »Vielleicht sollten wir dich in die Show holen. Klingt ganz danach, als wärst du etwas ziemlich Besonderes.«

Bei seinen Worten sprudelte der Stolz in meiner Brust wie der beste Champagner.

»Schnitt!«, rief der Regisseur.

»What the heck?« Lamar sah mich an, aber er lachte, als er es sagte.

Mein Grinsen hätte die ganze Stadt mit Strom versorgen können. »Tut mir leid, dass es mir nicht leidtut, deine Show an mich gerissen zu haben.«

Er klopfte mir auf die Schulter. »Ich war sowieso gelangweilt von diesen Videos. Dass du daraus eine Rom-Com-würdige Entschuldigung gemacht hast, hat mir den Tag gerettet. Guckt deine Freundin die Show denn auch?«

Ich holte tief Luft. »Eigentlich nicht. Aber ich denke, jemand wird ihr sagen, dass sie es diesmal tun soll.«

»Mann, du bist irrer, als ich dachte.«

Ich zog die Schürze aus. Mir war klar, was als Nächstes kommen würde. Und tatsächlich, in dem Moment, in dem ich mich auf den Weg zur Küchentür machte, packte mich Tobias am Arm und zerrte mich in eine ruhige Ecke.

»Das war ein Fehler«, zischte er.

»Nein, war es nicht.«

Tobias raufte sich die schwarzen Locken. »Du willst aufhören, der Happy Pirate Leprechaun zu sein, und hast gerade die Hälfte des Verdiensts an deinem Buch an deine Ghostwriterin abgetreten! Was ist los mit dir?«

»Dabei ging es um den Rest meines Lebens, nicht nur ums Geld«, erwiderte ich ruhig.

»Was gibt es denn noch außer Geld?«, schrie er. »Glaub mir, eines Tages wirst du nicht mehr berühmt sein und den sogenannten Rest deines Lebens in einem traurigen Haus an irgendeinem langweiligen Ort verbringen, während Ellie Wasserman täglich eine Packung Oreos futtert und jammert, dass du endlich den Rasen mähen sollst.« Er schüttelte den Kopf. »Du hättest sie im Hintergrund halten sollen.«

»Okay, das macht es mir leicht.«

»Was macht dir was leicht?«

»Du bist gefeuert.« Wow, der Endorphinrausch, den die Worte auslösten, war von einem anderen Stern.

Tobias blieb vor Staunen der Mund offen stehen. »Wie bitte?«

Ich grinste. »Du hast mich schon verstanden. Wir sind fertig miteinander.«

Und jetzt musste ich dringend die Liebe meines Lebens anrufen.

## Ellie

»Ja, ich weiß, du stirbst ohne mich, das ist alles so furchtbar und falsch«, gurrte ich.

Floyd maunzte erneut, während ich auf das Gästehaus zuging. Er hatte sich noch nicht daran gewöhnt, dass ich tagsüber nicht mehr zu Hause war.

Trotz seiner Empörung hatte ich das Haus immer häufiger verlassen. Anstatt brav an meinem Schreibtisch zu sitzen, packte ich morgens meine Sachen zusammen und suchte mir andere Orte in der Umgebung von Berkeley, um zu arbeiten. Anstatt allein Yoga zu machen, besuchte ich einen Abendkurs in der Nähe des Campus und unterhielt mich mit anderen Leuten, die mithilfe von Stretchings und schweißtreibenden Übungen den Stress des Alltags abbauten. Mit einer von ihnen, einer freiberuflichen Webdesignerin, war ich sogar einen Kaffee trinken gegangen.

Und sie hatte mich mit Geschichten über ihre beiden Söhne zum Lachen gebracht.

Ich hatte ein weiteres Notizbuch begonnen und liebte das Gefühl, frische Ideen auf leere Seiten zu kritzeln. Noch hatte ich keinen Titel für dieses Buch, aber eine Idee: Rezepte, die einer Reise gleichkamen. Von all den Orten, an denen ich gewesen war, und all den Orten, die ich besuchen wollte. Nicole und ich würden im März mit der Arbeit beginnen, meine alten Lieblingsorte in Lyon besuchen, uns von dort nach Süden vorarbeiten, durch die Provence nach Spanien reisen und die gesamte Nordküste entlang, bis wir schließlich in Lissabon ankämen.

*Mit Kieran würde es mir noch mehr Spaß machen*, das war ein Gedanke, der sich immer wieder in meinen Kopf stahl. Aber ich hatte nicht das Recht, ihn zu kontaktieren. Er hatte es verdient, glücklich zu sein, und das hatte ich mit dem Brief an Mrs Hutton versucht zu erreichen. Wenn sein Glück bedeutete, dass sich unsere Leben nach neun Monaten, in denen wir gemeinsam gearbeitet, gelacht und uns geliebt hatten, trennten, musste ich das akzeptieren und mein eigenes Glück suchen.

Dennoch folgte ich ihm leicht masochistisch auf Instagram. Die PR-Abteilung von Alchemy Press musste ihm nahegelegt haben, im Vorfeld der Veröffentlichung häufiger zu posten – jeden Tag gab es aktuelle Storys und Beiträge in seinem Feed. In diesen war er auf Bauernmärkten und in Lebensmittelgeschäften in San Francisco und Oakland unterwegs, erzählte von Zutaten, die ihn begeisterten, und von Techniken, die er gerne anwandte, um ihnen die besten Aromen und Texturen zu entlocken.

Sein Haar war inzwischen so lang geworden, dass er es aus den Augen streichen musste, und seine Stoppeln waren zu einem kurzen Bart gewachsen. Vielleicht lag es am Licht, aber er wirkte hohlwangig und elend. Ein Teil von mir wollte ihn mit Suppe füttern und seine Hand halten, ihm die Chance geben, abzuschalten und einfach nur zu sein, ohne etwas leisten zu müssen.

Nachdem ich am vergangenen Abend eine halbe Stunde damit verbracht hatte, mir seine Bilder von Manhattan anzusehen, hatte ich mein Handy vor dem Verlassen des Hauses heute Morgen in die Nachttischschublade verbannt. Ich war davon ausgegangen, ohne Ablenkung besser arbeiten zu können; doch stattdessen hatte ich mit viel zu viel Koffein im Blut zwischen meinem Lieblingscafé und der Bibliothek hin und her gewechselt und nur daran gedacht, wie Kieran gerade in New York herumspazierte. Wenn ich so weitermachte, würde mich erneut die Schlaflosigkeit ereilen.

Allerdings nicht wegen nächtlicher Besuche von Diane. In den letzten Wochen hatten wir angefangen, uns bei Tageslicht zu sehen, mit Ben als Vermittler. Diane hatte mich nie wirklich ohne Max kennengelernt. Jetzt hörte sie mir zu, wenn ich ihr von meinen Hoffnungen erzählte, von meinem Traum von einem Kochbuch mit meinem Namen darauf.

Und was noch besser war: Ben kochte jede Woche das Schabbat-Dinner. Seiner eigenen Aussage nach war er durchaus in der Lage, ein Huhn zu braten, und er hatte sich einige meiner Barefoot-Contessa-Bücher ausgeliehen, um sich inspirieren zu lassen.

»Hi, Buddy«, begrüßte ich Floyd, der um meine Beine strich, kaum dass ich die Tür geöffnet hatte. »Ist irgendwas Aufregendes passiert, während ich weg war?« Ich beugte mich hinunter, um seinen gewölbten Rücken zu kraulen, aber sein Schnurren klang seltsam. Als ob er zu schnell atmen würde.

Moment, nein. Meine Nachttischschublade summte. Arrhythmisch, aber konstant. Ein Notfallalarm?

Doch nachdem ich mein Handy entsperrt hatte, wurde ich mit SMS-, E-Mail- und Instagram-Benachrichtigungen überschwemmt.

Gerade als ich auf das Display tippte, leuchtete Nicoles Name darauf auf.

»Warum rufst du an, statt zu texten?«

»Herrgott noch mal, wo hast du denn gesteckt?«

»Hey, keine Vorwürfe, bitte. Ich war unterwegs, hab also das gemacht, wozu du mich seit Jahren ermutigst. Soll ich lieber ein Einsiedlerinnen-Dasein führen?«, fragte ich sarkastisch.

»Du hast ohne dein Handy das Haus verlassen, du Weirdo?«

»Das ist ein neues Ding von mir. Ich hab auch das Wi-Fi auf meinem Laptop ausgeschaltet.«

»Ausgerechnet heute. Schau dir die neueste Folge *Banquet* auf YouTube an«, befahl sie.

»Was ist denn jetzt schon wieder viral gegangen?«
Sogar ich hatte das Video gesehen, in dem jemand
Skittles selbst machte.

»Im Ernst, tu es. Und spul bis Minute fünfzehn
vor.«

Ich legte auf und öffnete die Seite auf meinem Laptop, worauf mir sofort Kierans grinsendes Gesicht
entgegensprang. Natürlich, deswegen war er in New
York. Nach der PR-Tour würde er von noch mehr
Fans belagert werden.

Aber Moment mal … *Kieran O'Neill zaubert den besten Salat und verrät seine Geheimwaffe?*

Ich folgte Nicoles Anweisungen, drückte auf PLAY –
und da war er. Der Moderator, Lamar Wilkinson,
überragte Kieran, der ernst in die Kamera schaute.

»Ellie ist sehr talentiert«, sagte Kieran, »und sollte
viel bekannter sein. Sie hat das Herat- und das La-
Estufa-Kochbuch geschrieben und an vielen anderen
Projekten mitgearbeitet, die du wahrscheinlich im
Regal stehen hast. Und das alles, ohne die gebühren-
de Anerkennung dafür zu erhalten.«

»Hörst du das, Ellie Wasserman?«, sagte Lamar in
die Kamera. »Vielleicht sollten wir dich in die Show
holen. Klingt ganz danach, als wärst du etwas ziemlich Besonderes.«

Ein Quietschen entwich mir. Ich schlug mir die
Hand vor den Mund und rief Nicole zurück.

»Krass.«

»Oder? Der Hashtag QueenEllie trendet auf Twit-
ter. Du bist die Frau der Stunde, verdammt.«

Das erklärte die ganzen Alerts auf meinem Handy. Ich hatte zehntausend neue Instagram-Follower, und die Besucherzahl auf meiner Website war sprunghaft angestiegen. Bei den meisten Nachrichten handelte es sich um Anfragen nach Klatsch und Tratsch, in denen ich bestätigen oder dementieren sollte, dass Kieran und ich ein Paar waren. Einige stammten aber auch von Küchenchefs und Redaktionen, die wissen wollten, ob ich für Jobs und Aufträge zur Verfügung stand.

Eine Stunde später war ich immer noch dabei, die Kommunikationsflut zu sortieren, als eine weitere Nachricht einging. Eine brandneue Sprachnachricht von Kieran. Nachdem er mir gerade das Verdienst am Gelingen seines Buches zugeschrieben hatte, musste sie positiv sein.

Oder nicht?

»Hi, Ellie.« Im Hintergrund dröhnte Daft Punk. »Ich wohne in diesem lächerlichen Hotel namens Beacon in Williamsburg – in der Lobby fühlt man sich wie in einem Club.« Eine kurze Pause, es raschelte, dann herrschte relative Ruhe. »Also, ja, ich bin's, Kieran. Natürlich weißt du, dass ich es bin, außer du hast meine Nummer gelöscht. Oder sie blockiert. Ich würde es dir nicht verübeln.« Seine Angst, ich könnte es wirklich getan haben, war deutlich herauszuhören. »Es tut mir so leid. Ich habe mich wie ein Arschloch aufgeführt. Aber ich will dir sagen: Mein Herz gehört dir seit der Sekunde, als du mir gesagt hast, dass du an mich glaubst.« Er lachte leise. »Gut gemacht,

Kieran, damit hättest du anfangen sollen. Ich erwarte absolut gar nichts von dir. Ich wünsche mir nur, dass du glücklich bist, und ich will dir helfen, deine Träume zu verwirklichen, so wie du meine verwirklicht hast. Denn du bist magisch und so verdammt begabt, und ich werde dich für den Rest meines Lebens lieben.« Er atmete aus. »Ich danke dir für den großartigen Brief. Ich weiß nicht, ob du mir verzeihen kannst, dass ich dich verlassen habe. Wenn du denkst, du könntest es, aber du brauchst Zeit, dann solltest du sie dir nehmen. Du bist es wert, ich warte auf dich.« Eine Pause. »Ich würde für immer auf dich warten, Liebling.«

Ich hörte die Nachricht wieder und wieder und wieder.

Ich hätte darauf warten können, dass er wieder in der Stadt war. Wir hätten uns aussprechen, dann ein richtiges erstes Date haben können, Abendessen und einen Film, wie stinknormale Leute das eben machten. Aber diesmal war es nicht an ihm, ein Risiko einzugehen.

Nach ein paar Klicks und einem Anschlag auf mein Bankkonto sprang ich auf und durchquerte kurz darauf den Garten.

»Schon gut, schon gut, ich komme ja. Reiß nicht gleich die Tür ein«, rief Ben, als ich an die Hintertür klopfte. »Möchtest du dir jetzt doch *Liebe braucht keine Ferien* mit uns ansehen?«

Ich holte tief Luft. »Ich werde für ein paar Tage verreisen, und ihr müsstet auf Floyd aufpassen.«

Ben lehnte sich gegen den Türrahmen. »Ja, natürlich. Wann bist du weg?«

»Ähm, in einer halben Stunde.«

Sein Gesichtsausdruck wurde so misstrauisch wie der eines Vaters, der sich Sorgen um seine Tochter macht. »Und wo genau willst du in einer halben Stunde hin?«

»New York.«

»Wegen Kieran?«

Unwillkürlich verzog mein Mund sich zu einem Grinsen. »Woher weißt du das?«

Er verdrehte die Augen.

»Ja, wegen Kieran.« Millionen von Schmetterlingen flatterten in meinem Bauch.

»Das ist mein Mädchen«, sagte Ben, als er mir mit einem breiten Grinsen auf die Schulter klopfte. »Soll ich dich zum Flughafen fahren?«

# 30

## *Ellie*

Ich hatte das echt nicht durchdacht. Ich war nicht annähernd cool genug, um in dieser Williamsburg-Hotel-Lobby zu stehen, die aus jeder Pore Instagram-Story schrie. All das Teakholz mit Messingbeschlägen, all der Terrazzo, all das Millennial-Pink und die exzentrisch geformten Sukkulenten. Ich trug immer noch die Kleidung, die ich gestern, dreitausend Meilen entfernt, getragen hatte. Meine Jeans war so alt, dass die Innenseiten der Oberschenkel aufgerubbelt waren, und mein marineblaues Berkeley-Sweatshirt war dermaßen abgetragen, dass die Kordelzüge zerfetzt waren. Ich hatte keine Regenjacke dabei, und vor den Fenstern zogen schwarze Wolken auf.

Aber der Titel dieser Aktion lautete nicht »Hübsch aussehen« oder »Wetter checken« oder gar »Denken«. Sondern »Tu es!«.

Während der Fahrt in Bens Kombi zum Flughafen von San Francisco und den fünf Stunden in einer Metallkiste, die über das schlafende Land flog, hatte ich mich in einer Art Trancezustand befunden. Am JFK angekommen, hatte der Lyft-Fahrer erfreulicherweise kein Problem damit gehabt, aus unserem

Gespräch einen endlosen Monolog zu machen, während ich beobachtete, wie verschlafene Vorstädte umgebauten Fabriken wichen, bis schließlich die silbrig glänzenden Wolkenkratzer von Manhattan auf der anderen Seite des East River auftauchten.

Die Trance war verflogen, aber nun bereute ich den Sprung, den ich gewagt hatte, schon halb. Ich war verzweifelt und verschwitzt von der langen Reise mit meinem unvollkommenen Herzen in den Händen.

»Hallo, ich bin's, Ellie«, sagte ich schüchtern zu meinem Handy, das meine Sprachnotiz aufnahm, aber ein Gähnen verzerrte meinen Namen »Entschuldige. Ich bin's, Ellie. Ich bin hier. Unten, in der Lobby deines Hotels in Brooklyn. Aber du weißt natürlich, wo dein Hotel ist. Gott, ich will nie wieder einen Nachtflug nehmen. Wie auch immer, es wäre schön, dich zu sehen. Wenn du Lust hast?« Ich erschauderte und umklammerte das Smartphone noch fester. »Ja, also ... gib mir Bescheid.«

Okay, gesendet.

Eine Minute verstrich. Zwei Minuten. Fünf.

Die Hotelaufzüge fuhren auf und ab, Geschäftsleute in dunklen Anzügen und ein paar Frühaufsteher in engen Jeans stiegen aus, um in einen Raum am anderen Ende der Lobby zu gehen, aus dem das Geräusch von klapperndem Porzellan und Silberbesteck und müde Gespräche zu hören waren. Das nussige Aroma schwarzen Kaffees mischte sich mit einem reichhaltigen, würzigen Duft, als ob jemand Omeletts auf Bestellung zubereitete. Mein Magen knurrte bei dem Gedanken an Spinat, Pilze und Käse, aber die Erschöpfung siegte über den Hunger.

Kieran war immer noch nicht heruntergekommen.

Was sollte ich jetzt machen? Wenn ich meinen Laptop herausholte und so tat, als würde ich arbeiten, würden sie mich vielleicht hier in der Lobby sitzen lassen, und ich könnte mir in Ruhe überlegen, was ich tun sollte.

Ich erlaubte mir, einen Moment lang den Kopf in die Hände zu stützen und die Augen zu schließen. Die Welt wurde still, bis auf das Gemurmel der Angestellten hinter der Rezeption und das leise Dudeln der Hintergrundmusik.

Dann schlug eine Tür zu, und Gummi quietschte auf Marmor.

»Ellie.« Kieran kam schlitternd vor mir zum Stehen.

Sein Haar war feucht, seine grünen Augen leuchteten.

Er kniete sich vor mich, sodass mir sein sauberer Seife-Kiefer-Duft in die Nase stieg. Schwielige Fingerspitzen strichen über meinen Wangenknochen.

»Gott, ist das schön, dich zu berühren«, flüsterte er. »Ich dachte, ich dürfte das nie wieder tun.«

Als sich Sehnsucht in mir auftat, widerstand ich dem Drang, erneut die Augen zu schließen. Ich wünschte mir so viel mehr Berührung, so viel mehr Trost.

»Jemand hat mal zu mir gesagt, ich soll aufhören zu denken und anfangen zu handeln, also bin ich jetzt hier.«

»Klingt mir nach einer sehr intelligenten Person.«
Sein Blick fand meinen Mund. »Darf ich dich küssen?« Die Frage klang, als glaubte er zu träumen, und mit einem Mal wusste ich in meinem Herzen, dass er niemals etwas von mir nehmen würde, ohne darum zu bitten, und nie, ohne alles von sich selbst zurückzugeben.

»Bitte«, flehte ich und zog ihn an mich.

Ich war so müde, dass ich glaubte zu träumen, so weich fühlte sich sein Mund auf meinem an. So schnell und stark pochte sein Herz unter meiner Handfläche.

Aber nein. Er war real. *Wir* waren real.

Als wir uns schließlich voneinander lösten, legte er seine Stirn an meine. »Danke.«

»Wofür?«

»Dafür, dass du hergekommen bist. Dafür, dass du an mich geglaubt hast.« Er lächelte. »Aber vielleicht schickst du das nächste Mal besser keine lebensverändernde Sprachnachricht, wenn ich gerade unter der Dusche stehe. Ich habe mir fast das Genick gebrochen, als ich die Nottreppe runtergesprintet bin.«

»Warum hast du nicht den Aufzug genommen wie ein normaler Mensch?«, zog ich ihn mit tränenerstickter Stimme auf.

Mein Puck grinste mich an. »Seit wann sind wir denn normal?«

Er war *hier*. Ich hatte nicht alles kaputtgemacht.

Ein Schluchzen entwich mir. »Es tut mir leid. Ich liebe dich von ganzem Herzen, und ich hätte dir vertrauen sollen, und ich war ein Feigling, und es tut mir so, so leid.«

Er küsste die Tränen, die mir über die Wangen liefen, weg. »Liebes«, sagte er mit brüchiger Stimme. »Der Brief, den du geschrieben hast, war mutig. Dass du hier bist, ist mutig. Es tut mir leid, dass ich dich traurig gemacht habe.«

»Nein, ich bin glücklich. Ich weine, weil ich mich so freue, dich zu sehen.« Ich rieb mir mit beiden Händen über das Gesicht. »Und weil ich seit vierundzwanzig Stunden nicht geschlafen habe.«

Er streichelte sanft meine Arme. »Komm mit nach oben. Ich kümmere mich um dich.«

Ein Aufflackern von Vorsicht in meiner Brust. »Wir müssen reden.«

»Erst schläfst du dich aus, dann reden wir.« Kieran zog mich hoch und packte mit der anderen Hand meinen Koffer, und auf einmal war es, als hätte ich die Erlaubnis bekommen, einfach nur vollkommen erschöpft zu sein.

»Hey, Kieran!« Ein dünner Typ in einem fluoreszierenden rosa T-Shirt, der gerade aus dem Aufzug getreten war, kam auf uns zu. Eine kleine Frau mit platinblondem Haar folgte ihm. »Hey, Mann, ich bin ein Riesenfan. Kann ich ein Selfie machen?«

Hatte Kieran ihn gerade finster angefunkelt?

»Danke, aber ich bin gerade beschäftigt, Mann.«

»Ist schon gut«, murmelte ich mit einem halben Gähnen. »Mach ein Foto mit ihm.«

»Nein, Ellie, du musst dich ausruhen.«

Die Freundin zerrte am Arm des lauten Mannes. »Oh mein Gott, das ist *Ellie Wasserman*. Die Frau aus dem Qui-Video. Und die, von der er bei *Banquet* gesprochen hat.«

Ich zuckte zusammen und widerstand nur knapp dem Drang, mein Gesicht an Kierans Hals zu vergraben. Das Letzte, was ich wollte, war, fotografiert zu werden, während ich aussah wie etwas, das Floyd angeschleppt hatte.

Die Frau trat eifrig vor. »Ich liebe alle Bücher, an denen du gearbeitet hast! Wie bist du an so einen coolen Job gekommen? Möchtest du irgendwann dein eigenes Buch schreiben?«

Ich öffnete den Mund, um ihre Komplimente abzutun, doch dann sah ich zu Kieran auf. Es war nicht nur Liebe, die in seinen Augen leuchtete. Es war Stolz.

»Danke«, brachte ich hervor. »Ich weiß es sehr zu schätzen, dass du das sagst. Und auf ein eigenes Buch hoffe ich tatsächlich.« Ich holte tief Luft. »Du kannst mir auf Instagram folgen, dann halte ich dich auf dem Laufenden.«

Sie grinste. »Abgefahren. Wir gehen jetzt frühstücken. War schön, dich kennenzulernen.« Mit diesen Worten zerrte sie ihren protestierenden Freund weg.

Im selben Moment öffneten sich die Türen des Aufzugs, und mir entwich ein Kichern, als Kieran verkündete: »Danke für all die klugen, selbstbewussten Frauen dort draußen. Nach Ihnen, meine Dame.«

»Ich störe doch nicht, oder? Indem ich einfach aufgetaucht bin?«, fragte ich, als sich die Türen schlossen. »Tobias wird nicht begeistert sein, wenn du abgelenkt bist.«

»Tobias vertritt mich nicht mehr«, sagte Kieran beiläufig, während er die digitale Anzeige für die Stockwerke beobachtete.

»Ach wirklich?«, erwiderte ich ebenso beiläufig.

»Jepp.«

»Warum nicht?«

Er wandte sich mir zu. »Weil er meinte, dass du dich im Hintergrund halten sollst. Es gibt Tausende von Agenten, aber nur eine Ellie Wasserman.«

*Er hat mich gewählt.* Was für einen süßen Rausch dieser Satz in mir auslöste.

Die Türen öffneten sich, und ich folgte Kieran durch einen endlosen grauen Flur, der mit Schwarz-Weiß-Fotos des industriellen Brooklyn gesäumt war. Schließlich blieb er stehen und hielt eine Karte vor einen elektronischen Türöffner.

»Das Zimmer ist nicht groß, tut mir leid.«

»Bett«, sagte ich, als mein Blick in der Mitte des Raumes haften blieb. Ich rieb mir die Augen. »Nein, Dusche, dann Bett.«

»Konzentration auf das Wesentliche.« Er schob mich ins Bad, kniete sich auf die schwarz-weißen Fliesen und öffnete die Schnürsenkel meiner Turnschuhe.

»Es ist ziemlich sexy, dass du mich ausziehst.«

Kopfschüttelnd und mit einem Lächeln auf den Lippen stand er auf. »Ich helfe dir beim Ausziehen, weil du kaum die Augen offen halten kannst. Nimm die Arme hoch.«

Stück für Stück entledigte er mich meiner Kleidung, warf sie zur Badezimmertür hinaus und küsste sanft jeden Zentimeter Haut, den er enthüllte.

»Ich liebe dich so sehr, Kieran«, flüsterte ich.

»Ich liebe dich auch, Ellie. Das bedeutet, dass es meine Aufgabe ist, dafür zu sorgen, dass du alles bekommst, was du willst, angefangen mit dem hier.« Er drehte mich um und schob mich in die riesige verglaste Dusche.

Literweise heißes Wasser und traumlose Stunden Schlaf später öffnete ich blinzelnd die Augen. Regen klopfte gegen das Fenster. Schwaches graues Licht fiel auf das Bett und Kieran, der in dem Sessel in der Ecke saß. Ich verhielt mich ganz still und betrachtete ihn einfach nur. Sein marineblauer Kapuzenpulli und das olivgrüne Shirt, das darunter hervorlugte, sahen weich und einladend aus, und die neue graue Jeans saß perfekt. Die Chucks waren ebenfalls brandneu und statt schwarz von einem leuchtenden Blau, das mich an Eichelhäherfedern denken ließ. Er schaute auf sein Handy, während er einen Stressball auf seinem Oberschenkel hin und her rollte.

»Hey«, machte ich schließlich auf mich aufmerksam.

Er nahm seine Ohrstöpsel heraus, legte sie zusammen mit seinem Handy auf den Beistelltisch und trat ans Fußende des Bettes. »Hey, Liebes. Gut geschlafen?«

»Ja.« Ich setzte mich auf. »Warum grinst du so?«

»Sonst warst du immer so schnell auf den Beinen. Ich bin nicht oft in den Genuss gekommen, dich weich und schlafend zu sehen.«

Und mit einem Mal traf mich mit voller Wucht die Erkenntnis, wonach ich mich sehnte: seine warme Haut an meiner, sein Kuss mit offenem Mund auf meiner Schulter, seine Hände, die mir Zärtlichkeit und Vergnügen schenkten, so viel von beidem, wie ich mir wünschte.

»Komm her, Honey.«

Gott, ich liebte sein breites Grinsen. »Ich habe es vermisst, so genannt zu werden.«

Ohne sich die Mühe zu machen, seine Schuhe auszuziehen, kroch er zu mir aufs Bett. Sein Kuss war voller süßer, heißer Verheißungen, sein Bart rieb an meinen Wangen, und das Sweatshirt war genauso weich, wie es aussah. Ich strich ihm über die Schultern und fuhr mit den Fingern in sein seidiges Haar. Als ich ganz zart an seinem Ohrläppchen knabberte, erschauderte er.

»Komm unter die Decke«, lockte ich.

Die Spitze seines Fingers fuhr am Rand der Bettdecke entlang, und ich rutsche beiseite, um ihm Platz zu machen.

»Sehr verlockend«, murmelte er. »Aber wenn ich dich weiter berühre, werden wir nicht mehr miteinander reden.« Mit einem letzten Kuss streckte er sich neben mir auf dem Bauch aus und bettete den Kopf auf die verschränkten Arme. »Du fängst an.«

»Okay.« Ich setzte mich auf und steckte die Decke um mich fest. »Meine Eltern waren zutiefst egoistisch, und ich hab schnell gelernt, dass ich mich um Hank kümmern muss, der so viel jünger war. Ich wurde richtig gut darin, das zu tun, was ich tun musste, und nicht das, was ich wollte. Und dann habe ich Max kennengelernt, der genau wusste, was er wollte, sodass ich überhaupt nicht nachdenken musste.« Ich sah ihn an, eine Träne lief mir über die Wange. »Ich dachte so lange, dass es falsch sei, etwas für mich selbst zu wollen. Dass das, was ich mit dir habe, quasi ein gestohlenes Vergnügen ist, eine Ausnahme. Aber das stimmt nicht. Ich hatte mich zu Tode gehungert, und du hast mich wieder zum Leben erweckt. Du hast mich gefüttert, aufgepäppelt, und ich habe dich verletzt.«

Er griff nach meiner Hand. »Ich habe dich auch verletzt, mein Schatz. Ich hätte dir sagen sollen, dass ich bleibe, dass wir die Dinge irgendwie regeln. Es tut mir leid, dass ich all diese furchtbaren Dinge zu dir gesagt habe.«

Ich streckte die Hand aus und fuhr ihm durchs Haar. »Ich danke dir. Aber du hast mir geholfen zu erkennen, dass ich aufhören muss, immer nur zu geben. Es ist nicht egoistisch, mich von dir lieben zu lassen.« Ich schüttelte den Kopf. »Nein, es ist nicht egoistisch, das, was wir haben, zu genießen. Denn du bist ein Geschenk, Kieran.«

Er wackelte mit den Augenbrauen. »Oh ja, ich bin ein Geschenk. Der Weihnachtsmann findet, dass du dieses Jahr ein sehr braves Mädchen warst ... Hey! Nicht!«

»So, findet der Weihnachtsmann das.« Ich fing an, ihn zu kitzeln.

Er stürzte sich auf mich, und nachdem ich mich ein wenig gewehrt hatte, ließ ich zu, dass er mich unter seinem schlanken, starken Körper festhielt. Sein Grinsen wurde weicher, süßer, und er rieb seine Nase an meiner. »Was hat sich seitdem geändert?«

Ich erzählte ihm von Nicole und der Reise, die wir geplant hatten, und von dem Gespräch mit Ben.

»Ich wusste, dass ich Ben mag«, sagte Kieran. »Er ist furchteinflößend, aber ich mag ihn.«

»Furchteinflößend? Er ist ein großer Teddybär.«

Kieran schnaubte. »Bei Bär stimme ich zu, aber Teddy?« Dann senkte er die Stimme. »Was hast du vor? Ich meine, nicht jetzt gleich, sondern in der Zukunft.«

Ich strich mit dem Daumen über sein Kinn. »Ich möchte deine Liebhaberin und Partnerin sein. Ich möchte dich unterstützen, wenn du dein eigenes Restaurant eröffnest.«

Er lächelte warmherzig. »Das klingt toll. Ich freue mich schon so sehr darauf, dir die Pläne für die neue Location zu zeigen. Und ich möchte bis ins kleinste Detail erfahren, was du darüber denkst. Aber was ist mit *dir*, Ellie?«

Ich liebte ihn dafür, wie er mich anspornte. »Ich möchte dich an meiner Seite haben, wenn ich meine eigenen Bücher schreibe. Ich möchte jede Woche Blumen für uns aussuchen und große Abenteuer erleben, kochen, was immer wir wollen, wann immer wir es wollen. Ich möchte, dass wir zusammen frei sind.«

»Abgemacht.« Er küsste mich, und der Kuss schmeckte sauber und frisch – wie ein neuer Anfang. »Können wir jetzt Liebe machen, bitte? Ich war schließlich wochenlang ohne Ellie«, sagte er fröhlich. Ich konnte es kaum erwarten, mein Leben mit so viel ungebremster Freude an meiner Seite zu leben.

»Bitte«, flüsterte ich zwischen zwei Küssen. »Bitte liebe mich.« Es war ein unglaubliches Gefühl, um etwas so Kostbares zu bitten und sicher zu sein, dass ich es bekommen würde.

Er lächelte. »Immer.«

Aber anstatt über mich herzufallen, wie ich es mir vorgestellt hatte, ließ er sich Zeit, so köstlich viel Zeit. Er küsste mich so bedächtig, als würde er sich jeden Millimeter meines Körpers einprägen, und fand immer neue Stellen, um mich zum Seufzen zu bringen. Nach einer gefühlten Woche erreichte er meinen Hals, wo sich Lippen, Zunge und Zähne verschworen, um mich um den Verstand zu bringen. Nach einem Monat war er bei meinen Brüsten angelangt. Nun war ich die Zappelige, die mit den Hüften zuckte und ungeduldig mit den Füßen wackelte.

»Wie kann es sein, dass du noch Blut in deinem Gehirn hast?«, keuchte ich schließlich.

Nach einem weiteren langen Kuss streckte er sich neben mir aus und schnippte leicht gegen meine Nase. »Wie schalte ich die Klugscheißerin aus?«

»Mit Orgasmen?«, schlug ich vor.

»Das hättest du wohl gerne. Ich bin noch nicht fertig mit Spielen.«

Dennoch führte er eine Hand an meine Vulva und liebkoste sie sanft, und sein Stöhnen, als er merkte, wie feucht ich war, verriet mir, dass die Spielzeit bald vorbei sein könnte.

»Legst du dich für mich auf den Rücken?« Doch anstatt ein Kondom zu holen, rutschte Kieran von der Matratze und kniete sich vor dem Bett auf den Teppich. Als er mich bei den Hüften nahm und auf dem Bett zu sich heranzog, stützte ich mich auf die Unterarme.

»Lieber nicht.«

Er lehnte sich zurück. »Ernsthaft, warum lässt du mich dich nicht lecken?«

»Es wird dir nicht gefallen«, sagte ich schamvoll. »Du wirst sehr lange sehr langsam und sanft vorgehen müssen. Irgendwann wirst du dich langweilen und frustriert sein.«

Er kniff die Augen zusammen. »Du hast keine Ahnung, wie es mir ergehen wird.« Damit packte er meine Knöchel und stellte meine Füße auf der Matratze auf. »Das ist meine Fantasie Nummer eins – deine gespreizten Beine, nur für mich.« Die Art, wie er mich dabei ansah, hatte etwas Ungezähmtes, Wildes. »Du bist weich und fleischig und hübsch, und ich will dich auffressen.«

Ich errötete am ganzen Körper.

»Danke, aber bist du dir wirklich sicher?«

»Ellie, ich möchte dich stundenlang lecken. Aliens könnten auf dem Empire State Building landen, und ich würde zwischen deinen Schenkeln bleiben. Und jetzt leg dich endlich zurück.«

Er machte es sich zwischen meinen Beinen bequem, als wollte er tatsächlich Stunden da bleiben, und liebkoste mich mit sanften Küssen und leichtem Zungenschlag, bis ich nicht mehr aufhören konnte zu stöhnen. Es war zu viel und nicht genug, und ich hatte das Gefühl, an dem Kontrast sterben zu müssen.

»Fick mich.«

»Nein.«

»*Kieran.*«

»*Ellie*«, machte er mein Wimmern nach.

Dann saugte er genau an der richtigen Stelle, sodass ich den Rücken durchbog.

Auf der Suche nach Halt krallten sich meine Finger ins Laken, während Kieran meine Erregung immer weiter steigerte. Er griff mit einer Hand nach oben und verschränkte sie mit meiner. Die andere Hand berührte meine Vulva, und als ich einladend die Hüften hob, schob er einen Finger in mich hinein und krümmte ihn, fügte dem Vergnügen eine weitere Note hinzu, als er mich genau an der richtigen Stelle streichelte.

Aber es war zu sanft. »Bitte, ich will …«

Seine Augen blitzten wie grünes Feuer, als er den Kopf hob und meinen Blick auffing. »Was willst du? Ich werde es dir geben.«

Ich holte tief Luft. »Mehr. Und fester.«

»Okay, mein wunderschönes, sexy, wildes Ding.«

Und dann gab ich mich ganz seinen Fingern hin, seinem hungrigen Stöhnen, und schließlich, endlich, brach der Orgasmus über mich herein. Kieran behielt seinen Mund und seinen Finger an Ort und Stelle und zog das Gefühl mit sanften Streicheleinheiten in die Länge.

»Kieran, Kieran, Kieran«, seufzte ich. Meine Gliedmaßen waren wie Gummi.

»Ja, das ist mein Name«, murmelte er, während er sich neben mir ausstreckte.

Ich grinste ihn an, benebelt von Endorphinen. »Ich schätze, du hast es verdient, nach draußen zu gehen und dir wie Tarzan auf die Brust zu trommeln.«

Er leckte sich über die Lippen. »Du wärst auch selbstgefällig, wenn die Frau, die du liebst, ständig deinen Namen stöhnen würde, als wärst du ein legendärer Sexgott. Aber mit nacktem Oberkörper da raus? Danke, aber nein danke. Ich würde auf der Stelle zum Eiszapfen erstarren.«

Was sollte ich mit diesem Knallkopf anderes anstellen, als ihn zu küssen?

Seine Lippen waren weich, doch als ich mit den Händen seinen Rücken hinauffuhr, spürte ich die Anspannung in jedem einzelnen Muskel. »Was ist mit dir?«

»Was soll mit mir sein?«

»Sag mir, was ich tun kann, dass du dich genauso gut fühlst wie ich.« Als ich meine Hand zwischen seine Beine lenkte, stöhnte er auf. »Ich könnte meine Hände benutzen. Oder den Mund.«

Er gab eine Kombination aus Zischen und Grollen von sich.

Kieran setzte sich auf. »Du hast Hunger.«

»Hunger auf dich. Wieso bist du immer noch angezogen?«

In diesem Moment knurrte mein Magen laut.

»Ich muss dich füttern.« Ein Klopfen an der Tür. »Das ist mein Stichwort.« Kieran zog die Decke über mich und küsste mich noch einmal, dann verschwand er um die Ecke. Ich hörte den Wasserhahn laufen, dann wie die Tür geöffnet wurde und wieder ins Schloss fiel.

Ich erwartete, jemanden vom Zimmerservice zu sehen, stattdessen kam Kieran mit einem Tablett mit Kaffee, Orangensaft und einer großen Papiertüte zurück.

»Was ist das?«

»Das ist New York. Du kannst dir alles liefern lassen. Schließ die Augen.« Ein Rascheln, dann: »Okay, du kannst schauen.«

Er hatte den Kaffee in Tassen umgefüllt und Saft in Gläser geschüttet. Aber das Herzstück des Arrangements bildete ein Stapel Croissants, dunkel und knusprig und so butterig, dass mir der Duft in die Nase stieg.

»Sind die aus der Bedford Street Bakery?«

»Jepp. Ist die beste Bäckerei im ganzen Land, hat mir mal jemand erzählt«, sagte er leichthin.

Ich genoss das Gefühl, so liebevoll umsorgt zu werden. »Du hast dich daran erinnert.«

Sein Lächeln hätte ganze Regenfronten vertreiben können. »Du bist die Liebe meines Lebens. Natürlich habe ich mich daran erinnert.«

Bevor ich auf diese wunderschönen Worte reagieren konnte, knurrte mein Magen schon wieder. »Gib her.«

»Oh ja, ich liebe es, wenn du mir sagst, was du willst«, säuselte Kieran und reichte mir einen Teller. Nachdem ich ein Croissant ganz und ein zweites zur Hälfte verputzt hatte, sah er mich an. »Gutes Gebäck?«

Beim Lachen spuckte ich versehentlich Brombeermarmelade und Vanillepudding über die Decke. Ich schluckte den letzten Bissen herunter. »Das wäre die Untertreibung des Jahrtausends. Euphorisierendes Gebäck. Beglückendes Gebäck. Ich-liebe-dich-Gebäck.«

»Wow, starke Worte«, erwiderte er lachend. »Und alles, was ich dafür tun musste, war, dir die besten Croissants des Landes zu besorgen.«

Ich stellte meinen Teller auf dem Nachttisch ab und kroch zu ihm. »Denk bitte nicht, dass du mir dauernd großartige Backwaren kaufen musst, damit ich dich liebe.«

»Was muss ich dann tun?« Kieran stellte ebenfalls seinen Teller beiseite. »Floyd verwöhnen? Dir jeden Tag Garnelen zum Abendessen machen?«

»Du selbst sein.«

Sein wölfisches Grinsen war umwerfend, und als ich ihn küsste, schmeckte seine Freude auf meiner Zunge buttersüß.

# 31

*Drei Jahre später*

## Kieran

Das Dezembersonnenlicht funkelte auf dem Lake Merritt wie Glitzerstaub. Ich begegnete mit dem Fahrrad ein paar Autos, aber der größte Teil meiner Fahrt zur Arbeit führte mich direkt am See entlang. In meinem Kopf wünschte ich den Joggern mit Kinderwagen, den Spaziergängern, die sich auf den Bänken ausruhten, und den Vögeln, die im Gras pickten, einen guten Morgen.

Es hatte nicht viel gebraucht, um Ellie davon zu überzeugen, nach unserer Rückkehr aus New York nach Oakland zu ziehen, aber nach drei Jahren hier gefiel es uns beiden immer besser. Wir hatten eine Wohnung auf der Ostseite des Sees gefunden, mit Platz für einen großen Holztisch, an dem wir Mahlzeiten zubereiten und essen konnten, und mit viel Sonne für Floyd. Zur Freude meiner Freundin hatte ich einen Teil meines Preisgeldes von *Fire on High* für ein maßgefertigtes Bücherregal ausgegeben.

Zu ihrer sehr, sehr sexy Freude.

Wir passten nicht perfekt zusammen. Ich vergaß

gelegentlich, langweilige, aber notwendige Dinge zu tun, wie die Spülmaschine auszuräumen oder Katzenstreu für Floyd einzukaufen, und sie musste tief durchatmen. Und sie hörte nie auf, alles bis ins kleinste Detail zu planen, es sei denn, ich erinnerte sie daran, dass es auch Spaß machen konnte, spontan zu sein. Aber wir hatten gelernt, uns gegenseitig den nötigen Freiraum zu geben, um wir selbst zu sein, wobei mein Chaos und ihre Ordnung ineinander übergingen, anstatt aufeinanderzuprallen.

Ellie war nach wie vor mehr Morgenmensch als ich. Manchmal wurde ich durch das Klicken unserer Haustür geweckt, wenn sie sich auf den Weg zum Schreiben machte, ein anderes Mal durch sanfte Küsse, wenn sie beschloss, den Tag lieber mit langsamer, verschlafener Liebe zu beginnen. Wie heute Morgen.

Es war unglaublich verlockend gewesen, sie zu fragen, ob sie mich heiraten wollte, als wir wieder zu Atem gekommen waren. Sie hatte sich an meine Brust gekuschelt, und ich hatte mit ihren seidigen Locken gespielt. Ich hatte schon lange davon geträumt, ihr vor all unseren Freundinnen und Freunden einen Antrag zu machen und eine riesige Party zu schmeißen, um alles zu feiern, was ich an uns beiden liebte. Aber wenn ich etwas aus der Zeit mit Ellie gelernt hatte, dann war es, darauf zu vertrauen, dass ich wissen würde, wann der richtige Zeitpunkt gekommen war. Das hielt mich allerdings nicht davon ab, in die Schaufenster von Juweliergeschäften zu schauen. Vor zwei Wochen hatte ich einen atemberaubenden Smaragdring gesehen, und es hatte mich sämtliche Willenskraft gekostet, daran vorbeizugehen.

Vor dem Floyd's schloss ich mein Fahrrad dreifach ab. Ich hatte darauf bestanden, ihre beiden Bücher im Fenster meines Restaurants auszustellen – das Buch, das wir gemeinsam verfasst hatten und das mit Ellies Namen neben meinem nachgedruckt worden war, und das Buch, das Ellie allein geschrieben hatte: *Nourish*. Es war letzten Monat erschienen. Priya, Ellies Lektorin, hatte ein weiteres Kochbuch-Projekt vorgeschlagen, das auf den wöchentlichen Speisekarten basierte, die ich für das Restaurant erstellte.

Ich freute mich schon darauf, Ellie bei der Arbeit zuzusehen, wie sie die Stirn runzelte und sich auf die Lippe biss, während sie darüber nachdachte, wie man am besten die Zubereitung von Briocheteig oder den Geschmack von Mandarinenquark erklärte. Ich liebte es außerdem, mich mit ihr über solche Details zu streiten – auch drei Jahre später war das noch immer ein großartiges Vorspiel. Aber beim Betreten des Lokals hörte ich weder ihre Finger auf der Tastatur ihres Laptops klackern, noch ragte ihr blonder Lockenkopf über die Rückwand ihrer Lieblingssitzecke, die Jay mit einem kleinen Schild mit der Aufschrift ELLIES BÜRO versehen hatte.

Der Speisesaal war menschenleer, und das einzige Geräusch war das Quietschen meiner Converse auf dem Eichenparkett.

»Jay?«, rief ich. Sie hatte dem Qui den Rücken gekehrt, um das Floyd's zu managen. Und eigentlich waren wir verabredet gewesen, um ihre To-do-Liste und die Kostenkalkulationen durchzugehen.

Ich öffnete meinen Chat mit ihr, aber sie hatte mir nichts von einem freien Tag geschrieben. Vielleicht war ihr letztes Date mit ihrer neuen Flamme so gut gelaufen, dass sie sich verspätete?

»Hallo? Wo sind denn alle?«

»Hi, Honey.« Ellie stieß die Küchentür auf und kam mit geradem Rücken und entschlossenen Schritten auf mich zu. Auf ihren Lippen, die ich so gerne küsste, lag ein Lächeln. »Die anderen kommen auch gleich. Wir sind heute ein bisschen spät mit allem dran.«

Ich fuhr mit den Händen über ihre nackten Arme, als ich sie zur Begrüßung küsste. In ihrem Kleid mit Mohnblumenmuster sah sie aus wie ein verfrühter Frühlingsgruß. »In zwei Stunden ist Lunch-Zeit, und niemand bereitet sich vor? So talentiert du auch sein magst, mit dir und deinen lausigen Messerkünsten allein kann ich leider kein Restaurant öffnen.«

Sie grinste. »Alles wird gut, versprochen. Ich habe ein Geschenk für dich.«

Sofort begann ich, aufgeregt auf den Zehen zu wippen. »Ein Geburtstagsgeschenk? Bis dahin ist es doch noch etwas hin. Ich bin gespannt!«

Ellie griff in die Tasche ihres Kleides und zog etwas Kleines, Metallenes daraus hervor.

Mein Mund öffnete sich, dann schloss er sich wieder. Ich war besser darin geworden, Ellie ihre Zeit zu lassen, aber das sah verdammt nach einem Ring aus.

»Ich liebe dich, Kieran«, sagte sie. »Du bist ein großartiger Partner, und wir haben uns ein tolles Leben zusammen aufgebaut. Ich möchte dich heiraten. Möchtest du mich auch heiraten?«

Eine Welle des Glücks überrollte mich, und am liebsten wäre ich auf die Knie gegangen, obwohl sie es war, die mir den Antrag machte. »Ja! Ja mal eine Milliarde.« Das kleine Rechteck aus Saphiren, das in den Ring eingelassen war, fing funkelnd das Licht ein. »Ich liebe das Blau.«

»Das dachte ich mir. Du hast mir so oft gesagt, wie schön meine Augen sind. Aber schau dir erst das Innere an.«

Als ich ihr den Ring abnahm und ihn von Nahem betrachtete, entdeckte ich ein eingraviertes *E* und *K* mit etwas Rundem dazwischen. Kein Herz oder Pluszeichen, sondern ein kleiner Kreis mit zwei Blättern. »Mein Gott, ist das eine Orange?«

»Ich dachte, das passt zu uns.« Ellie errötete. »Ist das zu seltsam?«

»Nein, mein Schatz, es ist perfekt. Steck ihn mir an.«

Es war das Gegenteil von dem, was ich mir vorgestellt hatte, aber es fühlte sich absolut richtig an, als sie meine Hand nahm und mir den Ring auf den Finger schob. Ich war verloren gewesen, und sie hatte mich gefunden.

Wir hatten einander gefunden.

Ich streckte meine Hand aus. »Ich liebe ihn, Baby. Heißt das, ich darf dir jetzt auch einen Ring kaufen?«

»Wenn du willst«, sagte sie mit einem leisen süßen Lachen in der Stimme.

»Und wie ich das will! Aber du musst mitkommen, ihn aussuchen. Sonst kaufe ich dir noch irgendetwas Riesiges mit ganz viel Glitzer.«

Ellie schlang ihre Arme um meinen Nacken und lächelte. »In Ordnung. Und wenn auch nur, um zu verhindern, dass er so groß ist wie ein Jolly-Rancher-Bonbon.«

»Mhm, Jolly Ranchers. Es ist Jahre her, dass ich welche gegessen habe. Die mit Wassermelonen-Geschmack sind die besten.«

Sie grinste mich an. »Wie wäre es, wenn du die Jolly Ranchers vergisst und dir eine andere Portion Zucker abholst?«

»Welche andere Art?«, murmelte ich.

Und dann küsste mich meine Verlobte.

## Ellie

»Ich liebe dich, du wildes Ding«, sagte Kieran, als ich ihn losließ.

»Ich liebe dich auch.« Mein süßer, großherziger, treuer Puck, von dem ich geglaubt hatte, er würde aus purem Spaß mein Leben ruinieren, aber in Wirklichkeit machte er es unendlich viel besser. Jeder Tag war angefüllt mit mehr Lachen, mehr Freude, mehr köstlichem Essen, das ich nicht selbst zubereiten musste. Sicher, wir stritten und diskutierten und waren manchmal ratlos. Aber ich wusste, dass er nie einfach weggehen würde, wenn ich ihm widersprach, und dass ich immer auf seiner Seite sein würde, auch wenn er manchmal dafür sorgte, dass ich mir die Hand vor die Stirn schlug. Jedes Mal, wenn wir eine Lösung fanden, fügten wir unserem Fundament einen weiteren Stern hinzu.

Ich steckte mir zwei Finger in den Mund und pfiff, woraufhin hinter der Küchentür ein Jubelschrei ertönte. Kurz darauf kamen alle Köche heraus, dann Jay und ihr Deputy, Isaac, Diane und Ben, Nicole und Hank. Sogar Anh und Steve waren da.

»Ihr habt euch alle in der Küche versteckt?«, rief Kieran erstaunt. »Wie habt ihr es geschafft, so leise zu sein?«

Jay grinste. »Ellie hat uns gedroht. Deine Verlobte ist eine furchteinflößende Frau.«

»Ich weiß«, sagte Kieran mit einem breiten, stolzen Lächeln.

»Ist das nicht toll?« Anh Hutton bahnte sich einen Weg nach vorne und zog uns zu sich herunter, um uns auf die Wangen zu küssen. »Herzlichen Glückwunsch! Mein junger Küchenchef verlobt sich mit der Frau, die mir hilft, meine Memoiren zu schreiben, was für eine Freude. Damit ich euch das beste Geschenk machen kann«, sagte sie und strich ihren blassrosa Chanel-Hosenanzug glatt, »müsst ihr mir sagen, wo euer Hochzeitstisch sein wird.«

»Hochzeitstisch?«, quietschten wir beide gleichzeitig.

»Natürlich werdet ihr in einem der Restaurants feiern. Steve?«

»Ja, Anh?« Steve trat neben sie.

Sie tippte sich mit einem perfekt manikürten Fingernagel ans Kinn. »Die beiden sollten im Speisesaal des Qui heiraten. Es wäre schön, an einem Montagabend eine große Feier zu veranstalten.«

Steve hob die Augenbrauen. »Eine Rückkehr an den Ort des Verbrechens. Das gefällt mir.«

»Danke, Anh. Wir geben dir Bescheid«, sagte ich dankbar.

»Bist du etwa einverstanden, dass sie einfach so unsere Hochzeit plant?«, flüsterte Kieran.

In dem Moment sah ich, wie Anh sich Ben und Diane vorstellte, die mit einem verblüfften Lächeln nickten. »Weißt du was? Das bin ich tatsächlich. Ich glaube, sie wird sämtliche Beteiligten so sehr terrorisieren, dass es die beste Hochzeit aller Zeiten wird.«

Als Jay Kieran beiseitezog, damit ihn das restliche Team des Floyd's beglückwünschen konnte, kam Diane zu mir und umarmte mich fest. »Es macht mich so glücklich zu sehen, wie erfolgreich du bist – an diesem wunderbaren Ort, eurem Restaurant, mit einem guten Mann an deiner Seite, der dich anbetet.«

Ich schenkte ihr ein Lächeln. Sie sah gesünder aus, seit sie Medikamente gegen ihre Depression nahm und wieder Freude am Essen und am Leben an sich hatte. »Ich bete ihn genauso an, und damit passen wir wunderbar zusammen.«

Trotz allem, was Diane gesagt hatte, war das

Floyd's Kierans Restaurant. Er und Anh hatten mich gefragt, ob ich mich stärker einbringen wolle, aber abgesehen von gelegentlichen Vorschlägen für die Speisekarte und dass ich mich mit den Stammgästen anfreundete, überließ ich Kieran die Führung. Durch meine Schreib- und Redaktionsarbeit war ich in diesen Tagen gut ausgelastet. Wir würden ohnehin wieder zusammenarbeiten, wenn Priya unser Vorschlag für ein Floyd's-Kochbuch gefiel.

Ich lächelte, als ich mich in dem beleuchteten Restaurant umsah. Wir hatten hier unsere eigene Familie gegründet, mit Menschen, die uns liebten und die wir liebten.

»Besteht denn die Möglichkeit, dass ich ein Enkelkind zum Verwöhnen bekomme?«, fragte Ben, der hinter Diane aufgetaucht war.

»Ben!« Diane schlug ihm auf den Arm.

Er hob die Hände. »Kein Druck, Ellie. Ehrlich.«

»Ich weiß es nicht, Aba«, antwortete ich ebenso offen und aufrichtig, wie er gefragt hatte. Ich wollte jeden Tag, den ich mit Kieran hatte, auskosten und die Zeit nicht verplanen. Wenn wir uns entschlossen, es zu versuchen, dann nur, weil ich ein Baby mit ihm haben wollte, und nicht, weil ich irgendwas aus meiner Kindheit wiedergutmachen musste. Allerdings hatte ich meinen Verlobten dabei erwischt, wie er Herzchenaugen bekommen hatte, als Manny seine kleine Tochter hereinbrachte, um alle kennenzulernen, also würden wir vielleicht doch nicht so lange warten.

»Zukünftige Ehefrau!«, rief Kieran. »Kann ich mal schnell etwas von deinem Zucker haben?« Er stand am anderen Ende des Raumes und streckte die Hand nach mir aus.

»Zucker?«, sagte Jay. »Warte, ich hole …«

»Nicht diese Art von Zucker!«, rief Steve, und Lachen erfüllte jeden Winkel dieses warmen, lichtdurchfluteten Ortes.

»Geh und hol ihn dir, Ellie«, sagte Ben. »Ich glaube, er will dich.«

Und ich zögerte keine Sekunde.

# Danksagung

In die Entstehung dieses Buches sind viel Zeit und Mühe geflossen, und ich bin mehr als privilegiert, dass ich sie investieren konnte. Ich unterstütze Organisationen wie 826 Valencia in den USA und Arts Emergency in Großbritannien, weil jeder die Möglichkeit haben sollte, Kunst zu machen und dafür bezahlt zu werden, unabhängig von seiner Herkunft oder seinen Lebensumständen.

Ich danke allen Kochbuch-Ghostwriter*innen, die offen über ihre Arbeit gesprochen und die Idee zu diesem Buch gesät haben.

Vielen Dank auch an Ed Smith, dessen ausgezeichnetes Kochbuch *Crave* die Inspiration für *Whatever You Want* war.

Heather Jackson – deine Samstagmorgen-E-Mail, in der du mir schriebst, wie sehr du Ellie und Kieran liebst, hat mein Leben verändert. Vielen Dank für deine Herzlichkeit, deine klugen Ratschläge und dein vehementes Eintreten für meine Arbeit. Jede*r Autor*in sollte eine Bärenmama wie dich als Agentin haben.

Alex Sehulster – ich wusste, dass wir ein gutes Team abgeben würden, als wir beide sagten, wie sehr wir *The Thin Man* geliebt haben, aber dein Lektorat hat dieses Buch in eine andere Liga gehoben. Danke, dass du mich bei St. Martin's Griffin an Bord geholt hast. Ich hoffe, wir können bald ein paar Cocktails zusammen trinken!

Vielen Dank auch an den Rest des Teams bei Griffin: Cassidy Graham für deine ruhige Steuerung und dafür, dass du immer ansprechbar warst; Ennis Bashe für eine zum Nachdenken anregende, einfühlsame Lektüre; Angela Gibson für die ausgezeichnete Redaktion und dein Wissen über die Bay Area; Olga Grlic und Guy Shield für die Gestaltung und Illustration des Covers; Layla Yuro und allen anderen in der Produktion; Anne Marie Tallberg, Marissa Sangiacomo, Brant Janeway und Kejana Ayala im Bereich Marketing und Rebecca Lang in der Öffentlichkeitsarbeit.

Heather Lazare – die Teilnahme am Northern California Writers' Retreat im März 2020 hat mir den Raum und die Zeit gegeben, mich selbst als Autorin ernst zu nehmen, und dein Plotlektorat hat Ellie, Kieran und ihre Liebesgeschichte zum Besseren verändert. Danke, dass du mich dazu angespornt hast, mein Handwerk zu verfeinern.

Katie Greenstreet – danke, dass du mir den Anstoß gegeben hast, das Projekt zu wechseln und dieses Buch zu schreiben. Deine Autor*innen können sich glücklich schätzen, dich als ihre Agentin zu haben.

An die 2024-Debüt-Slack-Gruppe, insbesondere den #romance-Kanal – vielen Dank für die Ratschläge, das Mitgefühl und das schallende Gelächter. Ich werde nie wieder auf dieselbe Weise an Tschechows Gewehr denken.

The Ruby – danke, dass ihr eine so herzliche und einladende Gemeinschaft von Kreativen seid. Ich bin so froh, eine von euch sein zu dürfen.

Robyn Douglas und Rebekah McFarland – meine besten Beta-Leserinnen! Danke, dass ihr euch die Zeit genommen habt, frühe Entwürfe zu lesen und mich anzufeuern.

Lucy Hodgman – meine brillante Cousine und eine aufmerksame, rücksichtsvolle Lektorin – danke, dass du das gesamte Manuskript ein letztes Mal gelesen und mir versichert hast, dass Kieran glaubwürdig ist.

John Stratford – mein schlechter Einfluss und Seelenverwandter, danke, dass du an deinem freien Tag durch San Francisco gefahren bist, um einen wichtigen geografischen Punkt zu überprüfen, weil ich das aus sechstausend Meilen Entfernung nicht konnte.

Jess Cornwell – danke, dass du all dein Wissen über das Schreiben und Publizieren mit mir geteilt hast und dass du mich bei meinen ersten Gehversuchen in der Belletristik so großzügig unterstützt hast. Ich bin unglaublich froh, dass unser gemeinsamer Geschmack in Bezug auf Filme und Bücher uns nach Jahren der Trennung wieder zusammengeführt hat.

Julie Coryell – deine Freudenschreie, als ich dir Ellie und Kieran beschrieb, haben mein Selbstvertrauen von Anfang an gestärkt. Vielen Dank, dass du deinen Enthusiasmus und deine Besessenheit für alles, was mit Büchern zu tun hat, mit mir teilst.

All die Freund*innen, die angerufen und geschrieben haben und die ich während des langen Pandemiewinters 2020–2021 persönlich getroffen habe, insbesondere Ellen Adams, Gwyn Brookes, Felicity Cloake, Kay Collier, Neil Griffiths, Mina Holland, Maddie Ignon, Jazzi Junge, Nupoor Kulkarni, Jordan Meyers, Elyse Oates, Emily Ortmans, Jahnavi Pendharkar, Betsy und John Peretti, Rachel Roddy, Nicola Swift und Kate Young – ich glaube nicht, dass ich den ersten Entwurf geschafft hätte, wenn ihr mich nicht bei Laune gehaltet hättet, also danke!

Kate Franz und Miranda York – es war leicht, die besten Freundschaften in diesem Buch zu beschreiben, weil ich euch beide in meinem Leben habe. Ich bin so dankbar für mehr als ein Jahrzehnt nächtelanger Gespräche, all das Lachen und die gemeinsamen Urlaube und Feiern mit Gin und Champagner, und ich freue mich auf die Jahrzehnte, die noch kommen.

Ich danke meiner wunderbaren Familie, der biologischen und der logischen, der unmittelbaren und der erweiterten, für ihre unermüdliche Liebe und Unterstützung. Besonders danken möchte ich meiner Mutter und meinem Vater, Joan und Park Chamberlain, und meinen Paten Steven Botterill, Craig Davidson und Marc Rosaaen. (Craig und Steven, ich vermisse euch beide jeden einzelnen Tag.)

Und am allermeisten danke ich meinem Ehemann Tom Curtis, meinem Liebsten und dem Einzigen für mich, dafür, dass du dein gütiges Herz, deinen unendlich neugierigen Verstand und vor allem deine sanfte, unerschütterliche Seele mit mir teilst. Ich liebe dich UND den Kuchen.